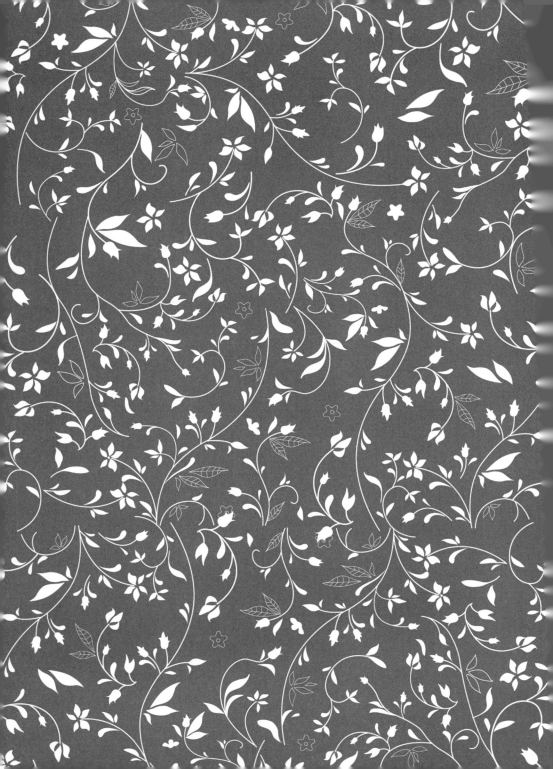

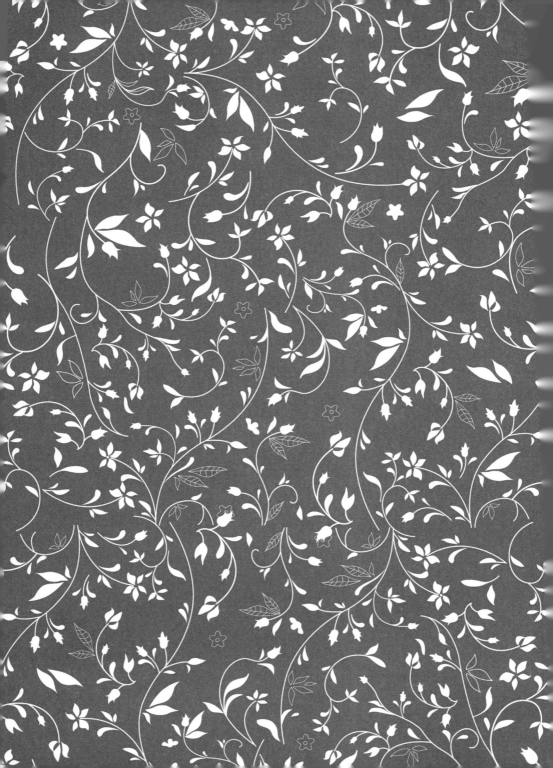

三生三世枕上書
上
唐七
著

楔子

三月草長，四月鶯飛，浩浩東海之外，十里桃林千層錦繡花開。

九重天上的天族同青丘九尾白狐一族的聯姻，在兩族尊長能拖一天是一天的漫長斟酌下，歷經兩百二十三年艱苦卓絕的商議，終於在這一年年初敲定。

吉日挑得精細，正擇著桃花盛開的暮春時節。

倒霉的被拖了兩百多年才順利成親的二人，正是九重天的太子夜華君同青丘之國的帝姬白淺上神。

四海八荒早已在等待這一場盛典，大小神仙們預見多時，既是這二位的好日子，依天上那位老天君的做派，排場必定要做得極大，席面也必定要擺得極闊，除此，大家實在想不出他還能透過什麼方式來彰顯自己的君威。

但儘管如此，當來自天上的迎親隊浩浩蕩蕩地拐進青丘，出現在雨澤山上的往生海旁邊時，抱著塊毛巾候在海對岸的迷穀仙君覺得，也許，自己還是太小看天君了。

這迎親的陣勢，不只闊，忒闊了！

迷穀仙君一向隨侍在白淺身側，在青丘已很有些資歷，做地仙做得長久，自然見多識廣一些。

天上的規矩沒有新郎迎親之說，照一貫的來，是兄長代勞。

迷穀盤算著，墨淵算是夜華的哥哥，既然如此，一族的尊神出現在弟媳婦的迎親隊裡，算是合情合理。

至於司命跟前那位長年神龍見首不見尾的天君三兒子連宋神君，他是太子的三叔，尊神出行，下面總要有個高階但又不特別高階的神仙隨侍，這麼看來，南極長生大帝座下吃筆墨飯掌管世人命運的司命星君一路跟著，也算合情合理。

雖然好像的確沒他什麼事兒，但來瞧瞧熱鬧，也是無妨的。

迷穀想了半天，這三尊瑞氣騰騰的神仙為何而來，都找出了一些因由。

可墨淵身旁那位紫衣銀髮，傳說中避世十幾萬年，不到萬不得已不輕易踏出九重天，只在一些畫像或九天之上極盛的宴會中偶爾出現，供後世緬懷惦念的東華帝君，他怎麼也出現在迎親隊裡了？

迷穀絞盡腦汁，想不透這是什麼道理。

中間隔了一方碧波滔滔的往生海，饒是迷穀眼力好，再多的，也看不大清了。

這排場極大的迎親隊伍瑞氣千條地行至月牙灣旁，倒並沒有即刻過海的意思，反是在海子旁停下，隊末的一列小仙娥有條不紊地趕上來，張羅好茶座、茶具令幾位尊神稍事休息。

碧藍的往生海和風輕拂，繞了海子半圈的雨時花抓住最後一點晚春的氣息，慢悠悠地綻放出綠油油的花骨朵來。

天界的三殿下、新郎的三叔連宋君百無聊賴地握著茶蓋浮了幾浮茶葉末，輕飄飄同立在一旁的司命閒話，「本君臨行前聽聞，青丘原是有兩位帝姬，除了將要嫁給夜華的這個白淺，似乎還有個小字輩的？」

司命其人，雖地位比東華帝君低了不知多少，卻也有幸同東華帝君並稱為九重天上會移動的兩部全書。只不過，東華帝君是一部會移動的法典，他是會移動的八卦全書，以熟知八竿子打不著的人祖宗三代的秘辛著稱。

會移動的八卦全書已被這十里迎親隊的肅穆氛圍憋了一上午，此時，終於得到時機開口，心中雖已迫不及待，但面上還是拿捏出一副穩重派頭，抬手揖了一揖，做足禮數，才緩緩道：「三殿下所言非虛，青丘確然有兩位帝姬。小的那一位，乃是白家唯一的孫字輩，說是白狐與赤狐的混血，四海八荒唯一一頭九尾的紅狐，喚作鳳九殿下。天族有五方五帝，青丘之國亦有五荒五帝，因白淺上神遲早要嫁入天族，兩百年前，便將自己在青丘的君位交由鳳九殿下承下了。承位時，那位小殿下不過三萬兩千歲，白止帝君還有意讓她繼承青丘的大統，年紀輕輕便如此位高權重，但……也有些奇怪。」

小仙娥前來添茶，他停下來，趁著茶煙裊裊的當口，隔著朦朧霧色若有若無地瞄了靜坐一旁淡淡浮茶的東華一眼。

連宋似被撩撥得很有興味，歪在石椅裡抬了抬手，眼尾含了一點笑，「你繼續說。」

司命頷首，想了想，才又繼續道：「小仙其實早識得鳳九殿下，那時，殿下不過兩萬來歲，跟在白止帝君身旁，因是唯一的孫女，很受寵愛，性子便也養得活潑，摸魚打鳥不在話下，還常捉弄人，連小仙也被捉弄過幾回。但……」他頓了頓，「兩百多年前殿下下凡一遭，一去數十年，回來後不知怎的，性子竟沉穩了許多。聽說，從凡界歸來那日，殿下是穿著一身孝衣。兩百多年過去，眼看著她也長大了，因是當作儲君來養，大約也是擔心無人輔佐幫襯，百年間白止帝君做主為她選了好幾位夫婿，但她卻……」

連宋道：「她卻怎麼？」

司命搖了搖頭，眼神又似是無意地瞟向一旁的東華帝君，皮笑肉不笑道：「倒是沒什麼，只是堅持自己已嫁了夫家，雖夫君亡故，卻不能再嫁。且聽說這兩百多年來，她未有一日將髮上的白簪花取下，也未有一時將那身孝衣脫下。」

連宋撐腮靠在石椅的扶臂上，道：「經你這麼一提，我倒是想起來七十年前似乎有一樁事，說是織越山的滄夷神君娶妻，彷彿與青丘有些什麼關係？」

司命想了想，欲答，坐在一旁靜默良久的墨淵上神卻先開了口，嗓音清清淡淡，「不過是，白止讓鳳九嫁給滄……」司命在一旁提醒，「滄夷。」墨淵接口：「嫁給滄夷，將鳳九綁上了轎子，鳳九不大喜歡，當夜，將織越山上的那座神宮拆了而已。」

他的「而已」兩個字極雲淡風輕，聽得司命極膽戰心驚。這一段他還委實不曉得，覺得應該接話，千迴百轉卻只轉出來個拖長的「咦……」

連宋握住扇子一笑，正經地坐直身子，對著墨淵道：「這麼說，是了，我記得有誰同我提過，那一年彷彿是你做的主婚人。但傳說滄夷神君倒是真心喜歡這位將他神宮拆得七零八落的未過門媳婦兒，至今重新修整的宮殿裡還掛著鳳九的幾幅畫像，日日睹物思人。」

墨淵沒再說話，司命倒是有些感嘆，「可喜不喜歡是一回事，要不要得起又是另一回事了。小仙還聽說鍾壺山的秦姬屬意白淺上神的四哥白真，可，又有幾個膽子敢同折顏上神搶人呢？」

風拂過，雨時花搖曳不休。幾位尊神寶相莊嚴地道完他人八卦，各歸各位，養神的養神，喝茶的喝茶，觀景的觀景。一旁隨侍的小神仙們卻無法保持淡定，聽聞如此秘辛，個個興奮得面紅耳赤，但又不敢造次，紛紛以眼神交流感想，一時，往生海旁盡是纏綿的眼風。

一個小神仙善解人意地遞給司命一杯茶潤嗓，司命星君用茶蓋刨開茶面上的兩個小嫩芽，目光繞了幾個彎又拐到了東華帝君處，微微蹙了眉有些思索。

連宋轉著杯子笑，「司命你今兒眼抽筋了，怎麼老往東華那兒瞧？」

坐得兩丈遠的東華帝君擱下茶杯微微抬眼，司命臉上掛不住，訕笑兩聲欲開口搪塞，嘩啦一聲，近旁的海子卻忽然掀起一個巨浪。

十丈高的浪頭散開，灼灼晨光下，月牙灣旁出現一位白衣白裙的美人。

美人白皙的手臂裡綰著一頭漆黑的長髮，髮間一朵白簪花，衣裳料子似避水的，半粒水珠兒也不見帶在身上，還迎著晨風有些飄舞的姿態。一頭黑髮卻是濕透，額髮濕漉漉地貼在臉頰上，有些冰冷味道，眼角卻彎彎地攢出些暖意來，似笑非笑地看著方才說八卦說得熱鬧的司命星君。

司命手忙腳亂地拿茶盞擋住半邊臉，連宋將手裡的扇子遞給他，「你臉太大了，茶杯擋不住，用這個。」

司命愁眉苦臉地幾欲下跪，臉上扯出個萬分痛苦的微笑來，「不知鳳九殿下在此游水，方才是小仙造次，還請殿下看在小仙同殿下相識多年的份兒上，寬恕則個。」

墨淵瞧著鳳九，「妳藏在往生海底下，是在做什麼？」

白衣白裙的鳳九立在一汪靜水上一派端莊，「鍛煉身體。」

墨淵笑道：「那妳上來又是要做什麼？專程來嚇司命的？」

鳳九頓了頓，向著跪在地上痛苦狀的司命道：「你方才說，那鍾壺山上的什麼什麼秦姬，真的喜歡我小叔啊？」

「……」

第一卷

菩提往生

第一章　青丘鳳九

後來有一天，當太晨宮裡的菩提往生開遍整個宮闈，簇擁的花盞似浮雲般蔓延過牆頭時，東華想起第一次見到鳳九。

那時，他對她是沒什麼印象的。太晨宮裡避世萬年的尊神，能引得他注意一二的，唯有四時之錯行，日月之代明，造化之劫功。

雖被天君三催四請地請出太晨宮為太子夜華迎親，但他對這樁事，其實並不如何上心。理所當然地，也就不怎麼記得往生海上浮浪而來的少女，和她那一把清似初春細雨的好嗓子。也記不得那把好嗓子極力繃著笑，問一旁的司命：「那鍾壺山上的什麼什麼秦姬，真的喜歡我小叔啊？」

東華真正對鳳九有一些實在的印象，是在夜華的婚宴上。

天族太子的大婚，娶的又是四海八荒都要尊一聲姑姑的白淺上神，自然不比旁人。天上神仙共分九品，除天族之人，有幸入宴者不過五品之上的十來位真皇、真人並二三十位靈仙。

紫清殿裡霞光明明，宴已行了大半。

這一代的天君好拿架子，無論何種宴會，一向酒過三巡便要尋不勝酒力的藉口離席，即便親孫子的婚宴，也沒有破這個先例。

而一身喜服的夜華君素來酒量淺，今夜更是尤其地淺，酒還沒過三巡，已由小仙官吃力地攙回了洗梧宮。儘管東華見得，這位似乎下一刻便要醉得人事不省的太子，行走之間的步履倒還頗有些章法。

那二位前腳剛踏出紫清殿不久，幾位真皇也相繼尋著因由一一遁了，一時，宴上拘謹氣氛活絡不少。東華轉著已空的酒杯，亦打算離席，好讓下面凝神端坐的小神仙們鬆一口氣自在暢飲。

正欲擱下杯子起身，抬眼卻瞟見殿門口不知何時出現了一盆俱蘇摩花。嫩黃色的花簇後頭，隱隱躲了個白衣的少女，正低頭貓腰狀，一手拎著裙子，一手拎著花盆，歪歪斜斜地貼著牆角柱子沿，妄圖不引起任何人注意，一點一點地朝送親那幾桌席面挪過去。

東華靠著扶臂，找了個更為舒坦的姿勢，又重新坐回紫金座上。

台上舞姬一曲舞罷，白衣少女一路磕磕碰碰，終於移到送親席的一處空位上，探頭謹慎地四下瞧瞧，瞅準了無人注意，極快速地從俱蘇摩花後頭鑽出來，趁著眾人遙望雲台喝彩的間歇，一邊一派鎮定地坐下來若無其事地鼓掌叫好，一邊勾著腳將身後的俱蘇摩花絆倒，往長几底下踢了踢。

沒藏好，又踢了踢。

還是沒藏好，再踢了踢。

最後一腳踢得太生猛，倒霉的俱蘇摩花連同花盆一道，擦著桌子腿直直飛出去，穿過舞姬雲集的高台，定定砸向一念之差沒來得及起身離席的東華。

眾仙驚呼一聲，花盆停在東華額頭三寸處。

東華撐著腮伸出一隻手來握住半空的花盆，垂眼看向席上的始作俑者。

眾神的目光亦隨著東華齊齊聚過來。

始作俑者愣了一瞬，反應敏捷地立刻別過頭，誠懇而不失嚴肅地問身旁一個穿褐衣的男神仙：「迷糓你怎麼這麼調皮呀，怎麼能隨便把花盆踢到別人的腦門上去呢？」

宴後，東華身旁隨侍的仙官告訴他，這一身白衣頭簪白花的少女，叫作鳳九，就是青丘那位年紀輕輕便承君位的小帝姬。

夜華的大婚前前後後熱鬧了七日。

七日之後，又是由連宋君親手操持、一甲子才得一輪迴的千花盛典開典，是以，許多原本被請上天赴婚宴的神仙便乾脆暫居下來沒走。

以清潔神聖著稱的九重天一時沒落下幾個清靜地，一十三天的芬陀利池算是僅存的碩果之一。大約因池子就建在東華的寢宮太晨宮旁邊，也沒幾個神仙敢近前叨擾。

但所謂的「沒幾個神仙」裡，並不包括新嫁上天的白淺上神。

四月十七，天風和暖，白淺上神幫侄女兒鳳九安排的兩台相親小宴，就正正地布置在芬陀利池的池塘邊兒上。

白淺以十四萬歲的高齡嫁給夜華，一向以為自己這個親結得最是適時，不免時時拿自己的標準計較旁人，一番衡量，覺得鳳九三萬多歲的年紀著實幼齒，非常不適合談婚論嫁，但受鳳九她爹、她哥哥白奕所託，又不好推辭，只得昧著良心給她辦了。

近日天上熱鬧，沒什麼合適的地方可順其自然地擺一場低調的相親宴。聽說東華帝君長居太晨宮，一般難得出一趟宮門，即便在太晨宮前殺人放火也沒什麼人來管，白淺思量半日，心安理得地將宴席安排到了太晨宮旁邊的芬陀利池旁。

且是兩個相親對象，前後兩場。

但今日大家都打錯了算盤。東華不僅出了宮，出來的距離還有點近，就在布好的小宴五十步開外，被一棵蓬鬆的垂柳擋著，腳下擱了根紫青竹的魚竿，臉上則蓋了本經卷，安然地躺在竹椅裡一邊垂釣一邊閉目養神。

鳳九吃完早飯，喝了個早茶，一路磨磨蹭蹭地來到一十三天。

碧色的池水浮起朵朵睡蓮，花盞連綿至無窮處，似潔白的雲絮暗繡了一層蓮花紋。

小宴旁已施施然坐了位搖著扇子的青衣神君，見她緩步而來，啪的一聲收起扇子，彎著眼角笑了笑。

鳳九其實不大識得這位神君，只知是天族某個旁支的少主，清修於某一處凡世的某一座仙山，性子爽朗，人又和氣。要說有什麼缺點，就是些微有點潔癖，且見不得人不知禮、不守時。為此，她特地遲到了起碼一個半時辰。

宴是小宴，並無過多講究，二人寒暄一陣入席。

東華被那幾聲輕微的寒暄擾了清靜，抬手拾起蓋在臉上的經卷，隔著花痕樹影，正瞧見五十步開外，鳳九微微偏著頭，皺眉瞪著面前的扇形漆木托盤。

托盤裡格局緊湊，布了把東陵玉的酒壺並好幾道濃豔菜餚。

天上小宴自成規矩，一向是人手一個托盤，布同一例菜色，按不同的品階配不同的酒品。

青衣神君收起扇子找話題，「可真是巧，小仙的家族在上古時管的正是神族禮儀修繕，此前有聽白淺上神談及，鳳九殿下於禮儀一途的造詣也是……」

「登峰造極」四個字還壓在舌尖沒落地，坐在對面的鳳九已經風捲殘雲地解決完一整盤醬肘子，一邊用竹筷刮盤子裡最後一點醬汁，一邊打著嗝問：「也是什麼？」

嘴角還沾著一點醬汁。

知禮的青衣神君看著她發愣。

鳳九從袖子裡掏出面小鏡子，一面打開一面自言自語：「我臉上有東西？」她頓了頓，「啊，真的有東西。」果斷抬起袖子往嘴角一抹。頃刻，白色的衣袖上印下一道明晰的油脂。

微有潔癖的青衣神君一張臉，略有些發青。

鳳九舉著鏡子又仔細照了照，照完後若無其事地揣進袖中，大約手上本有些油膩，紫檀木的鏡身上還留著好幾個油指印。

青衣神君的臉青得要紫了。

碰巧竹筷上兩滴醬汁滴下來，落在石桌上。

鳳九咬著筷子伸出指甲刮了刮，沒刮乾淨，擼起袖子一抹，乾淨了。

青衣神君遞絲巾的手僵在半空中。

兩人對視好半天，黑著臉的青衣神君啞著嗓子道：「殿下慢用，小仙還有些要事，先行一步，改日再同殿下小敘。」話落地幾乎是用跑的倉皇而去。

東華挪開臉上的經書，看到鳳九揮舞著竹筷依依不捨告別，一雙明亮的眼睛裡卻無半分不捨情緒，反而深藏戲謔笑意，聲音柔得幾乎是掐住嗓子，「那改日再敘，可別讓人家等太久喲……」直到青衣神君遠遠消失在視野裡，她才含著絲笑，慢悠悠地從袖子裡取出一方繡著雨時花的白巾帕，從容地擦了擦手，順帶理了理方才蹭著石桌被壓出褶痕來的袖子。

興許兩百年間這等場合見識得多了，青丘的鳳九殿下打發起人來可謂行雲流水，游刃有餘。第二位前來相親的神君也是一路興致勃勃前來，一路落花流水離開，唯留石桌上一應狼藉的杯盞，映著日光，一派油光閃閃。

一個時辰不到連吃兩大盤醬肘子，鳳九有些撐，握了杯茶對著芬陀利池，一邊欣賞太晨宮的威嚴輝煌，一邊消食。東華那處有兩條小魚上鉤，手中的經書也七七八八地翻到了最後一頁，抬眼看日頭越來越毒，收了書起身回宮，自然地路過池旁小宴。

鳳九正老太太似地捧著個茶杯發愣，聽到背後輕緩的腳步聲，以為來人是近日越發老媽子的迷轂，回神搭話：「怎麼這麼早就來了，擔心我和他們大打出手嗎？」往旁邊讓了讓，「姑姑近日的口味越發奇異了，挑的這兩個瞧著都病秧子似的，我都不忍心使拳頭揍他們，隨便誆了誆將二位纖弱的大神誆走了，可累得我不輕。」抱著茶又頓了一頓，「你暫且陪我坐一坐，許久沒有在此地看過日升日落，竟還有些懷念。」

東華停下腳步，從善如流地應聲坐了，就坐在她的身後，將石桌上尚未收走的兩個茶壺挑揀一番，隨手倒了杯涼茶潤嗓。

鳳九靜了片刻，被半塘的白蓮觸發了一點感想，轉著茶杯有些唏噓，「他們說這芬陀利池裡的白蓮全是人心所化，我們識得的人裡頭雖沒幾個凡人，不過你說啊迷轂，像青緹那個樣子的，是不是就有自個兒的白蓮花？」似乎是想了一想，「如果有的話，你說會是哪一朵？」又老成地嘆了口氣，「他那樣的人。」配著這聲嘆息飲了口茶。

東華也垂頭飲了口茶，迷糓此人他隱約記得，似乎是鳳九身旁隨侍的一個地仙，看來她是認錯了人，青緹是誰，卻從來沒有聽說過。

樹影映下來，鳳九兩條腿搭在湖堤上，聲音含糊地道：「半月前，西海的蘇陌葉邀小叔飲酒，我賴著去了，騰雲時正好途經那個凡世。」停了一會兒，才道：「原來瑨朝早已經覆滅，就在青緹故去後的第七年。」頓了頓，又補了一句道：「我早覺得這個朝代的命數不會太長久。」唏噓地嘆了一聲回頭添茶，嘴裡還嘟噥道：「話說蘇陌葉新製的那個茶，叫什麼來著，哦，碧浮春，倒還真是不錯，回頭你給我做個竹籠，下次再去西海我……」一抬頭，後面的話盡數嚥在喉中，嚥得狠了，帶得天翻地覆一陣嗆咳，咳完了保持著那個要添茶的姿勢，半晌沒有說得出什麼話。

東華修長的手指搭在淡青色的瓷杯蓋上，亮晶晶的陽光底下，連指尖都在瑩瑩地發著光。沒什麼情緒的目光似有若無地落在她沾滿醬汁的衣袖上，緩緩移上去，看到她粉裡透著紅的一張臉此時嗆咳得緋紅，幾乎跟喜善天的紅葉樹一個顏色。

許是回過神來，鳳九的臉上緩緩地牽出一個笑，雖然有些不大自然，卻是實實在在的一個笑，客氣疏離地先他開口，客氣疏離地請了一聲安，「不知帝君在此，十分怠慢，青丘鳳九，見過帝君。」

東華聽了她這聲請安，抬眼打量她一陣，道了聲「坐」。待她垂著頭踱過來坐了，端著茶蓋浮了浮手裡的茶葉，不緊不慢地道：「妳見著我，很吃驚？」

她方才踱步過來還算是進退得宜，此時卻像是受了一場驚，十分詫異地抬頭，嘴唇動了動，還是客氣疏離的一個笑，「頭回面見帝君，喜不自勝，倒讓帝君見笑了。」

東華點了點頭，算是承了她這個措辭，雖然明眼人都看得出來她那僵硬一笑裡頭著實難以看出喜不自勝。他抬手給她續了杯涼水。

兩人就這麼坐著，相顧無言，委實尷尬。少時，鳳九一杯水喝得見底，伸手握住茶壺柄，做出一副要給自己添茶的尋常模樣，東華抬眼一瞥，正瞧見茶杯不知怎麼歪了，剛倒滿的一杯熱茶正正灑在她水白色的衣襟上，洇出鍋貼大一個印兒。

他手指搭在石桌上，目不轉睛地瞧著她。

他原本只是興之所至，看她坐在此處一派懶散地瞅著一十三天的日出瞅得津津有味，以為這個位置會覺出什麼不同的風景，又聽她請他坐，是以這麼坐了一坐。此時卻突然真正覺得有趣，想她倒會演戲，或許以為他也是來相親的，又礙於他的身分，不能像前兩位那樣隨意地打發了，所以自作聰明地使出這麼一招苦肉計來，不惜將自己潑濕了尋藉口遁走。那茶水潑在她衣襟上還在冒煙，可見是滾的，難為她真是狠心下了一番血本。

他撐著腮，尋思她下一步是不是遁走的打算，果然見她三兩下拂了拂身前的那個水印兒，意料之中地沒有拂得開，就有些為難地、恭敬地、謙謹地、客氣疏離地又難掩喜悅地同他請辭，「啊，一時不慎手滑，亂了儀容，且容鳳九先行告退，改日再同帝君請教佛理道法。」

白蓮清香逐風而來，他抬起眼簾，遞過一只碩大的瓷壺，慢悠悠地，「僅一杯茶算得什麼，用這個，方才過我手時，已將水涼了，再往身上倒一倒，才真正當得上亂了儀容。」

「……」

東華帝君閉世太晨宮太長久，年輕的神仙們沒什麼機緣領略他的毒舌，但老一輩的神仙們卻沒幾個敢忘了，帝君雖然一向話少，可說出來的話同他手中的劍，鋒利程度幾乎沒兩樣的。

相傳魔族的少主頑劣，在遠古史經上聽說東華的戰名，那一年勇闖九重天意欲找東華單挑，結果剛潛進太晨宮就被伏在四面八方的隨侍抓獲。

那時東華正在不遠處的荷塘自己跟自己下棋。

少年年輕氣盛，被制伏在地仍破口大罵，意欲激將。

東華收了棋攤子路過，少年叫囂得更加厲害，嚷什麼聽說天族一向以講道德著稱，想不到今日一見卻是如此做派，東華若還有點道德良知便該站出來和自己一對一打一場，而不是由著手下人以多欺少……

東華端著棋盒，走過去又退回來兩步，問地上的少年：「你說，道……什麼？」

少年咬著牙，「道德！」又重重強調，「我說道德！」

東華抬腳繼續往前走，「什麼東西，沒聽說過。」少年一口氣沒出來，當場就氣暈了過去。

鳳九是三天後想起的這個典故，彼時她正陪坐在慶雲殿中，看她姑姑如何教養兒子。慶雲殿中住的是白淺同夜華的心肝兒，人稱糯米糰子的小天孫阿離。

一身明黃的小天孫就坐在他娘親跟前，見著大人們坐椅子都能夠雙腳著地四平八穩，他卻只能懸在半空，卯足了勁兒想要把腳搆到地上，但個子太小，椅子又太高，齜著牙努力了半天連個腳尖也沒搆著，悻悻作罷，正垂頭喪氣地耷拉著小腦袋聽他娘親訓話。

白淺一本正經，語重心長，「娘親聽聞你父君十來歲就會背《大薩遮尼乾子所說經》，還會背《勝思惟梵天所問經》，還會背《底哩三昧耶不動尊威怒王使者念誦法》，卻怎麼把你慣得這樣，已經五百多歲了，連個《慧琳音義》也背不好，當然……背不好也不是什麼大事吧，但終歸你不能讓娘親和父君丟臉吧。」

糯米糰子很有道理地嘟著嘴反駁，「阿離也不想的啊，可是阿離在智慧這一項上面，遺傳的是娘親而不是父君啊！」

鳳九噗哧一口茶噴出來，白淺睇著眼睛意味深長地看向她，她一邊辛苦地憋笑一邊趕緊擺手解釋，「沒別的意思，最近消化系統不太好，你們繼續，繼續。」

待白淺轉了目光同糯米糰子算帳，不知怎的，鳳九突然想起了東華將魔族少主氣暈的那則傳聞。她端著茶杯又喝了口茶，眼中不由自主地就帶了一點笑意，垂頭瞧著身上的白衣，笑意淡了淡，抬手拂了拂落在袖子上的一根髮絲兒。

人生的煩惱就如同這頭髮絲取之不盡，件件都去計較也不是她的行事。她漫無邊際地回想，算起來時光如水已過了兩千七百年，其間發生了太多的事，很多記得，很多從前記得卻不怎麼願意主動想起，一來二去記得的也變得不記得了。避世青丘的兩百多年算不上什麼清靜，但這兩百年裡倒是很難得再想起東華，來到九重天，卻是抬頭不見低頭見。看東華的模樣，並未將她認出來，她真心地覺得這也沒什麼不好。她同東華，應的是那句佛語，說不得。說不得，多說是錯，說多是劫。

今日是連宋君親手操持的千花盛典最後一日，按慣例，正是千花怒放爭奪花魁最為精采的一日。傳說西方梵境的幾位古佛也千里迢迢趕來赴會，帶來一些平日極難得一見的靈山的妙花。九重天一時萬人空巷，品階之上的神仙皆去捧場了。

鳳九對花花草草一向不太熱衷，巧的是為賀天族太子的大婚，下界的某座仙山特在幾日前呈上來幾位會唱戲的歌姬，此時正由迷穀領著，在第七天的承天台排一齣將軍佳人的折子戲。

鳳九提了包瓜子，拎了只拖油瓶跨過第七天的天門去看戲。

拖油瓶白白嫩嫩，正是她唯一的表弟，糯米糰子阿離。

第七天天門高高，濃蔭掩映後，只在千花盛典上露了個面便退席的東華帝君正獨坐在妙華鏡前煮茶看書。

妙華鏡是第七天的聖地之一，雖說是鏡，卻是一方瀑布。三千大千世界有數十億的凡世，倘若法力足夠，可在鏡中看到數十億凡世中任何一世的更迭興衰。

因瀑布的靈氣太盛，一般的神仙沒幾個受得住，就連幾位真皇待久了也要頭暈，是以多年來，將此地做休憩讀書釣魚用的，只東華一個。

鳳九領著糯米糰子一路走過七天門，囑咐糰子：「靠過來些，別太接近妙華鏡那邊，當心被靈氣灼傷。」

糯米糰子一邊聽話地挪過來一點，一邊氣呼呼地踢著小石頭抱怨，「父君最壞了，我明明記得昨晚是睡在娘親的長升殿的，可今早醒來卻是在我的慶雲殿，父君騙我說我是夢遊自己走回去的。」攤開雙手做出無奈的樣子，「明明是他想獨占娘親才趁我睡著把我抱回去的，他居然連他自己的親兒子都欺騙，真是不擇手段啊。」

鳳九拋著手中的瓜子，「那你醒了就沒有第一時間跑去長升殿撓著門大哭一場給他們看？你太大意了。」

糯米糰子很是吃驚，「我聽說女人才會一哭二鬧三上吊。」結巴著道：「原、原來男孩子也可以嗎？」

鳳九接住從半空中掉下來的瓜子包，看著他，鄭重道：「可以的，少年，這是全神仙界共享的法寶。」

東華撐著胭看著漸行漸遠的一對身影，攤在手邊的是本閒書，妙華鏡中風雲變色一派金戈鐵馬，已上演完一世興衰，石桌上的茶水也響起沸騰之聲。

自七天門至排戲的承天台，著實有長長的一段路要走。

行至一處假山，糰子嚷著歇腳。兩人剛坐定，便見到半空閃過一道極晃眼的銀光，銀光中隱約有一輛馬車急馳而去，車輪輾軋過殘碎的雲朵，雲絮像棉花似的飄散開，風中傳來一絲馥郁的山花香。

這樣的做派，多半是下界仙山的某位尊神上天來赴千花盛典。

馬車瞬息不見蹤影，似駛入第八天，假山後忽然響起人聲，聽來應是兩位侍女閒話。一個道：「方才那馬車裡，坐的可是東華帝君的義妹知鶴公主？」

另一個緩緩道：「這樣大的排場，倒是有些像，白駒過隙，算來這位公主也被謫往下界三百多年了啊。」

前一個又道：「說來，知鶴公主為何會被天君貶謫，姐姐當年供職於一十三天，可明瞭其中的因由？」

後一個沉吟半晌，壓低聲音，「也不是特別清楚。不過，那年倒確是個多事之秋。說是魔族的長公主要嫁入太晨宮，卻因知鶴公主思慕東華帝君從中作了梗，終沒嫁成。

天君得知此事震怒，才將這位公主謫往了下界。」

前一個震驚，「妳是說，嫁入太晨宮？嫁給帝君？為何天上竟無此傳聞？帝君不是一向都不沾這這些染了紅塵味的事嗎？」

後一個緩了緩，「魔族要同神族聯姻，放眼整個天族，除了連宋君也只帝君一人了。這些朝堂上的事，原本也不是妳我能置喙的。再則帝君一向對天道之外的事都不甚在意的，也許並不覺娶個帝后能如何。」

前一個唏噓一陣，卻還未盡興，又轉了話題繼續，「對了，我記得三百多年前一次有幸謁得帝君，他身旁跟了隻紅得似團火的小靈狐，聽太晨宮的幾位仙伯提及，帝君對這隻小靈狐別有不同，去哪兒都帶著的，可前幾日服侍太子殿下的婚宴再次謁得帝君，卻並未見到那隻小靈狐，不知又是為何？」

後一個停頓良久，嘆道：「那隻靈狐，確是得帝君喜愛的，不過，在太晨宮盛傳帝君將迎娶帝后的那些時日，靈狐便不見了蹤跡，帝君曾派人於三十六天四處尋找，終是不得而知。」

鳳九貼著假山背，將裝了瓜子的油紙包拋起又接住，拋起又接住，來回了好幾次，最後一次太用力拋遠了，油紙包咚的一聲掉進假山旁邊的小荷塘。兩個侍女一驚，一陣忙亂的腳步聲後漸無人聲，應是跑遠了。

糰子憋了許久憋得小臉都紅了，看著還在泛漣漪的荷塘，哭腔道：「一會兒看戲吃什麼啊？」

鳳九站起來理了理裙邊要走，糰子垂著頭有點生悶氣，「為什麼天上有隻靈狐我卻不知道？」又很疑惑地自言自語，「那隻靈狐後來去哪兒了呢？」

鳳九停住腳步等他。

正有晨曦自第七天的邊緣處露出一點金光，似給整個七天勝景勾了道金邊。

鳳九抬起手來在眉骨處搭了個「涼棚」，仰著頭看那一道刺眼的金光，「可能是回家了吧。」又回頭瞪著糰子，「我說，你這小短腿能不能跑快點啊。」

糰子堅貞地把頭扭向一邊，「不能！」

直到抬眼便可見承天台，鳳九才發現，方才天邊的那道金光並非昴日星君鋪下的朝霞晨曦。

她站在承天台十丈開外，著實地愣了一愣。

近在咫尺之處，以千年寒玉打磨而成的百丈高台不知為何盡數淹沒在火海之中。若不是台上的迷穀施了結界盡力支撐，烈火早已將台子上一眾瑟瑟發抖的歌姬吞噬殆盡。方才驚鴻一瞥的那輛馬車也停留在火事跟前，馬車四周是一道厚實結界，結界裡正是一別三百餘年的知鶴公主。迷穀似在大聲地同她喊些什麼話，她的手緊緊握著馬車轅，微微側開的臉龐有些不知所措。

烈火之後突然傳來一聲高亢嘶吼。

鳳九眯起眼睛，終於搞清楚這場火事的起源：一頭赤焰獸正撲騰雙翼脫出火海，張開血盆大口逡巡盤旋，口中不時噴出烈焰，盤旋一陣又瞪著銅鈴似的眼重新衝入火海，狠狠撞擊迷榖的結界。那透明的結界已起了裂痕，重重火海後，舞姬們臉色一派驚恐，想必哀聲切切，因隔了仙障，未有半點聲音傳出，就像是一幕靜畫，卻更令人感到詭譎。

知鶴這一回上天，動機其實相當明確，明著是來赴連宋君的千花盛典，暗著卻是想偷偷地見一見她的義兄東華帝君。這個重返九重天的機會，全賴她前幾日投著白淺上神的喜好，在自個兒的仙山裡挑了幾位會唱戲的歌姬呈上來。因著這層緣由，也就打算順便來看一看這些歌姬服侍白淺服侍得稱意不稱意。

卻不知為何會這樣倒霉，不知誰動了承天台下封印赤焰獸的封印，她驅著馬車趕過來，正趕上一場浩大的火事。

她其實當屬水神，從前還住在太晨宮時，認真算起來是在四海水君連宋神君手下當差，輔佐西荒行雲布雨之事，是天上非常難得的一個有用的女神仙，即便被貶謫下界，領的也是她那座仙山的布雨之職。

但她也曉得，以她那點微末的布雨本事，根本不是眼前這頭凶獸的對手。她想著要去尋個幫手，但結界中那褐衣的男神仙似乎在同她喊什麼話，他似乎有辦法，但他喊的是什麼，她全然聽不到。

踟躕之間，一抹白影卻驀然掠至她眼前，半空中白色的繡鞋輕輕點著氣浪，臂彎裡的紗羅被熱風吹起來，似一朵白蓮花迎風盛開。

她看著那雙繡鞋，目光沿著飄舞的紗裙一寸一寸移上去，「啊」地驚叫出聲。記憶中也有這樣的一張臉，涼薄的唇，高挺的鼻樑，杏子般的眼，細長的眉，只是額間沒有那樣冷麗的一朵鳳羽花。

可記憶中的那個人不過是太晨宮最底層的奴婢，那時她不懂事，不是沒有嫉恨過一個奴婢也敢有那樣一副傾城色，唯恐連東華見了也被迷惑，百般阻撓她見他的機會，私底下還給她吃過不少苦頭，有幾次，還是極大的苦頭。

她驚疑不定，「妳是……」

對方卻先她一步開口，聲音極冷然，「既是控水之神，遇此火事為何不祭出妳的布雨之術？天族封妳為水神所為何來，所為何用？」

說完不及她開口反駁，已取出腰間長笛轉身直入火海之中。

多年以來，鳳九幹兩件事最是敬業，一件是做飯，另一件是打架。避世青丘兩百多年無架可打，她也有點寂寞，恍然看到赤焰獸造事於此，說不激動是騙人的。

茫茫火海之上，白紗翩舞，笛音繚繞。那其實是一曲招雨的笛音。

裊裊孤笛纏著烈火直沖上天，將天河喚醒，洶湧的天河之水自三十六天傾瀉而下，瞬間瓢潑。火勢略有延緩，卻引得赤焰獸大為憤恨，不再將矛頭對準迷穀撐起的結界，口中的烈焰皆向鳳九襲來。

這也是鳳九一個調虎離山的計策，但，若不是為救台上的迷穀及一眾歌姬，依她的風格應是直接祭出陶鑄劍將這頭凶獸砍死拉倒。當然，鑑於對方是一頭勇猛的凶獸，這個砍死的過程將會有些漫長，可也不至於如現下這般被動。

鳳九悲切地覺得，自己一人也不能分飾兩角，既吹著笛子招雨又祭出神劍斬妖，知鶴是不能指望了，只能指望糰子一雙小短腿跑得快些，將他們家隨便哪一位搬來也是救兵。

她一邊想著，一邊靈敏地躲避著赤焰獸噴來的火球，吹著祈雨的笛子不能用仙氣護體，一身從頭到腳被淋得透濕。大雨傾盆，包圍承天台的火海終於被淋出一個缺角，赤焰獸一門心思地撲在鳳九身上，並未料到後方自個兒的領地已被刨出一個洞，獵物們一個接一個地都要逃走了。

這麼對峙了大半日，鳳九覺得體力已有些不濟，許久沒有打架，一出手居然還打輸了，這是絕對不行的，回青丘要怎麼跟父老鄉親交代呢？她覺得差不多是時候收回笛子祭出陶鑄劍了，但，若是從牠的正面進攻，多半是要被這傢伙躲開；可，若是從牠的背後進攻，萬一牠躲開了結果自己反而沒躲開被刺到又該怎麼辦呢……

在她縝密地思考著這些問題，但一直沒個結果出來的時候，背後一陣凌厲的劍風倏忽而至。

正對面的赤焰獸又噴來一柱熊熊烈火，她無暇他顧，正要躲開，不知誰人出手將她輕輕一帶。

那劍風擦著她的衣袖，強大得具體出形狀來，似一面高大的鏡牆，狠狠地壓住舔向她的巨大火舌。一陣銀光過後，方才還張牙舞爪的熊熊烈火竟向著赤焰獸反噬回去。

愣神之間，一襲紫袍兜頭罩下，她掙扎著從這一團乾衣服裡冒出來，見著青年執劍的背影，一襲紫衫清貴高華，皓皓銀髮似青丘凍雪。

那一雙修長的手，在太晨宮裡握的是道典佛經，在太晨宮外握的是神劍蒼何，無論握什麼，都很合襯。

承天台上一時血雨腥風，銀光之後看不清東華如何動作，赤焰獸的淒厲哀號卻直達天際，不過一兩招的時間，便重重地從空中墜下來，震得承天台結結實實地搖晃了好一陣。

東華收劍回鞘，身上半絲血珠兒也沒沾。

知鶴公主仍是靠著馬車轅，面色一片慘白，像是想要靠近，卻又膽怯。

一眾的舞姬哪裡見過這樣大的場面，經歷了如此變故，個個驚魂未定，更有甚者按捺不住地小聲抽泣。

迷轂服侍著鳳九坐在承天台下的石椅上壓驚，還不忘盡一個忠僕的本分數落，「妳這樣太亂來了，今日若不是帝君及時趕到，也不知後果會如何。若是有個什麼萬一，我是萬死不足辭的，可怎麼跟姑姑交代。」

鳳九小聲嘟囔：「不是沒什麼事嗎？」

她心裡雖然也挺感激東華，但覺得若是今日東華不來，她姑父、姑姑也該來了，沒有什麼大的所謂，終歸是傷不了自己的性命。抬眼見東華提劍走過來，覺得他應該是去找知鶴，起身往旁邊一個桌子讓了讓，瞧見身上還披著他的衣裳，小聲探頭問迷穀：「把你外衣脫下來借我穿一會兒。」

迷穀打了個噴嚏，看著她身上的紫袍，「妳身上不是有乾衣裳嗎？」愣了愣，「有些事過去便過去了，我看這兩百多年，妳也沒怎麼介懷了，何必這時候來拘這些小節。」說著將自己身上的衣服緊了緊，明擺著不想借給她。

鳳九已將乾爽的外袍脫了下來，正自顧自地疊好準備物歸原主。一抬頭，嚇得往後倒退一步。

東華已到她面前，手裡提著蒼何劍，眼神淡淡地就那麼看著她。

她渾身是水，還有大滴大滴的水珠兒順著裙子不斷往下滴，腳底下不多時就凝成了個小水坑，形容十分狼狽。她一邊滴著水，一邊淡淡地看回去，氣勢上雖勉強打成了一個平手，心中卻有些五味雜陳。她覺得經過前幾日同他偶遇的那一場驚嚇，自己最近其實還沒能適應過來，還不太找得準自己的位置，該怎麼對他還是個未知數，以防不小心出什麼差池，近日還是該先躲他一躲好些，卻不曉得自她存了要躲的心思，怎麼時時都能碰得上他。

東華從上到下打量她一番，目光落在她疊得整整齊齊的紫袍上，嗓音平緩地開口：「妳對我的外衣，有什麼意見？」

鳳九揣摩著兩人挨得過近，那似有若無的白檀香撩得她頭暈，索性後退一步，拉開一點距離，僵笑著斟酌回答：「怎敢，只是若今次借了，還要將衣服洗乾淨歸還給帝君……豈不是需再見，不，需再叨擾帝君一次。」拿捏他的臉色，識時務地又補充了一句，「很怕擾了帝君的清靜。」

蒼何劍擱在石桌上，嗒的一聲響。

迷穀咳了一聲，攏著衣袖道：「帝君別誤會，殿下這不是不想見帝君。帝君如此尊貴，殿下恨不得天天見到帝君……」被鳳九踩了一腳，還不露聲色地踾了一踾，痛得他將剩下的話全憋了回去。

東華瞥了鳳九一眼，會意道：「既然如此，那就給妳做紀念，不用歸還了。」

鳳九原本就很僵硬的笑徹底僵在臉上，「……不是這個意思。」

東華不緊不慢地坐下來，「那就洗乾淨，還給我。」

鳳九只覺臉上的笑即便是個僵硬得像冰坨子一樣的笑，這個冰坨子也快掛不住了，抽了抽嘴角道：「今日天氣和暖，我覺得並不太冷。」她原本是想直言直語地道：「不大想借這件衣裳了行不行？」但在心裡過了一遭，覺得語氣稍嫌生硬，愣是在這句話當中劈出個句讀來，十分委婉地道：「不借這件衣服了，行不行呢？」話剛說完，一陣冷風吹來，打了個冷戰。

東華接過迷穀不知從哪裡泡來的茶，不慌不忙地抿了一口，道：「不行。」

忍辱負重的冰坨子一樣的僵硬一笑終於從鳳九臉上跌下來，她一時不知作何表情，愣愣道：「為什麼？」

東華放下茶杯，微微抬眼，「我救了妳，滴水之恩當捨身相報，洗件衣服又如何了？」

鳳九覺得他從前並不是如此無賴的個性，但轉念一想，興許他也有這樣的時候，只是沒讓她瞧見，回神時已聽自己乾巴巴一笑道：「帝君何必強人所難。」

東華撫著杯子，慢條斯理地回她，「除了這個，我也沒有什麼其他愛好了。」

鳳九這下不管是僵笑還是乾笑，一件都做不出來了，哭笑不得地道：「帝君這真是……」

東華放下茶杯，單手支頤，從容地看著她，「我怎麼？」看鳳九被噎得說不出話來，沒什麼情緒的眼裡難得露出點極淡的笑意，又漫不經心地問她，「說來，為什麼要救他們？」

其實，她方才倒並不是被噎得說不出話，只是他臉上的表情一瞬間太過熟悉，是她印象十分深刻的一個模樣，令她有些發愣，等反應過來，話題已被他帶得老遠了。她聽清楚了那個問題，說的是為什麼要救他們，她從前也不是很明白，或不在意人命，但是有個人教會她一些東西。良久，她輕聲回道：「先夫教導鳳九，強者生來就是為了保護弱者存在。若今次我不救他們，我就成了弱者，那我還有什麼資格保護我的臣民呢？」

許多年之後，東華一直沒能忘記鳳九的這一番話，其實他自己都不太清楚記著它們能有什麼意義。只是這個女孩子，總是讓他覺得有些親近，但他從不認識她。記憶中第一次見到她，是在青丘的往生海畔，她一頭黑髮濕潤得像海藻，踏著海波前來，他記不清那時她的模樣，就像記不住那時往生海畔開著的太陽花。

這一日的這一樁事，很快傳遍了九重天，並且有多種版本，將東華從三清幻境裡拉入十丈紅塵。

一說承天台上赤焰獸起火事，東華正在一十三天太晨宮裡批注佛經，聽聞自己的義妹知鶴公主也被困火中，才急切地趕來相救，最終降服赤焰獸，可見東華對他這位義妹果真不是一般。另一說承天台起火，東華正巧路過，見到一位十分貌美的女仙同赤焰獸殊死相鬥，卻居於下風，有些不忍，故拔劍相救。天君一向評價帝君是個無欲無求的仙，天君也有看走眼的時候。云云。

連宋聽聞此事，拎著把扇子施施然跑去太晨宮找東華下棋喝酒，席間與他求證道：「承天台的那一樁事，說你是見著個美人與那畜生纏鬥，一時不忍才施以援手我是不信的。」一指間一枚白子落下，又道：「不過，若你有朝一日想通了要娶一位帝后雙修，知鶴倒也是不錯，不妨找個時日同我父君說一說，將知鶴重召回天上吧。」

東華轉著酒杯思忖棋路，聞言，答非所問地道：「美人？他們覺得她長得不錯？」

連宋道：「哈？」

東華從容落下一枚黑子，堵住白子的一個活眼，「他們的眼光倒還不錯。」

連宋愣了半天，回過神來，啪的一聲收起扇子，頗驚訝，「你果真在承天台見到個美人？」

東華點了點棋盤，「你確是來找我下棋的？」

連宋打了個哈哈。

由此可見，關於承天台的這兩則流言，後一則連一向同東華交好的連宋君都不相信，更遑論九重天上的其他大小神仙，自是將其當作一個笑談，卻是對知鶴公主的前途做了一番光明猜測，以為這位公主的苦日子終於要熬到頭了，不日便可重上九重天，說不定還能與帝君成就一段好事。

九重天上有一條規矩，說是做神仙須得滅七情除六欲，但這一條，僅是為那些生而非仙胎，卻有機緣位列仙籙的靈物設置的，因這樣的神仙是違了天地造化飛昇，總要付出一些代價酬祭天地。東華早在陰陽始判二儀初分之時，便化身於碧海之上蒼靈之墟，是正經天地所化的仙胎，原本便不列在滅情滅欲的戒律之內，娶一位帝后，乃是合情合理之事。

第二章 相親宴

鳳九小的時候，因她阿爹阿娘妄想再過一些日子的二人世界，嫌棄她礙事，有很長一段時日，都將她丟給她的姑姑白淺撫養。跟著這個姑姑，上樹捉鳥下河摸魚的事鳳九沒有少幹，有一回還趁著她小叔打盹，將他養的精衛鳥的羽毛拔了個精光。

考慮到她的這些作為對比自己童年時幹的混帳事其實算不得什麼，白淺一向睜一隻眼閉一隻眼。

當白淺教養鳳九時，已是個深明大義、法相莊嚴的神仙，見識也十分深遠，時常還教給她一些為人處世的正確道理。比如，白淺曾經教導鳳九，做神仙最重要的是不怕丟臉，因不怕丟臉是一種勇氣，賜予一個人走出第一步的膽量。做一樁事，只要不怕丟臉，堅韌不屈，最終就能獲得成功。

後來，鳳九在鼓勵糰子與他父君爭奪他娘親陪寢權的過程中，信誓旦旦地將這道理傳給糰子，「做神仙，最重要的就是不要臉了，不要臉的話，做什麼事都能成功。」

當夜，糰子將這一番話原原本本地複述給了白淺聽，捏著小拳頭表示要請教一下他的娘親什麼叫作不要臉，以及，怎麼才能做到比他父君更加不要臉。白淺放下要端去書房給夜華做夜宵的蓮子羹，在長升殿裡七翻八揀，挑出來幾捆厚厚的佛經，用一木板車裝得結結實實，趁著朦朧的夜色抬去給了鳳九，閒閒地叮囑她，若是明日太陽落山前抄不完，便給她安排一場從傍晚直到天明的相親流水宴。

鳳九睡得昏昏然被白淺的侍女奈奈搖醒，緩了好一會兒神，瞪著眼前的經書，反應過來白日裡同糰子胡說了些什麼，心裡悔恨的淚水直欲淌成一條長河。

第二日傍晚，鳳九是在重重佛經裡被仙侍們一路抬去的三十三天寶月光苑。

寶月光苑裡遍植無憂樹，高大的林木間結出種種妙花，原是太清境的道德天尊對弟子們傳道授業解惑之所。

四海八荒的青年神仙們三五成群地點綴其間，打眼一望，百十來位總是有的。一些穩重的正小聲與同僚敘話，一些心急的已昂著頭直愣愣盯向苑門口。兩三個容易解決，四五個也還勉強，可這百十來個……鳳九心裡一陣發怵，饒是她一向膽大，腳挨著地時，也不由得退後一步，再退後一步，再再退後了一步。不遠處白淺的聲音似笑非笑地響起，對著一旁恭謹的仙侍道：「嗯，我看，乾脆把她給我綁起來吧，說什麼也得撐完這場宴會，可不能中途給逃了。」

鳳九心裡一咯噔，轉身撒丫子就開跑。

一路飛簷走壁，與身後的仙侍一番鬥智鬥勇，何時將他們甩脫的，卻連鳳九自己都不曉得，只曉得拐過相連的一雙枝繁葉茂的娑羅樹，枝幹一陣搖晃，撒下幾朵嫩黃色的小花在她頭髮上，身後已沒了勁風追襲聲。

她微微喘了口氣瞥向來時路，確實沒什麼人影，只見天河迢迢，在金色的夕暉下微微地泛著粼粼波光。

禍從口出，被這張嘴帶累得抄了一夜又一日的佛經，此時見著近在眼前的兩尊娑羅樹，腦中竟全是《長阿含經》中記載的什麼「爾時世尊在拘尸那揭羅城本所生處，娑羅園中雙樹間，臨將滅度」之類言語。

鳳九伸手拂開頭上的黃花，一邊連連嘆息連這麼難的經文都記住了，這一日一夜的佛經也算是沒有白抄，狠長了學問；一邊四處張望一番，思忖著逃了這麼久，一身又累又髒，極是睏乏，該不該寬衣解帶去娑羅雙樹後面的這汪天泉裡泡上一泡。

她思考了很久。

眼看明月東升，雖升得不是十分地高，不若凡人們遙望著它感到的那麼詩意，但清寒的銀暉罩下來，也勉強能將眼前的山石花木鋪灑全了。幾步之外，碧色的池水籠了層繚繞的霧色，還漫出些許和暖的仙氣。鳳九謹慎地再往四下裡瞧了一瞧，料想著戌時已過，大約也不會再有什麼人來了，跑到泉邊先伸手探了探，才放心地解開外衣、中衣、裡衣，小心翼翼地踏入眼前這一汪清泉之中。

攀著池沿沉下去，溫熱的池水直沒到脖頸，鳳九舒服地嘆息一聲，瞧著手邊悠悠漂來幾朵娑羅花，一時觸及她隱忍許久的一顆玩心，正要取了來編成一個串子，忽聽得池中一方白色的巨石之後，嘩啦一陣水響。

鳳九伸出水面去取娑羅花的一截手臂，霎時僵在半空。碧色的池水一陣動盪，攪碎一池的月光，巨石之後忽轉出一個白衣的身影。鳳九屏住氣，瞧見那白色的身影行在水中，越走越近。霧色中漸漸現出那人皓皓的銀髮，頎長的身姿，極清俊的眉目。

鳳九緊緊貼著池壁，即便一向臉皮有些厚，此時也覺得尷尬，臉色青白了好一陣。但好歹是青丘的女君，很快也就鎮定了下來，甚至想要做得尋常，尋常到能從容地同對方打個招呼。

然而這種場合，該怎麼打招呼，它也是一門學問。若是在賞花之處相遇，還能寒暄一句：「今日天氣甚好，帝君也來此處賞花？」此時總不能揮一揮光裸的手臂，「今日天氣甚好，帝君也來這裡洗澡啊？」

鳳九在心裡懊惱地思索著該怎麼來做這個開場白，卻見東華已從容行到斜對面的池沿，正要跨出天泉。整個過程中，目光未在她面上停留一絲半毫。

鳳九想著，他興許並未看到自己，那今次，也算不得在他面前丟臉了吧？正要暗自地鬆一口氣，東華跨上岸的一隻腳卻頓了一下，霎時，外袍一滑對著她兜頭就蓋了下來。

與此同時，她聽到前方不遠處一個聲音響起，像是連宋神君，似乎極尷尬地打著哈哈，「呃，打擾了打擾了，我什麼也沒看見，這就出去。」

她愣愣地扯下頭上東華的白袍，目光所及之處，月亮門旁幾株無憂樹在月色下輕緩地招搖。

東華僅著中衣，立在池沿旁居高臨下地打量她，好一會兒才說：「妳在這裡做什麼？」

「洗澡。」她謹慎且誠實地回答，一張臉被熱騰騰的池水蒸得白裡透紅。

回答完才省起這一汪泉水雖是碧色，卻清澈得足可見底。紅雲騰地自臉頰處漫開，頃刻間整個人都像是從沸水裡撈起來，結結巴巴地道：「你、你把眼睛閉上，不准看，不，你轉過去，快點轉過去。」

東華慢悠悠地再次從頭到腳打量她一番，頗有涵養地轉過身去。

鳳九慌忙地去搆方才脫在池邊的衣衫，可脫的時候並未料到會落得這個境地，自外衫到裡衣，都擱得不是一般二般地遠。若要搆得著最近的那一件裡衣，大半個身子都須得從池水裡浮出來。

她不知如何是好，果真是慌亂得很，竟忘了自己原本是隻狐狸，若此時變化出原身來，東華自是半點便宜占她不著。

她還在著急，就見到一隻手握著她的白裙子，堪堪地遞到她面前，手指修長，指甲圓潤。東華仍是側著身。她小心地瞄一眼他的臉，濃密的睫毛微合著，還好，他的眼睛仍是閉上的。正要接過裙子，她又是一驚，「你怎麼知道我要穿衣服？」

她平日為了不辱沒青丘女君的身分，一向裝得寬容又老成，此時露出這斤斤計較的小性子來，終於像是一個活潑的少年神女。

東華頓了頓，作勢將手中的衣衫收回來。她終究沒有嘴上講的那麼硬氣，差不多是用豹子撲羚羊的速度將裙子奪下，慌裡慌張地就著半遮半掩的池水往身上套。窸窣一陣套好踏出池塘，只覺得丟臉丟得大發，告辭都懶得說一聲，就要循著原路跳牆離開這裡。

卻又被東華叫住，「喂，妳少了個東西。」

她忍不住回頭，見到東華正俯身拾什麼。定睛一看，她覺得全身的血都沖到腦門兒上了。

東華撿起來的，是個肚兜。

藕荷色的肚兜。

她的肚兜。

東華的衣襟微微敞著，露出一點鎖骨，面無表情地握著她的肚兜，很自然地遞給她。鳳九覺得真是天旋地轉，不知是去接好，還是不接好。

正僵持著，月亮門旁的無憂樹一陣大動，緊接著又出現連宋君翩翩的身影。看清他倆的情態，翩翩的身影一下子僵住，半晌，他抽著嘴角道：「方才……扇子掉這兒了，我折回來取，多有打擾，改日登門致歉，你們……繼續……」

鳳九簡直要哭了，捂著臉一把搶過肚兜轉身就跳牆跑了，帶起的微風拂開娑羅樹上的大片繁花。

連宋繼續抽著嘴角，看向東華，「你不去追？」轉瞬又道：「承天台上你遇到的那位美人原來是青丘的鳳九？」又道：「你可想清楚，你要娶她做帝后，將來可得尊稱夜華那小子做姑父……」

東華不緊不慢地理衣襟，聞言，道：「前幾日我聽說一個傳聞，說你對成玉元君有意思？」

連宋收起扇子，道：「這……」

他續道：「我打算過幾日收成玉當乾女兒，你意下如何？」

連宋：「……」

鳳九一向是個不大拘小節的神仙，但這樣的性子，偶爾拘了一回小節，這個小節卻生出了不小的毛病，會有多麼受傷也就可想而知了。

同東華的這樁事，令鳳九傷得十分嚴重，在糰子的慶雲殿中足足頹了兩日才稍緩過來。但終歸是存了個心結，盼望誰能幫助她解開。白淺是不行的。

於是，鳳九踟躕地打了個比喻去問糰子：「倘使你曾經喜歡了一個姑娘，多年後你與這姑娘重逢。」她想了想，該用個什麼來作類比才足夠逼真，良久，肅然地道：「結果卻讓她知道你現在還在穿尿布，你會怎麼樣？」

糰子瞪著她反駁，「我已經不穿尿布很久了！」

鳳九嚴謹地撫慰他，「我是說假如，假如。」

糰子想了一會兒，小臉一紅，難堪地將頭扭向一邊，不好意思地道：「太丟臉了，這麼丟臉，只有鳳九妳見著過去的心上人，結果卻把肚兜掉在對方面前那樣的事才比得上了。」糰子繼續不好意思，又有點代入地掙扎道：「那樣的話，一定會想找塊豆腐把自己撞死的啊。」

這之後，微有起色的鳳九又連著頹了三四天。

直到第四晚，白淺指派來的仙侍遞給鳳九一個話，說前幾日承天台上排戲的幾位歌姬已休整妥貼，夜裡將在合璧園開一場巾幗女英雄的新戲，邀她一同去賞。這才將她從愁雲慘淡的慶雲殿中請出來。

合璧園中，新搭的戲台上一群女將軍穿得花裡胡哨，咿咿呀呀哼唱得熱鬧。

白淺握著一把白綢扇，側身靠近鳳九道：「近幾日，天上有樁有趣的傳聞傳得沸沸揚揚，不曉得妳聽說了沒有？」咳了一聲，「當然其實對這個事，我並不是特別熱衷。」

鳳九興致勃勃地端著茶湊上去，頓了頓，有分寸地道：「看得出來妳的確是不熱衷，其實我也不熱衷，但，妳姑且一講。」

白淺點了點頭，緩緩道：「誠然，我們都不是好八卦他人之人，那麼妳定是料想不到，從前我們一向認為很是耿介的東華帝君，他原是個不可貌相的。妳三百多年前同他斷了那趟緣法，我看也是天意維護妳，當真斷得其所。」

鳳九肅然抬頭。

白淺剝開一個核桃，「聽說，他竟一直在太晨宮裡儲了位沉魚落雁似的女仙，還對那女仙榮寵得很。」

鳳九鬆了手中的茶盞，半晌，垂眼道：「如此說，這許多年他未曾出太晨宮，竟是這個因由？」笑了一笑，「誠然，身旁有佳人陪伴，不出宮大約也感覺不到什麼寂寞。」

白淺將剝了一半的核桃遞給她，「妳也無須介懷，終歸妳同他已無甚關係，我將這樁事說來，也不是為使妳憂心。」

鳳九打起精神，復端起茶杯道：「也不知被他看上的是誰？」

白淺唔了一聲，道：「我同司命打聽了一遭，當然我也不是特意地打聽，我對這個事並不是特別有興趣。只是，司命那處也沒得來什麼消息。私底下這些神仙之間雖傳得熱鬧，對那女仙也是各有猜測，但東華和風月這等事著實不搭，除了他的義妹知鶴公主，他們也猜不出還有誰。不過，先不說知鶴這些年都在下界服罪，依我看，不大可能是她。」

鳳九端著杯子，出神地聽著。

白淺喝了口茶潤嗓，又道：「關於那女仙，確切的事其實就只那麼一件，說六七日前東華攜著她一同在太晨宮裡泡溫泉時，正巧被連宋神君闖進去撞見了，這才漏出一星半點關於這個事的傳聞來。」

白淺的話剛落地，鳳九一頭就從石凳上栽了下去，扶著地道：「……泡溫泉？」

白淺垂著頭詫異地看著她，得遇知音似地道：「妳也覺得驚訝？我也驚訝得很。前日還有一個新的傳聞，說得條分縷析，也有一些可信。連宋君屬意的那位成玉元君，妳識得吧？從前我不在糰子身旁時，還多虧了這位元君的照應。據說其實這位成玉元君，就是東華帝君和那女仙的一個私生女。」

鳳九撐著桌子沿剛剛爬起來，一頭又栽了下去。

白淺伸手將她拉起來，關切道：「妳這個凳子是不是不太穩當啊？」

鳳九扶著桌沿，乾笑道：「是台上的這個段子演得太好，令人心馳神往，情不自禁就有些失態。」一面不改色地說完這一篇瞎話，趁機瞄了一眼戲台，看清演的到底是什麼，眼角一抽。

明晃晃的戲台上，正演到英武的女將軍不幸被敵國俘虜，拴在地牢的柱子上，被諸般刑訊手段虐得十分淒慘。

白淺遙望戲台，目光收回來，神色複雜地看著鳳九，「原來……妳好的竟然是這一口……」

「……」

鳳九對自己的定位一直都很明確：她是一個寡婦。

凡界有一句家喻戶曉的俗諺：寡婦門前是非多。鳳九清醒地認識到，自己當了這麼多年的寡婦，門前沒染上半分是非，並不是自己這個寡婦當得如何模範，而要歸功於青丘的八卦氛圍沒有九重天的濃厚。但今日這一場戲聽得她十分憂心，她覺得，似她這般已經當了寡婦的人，著實不好再被捲進這種染了桃色的傳聞。縱然是和東華的傳聞，趕在三百年前，是她想也想不來的好事。

鳳九有一個連白淺都比不上的優點。白淺是一遇上琢磨不透的事，不琢磨透不完事，鳳九則是全憑本能行事。她覺得自己最大的優點其實並不是廚藝，司命誇獎她執著時是真執著，放手時是真瀟灑，她一向也覺得自己的行事對得起這個名號。

前些時日是她沒有做好準備，但後來她想起了自己的一條座右銘。她活了這麼三萬年，身邊累起的座右銘何止成千上萬，是以這一條她刨了好些日子才重新刨出來，「不同和其他女人有牽扯的男人好，和其他男人有牽扯的男人也不行。」她曾經要死要活地喜歡過東華，那時是真執著，但是東華沒有看上她，還很有可能看上了別人。她自降身分當他宮婢的時候，白在他宮裡掃地掃了幾百年，連句話也沒夠得上同他說一說。她覺得這個事兒，就當是從來沒有過罷了，本來這個事兒，對東華而言可能就從未有過。如今她想得明白了，旁的仙如何對東華，她也如何對他，這個方是正道，當然能躲還是躲一躲，免得生些什麼不必要的枝節。

她認清這個事，就開始十分注意同他保持一個距離，但不曉得近來這個距離為什麼越保持越近，她考慮了良久，覺得應該再採取一些手段，將他倆的距離努一把力保持得更遠一些。

但她剛剛做下這個決定，就十分遲鈍地發現，右手上常戴著的葉青緹送她的那只茶色的水晶鐲子不在了。那是十分要緊的一個鐲子。

她仔細地回想片刻，弄明白，應是那一夜掉在了東華太晨宮的後府。

在他們保持一個更加遙遠的距離之前，她還得主動去找他最後一次。

正是風口浪尖，行事更需低調謹慎。但，欲不驚動旁人唔得東華一面，卻是件難辦之事。

鳳九一番思量，想到了五月初五，心中略有盤算。

東華身為天族的尊神，如今雖已半隱居在一十三天，到底還有一些差事尚未卸給天君，比如，掌管仙者的名籍。有道是「著青裙，上天門，謝天地，拜東君」，每年的五月初五，大千世界數十億凡世中因清修而飛昇的仙者，皆須登上三十六大羅天，在大羅天的青雲殿中虔誠地拜謁一回東華帝君，求賜一個相宜的階品。

而一向的慣例是，待朝會結束，朝拜的眾仙散去，東華會順便檢視一下青雲殿中的連心鏡，再逗留個一時半刻。鳳九便是看中了這一時半刻。且，她自以為計較得很是周密。

五月初五，鸞鳥合鳴，天雨曼陀羅花，無量世界生出六種震動，以示天門開啟迎八荒仙者的祥瑞。

鳳九原本做的是一大早去青雲殿外頭蹲點的打算，臨了被糰子纏住大半個早晨，好不容易甩掉近來益發聰明的糰子，一路急匆匆到得三十六天天門外，卻並未聽聞殿中傳出什麼朝拜之聲。

鳳九揣摩著，大約朝會已散了，抽出一張帕子作揩汗狀，掩了半張臉，問一個守門的小天將，「帝君他……一個人在裡頭？」

小天將是個結巴，卻是個很負責的結巴，攔在天門前道：「敢、敢問仙、仙者、者是、是何……」

鳳九捏著帕子，把臉全擋了，只露出個下巴尖兒來，道：「青丘，白淺。」

小天將一個恭謹大禮揖地，「回、回上神，帝君、確、確然、一人在、在裡頭……」

鳳九嘆了聲來得正是時候，道了聲謝，又囑咐：「對了，本上神尋他有些私事相商，暫勿放他人入內，回頭自會多謝。」話罷仍是捏著帕子，要拐過天門。

小天將不敢阻撓，卻也不願就這麼放行，抓耳撓腮地想說點什麼。

鳳九拐回來，「見到本上神，你很激動？」想了想，道：「你有沒有帕子，本上神可以給你簽個名。」

小天將撥浪鼓似地搖頭，比劃著道：「帝君、君他一人、在、在……」

鳳九頓了一陣，了悟點頭，「他一個人待著已有些時辰了？」又道：「你卻是個善解人意的，那我得趕緊去了。」說罷果真十分趕緊地就去了。

直到鳳九的背影一路分花拂柳消失得無影無蹤，小天將快急哭了，終於從喉嚨裡憋出方才沒能一氣呵成的後半句話，「一人、在殿裡、會、會見、眾、眾仙，不、不便、相、相擾啊。」

三十六天的青雲殿乃是九重天界唯一一處以青雲為蓋，碧璽為樑，紫晶為牆的殿堂，素來貴且堂皇，但好在並不只金玉其外，倒很實用，隔聲兒的效果更是一等一地好。奈何鳳九並無這個見識，打點起十二分的精神行至殿門處，謹慎地貼著大門聽了好一會兒，未聽得人聲，便覺得裡頭確然只得東華一人。

鳳九幼時得白真言傳身教，討債一事，尤要戒寒暄，一旦寒暄了就不能成事，講究的唯三個字：快、準、狠。那鐲子確然是落在東華的後府，但不得不防著他拒不承認，如此，更要在一開始便釀足氣勢一口咬定，將這樁事妥貼地硬塞到他的頭上，才好讓他給一個十全十美的交代。

鳳九醞釀了一時半刻，默唸了一遍白真教導的三字真言——快、準、狠，深吸了一口氣，既快且準又狠地……她本意是一腳踢開殿門，腳伸出去一半微覺不妥，又收回來換手去推，這麼一攬，醞釀了許久的氣勢頓時趨入虛頹之勢，唯一可取之處是聲兒挺大、挺清脆，響在高高的殿堂之上，「前幾日晚上，我的茶晶串子是不是落在你那兒……」最後一個疑問加質問的「了」字發音發了一半，硬生生折在了口中。

青雲殿中有人。

不只有人。有很多人。

鳳九愣愣望著躬身侍立於殿堂兩側的一長串仙者，都是些布衣布袍，顯見得還未冊封什麼仙位。跪在金鑾之下的一個仙者手持笏板，方才許是正對著東華陳誦己身修仙時的種種功德。

此時這一長串的仙者定定地望住鳳九，震驚之色溢於言表。唯一沒有表現出異色的是高坐在金鑾之上的東華。他漫不經心地換了隻手，撐著鑾座的扶臂，居高臨下地看著她。

鳳九愣了一瞬，半隻腳本能地退出大殿門檻，強自鎮定道：「夢遊，不小心走錯地方了。」說著另一隻腳也要退出朝堂，還伸出手來要體貼地幫諸位議事的仙者重新關好殿門。

東華的聲音不緊不慢地傳過來，「那個鐲子，」頓了頓，「的確落在我這兒了。」

鳳九被殿門的門檻絆了一跤。

東華慢條斯理地從袖子裡取出一支盈盈生輝的白玉簪，淡淡道：「簪子妳也忘了。」

殿中不知誰猛嚥了口唾沫，鳳九趴在地上裝死。

朝堂上一派寂靜，東華的聲音再次響起，冷靜地、從容地、緩緩地道：「還有這個，妳掉在溫泉裡的簪花。」頓了頓，理所當然地道：「過來拿吧。」

鳳九捂著臉扶著門檻爬起來，對著一幫震驚得已不能自已的仙者，哭腔道：「我真的是夢遊，真的走錯地方了……」

東華撐著腮，「還有……」作勢又要拿出什麼東西。

鳳九收起哭腔，一改臉上的悲容，肅穆地，「啊，好像突然就醒過來了，靈台一片清明了呢。」

她恍然大悟地，「應是虧了此處的靈光大盛吧。」

上前一揖，凜然地，「此番，確然是來找帝君取些物什的，沒走錯地方，勞煩帝君還替我收著。」

不好意思又不失靦腆地，「卻一時莽撞擾了眾位仙友的朝會，著實過意不去，改日要專程辦個道會同各位謝罪呢。」

這一串行雲流水的動作做下來，連她自己都十分驚訝，十分佩服自己，東華卻仍是沒反應，眾仙則是克制著自己不能有反應。

鳳九咬了咬牙，三步併作兩步登上丹墀。東華撐著腮，抬頭看了她一眼，見她垂頭喪氣的一副悲容，眼中閃過一絲極微弱的笑，立刻又淡下來，伸出右手，十指修長，手上放著一只鐲子，一柄簪，一朵白簪花。

鳳九有點茫然。

東華慢悠悠地說：「不自己拿，還要我送到妳手裡？」

鳳九垂著頭飛快地一件一件接過，裝得鄭重，似接什麼要緊的詔書，接住後還不忘一番謙恭地退下，直退到殿門口。強撐過這一段，她強壓抑住的丟臉之感突然反彈，臉上騰地一紅，一溜煙跑了。

青雲殿中眾仙肅穆而立，方才一意通報自己功德的仙者抱著笏板跪在地上，瞧著鳳九遠去的背影發呆。虧得東華座下還有一個有定力的仙伯，未被半路殺出的鳳九亂了心神，殷切地提點跪地的仙者，「先前正說到百年前你同一條惡蛟苦鬥，解救了中容國的公主，後來這公主要死要活地非嫁你不可，仍被你婉拒了。」興味盎然地傾身道：「那後來如何了？」被東華瞥了一眼，識趣地剎住話頭，咳了一聲，威嚴地沉聲道：「那……後事如何了，且續著方才的吧。」

青雲殿散了朝會的這一夜，依行慣例，應是由天君賜宴寶月光苑。

新晉的這一堆小神仙，除了寥寥幾個留下來在天上服侍的，大多是分封至各處的靈山仙谷，不知何日再有機緣上天來參拜，得遇天君親臨的御宴，自是著緊。

寶月光苑裡神仙扎堆，頭回上天，瞧著什麼都覺得驚奇，都覺得新鮮。

一株尚未開花的無憂樹下，有活潑的小神仙偷偷和同伴咬耳朵，「賢弟今日見了這許多天上的神仙，可曾見過青丘之國的神仙？」神秘地道：「聽說今夜可不得了，青丘之國的那位姑姑和她的侄女兒女君殿下皆會列席，傳說這二位，可是四海八荒挨著位列第一、第二的絕色，連天上的仙子也是比她們不過。」

小神仙的這位同伴正是白日裡持笏跪地的那位仙者，歷數功德後被封了個真人，連著做凡人時的姓，喚作沈真人。

沈真人未語臉先紅了一半，文不對題地道：「……白日裡闖進青雲殿的那位仙子……她、她也會來嗎？」

小神仙愣了一愣，半掩著嘴道：「愚兄打聽過了，那位女仙多半是帝君的義妹，要敬稱知鶴公主的。你看白日的形容，帝君對這個義妹也是不一般。」又自喃喃道：「哎，長得可真是美，可真是美，連愚兄這個一向不大近女色的都看呆了。我真的都看呆了，但……」他沉重地拍了拍沈真人的肩頭，「你我以凡人之軀昇仙，戒律裡頭一筆一筆寫得很清楚，即便帝君對這個義妹是一般的，沈兄還是莫想為好。」

沈真人懨懨地垂了頭。

因三十二天寶月光苑比月亮豈止高出一大截，不大夠得上拿月色照明，是以，滿苑無憂樹間遍織夜明珠，將整個苑林照得亮如白晝。

九重天有個不大好的風氣，凡是那位高權重的仙，為了撐架子，不管大宴小宴，總是抵著時辰到，裝作一副公務繁忙撥冗才得前來的大牌樣。好在，東華和連宋一向不做這個講究，凡遇著這等公宴，不是過早到就是過遲到，或者乾脆不到，抵著時辰到還從未有過……

這一回，離開宴還有好一些時辰，兩位瑞氣騰騰的神仙已低調地大駕前來。侍宴的小仙娥善解人意地在一株繁茂古木後擺了兩椅一桌，請二位上神暫歇，也是為了不讓前頭的小仙們見了他二人惶恐拘束。

沈真人同那小神仙敘話之時，倒霉催地正立在古木的前頭。一番話一字不漏盡數落入了後面兩位大仙的耳中。

當是時，東華正拆了連宋帶給他的昊天塔研究賞玩。這塔是連宋近日做的一個神兵，能吸星換月降服一切妖魔。連宋將這東西帶給他，原是想讓他看一看，怎麼來改造一下便能再添個降服仙神的功用，好排到神兵譜裡頭，將墨淵上神前些日子造的煉妖的九黎壺壓下去一頭。

連宋君收了扇子為二人斟酒，笑道：「聽說你今日在青雲殿中，當著眾仙的面戲弄鳳九來著，你座下那個忠心又耿介的小仙官重霖可急得很，一心想著如何維護你的剛正端直之名，還跑來同我討教。」

東華端視著手中寶塔，「同你討教剛正端直？他沒睡醒嗎？」

連宋噎了一噎，「算了，同你計較什麼。」喝了一盞酒，兀然想起來，「今日原是有個要事要同你說，這麼一岔，倒忘了。」扇子擱在酒杯旁敲了敲，「南荒的魔族，近來又有些異動。」

東華仍在悉心地端視被拆得七零八落的昊天塔，道：「怎麼？」

連宋靠進椅子裡，眼中帶笑，慢條斯理地道：「還能有什麼。魔族七君之一的燕池悟，當年為了魔族長公主同你聯姻而找你決鬥的那個，你還記得吧？」不緊不慢地道：「趁你不備用那個什麼鎖魂玉將你鎖入十惡蓮花境，搞得你狼狽不堪，這麼丟臉的一段，你也還記得吧？」幸災樂禍地道：「要不是那隻不知從哪裡冒出來的小狐狸為救你搭了把手，說不準你的修為就要生生被蓮花境裡的妖魔們糟蹋一半去，你姑且還是記得的吧？」末了，不無遺憾地總結，「雖然最後教你衝破了那牢籠，且將燕池悟狠狠地教訓了一頓，修理得他爹媽都認不出來。不過身為魔族七君之一，他又怎堪得如此羞辱，近日養好了神，一直想著同你再戰一場，一雪先時之恥。」

東華眼中動了一動，面無表情道：「我等著他的戰書。」

連宋訝了一訝，「我以為你近年已修身養性，殺氣漸退，十分淡泊了。」

他又皺了皺眉，「莫非，你仍覺得小狐狸是被他捉去了？不過，三百年前你不是親自前去魔族確認了一趟，並未看到那隻小狐狸嗎？」

他又感嘆，「說來也是，天大地大，竟再尋不到那樣一隻狐狸。」

一愣，他又道：「青丘的鳳九也是一隻紅狐，雖是隻九尾的紅狐，同你的那隻狐長得很不同吧……不過，你該不會是因為這個才覺得鳳九她……」

東華撐著腮，目光穿過古木的繁枝，道：「兩碼事。」

視線的終點，正停在跟著白淺後頭蹙眉跨進寶月光苑的鳳九身上，白衣、白裙、白簪花，神色有些冰冷。她不說話的時候，看著還是很端莊、很有派頭的。

白淺的眼睛從前不大好，鳳九跟著她時就如她的另一雙眼睛，練就一副極好的眼力，約略一瞟，透過青葉重疊的繁枝，見著一株巨大無憂樹後，東華正靠著椅背望著她這一方。

鳳九倒退一步，握著白淺的手，誠懇道：「我覺得，身為一個寡婦，我還是應該守一些婦道，不要這麼拋頭露面的好……」

白淺輕飄飄打斷她的話，「哦，原來妳是覺得，陪著我來赴這宴會，不若陪著昨兒上天的折顏去馴服赤焰獸給四哥當新坐騎更好，那……」

鳳九抖了抖，更緊地握住白淺的手，「但，好在我們寡婦界規矩也不是那麼地嚴明，拋頭露面之事偶為之一二，也是有益、有益……」益了半天，違心道：「有益身心健康。」

白淺笑咪咪地點了點頭，「妳說得很對。」

青丘之國的兩位帝姬一前一後法相莊嚴地踏進寶月光苑，新晉的小神仙們未見過什麼世面，陡見這遠勝世間諸色相的兩副容顏，全顧著發呆了。好在侍宴的仙者都是些機靈且見慣這二位的，頗有定力地引著姑侄二人坐上上座。無憂樹後頭，連宋握著那把破扇子又敲了敲石桌，對東華道：「你對她是個什麼意圖，覺得她不錯還是……」

東華收回目光，眼中笑意轉瞬即逝，「她挺有趣的。」

連宋用自己絕世情聖的思維解讀半天，半明不白地道：「有趣是……」便聽紫金座旁小仙官的高聲唱喏：「天君駕到……」連宋嘆了一嘆，起身道：「那昊天塔你可收好了。」

寶月光苑賜宴，原是個便宴。

雖是便宴，卻並不輕鬆。

洪荒變換的年月裡，九重天亦有一些更迭，一代一代的天君歸來又羽化，羽化又歸來，唯有東華帝君堅守在三清幻境的頂上頭，始終如一。

多年來，連天君過往的一些舊事都被諸神挑出來反覆當了好幾回的佐酒段子，卻一直未曾覓得東華的。此番破天荒地竟能得他一些傳聞，轟轟烈烈直如星火燎原，從第一天一路燒到第三十六天，直燒到天君的耳朵裡頭。

事主的其中一位自是東華，另一位，大家因實在缺乏想像力，安的是何其無辜的知鶴公主。但，也不知知鶴是如何作想，一些膽大的神仙言談裡隱約將此事提到她的跟前，她只是含笑沉默，並不否認。

這一代的天君一直對自己的誤會很大。

他覺得自己是個善解人意的仁君。

據傳言，東華對知鶴是十分有意，既有天界的尊神中意，他判斷，知鶴也不必再留在凡間受罰了，需得早早提上來才是，也是送給東華一個人情。

這決定定出來多時，他自以為在這個半嚴整不嚴整的便宴上頭提出來最好，遂特地打發了一句，令設宴的司部亦遞給尚未離開九重天的知鶴一張帖。

但這道赦令，需下得水到渠成，才不致令滿朝文武覺得自己過於偏袒東華，卻又不能太不露痕跡，要讓東華知恩。

他如許考量一番，聽說知鶴擅舞，想出一個辦法來，令十七八個仙娥陪襯著這個擅舞的知鶴在宴上跳了支她最最擅長的《鶴舞九天》。

知鶴是個聰明的仙，未辜負天君的一番心意，筵席之上，將一支《鶴舞九天》跳得直如鳳舞九天，還不是一隻鳳，而是一窩鳳，翩翩地飛舞在九天之上。

在座在站的神仙們個個瞧得目不轉睛。

一曲舞罷，天君第一個合手拍了幾拍，帶得一陣掌聲雷動。雷動的掌聲裡頭，天君垂眼看向台下，明知故問地道：「方才獻舞的，可是三百年前被發下齊麟山的知鶴仙子？」一眾仙自然稱是。他便裝作一番思忖，再做出一副惜才的模樣，道：「想不到一個負罪的仙子竟還有這樣的才情，既在凡界思過有三百年，那想來也夠了，著日便重提回九重天吧。」又想起似地瞧一眼東華，「東華君以為如何？」

一套戲做得很夠水準。

一身輕紗飄舞裝扮得如夢似幻的知鶴公主亦定定地望著她的這位義兄。

東華正第二遍拆解昊天塔，聞言掃了知鶴一眼，點頭道：「也好。」

語聲落地，斜對面咯嚓一聲響，打眼望過去，鳳九的茶杯碎成四瓣，正晾在案几上。

東華愣了愣，連宋掩著扇子稍稍挨過來，抬了抬下巴道：「你看清沒有，那瓷杯可是被她一隻手捏碎的，嘖，好身手。」

鳳九確信，東華說「也好」兩個字的時候，知鶴彎起嘴角對著自己挑釁地笑了一笑。

她記得父君白奕曾語重心長地囑咐自己，「妳年紀輕輕便位高權重，記得少同低位的神仙們置氣，別讓人看了笑話，辱沒了妳自己倒沒什麼，卻萬不可辱沒了這個身分。」

三百年來，這些話她一句一句地記在心底，遇事已極少動怒，著實練就了一副廣博胸襟和高華氣度。但面對知鶴，這套虛禮她覺得可以暫時收了。這位太晨宮的公主，從前著實大大得罪了她，是她心頭的一塊疤。

這個從前，直可追溯到兩千多年前。

那時她年紀輕不懂事，獨自一人去南荒的琴堯山玩耍，不小心招惹了一頭虎精，要吃了她，幸虧被過路的東華帝君搭救一命。打那時候，她就對東華一心相許了。為了酬謝東華的恩情，她欠了司命一個大恩，特意混進一十三天太晨宮裡頭做婢女。她十分努力，但是運氣不好，遇到東華的義妹知鶴公主處處刁難阻撓。東華不理宮務，身邊也未得什麼帝后，太晨宮泰半是知鶴掌管，她的日子不大好過。

後來東華不意被仇敵誆進十惡蓮花境，總算是讓她盼著一個機緣。她從小就是個不撞南牆不回頭的性子，為了東華，不惜將容貌、聲音、變化之能和最為寶貝的九條尾巴都出賣給魔族，化作一隻小狐狸拚了命相救。她其實也有私心，以為施給東華這樣的大恩，他便能如同她喜歡上他一般地喜歡上自己，她努力了兩千多年，終歸會有一些回報。

只是世事十分難料。

傷好後，她被默許跟在東華身旁日夜相陪，著實過了段自以為開心的日子，雖然失卻變化之能，只是一隻紅色的小靈狐，她也很滿足，睡夢裡都覺得開心。

那一夜睡得尤其糊里糊塗，清晨雀鳥尋食啄了大開的窗櫺才將她吵醒，見著枕旁東華的筆跡，寫的是若醒了便去中庭候著好餵給她吃食。她歡歡喜喜地跳下床鋪，雀躍地一路搖著僅剩的一條尾巴興沖沖地跑去中庭，卻見著花壇跟前知鶴不知何故正哭著同東華爭論什麼。她覺得這時候過去不大合宜，悄悄隱在一棵歪脖子棗樹後頭，因家中教養得好，不好意思偷聽他們說什麼，垂著頭用爪子捂住一向靈敏的耳朵。他們爭論了許久，大半是知鶴在說，一字半語地鑽進她兩隻小肉爪子沒法捂嚴實的小短耳中，嚷得她直犯暈。看著二人總算告一段落不再說話了，她撤下爪子來，卻聽到東華驀然低沉，「我既應允義父照看妳，便不會不管妳，妳同一隻寵物計較什麼？」

東華走了許久，她才從棗樹後頭鑽出來，知鶴笑咪咪地看著她，「妳看，妳不過是隻寵物，卻總是妄想著要得到義兄，不覺太可笑了嗎？」

她有些傷心，但心態還是很堅強的，覺得固然這個話親耳聽東華說出來有幾分傷人，但其實他也只是說了實情。追求東華的這條路，果然不是那麼好走的，自己還須更上進一些。豈料，這件事不過一條引線，此後的境況用「屋漏偏逢連夜雨」這句話正可形容。一連串不太想回憶的打擊重重敲醒她的美夢，樁樁件件都是傷心，雖然一向比同齡的其他小狐狸要勇敢許多，終歸還是年幼，覺得難過委屈，漸漸就感到心灰意懶了。

這一場較量裡頭，知鶴大獲全勝。鳳九其實也沒覺得輸給知鶴怎麼了，只是想到無論如何也無法令東華喜歡自己，有些可嘆可悲。可知鶴卻不知為何那樣看不慣她，她已經打定主意要離開九重天，知鶴還不願令她好過，挑著她要走的那一夜，特地穿了大紅的嫁衣來刺激她，裝作一派溫柔地撫著她的頭，「我同義兄在一起九萬年，我出生便是他一手帶大，今日終於要嫁給他，我很開心。妳是隻善良的小狐狸，妳也替我感到開心吧？」卻扯著她的耳朵將她提起來，似笑非笑地譏諷，「怎麼，妳不開心嗎？原來，妳不開心啊。」

她記得那一夜的月亮又大又圓，踩在腳底下，就像踩著命運的河流，那條河很深，是圓的，要將她淹沒。

陳年舊事如煙雲一閃即過，鳳九凝望著雲台上獻舞方畢的知鶴，覺得短短三百年，故人還是那個故人。

她從前受了知鶴一些欺凌，但出於對東華的執著，她笨拙地將這些欺凌都理解成老天爺對她的試煉，覺得知鶴可能是老天考驗她的一個工具。離開九重天後，在這個事情上她終於有幾分清醒了，沉重地認識到知鶴其實就是一個單純的死對頭，她白白讓知鶴欺負了好幾百年。但特地跑回九重天將以往受的委屈樁樁件件都還回去，又顯得自己不夠氣量。怎樣才能又報了仇又顯得自己有氣量呢？她慎重地考慮了很久，沒有考慮出來，於是這個事就此作罷了。但事隔三百多年，今日這個機緣倒是像老天揣摩透她的小心思特意安排的，既然這樣，怎麼好意思辜負老天爺的一番美意呢？且今次相見，這個死對頭還敢這麼挑釁地對她一笑，她覺得，她不給知鶴一點好看都對不起知鶴笑得這麼好看。

隨侍的小仙娥遞過來一個結實的新杯子，知鶴眼中嘲諷的笑意更深，凝在眼角，稍稍挑高了，就有幾分得意的意思。

鳳九接過杯子，見著知鶴這更加挑釁的一個笑，彎起嘴角亦回了一笑。

身旁她姑姑白淺打著扇子瞥了雲台上的知鶴一眼，又瞥了她一眼，一派寂靜端嚴中提著清亮的嗓音斥責狀向她道：「天君正同臣子們商議正事，妳如今身為青丘的女君，能面見天威親聆陛下的一些訓示，不靜心凝氣垂耳恭聽，滿面笑容是怎麼回事？」雖然看起來像是訓斥她那麼回事兒，但她和她姑姑搭戲唱雙簧唬她那個板正的老爹也不是一年兩年了，頃刻意會地一拱手，「侄女不敢，侄女只是慨嘆在我們青丘，倘若有一個仙犯了事被趕出去，非得立下天大的功德才能重列仙冊。近日聽姑父說南荒有些動向，侄女原本想著，知鶴公主是司雨的神，也是能戰的，還擔憂需派知鶴公主前去南荒立個什麼功勳才能重返九重天，原來並不需罰得那麼重，其實跳個舞就可以了。侄女覺得白替知鶴公主擔心了一場，是以開初有一個放鬆的笑；侄女又覺得九重天的法度忒開明、忒有人情味，是以後來又有欽佩的一個笑。但是突然侄女想到知鶴公主才藝雙全，犯了事固然能得幸赦免，但倘若一個無什麼才藝的仙者犯了事又該怎麼辦呢？於是再後來還有疑惑的一個笑。」

在座諸位仙者都聽出來青丘的這位帝姬一番話是在駁天君他老人家的面子，偏偏她駁得又很誠懇，很謙虛，很客氣。鳳九客客氣氣地同在座諸仙拱了拱手，繼續謙虛地道：「鄉野地方的陋見，惹各位仙僚見笑了。」坐下時還遙遙地、誠誠懇懇地朝高座上的天君又拱了拱手。連宋的扇子點了點東華手邊的昊天塔，「她說起刻薄話來，倒也頗有兩把刷子，今次這番話說得不輸你了。我父君看來倒要有些頭疼。」東華握著茶盞在手中轉了轉，瞧著遠遠裝模作樣坐得謙恭有禮的白家鳳九，「怎麼會，我比她簡潔多了。」

座上的天君著實沒料到會演上這麼一齣，但不愧是做天君的人，翻臉比翻書快這門手藝練得爐火純青，威嚴的天眼往殿內一掃，瞬時已將利害得失判得明晰，沉聲道：「青丘的帝姬這個疑惑提得甚好，九重天的法度一向嚴明，知鶴若要上天，自然是要立一個功績的。」頓了一頓，天眼再次威嚴地掃視整個大殿，補充道：「這一向也是天上律條中寫得明明白白的規矩。」但，約是覺得法度太嚴明了，顯不得他是個仁君，停了一會兒，再次補充道：「不過，南荒的異動暫且不知形勢，這樁事且容後再議不遲。」

鳳九仍然不嫌累地保持著那副謙恭知禮的儀態，遙向台上的知鶴春風化雨百川歸海地一笑。知鶴的臉白得似張紙，一雙大大的杏仁眼彷彿下一刻就要跳出火苗來，狠狠瞪著她。滿苑寂靜中，一個清冷的聲音卻突然淡淡響起，「由本君代勞了吧。」昊天塔的塔頂在東華指尖停了停，他微微抬眼，「若提她上天便要讓她上戰場的話。」知鶴猛地抬頭，雪白的臉色漸回紅意，自兩頰漫開，眼中漸生一抹殷切之色，像是重新活了過來。

天君也愣了愣，不動聲色地掃了眼列宴的仙者，除了東華便是白淺位高，正欲提聲問一問白淺的意見。她已打著扇子十分親切地笑道：「在青丘時便聽聞知鶴公主仙逝的雙親曾對帝君有過撫育之恩，帝君果然是個重情誼的。」算是贊同了。鳳九冷冷瞧了眼東華，再瞧了眼知鶴，臉上倒是一個真心實意的笑，附和她姑姑道：「帝君同公主實乃兄友妹恭。」便沒有再出聲的意思，自顧自地垂頭剝著幾顆瓜子，其他的仙者當然更沒有哪個有膽子敢駁東華的面子。天君習慣性地端了會兒架子，沉聲允了這樁事。

這一列陡生的變故，令一眾仙者瞧得亢奮不已，但多半看個熱鬧，到底發生了什麼事還是沒弄真切，只是有一點收穫：將從前在傳說中聽聞的這些上仙上神都對上了號，例如，早晨青雲殿中東華一本正經戲弄的那個，原不是他的義妹知鶴公主，卻是久負盛名的青丘女君鳳九殿下。不過，倒也有一兩個明察秋毫的，看出一些門道來，因坐得離主席極遠，偷偷地咬著耳朵，「其實這個事，我這麼理解你看對不對啊，就是小姑子和嫂子爭寵的一個事，這個小姑子可能是有一些戀兄情結在裡頭，嫂子也是看不慣這個小姑子，於是……」後來這個明察秋毫的仙者，因為理解能力特別好還難得地有邏輯，被撥給了譜世人命格本子的司命打下手，很得司命的器重，前途十分光明。

其實這一趟，白淺是代她夫君夜華來赴的這個宴會。

十里桃林的折顏上神昨日自正天門大駕，這位上神一向護白家兄妹的短，約是私下裡對夜華有個什麼提點訓誡，親點了他的名令他一路作陪。夜華的一些要緊公務，便只得白淺替他兼著。

白淺性嫌麻煩，不大喜歡應酬，眼見著酒過三巡，天君照常例遁了，便也遁了。原打算仗義地帶著鳳九一起遁，見她一個人自斟自酌得挺開心，想著她原該是個活潑的少女，成日同糰子待在慶雲殿也不是個事，該出來多走動走動才有些少年人的性子，便只囑咐了幾句，要她當心著。

她這個囑咐是白囑咐了，鳳九今夜喝酒豪邁得很，有來敬酒的仙者，皆是一杯飲盡，遇到看得順眼的，偶爾還回個一兩杯。眾仙心中皆是讚嘆，有道是酒品顯人品，深以為這位女君性格豪邁格局又大，令人欽佩。但這委實是場誤會。實因今夜夜宴上供的皆是花主釀的果蜜酒，此酒口味清淡，後勁卻彪悍，但鳳九哪裡曉得，以為喝的是什麼果汁，覺得喝個果汁也這般矯情，實在不是她青丘鳳某人的風格……除此之外還有一點，她隱約覺得今夜心火略有些旺盛，想藉這果汁將它們澆一澆。

但澆著澆著，她就有些暈，有些記不清今夕何年，何人何事何地。只模糊覺得誰說了一句什麼類似散席的話，接著一串串的神仙就過來同她打招呼，她已經開始犯糊塗，卻還是本能地裝得端莊鎮定，一一應了。

不多時，寶月光苑已寂無人聲，唯餘夜明珠還織在林間，無憂樹投下一些雜亂的樹影。

鳳九瞪著手中的酒杯，她的酒品其實是一等一地好，即便醉了也教人看不大出來，只是反應慢一些，偶爾醉得狠了會停止反應。比如此時，她覺得腦子已是一片空茫，自己是誰，在這裡做什麼，面前這個小杯子裡又盛的是什麼東西，完全不曉得。

她試著舔了一口，覺得杯中的東西口味應該很安全，突然有些口渴，嫌酒杯太小，想了想，就要換個茶杯，又想了想，乾脆換個茶缸……突然慢半拍地聽到一陣沉穩的腳步聲。

伴隨著隱約的白檀香，腳步聲停在她的面前。

她好奇地抬頭，就看到去而復返的東華，微微垂著眼，目光停在她的手指上，「妳還在這兒做什麼？」

一看到他，她一直沒反應的腦子竟然高速運轉起來，一下想起他是誰，也想起自己是誰。卻是三百年前的記憶作怪，三百年間的事她一件記不得，只覺得此時還是在太晨宮，這個俊美的、有著一雙深邃眼睛的銀髮青年是東華，而自己是喜歡著他、想盡種種辦法終於接近他的那隻小狐狸。

她遲鈍地望著他半天，舉起手裡的茶杯給他看，「喝果汁啊。」

東華俯身就著她舉起的杯子聞了一聞，抬頭看她，「這是酒。」

她又打量他半天，臉上出現困惑的表情，見他右手裡握著一只寶塔形狀的法器，自動忽略了自己喝的到底是什麼的問題，猶疑地問他：「你是不是要去和人打架？」想了想道：「那你把我帶上，不給你惹麻煩。」卻忘了自己現在是個人，還以為是那隻可以讓他隨便抱在懷裡的小靈狐，比劃著道：「我這麼一丁點大，你隨便把我揣在哪裡。」

頭上的簪花有些鬆動，啪嗒一聲落在桌子上。東華在她身旁坐下來，隨手撿起那朵簪花，遞給她，「妳喝醉了。」

她盯著簪花良久，卻沒接，目光移開來，又想了大半天，很乖巧地點了點頭，「可能是有點。」又抱著頭道：「暈暈的。」大約是暈得很，身子不受控制地直往一邊倒。

東華伸手扶住她，將她扶正，見她坐直了，才道：「還能找到路？我送妳回去。」

「騙人。」她端著杯子愣了一會兒，文不對題地道：「那時候你要去教訓那個……」呆了呆，捂著腦袋想了很久，「那個什麼來著。」委屈道：「你讓我在原地等著你，然後你就沒有回來。」又指控道：「還是我自己去找你的。」

東華正研究著將簪花插入她的髮鬢，一邊比著最合適的位置，一邊疑惑道：「什麼時候的事？」

她垂著頭乖乖地讓東華擺弄自己的頭髮，聞言抬頭，「就是不久以前啊。」東華道了聲：「別亂動。」她就真的不再動，卻篤定地又道：「我不會記錯的。」又補了一句，「我記性很好。」再補了一句，「我們狐狸的記性都很好。」

東華將簪花端端正正地插入她的髮鬢，欣賞了一會兒，才道：「妳又認錯人了？我是誰？」

「帝君啊。」她站起來，黑黝黝的大眼睛盯著他看了好半天，想起什麼似地道：「東華，但是你特別壞。」

聽到她直呼他的名字，他有些詫異，又有些好笑地看著她，「為什麼？」

她認真地道：「你說我只是個寵物。」眼中冒出一些水汽，「我走的時候，你也沒有挽留我。」

東華愣了愣，道：「我不記得我……」話沒說完，她卻迷迷瞪瞪地一個傾身倒下來，正落在他的懷中，原來是醉倒了。

東華垂著頭看她，方才她的那些話自然是胡話，無須計較。夜明珠的光柔柔鋪在她臉上，他倒從不知她喝醉了是這樣，原來，她也有十分乖巧的時候。

他騰空將她抱起來，準備將她送回慶雲殿，見她無意識地將頭更埋進他懷裡，修長的手指輕輕地拽著他的衣襟，額間的鳳羽花紅得十分冷麗妖嬈，粉色的臉上卻是一副無辜表情，一點也不像一位高高在上的女君，倒的確像是一個……她方才說的什麼來著？

他想了想，是了，寵物。

第三章　九重天屢遭戲弄

次日大早，鳳九揉著額角從慶雲殿的寢殿踱步出來，手裡還握著件男子的紫色長袍，抖開來迷迷糊糊地問糰子：「這是個什麼玩意兒？」

糰子正坐在院中的紫藤架下同他的爹娘共進早膳，聞言咬著杓子打量許久，右手的小拳頭猛地往左手裡一敲，恍然大悟道：「那是東華哥哥的外衣嘛！」

他爹夜華君提著竹筷的右手頓了頓，挑眉道：「我小的時候，喚東華一聲叔叔。」

糰子張大嘴，又合上，垂著頭一根手指一根手指地掰著算輩分去了。

鳳九愣在那兒，看了看手中的紫袍，又踏出門檻仰頭去望殿門上頭書的是不是「慶雲殿」三個字，又將目光轉回糰子身上，結巴著道：「怎、怎麼回事？」

白淺正幫糰子盛第二碗粥，聞言安撫道：「不是什麼大事，昨夜妳喝醉了，東華他做好事將妳送回慶雲殿，但妳醉得狠了，握著他的衣襟不肯放手，又叫不醒，他沒法只好將外衫脫下來留在這兒。」

鳳九想了想，開明地道：「他約莫就是個順便，不是說不清的事，也還好，無損我的清譽，也無損他的清譽。」

白淺欲言又止地看著她，沉吟道：「不過，妳也曉得，東華不能留宿在慶雲殿，外衫脫給了妳，他也不太方便，再則慶雲殿中也沒什麼他可穿的衣物，糰子便來我這裡借夜華的了。」

鳳九點頭道：「這也是沒錯的。」說著就要過來一同用膳。

白淺咳了一聲，續道：「我……睡得深了些，糰子在院子裡，嚷的聲兒略有些大，怕是整個洗梧宮都聽到了……」

鳳九停住腳步，轉回頭看向糰子，「你是怎麼嚷的？」

糰子嘟著嘴道：「就是實話實說啊。」

鳳九鬆了口氣。

糰子情景再現地道：「東華哥哥抱著鳳九姐姐回慶雲殿，鳳九姐姐拉著他不讓他回去，東華哥哥就陪了她一會兒，對了，還把衣裳脫了，但是他沒有帶可以換穿的，我就來找父君借一借。娘親，父君他是不是又在妳這裡……」攤了攤手道：「我就是這樣嚷的。」

鳳九直直地從殿門上摔了下去。

兩百多年來，自鳳九承了她姑姑白淺的君位，白奕上神嫁女的心便一日比一日切。為人的君父，他擔憂鳳九年紀輕輕繼位女君，在四海八荒間鎮不住什麼場子，一心想給她相個厲害的夫君，好對她有一些幫襯。

白奕對九重天其實沒什麼好感，只因她這個女兒在青丘已是打遍天下無敵手，不得已，才只好將挑選乘龍快婿的眼光放到天上來。於是趁著白淺的大婚，勒令了鳳九一路隨行，且要在天上住夠一個月，明裡是彰顯他們娘家人的慇懃，暗地裡卻是讓白淺照應照應這個侄女兒的紅鸞星。自以為如此便能令鳳九多結識一些才俊，廣開她的姻緣。

鳳九在天上稀里糊塗住了一個月，紅鸞星依舊蒙塵，帶孩子的本事倒是有飛速長進。掰著指頭一算，還有三日便該回青丘，自覺不能虛度光陰，該趁著這僅有的幾日再將九重天好好地逛一逛，遂攜了糰子，一路殺去風景最好的三十三喜善天。

天門後的俱蘇摩花叢旁，正圍了一圈小神仙偷偷摸摸地開賭局，拜寶月光苑賜宴那夜糰子的一聲嚷，幾日來鳳九一直注意著躲是非，不大敢往人多的地兒扎堆，卻掩不住好奇，指使了糰子喬裝過去打探，自己則隱在一株沉香樹後頭揮了半塊絲絹納涼。

她納涼的這株樹乃是這片沉香林的王，已有萬萬年壽數，尤其壯碩茂盛。

好巧不巧，正是東華帝君平日的一個休憩之所。

好巧不巧，今日東華正斜坐在樹冠的蔭蔽之處校注一本佛經。

好巧不巧，一陣和風吹過，拂來濃鬱沉香，熏得鳳九打了個噴嚏，正提醒了屈膝斜翻經卷的東華，略將經卷挪開一點，微微垂眼，目光就落在她的身上。她一向神經粗壯慣了，未有半分察覺，還在一心一意地等著糰子歸來。

不時，前去賭局打探的糰子噌噌噌如一陣旋風奔回來，扠著小肥腰狠狠喘了兩口氣，急急道：「這回賭的是個長線，在賭東華帝君哥哥……呃，叔叔，呃，爺爺，」對著稱呼好一陣糾結，「在賭他將來會娶妳還是娶知鶴公主做帝后！」

鳳九一把扶住身後的沉香樹，抹了把額頭上驚出來的冷汗，故作鎮定道：「你小小年紀，曉得長線是什麼？」

糰子苦悶地道：「我不曉得啊，但是我很好學的，就跟圍觀的一個小神仙哥哥請教了一下。結果他也沒有說出來什麼，只告訴我押知鶴公主的已經有二十五注，押妳的卻僅有三注，還是他不小心押錯的。」說完繼續苦悶地道：「我還是沒有聽懂，但是很不忍心讓妳久等，就悄悄地溜回來了。我溜的時候看到他還在同另一個哥哥理論，問可不可以把他下的那三注調到知鶴公主的名字下頭。」

鳳九沉默許久，從袖子裡掏出個金袋子，倒出來一大堆明晃晃的紅寶石，從脖子上取下一塊雕工精緻的綠琳石掛件，又從腰帶上解下一只碧綠碧綠的鳳紋玉珮，託孤似地一併遞給糰子，鄭重道：「你去給我買個兩百注。」頓了頓，「都買在我的名字下頭。」

糰子接過寶石看一陣，不能置信地道：「我還這麼小，妳就教我作弊啊？」

鳳九瞥他一眼，深沉道：「但凡祭了青丘的名頭行事，你姐姐我就容不得居人之下的，這就是所謂君王氣度了，不信你回想看看。」

糰子連想都沒想，「我聽小舅舅說，妳的課業就從沒拿過第一名，全部都是居人之下的，還有幾門是墊底的！」

鳳九一陣咳，「所謂大丈夫有所為，有所不為嘛，你的課業不也一樣。」

糰子嘟著嘴道：「胡說，我從來沒有考過最後一名。」

鳳九一副想起可怕回憶的模樣打了個哆嗦，「那是因為你還沒有學到佛理課，你都不曉得那個有多難。」

糰子憂心忡忡地也打了個哆嗦，「有那麼難嗎？」又有點不願相信這麼殘酷的現實，「可是我看東華帝君哥哥，呃，叔叔，呃，爺爺，他都是拿一本佛理書邊釣魚邊看著玩兒！」

鳳九默了一默，由衷地讚嘆道：「……真是個變態啊……」話剛落地，一縷清風拂來，又是一陣濃鬱沉香，勾出她一個刁鑽的噴嚏，捂著鼻子順風跑了兩三步才想起回頭囑咐糰子，「這個香我有些受不住，去前頭的小花林候你。」

沉香樹上，無所事事的連宋君提著打理好的蒼何劍給東華送來，正聽到鳳九最後撂下的那一句懇切點評。待樹下一雙姐弟走得遠了，搖著扇子對東華好一陣打量，「你把她怎麼了，她這麼誇你？」

東華合上佛經，不帶表情地道：「誇？成玉都是這麼誇你的？」

連宋摸了摸鼻子，「哦，她一向誇我是個無賴。」

今日甫一出門，鳳九就覺著不大順。

九重天原該是吉祥地，出慶雲殿的殿門時，卻讓她眼睜睜地瞧見兩隻烏鴉從自己頭頂上飛了過去，啪啪，還落下兩泡新鮮的鳥糞。當然，這等小事其實不足以打消她出遊的熱情。但緊接著，又在三十三天天門旁撞見一堆小神仙拿自己和知鶴打賭，自己還輸得不輕。當然，這還是不足以打消她出遊的熱情。但再接再厲的是，等她回頭想尋個清靜地歇歇腳，竟誤打誤撞地轉進一片沉香林，熏得她素來只對沉香過敏的鼻子現在還癢著，噴嚏不斷。

這一連串的徵兆似乎都說明今日不宜出行，但春光如此一派大好，打道回府未免有些吃虧。她費了一番力氣，摸索著拐進一處安全的、清幽的小花林，又想著雖然破了財，好歹讓糰子去賭桌上將自己的劣局扳了回來，這霉運也該到了盡頭，遂重新打點起精神來準備遊一遊春。驀然，卻聽得樹叢外頭傳來一陣和緩的人聲。

風一吹，那若有若無的說話聲直直灌進她耳朵裡，她心中阿彌陀佛地唸了一句，覺得看這個勢頭，今日的霉運竟有點綿綿無絕期的模樣。

照她前些日子給自己定下的一個原則，近幾日在這九重天，為了以防萬一，是要盡力躲著東華的，她已經十分注意，不料逛個小園子也能遇到他，也不曉得是個什麼緣分。她木著臉皮叮囑了一聲糰子，「待會兒帝君要是路過問起，你就說你一人在這兒撲蝴蝶。」話畢已變作一方雪白的絲帕，靜靜地躺在南陽玉打成的白玉桌之上。

自一排娑羅樹後拐出來的二人確是東華和連宋。

鳳九雖已委屈自己變作一張帕子，但並不影響聽覺，聞得腳步聲漸近，他二人正閒閒攀談。

連宋調侃道：「聽說你前幾日接了燕池悟的戰帖，明日便要去符禹山赴戰，重霖還特地拿來蒼何劍請我打磨，怎麼我就沒看出來你這是即將要赴戰的模樣？」

東華漫不經心道：「我心態好。」

連宋沒討著什麼便宜，摸了摸鼻子乾乾一笑，轉移話題道：「說來，你當年打造蒼何時是怎麼想的？巴掌大的一塊地方，竟拿鋯英石切出一萬多個截面來，還鑿刻出五千多個深淺一致的孔洞，費了我不少心神修繕清理，該不會是做了什麼隱蔽的機栝吧？」

東華回憶一陣，「沒什麼機栝，就是閒得沒事幹吧。」

連宋靜默片刻，笑道：「你這副鬼樣子也能被四海八荒數萬年如一日地稱頌，說是一派寧靜無為板正耿介，還沒有一個人前來拆穿，重霖他也真是不大容易。」頓了頓道：「我特別疑惑他到底是怎麼辦到的。」

東華沉吟道：「你這麼一說……」

連宋好奇道：「如何？」

東華繼續道：「我也覺得他不太容易。」

連宋：「……」

鳳九玉體橫陳，直挺挺地躺在桌子上，聽到他二人的腳步聲已近得響在耳畔，心中其實有些糾結，她糾結著，自己怎麼就一時鬼迷心竅地變成一張帕子了，即便要躲著他們，變張帕子也算不得周全，何況是這麼雪白的一張帕子，又躺在這麼雪白的一張桌子上，一定是有些突兀的吧，會不會一眼就被認出來呢？

糰子已在一旁給二位尊神見了兩個禮，乖巧地叫了聲帝君爺爺，又叫了聲三爺爺。

連宋許久未在私底下見過這個侄孫，撫著糰子的頭趁勢關懷了幾句他近日的課業。糰子一條一條認真地回答完，抬頭正見鳳九變的那張帕子被東華握在手裡頭正反打量，頓時呆了。

連宋亦回頭，道：「這個是……」

東華面不改色，「我遺失的一方羅帕，找了好幾天。」

糰子不敢相信地睜大眼睛，想要嚴肅地反駁，卻記起鳳九的叮囑，張開嘴又閉上。看到東華不緊不慢地將他的鳳九姐姐疊起來，小臉皺成一團，肉痛地囁嚅道：「你、你輕一點啊，鳳……帕子她可能會覺得有點疼……」

連宋疑惑地拿扇子柄指向東華手中，道：「可這式樣，明明是女仙們用的，怎麼……」

東華氣定神閒地將疊好的帕子收起來放進袖中，「聽說我是個變態，變態有這麼一張女仙才用的帕子，有什麼好奇怪的？」

袖子裡的帕子猛抖了抖，連宋詫了一詫，又往他的袖中猛看一眼，回過味來，呵呵道：「不奇怪，哈哈，誠然沒什麼奇怪。」

被疊在東華袖子裡的鳳九，一路上感到十分地憋屈。

倘若時光倒回，她覺得自己一定更長腦子一些，至少變成棵樹，就算東華憑著非凡的修為一眼看出她這個竭盡全力的障眼法，她就不信他還能將她拔起來再扛回去。

事已至此，要脫身著實是困難，除非她不顧青丘的面子，在他面前現出她青丘女君的原身來。但他十成十已看出她是個什麼，如此作為，多半是等著拿她的笑料。若是她一人做能一人當，丟個臉也怨不得什麼，反正她也挺習慣這種事，但她如今已承青丘的一個君位，樁樁作為都繫著青丘的顏面，若這樁事傳出去被她父君曉得，定是逃不了一頓鞭子。她暗自地悔了一陣，暗自地惱了一陣，又暗自地掂量一陣，決意還是隱忍不發，死不承認自己是青丘的鳳某，扮作一張貨真價實的帕子，興許他得不著什麼趣味，便將她扔了也好。

諸事一一盤點穩妥，她一陣輕鬆，方才為了不被人瞧穿，特意封了五感中的四感，此時卻於辨位不便，遂分了一些術力出來，啟開天眼。

雙眼一眨，瞧清楚已到了東華的宮邸，許是後院，只見得滿牆的菩提往生長得枝枝蔓蔓，似一道油綠的畫屏半掛在牆垣上。婀娜的綠藤晃了一晃，月亮門旁現出一個月白衫子的身影，卻是一向隱在十里桃林不怎麼搭理紅塵俗事的折顏上神，後頭還牽著個小旋風一般的糯米糰子。

鳳九一愣，回過味來，頓時感佩糰子的悟性，覺得他竟曉得去求仙格最高又護短的折顏來救她，而不是去找他那個一貫愛看她笑話的娘親，方才真是小瞧了他對姐姐的情誼，對這個小表弟立時十分地愛憐。

折顏一番寒暄，讚賞了幾句東華的園子，又讚賞了幾句他手旁那個瑞獸香爐的做工，被糰子踮著腳狠狠扯了扯袖角，才曲折地、慢吞吞地將話題移到搭救鳳九的事由上來，「不瞞賢兄，今日來賢兄的府邸相擾，其實，是為的一樁小事。」將糰子從身後一提提到跟前來，又道：「這小猴崽子趁著愚弟午休，將愚弟特地帶給他娘親的一方繡帕偷出去玩耍，方才耷拉著腦袋回來，一問才曉得是把帕子搞丟了，被賢兄拾了去。」

折顏頓了頓，故作嘆息道：「若是尋常的一塊帕子倒也沒什麼，卻因是小猴崽子雲遊的姥姥特意繡給小猴崽子的娘，託我這一趟上天順便帶過來的，很有一些特別的意義，我才跑這一趟，也顧不得打擾了賢兄，來取一取這方帕子。」

鳳九原本擔心折顏不是東華的對手，若他一開口便客氣相問：「賢兄今日可曾見到一方繡花的羅帕？」以此迂迴探聽，她敢保證東華十有八九會雲淡風輕地厚顏答他：「沒有見過。」但此時折顏的這一番話卻是齊整切斷東華矢口否認的後路。鳳九很佩服折顏，覺得他不愧是一口辣喉的老薑。

她一邊開心地從袖子裡探出來更多，一邊等著東華沒有辦法地取出她來雙手奉給折顏，果見得他修長手指探進袖中。但她顯然低估了東華的厚顏程度，修長手指一偏，與她擦身而過，一個晃眼，卻是在指間變化出另一張同她一模一樣的羅帕來，還是疊好的。他伸手遞給折顏，淡淡道：「方才喜善天拾到的正是這一方，不知是不是上神的。」一邊拿著香匙往香爐中添香，一邊又補充一句，「若不是，可去連宋君的元極宮問問，與許是他拾到了。」
折顏瞧著手裡真材實料的一張帕子，不好說是，也不好說不是，未料得自己幾十萬年的上善修為，今日竟出師未捷得如此徹底，恰巧糰子打了一個噴嚏，流出一點鼻水來，順勢將手裡據說很有些特別意義的帕子往他鼻頭上一摁，一擼，皮笑肉不笑地道：「一個帕子，還怕賢兄誆我強占它不成，賢兄自是不會做那失仙格之事，這帕子自然該是真的。」口頭上討了幾句便宜，領著糰子告辭了。
鳳九灰心地看著二人離去的背影，因素來耳聰目明，偶爾堪比千里眼、順風耳，隱約間聽到糰子還在憤憤，「你為什麼敗了，沒有將鳳九姐姐救出來，你沒有盡全力，我從今天開始不認識你了。」
折顏吊兒郎當地嗯了一嗯，道：「他又不是將你小舅舅劫了，我為何要盡全力同他撕破臉？不過年前推演鳳九丫頭的命數，命盤裡瞧著倒是個有福相的，且看她自生自滅吧，不準又是另一番造化。」又自言自語地補了句，「不過，推演命盤這等事，我幾萬年沒做了，準不準另說。」頓了頓，驚訝地道：「咦，小阿離，我瞧著你這個命盤，你最近是不是陷入情網了啊？」
糰子沉默良久，疑惑道：「情網是什麼？」
鳳九默默地在心裡咬手指頭，看這樣子，信折顏推演的什麼鬼命盤，倒不如信自己來得可靠些。不由感嘆，做人做仙，大難臨頭果然還是只能靠自己啊。
院中的白檀香越盛，東華持了香箸俯身打整如雪的香灰，將它撥弄得高一些，好蓋住爐中的活火，卻突然道：「打算裝到幾時？」

鳳九心中一窒，想他果然曉得了，幸好方才擬好了作戰計畫，此時才能沉穩以對。於是，她十分沉穩地沒有回答他。

東華漫不經心地擱了香箸，取出她來，對著日光抖開，半晌，緩緩道：「原來，變作帕子，是妳的興趣？」她心中覺得這推論十分荒謬可笑，卻還是撐著沒有回答他。

東華難得地笑了笑，雖只在眼角一閃，卻看得鳳九毛骨悚然，果然，就聽他道：「那正好，我正缺一方拭劍的羅帕，今後就勞煩妳了。」

拭劍？揩拭位列上古十大神兵，以削玄鐵亦如腐泥之名而威震四海八荒的神劍蒼何？鳳九覺得自己的牙齒有點打戰，這一次是驚嚇得一時忘了如何說話而錯失了答話的好時機，就毫無懸念地被東華又摺起來收進袖子裡頭了。

鳳九原本做的是個長久盤算，覺得以羅帕的身分被困在東華處，只需同他較量耐性，他總會有厭煩的一日將她放了，此種方式最溫和穩妥也不傷她的臉面。哪曉得東華要將她用來拭劍，她一向曉得他說到做到。本來八荒四海這些年挺清閒的，難得起什麼戰事，他有這個打算也算不得愁人，入睡的前一刻卻突然想起他應了魔君燕池悟的戰帖，明日怕是要讓蒼何大開一場殺戒，頓時打了個哆嗦，一個猛子扎起來，翩翩地浮在花梨木大床的半空。思考了半炷香的時間，她決意今夜一定要潛逃出去。

為了不驚擾東華，鳳九謹慎地自始至終未現出人形。想要破帳而出，若是人形自然容易，奈何作為一張羅帕卻太過柔軟，撞不開及地的紗帳。低頭瞧見東華散在玉枕上的銀髮，一床薄薄的雲被攔腰蓋住，那一張臉無論多少年都是一樣地好看，重要的是，貌似睡得很沉。以羅帕的身姿，除了啟開自身五感，她是使不出什麼術法助自己逃脫的。辦法也不是沒有，比如變回原身的同時捏一個昏睡訣施給東華，但不被他發現也著實困難，倘若失敗又該如何是好。

她思考一陣，夜深人靜忽然膽子格外地大，覺得能不丟臉固然是好，但丟都丟了，傳出去頂多挨她父君一兩頓鞭子，長這麼大又不是沒有挨過鞭子，偶爾再挨一回，權當是回顧一番幼時的童趣。想到此處，胸中一時湧起豪情，一個轉身已是素衣少女模樣，指尖的印伽也正正地輕點在東華額間。他竟沒什麼反應。她愣愣看著自己的手，料不到竟然這樣就成功了，果然凡間說的那一句「撐死膽大的，餓死膽小的」有些來由。

五月的天，入夜了還是有些幽涼，又是一向陰寒的太晨宮。鳳九撩開床帳，回身再看一眼沉睡的東華，權當做好事地將他一雙手攏進雲被中，想了想，又爬過他腰際扯住雲被直拉到頸項底下牢牢蓋住。做完了起身，不料自己垂下來的長長黑髮卻同他的銀髮纏在一處，怎麼也拉不開，想著那術法也不知能維持多久，狠狠心變出一把剪子將那縷頭髮絞下來，不及細細梳理，已起身探出帳簾。但做久了羅帕，一時難得把握住身體的平衡，歪歪斜斜地竟帶倒床前的屏風，稀里嘩啦忒大一陣響動，東華卻還是沒有醒過來。鳳九提心吊膽一陣，又感覺自己法術很是精進，略有得意，繼續歪歪斜斜地拐出房門。

邁出門檻，忽然省起來一事，又鄭重地退後兩步，對著床帳接二連三施了好幾個昏睡訣，直見到那些紫色的表示睡意的氣澤已漫出寶藍色的帳簾，連擺放在床腳的一株吉祥草都有些懨懨欲睏，才放心地收手關了房門，順著迴廊一拐，拐到平日東華最愛打發時間的一處小花園。

站在園林中間，鳳九長袖一拂，立時變化出一顆橙子大的夜明珠，藉著光輝匆匆尋找起當年種在園中的一簇寒石草來。

若非今夜因為種種誤會進入太晨宮，她幾乎要忘記這棵珍貴的寒石草了。根莖是忘憂的良藥，花朵又是頂級的涼菜佐料。當年司命去西方梵境聽佛祖說法，回來的時候專程帶給她，說是靈山上尋出的四海八荒最後一粒種子了。可嘆那時她已同魔族做了交易，以一隻狐狸的模樣待在東華身旁，一介狐狸身沒有什麼荷包兜帽來藏這種子，只能將它種在東華的園子裡頭。但還沒等寒石草開花結果，她已自行同東華了斷因緣離開了九重天，今日想來當日傷懷得竟忘了將這寶貝帶回去，未免十分肉痛，於是亡羊補牢地特地趕過來取。

尋了許久，在一個小花壇底下找到它，挺不起眼地扎在一簇並蒂蓮的旁邊。她小心地盡量不傷著它根莖地將它挖出來，寶貝地包好擱進袖子裡，忙完了才抬頭好好打量一番眼前的園林。當年做侍女時，被知鶴的禁令框著，沒有半分的機會能入得東華御用的這個花園，雖然後來變成一隻靈狐，跟在東華身邊可以天天在這裡蹦躂撒歡兒，但是畢竟狐狸眼中的世界和人眼中的世界有些差別，那時的世界和此時又有些差別。

鳳九瞇著眼睛來回打量這小園林。園林雖小卻別致，對面立了一方丈高的水幕同別的院子隔開，另兩面磚砌的牆垣上依舊攀的菩提往生，平日裡瞧著同其他聖花並沒什麼不同，夜裡卻發出幽幽的光來，花苞形如一盞盞小小的燈籠，瞧著分外美麗，怪不得又有一個雅稱叫明月夜花。園林正中生了一株直欲刺破天穹的紅葉樹，旁邊有方小荷塘，荷塘之上搭了頂白檀枝椏做成的六角亭。她嘆了一嘆，許多年過去，這裡竟然沒有什麼變化。偏偏，又是一個回憶很多的地方。

鳳九並不是一個什麼喜愛傷情的少女，雖然思慕東華的時候偶爾會喝個小酒遣懷排憂，但自從斷了心思後連個酒壺邊也沒沾過，連帶對東華的回憶也淡了許多。可今日既到了這麼一個夙緣深刻的地方，天上又頗情調地掛了幾顆星子，難免觸發一些關於舊日的懷念。鳳九有點出神地望著白檀木六角亭中的水晶桌子水晶凳，驚訝地發現雖然自己的記憶在對付道典佛經上勉勉強強，幾百年前的一些舊事卻記得分外清楚，簡直歷歷在目。

其實當鳳九剛從十惡蓮花境中出來，得以十二個時辰不拘地跟著東華時，這個園子裡頭還沒有這個六角亭。

彼時適逢盛夏，她一身的狐狸毛裹著熱得慌，愛在荷塘的孤船上頂兩片荷葉蔫巴巴地近水乘涼。東華瞧著她模樣很可憐，便在幾日後伐了兩株白檀樹特地在水上搭起頂亭子，下面鋪了一層冰冰涼涼的白水晶隔水，給她避暑乘涼。她四仰八叉躺在那上頭的時候，覺得十分舒適，又覺得東華十分能幹。後來發現東華的能幹遠不止此，整個太晨宮裡燃的香都是他親手調的，喝的茶是他親手種的，連平日飲用的一些酒具都是他親手燒製的，宮中的許多扇屏風也是他親手繪的。她在心裡頭默默地盤算，一方面覺得自己的眼光實在是好，很有些自豪；一方面覺得倘若能夠嫁給他，家用一定能省很多開銷，十分划算，就更加開心，並且更加喜愛東華。

她的喜愛執著而盲目，覺得東華什麼都好，每當他新做出一個東西，總是第一個撲上去表達敬佩和喜愛之意，久而久之，也幫東華養成毛病，完成一個什麼東西總是先找她這隻小狐狸來品評。因為有無盡的時間，所以做什麼都能做得好，偶爾鳳九這麼想的時候，她覺得這麼多年，東華或許一直十分寂寞。

那一日著實很稀鬆平常，她翻著肚皮躺在六角亭中，一邊想著還可以做些什麼將東華騙到手，一邊有些憂鬱地餓著肚子看星星，越看越餓，越餓越憂鬱。頭上的星光一暗，她眨眨眼睛，東華手中端了只白瓷盤落坐在她面前，瓷盤中一尾淋了小撮糖漿的糖醋魚，似有若無地飄著一些香氣。

東華擱了魚，瞟她一眼，卻不知為何有些躊躇，「剛出鍋，我做的。」

此前，她一直發愁將來和東華沒有什麼共同語言，因他濟的那些她全不濟，沒想到他連她擅長的廚藝都很濟，總算是找到同為高人的一處交集，終於放下心。她有些感動地前爪一揖跳上他膝蓋，又騰上水晶桌，先用爪子鉤起一點糖漿，想起不是人形，不能是這麼個吃法，縮回爪子有些害羞地伸長舌頭，一口舔上這條肥魚的脊背。

舌頭剛觸到醬汁，她頓住了。

東華單手支頤很專注地看著她，「好吃嗎？」

她收回舌頭，保持著嘴貼魚背的姿勢，真心覺得，這個真的是非常非常非常難吃啊。但突然記起從前姑姑給她講的一個故事，說一個不善廚藝的新婚娘子，一日心血來潮為丈夫洗手做羹湯，丈夫將滿桌筵席吃得精光後大讚其味，娘子洗杯盤時不放心，蘸了一些油腥來嘗，才曉得丈夫是誆她想博她開心，頓時十分感動，夫妻之情彌堅，傳作一段佳話。

鳳九一閉眼一咬牙，滋溜溜半炷香不到將整條魚都吞了下去，一邊捧著肚子艱難地朝東華做出一個狐狸特有的滿足笑容來以示好吃，一邊指望他心細如髮地察覺出自己這個滿足笑容裡暗含的勉強，用指頭蘸一點湯汁來親自嘗嘗。

東華果然伸出手指，她微不可察地將盤子朝他的方向推了推。東華頓了頓，她又腆著肚子推了推，東華的手指落在她沾了湯汁的鼻頭上，看她半天，「這個是……還想再來一盤？今天沒有了，明天再做給妳。」

她傻傻看著他，眨巴眨巴眼睛，突然猛力抱住他的手指往湯汁裡蘸，他終於理解到她的意思，「不用了，我剛才嘗了。」他皺了皺眉，「很難吃。」看著她，「不過想著不同物種的口味可能不一樣，就拿來給妳嘗嘗。」下結論道：「果然如此，你們狐狸的口味還真是不一般。」

鳳九愣了愣，嗷嗚一聲歪在水晶桌子上。東華擔憂地，「妳就這麼想吃？」話畢轉身走了，不消片刻又端了只盤子出現在她面前，這回的盤子是方才兩個大，裡頭的魚也挑頂肥的擱了整一雙。鳳九圓睜著眼睛看著這一盤魚，嗷嗚一聲爬起來，又嗷嗚一聲地栽倒下去。

此後，每日一大早，東華都體貼地送過來一尾肥鯉魚，難得的是，竟能一直保持那麼難吃的水準。鳳九心裡是這麼想的，她覺得東華向來是個喜怒不形於色的仙，若自己不吃，駁了他的面子，他面上雖瞧不出來，全悶在心裡成了一塊心病又委實愁人。但老是這麼吃下去也不是辦法，東華對她的誤會著實有點深。

一日泰山奶奶過來拜訪，碰巧她老人家也有隻靈寵，是隻雪狐，鳳九很有機心地當著東華的面將一盤魚分給那雪狐一大半。小雪狐矜持地嘗了小半口，頓時伸長脖子哀號一聲，一雙小爪子拚命地撓喉嚨口，總算是將不小心嚥下去的半塊魚肉費力嘔出來。

鳳九憐憫地望著滿院子瘋跑找水涮腸子的小雪狐，眨巴眨巴眼睛看向東華，眼中流露出「我們狐狸的口味其實也是很一般的，我每餐都吃下去，全是為了你！」的強烈意味。座上添茶的東華握住茶壺柄許久，若有所思地看向她，恍然，「原來妳的口味在狐狸中也算是特別的。」鳳九抬起爪子正想往他的懷中蹭，傻了片刻，絕望地踉蹌兩步，經受不住打擊地緩緩軟倒在地。

又是幾日一晃而過，鳳九被東華的廚藝折騰得掉了許多毛，覺得指望他主動發現她的真心實屬困難了，她須尋個法子自救。左右尋思，除了和盤托出再沒什麼別的好辦法，她已想好用什麼肢體語言來表述，這一日就要鼓起勇氣對東華的肥鯉魚慷慨相拒了。不經意路過書房，卻聽到無事過來坐坐的連宋君同東華聊起她。她並不是故意偷聽，只因身為狐狸，著實多有不便，比如捂耳朵，不待她將兩隻前爪舉到頭頂，半掩的房門後幾句閒話已經輕飄飄鑽進她的耳中。

先是連宋，「從前沒有聽說你有養靈寵的興趣，怎的今日養了這麼一隻靈狐？」

再是東華，「她挺特別，我和她算是有緣。」

再是連宋，「你這是誆我吧，模樣更好的靈狐我不是沒見過，青丘白家的那幾位，狐形的原身都是一等一的幾位美人，你這隻小紅狐又有什麼特別的？」

再是東華，「她覺得我做的糖醋魚很好吃。」

連宋默了一默，「……那她確實很特別。」

一番談話到此為止，房門外，鳳九憂鬱地瞧著爪子上剛摸到的新掉下來的兩撮毫毛，有點傷感又有點甜蜜。雖然許多事都和最初的設想不同，東華也完全沒有弄明白她的心意，但眼下這個情形，像是她對他廚藝的假裝認可，竟然博得了他的一些好感嗎？那若此時她跳出去告訴他一切都是騙他的……她打了個哆嗦，覺得無論如何，這是一個美好的誤會，不若就讓它繼續美好下去。雖然再堅持吃他做的鯉魚有可能全身的毛都掉光，可又有什麼關係，就當是提前進入換毛季吧。

沒想到，這一堅持，就堅持到她心灰意懶離開九重天的那一夜。

涼風襲人，一陣小風上頭，吹得鳳九有幾分清醒。雖然三萬多歲在青丘著實只能算個小輩中的小輩，但經歷一些紅塵世情，她小小的年紀也了悟了一些法理，譬如在世為仙，仙途漫漫，少不得幾多歡笑幾多遺憾，討自己開心的就記得長久一些，不開心的記恨個一陣子也就可以了，如此才能修得逍遙道，得自在法門。從前在太晨宮其實不開心時遠比開心多許多，此情此景，最終想起的都是那些令自己懷念之事，可見這個回憶大部分是好的，大部分是好的，那它就是好的。

兩三步躍到六角亭上，試了試那個許久以前就想坐坐看的水晶凳，坐上去卻覺得也不是想像中那樣舒適。她記得東華時常踞在此處修撰西天梵境佛陀處送過來的一些佛經，那時，她就偎在他的腳邊看星星。

九重天的星星比不得青丘有那美人含怯般的朦朧美態，孤零零掛在天邊與烙餅攤賣剩的涼餅也沒多少區別，並沒有什麼看頭。她不過藉著這個由頭裝一副乖巧樣同東華多待一些時辰，她的叔伯們是怎麼誆她的伯母和嬸嬸她清楚得很，想著等自己能夠說話了，也要仿效她那兩個有出息的叔伯將東華誆到青丘去，屆時她可以這麼說：「喂，你看這裡的星星這麼大，涼涼的一點不可愛，什麼時候，我帶你去我們青丘看星星啊。」一晃百年彈指一揮，這句有出息的話也終歸是沒有什麼機會說得出口。

夜到子時，不知何處傳來陣三清妙音，半天處捎上來一輪朗朗皎月，星子一應地沉入天河。她撐著腮望著天邊那一道冷冷的月光，輕聲地自言自語：「什麼時候，我帶你去我們青丘看星星啊。」一回神來，自己先愣了一愣，又搖搖頭笑了一笑，那句話被悠悠夜風帶散在碧色的荷塘裡，轉眼便沒影兒了，像是她坐在那裡，從沒有說過什麼。

幾株枝葉相覆的閻浮樹將月亮門稀疏掩映，地上落了幾顆紫色的閻浮子。東華抄著手懶洋洋靠在月亮門旁，身上著的是方才入睡的白色絲袍，外頭鬆鬆搭了件長外衫。他原本是想瞧瞧她打算如何逃出去，才一路跟著她到這園林，原以為她是慌裡慌張尋錯了路，誰承想，她倒很有目標地挖了他一棵草藥，又將園中每一樣小景都端詳一番，表情一忽兒喜一忽兒悲的，像是在想著什麼心事。

東華抬眼，瞧見紫色的睡意從自己的房中漫出，片刻已籠了大半個太晨宮，似一片吉雲繚繞，煞是祥瑞。他覺得，這丫頭方才施給他那幾個昏睡訣的時候，一定將吃奶的力都使出來了。東南方向若有似無的幾聲三清妙音也漸漸沉寂在紫色的睡意中，施法的人卻毫無察覺，大約想心事想得著實深。頃刻，過則睡倒一大片的紫氣漸漸漫進園林，漫過活水簾子，漫過高高聳立的紅葉樹，漫過白檀六角亭……東華在心中默數了三聲，啪，對著月亮想心事的姑娘果然被輕鬆地放倒了……

撩開閻浮樹幾個枝椏，東華慢條斯理地從月亮門後轉出來。園中所見皆靜，連菩提往生的幽光都較往常暗淡了許多。到得亭中，千年白檀木的木香也像是沉澱在這一方小亭不得飄散。他低頭瞧她趴在白水晶桌子上睡得一派安詳，不禁好笑，被報應到自己施的術法上頭還如此無知無覺，普天之下，就數她了，難怪聽說她爹白奕上神日日都在尋思如何給她招個厲害郎君。

他伸手捏個小印朝她身上輕輕一拂，將她重新變作一張羅帕，揣進懷中從容地繞出這睡意盎然的小園林。

第四章　決戰符禹山

鳳九睡得胡天胡地醒過來，聽得耳畔陣風急吼，覺得還在作夢，安然閉眼小寐。雙眼剛合上，一個激靈登時又睜開。昴日星君駕著日向車將旭日金光灑得遍天，行得離他們近了，瞧見他老人家倉皇下車，漸成一個小點遙相跪拜。

隱在雲團中的座座仙山自腳下飄閃而過，些許青青山頭落進眼底。鳳九愣了半天，運足氣顫抖地提手，一瞧，果然自己還是那張絲羅帕子。茫然四顧裡弄明白為何聽得這麼清晰的風聲，原來是被綁在蒼何劍的劍柄之處，佩在東華的腰間，隨他御風急行。

她混沌地回想昨夜應該是逃了出來，為何卻出現在這裡，難不成後來又被抓了回去？但也沒有這方面的記憶。或者從頭到尾她就沒有逃出來過，東華換了中衣將她重納入袖中收拾入睡時，她也跟著睡著了，後來一切皆是發夢？她盡量穩重地固定住身形，越想越有道理，又覺得那是個好夢，有些潸然。

待符禹山出現在眼前，經慘然陰風一吹，鳳九才遲遲了悟，今日東華與魔族七君之一的燕池悟在此將有一場大戰，她原是稀里糊塗被攜來了南荒。

說起東華同燕池悟的恩怨，掰著指頭可數到三百年前，傳說裡，還為的是一個女人。當然這個傳說只是小規模傳傳罷了，知情者也大多覺得東華挺無辜。

說是那年魔族的赤之魔君煦暘，打算將親生的妹妹姬蘅公主嫁給神族聯姻，左挑右挑，挑上了宅在太晨宮裡頭的東華帝君。哪曉得他的拜把兄弟青之魔君燕池悟，早對這個素有魔界解語花之稱的姬蘅公主種下情根。然，姬蘅性喜傷春悲秋，一向比較中意能寫幾句酸詩、撫幾聲閒琴的風流公子，可惜燕池悟有個全南荒魔界最風流的名字，實則是一介莽夫粗人，姬蘅公主不是很中意他，欣賞他哥哥看上的品味超然的東華多些。甚而有幾回，還當著燕池悟的面誇讚了東華幾句。這一誇，自然誇出了問題，啪一聲敲碎了燕某人積蓄已久的醋罈子。姓燕的憋了一肚子閒氣不得紓解，又捨不得發到美人身上，便氣勢洶洶地將戰帖下到太晨宮的正宮門，來找東華要求決鬥。彼時東華已隱入宮中多年不問世事，但對方已想方設法將戰書下到了家門口，也就接了。符禹山一場惡戰，天地變色、草木枯摧，最後因燕池悟耍詐，趁東華不備，用鎖魂玉將他鎖進了十惡蓮花境，才教鳳九得著機會到東華身旁，相伴三個月。

鳳九那時很感激燕池悟，覺得被他一攪，東華與魔族聯姻之事自然要黃，心下稍安。而且，看東華也著實沒有將聯姻當作一樁事，漸漸放鬆警惕地覺得可高枕無憂矣。

哪曉得三個月後，太晨宮竟一夜繁花開，高掛燈籠喜結綵。靄靄的朝陽裡，一頂軟轎將一位大大的貴人抬進正宮門。這位大大的貴人，正是紅顏禍水的姬蘅。白玉橋上，佳人掀簾下轎，水蔥樣的手指攀上鳳紋的橋欄，丹唇皓齒，明眸善睞，溶溶湖水翠煙搖，高鬟照影碧波傾，只那麼款款一站，便是一道縹緲優美的風景。

鳳九靠在東華腳邊，都看傻了。

整個太晨宮，鳳九最後一個曉得白玉橋頭緣何會演上這麼一齣，還是從知鶴的口中曉得，原來東華竟同意了此樁聯姻婚事，還應得挺痛快。幾句簡單的話，鑽進她後知後覺的耳朵裡，不啻一道晴天霹靂，轟隆隆打下來，她覺得天地登時灰了。

至於新婚當日，頂著大紅蓋頭的佳人娘子為何又變作了知鶴，最後幾天她過得渾渾噩噩，沒有弄得十分明白，不過那時知鶴對她倒是有一套說法。說凡界常有這樣的事，一些互有情意的青年男女年輕氣盛難以明白彼此心意，必定要等到某一方臨婚之時才能幡然醒悟，此乃有情人成就眷屬必經的一道坎，所以說，婚姻實乃真情的一方試金石，她和東華正是如此。那時鳳九少經世事，這樣莫名其妙的理由竟也全然地相信了，十足單純，傷心得一塌糊塗，唯覺得不妥的是東華的年紀大約已當不得「青年」二字，試金石的比喻大約也不是那個用法。

如今想來，應全是知鶴的胡謅，否則怎來後頭天君震怒罰她下界苦修以示懲戒。世情歷得多了，腦子不像從前那麼呆笨，後來她想明白東華看上知鶴的可能性著實很小。若他兜兜轉轉果然對這個浮誇的義妹動了真情，他也配不上她小小年紀就仰慕他多時的一片癡心。

到底真相如何，她有一個模糊的揣測，隱隱覺得事情大約是那個模樣，但是這等事，也找不出什麼地方求證。她只是覺得，當年東華竟點頭應了同姬蘅的婚事，說不定，倒是真心實意地很看得起姬蘅。其實，就她用諸般挑剔的眼光來揣摩，姬蘅公主也是四海八荒眾多女仙女妖中一位難得的三貞九烈純良女子。如何貌美不提，如何婦德賢良不提，如何恭儉謙孝不提，單是在十惡蓮花境中無私地搭手幫他們那幾回，便很有可圈可點之處。東華看上她理應水到渠成，縱然她鳳九當年也在十惡蓮花境中救了東華，但連她姑姑收藏的最離譜的戲本子也不是這個寫法，說翩翩公子被一個小姐和一個寵物同時搭救，這個公子後來喜歡上了寵物，沒有喜歡上小姐。輸給姬蘅，她的心裡很服氣。

符禹山頭陰風陣陣，眨眼間濃雲滾滾而來，茫茫然倒是有幾分肅殺之意，很像個戰場的樣子。鳳九從往事中抽身，本有些慨慨，抬眼瞧見身前的景致，突然高興起來。

她出生在一個和平年代，史冊所載的那幾場有名戰事她一場沒趕上，一直煩惱在這上頭沒積攢什麼見識，好不容易兩百多年前她姑父夜華君出馬大戰了一場鬼君擎蒼，據說場面很大，但她那時又倒霉催地被困在一處凡世報恩。兩百年來，她每年生辰都虔誠地發願，盼望天上地下幾個有名的大神仙能窩裡鬥打起來，可老天許是沒長耳朵，反是讓他們的情分一年親厚過一年。她原本都對這個夢想不抱什麼希望了，沒有料到，今日竟歪打正著地有幸能一飽眼福。她有點竊喜。

不管怎麼說，這個魔君是曾經將東華都算計成功了的，儘管有些卑鄙，但看得出來有兩把刷子，該是一個好對手。傳聞他性格豪爽不拘，想來該是一條粗豪壯漢，舞一雙宣花大斧，一跺腳地動山搖，一喝聲風雲色變。在鳳九的想像中，魔君燕池悟該是有這個分量。她一面想像，一面被自己的想像折服，屏住了呼吸，等著東華撥開重重霧色，讓她有幸見識見識這位豪放的英雄。

符禹山位於魔族轄制的南荒與白狐族轄制的東南荒交界之處，巍峨聳入雲端，在仙魔兩族都有一些名氣。

濃雲散開，符禹之巔卻並沒有什麼持著宣花斧的壯漢，唯見一個身量纖長的黑衣少年蹲在山頭不耐地嗑瓜子，瓜子皮稀稀落落攤了一地。鳳九四顧遊盼，思忖魔君許是什麼緣由耽誤了時辰，眼風裡卻瞧見嗑瓜子的少年騰地飛上一朵祥雲，直奔他們而來。身量瞧著清婉，唇紅齒白的長得也俊，不知是何處仙僚，不由得多看了兩眼。

標緻的少年踩著雲頭離他們數十丈遠停了下來，遙遙不知從何處扯來一把長劍，殺氣騰騰地指向東華，喝道：「你奶奶個熊的冰塊臉，累得老子在此候你半日，老子辦事最恨磨磨蹭蹭，你該不是怕了老子吧！且痛快亮出你的兵器，老子同你速戰速決，今日不把你打得滿地找牙一雪前恥，老子把名字倒過來寫！」

鳳九傻了。

她傻傻地看著眼前口口聲聲自稱老子的美麗少年，吞了一口口水，領悟了想必他就是魔族七君之一的燕池悟。但有點不能明白，她所聽聞的關於燕池悟的種種，都道此魔頭乃是個不解風情的莽夫粗人，正因如此，姬蘅公主才不願跟他。卻原來，魔族中的莽夫粗人，都是這種長得一副細皮嫩肉的小白臉嗎？她忍不住想像，那麼魔族中那些傳說十分風流的翩翩君子，又該是長得什麼樣，待腦中出現鬍子拉碴的彪形大漢手持風騷摺扇對著夕陽悲愁地唸一些傷感小詩的情形時，胃突然有些犯抽。

東華的態度全在意料之中，燕池悟一番慷慨激昂的開場白之下，他抬手涵養良好地只回了一個字，「請。」

明顯的敷衍氣得燕池悟直跳腳，橫眉怒目展露流氓本色，「我請你的奶奶！」話罷山頭狂風立起，吹開隱隱盤旋在他身後的魔瘴，展露出一方望不到頭的大澤，黑浪滾滾的大澤上，竟排了數列手持重械的甲兵。

鳳九在這上頭原本就沒見過什麼世面，嚇了一跳，東華倒是淡定，還動手將被狂風吹成一個捲兒的她耐心梳理一番，讓她能服貼地趴在他的劍柄上。

燕池悟皮笑肉不笑，眉眼顯出幾分春花照月的豔色，冷哼一聲，「老子敢找你單挑，早已有萬全準備。」鳳九還有心思空想，姬蘅不願跟姓燕的，也許另有隱情，可能覺得不能找個夫君比自己長得還漂亮，帶出去多沒有面子。又見燕池悟抬手示意腳下的甲兵，十分得意地一笑，笑意襯得他一張臉更加熠熠生輝，鳳九在心中默然點頭，是了，姬蘅不願跟他，多半是這個道理了。

燕池悟得意一笑後立即跟了一番擲地有聲的狠話，對著東華森然道：「看到沒，老子新近研究成功的這個魘魔陣法，用七千凡界生靈煉出來，費了老子不少心血。雖然全是惡靈，但你要傷他們一分，就永絕了他們超渡輪迴棄邪歸正的後路，老子倒是想看看，你們神族自詡良善之輩，怎麼來破老子的這個陣法！」頃刻間，凡人生靈煉就的一眾甲兵已尾隨著燕池悟一席狠話，攜著淒風苦雨一浪又一浪向他們撲了過來，全保留著人形的造化，眼睛卻如惡狼般含著猙獰貪婪的幽光，手中的器械在一片幽光中泛著置人於死地的冰冷殺意。

汪洋大澤，長浪滔天，密密麻麻七千生靈前仆後繼，看得人頭皮發緊。鳳九瑟瑟蹲在東華腰間，她自小就有密集恐懼症，乍見此景只覺冒了渾身的雞皮疙瘩，也顧不得再見什麼世面，一味尋思如何在東華眼皮子底下找一條退路。

還未想得十分明白，所附的蒼何劍已自發脫離了劍鞘，穩穩地落入東華手中，以睥睨眾生之態浮於符禹之巔。方圓百里銀光瞬時如煙火綻開，吞沒重重黑暗，現出千萬把同樣的劍影。鳳九茫然地被圍在這千萬把銀光閃閃的劍影正中，只覺得眼前處處白光，頭十分暈。翻手覆手之間，看不清那些劍影是如何飛出去，只覺得自己似乎也在飛，飛得似有章法又似無章法，頭更暈。耳邊聽到呼嘯的狂風和翻滾濃雲中的遍地哀號，回過神來，已重回東華的手中。紫紅的血水將大澤中的浪濤染成奇怪的顏色，偶有綻到陸上的血霧，卻像是極烈的劇毒將觸及的植物全化作縷縷青煙。接著，響起東華沒有什麼情緒的嗓音，「破了。」

鳳九暈頭轉向地想，什麼破了？

哦，是燕池悟費盡心力做的那個缺德陣法，被東華破了。

她剛托著額角定神，眼睛才能適應一些正常的光線，就見得燕池悟怒氣沖沖地攜著一抹沉重劍影殺將過來，「老子煉的這七千惡靈雖然違了天道注定受罰，但也該是受老天劈出的天雷責罰，你們當神仙的不是該竭盡所能渡他們一渡嗎？今天你的劍染上他們的血，只會背負上嗜殺的惡名，你下手倒是乾淨俐落，不怕有一天老天爺責罰你嗜殺之罪？」

鳳九心力交瘁地唸了句佛，望老天爺萬萬保佑燕池悟砍過來那一劍定要砍在蒼何的劍身上，一分一毫偏不得。但瞧那洶洶劍氣，她又離得兩劍交鋒之處如此近，即便姓燕的一分一毫不偏，說不定劍氣也要將她傷一傷。她心中一時委屈，覺得東華怎能如此缺德，不過就是戲言了一句他變態，他就計較至此。又有些自暴自棄，且隨他去，若當真今日被他害死，看他如何同他們青丘交代！如何同她的爺爺奶奶阿爹阿娘伯父伯母姑姑姑父小叔小叔父交代！

想得正熱鬧，驀然一條閃閃電光打過來，照得她心中一緊，眼風裡瞧見天邊乍然揚起一道銀光，黑色的流雲唰地被破開，雪般的劍影長驅直入，兵器相撞之聲入耳。幾個招式來回，燕池悟兀然痛哼一聲，凌亂步伐退了丈遠，戰局裡響起東華淡淡的一個反問：「嗜殺之罪？」語聲雖淡，氣勢卻沉，「本君十來萬年未理戰事，你便忘了，從前本君執掌這六界生死，是怎樣的風格？」

呼呼風聲吹得鳳九又是一陣頭暈。東華的從前。呵，東華的從前。

提起這個，鳳九比數家珍的熟練還要更為熟練些，他們青丘的來歷，母家的族譜她背誦得全無什麼流利可言，但東華的從前她能洋洋灑灑地說上三天三夜不打一個磕巴，可嘆念學時先生考仙史中的上古史她次次拿第一，全託東華的福。如今，她以為同他已沒什麼緣可言，腦中暈頭轉向地略一回想，關於他的那些傳說，一篇一篇卻仍記得很清楚。

相傳盤古一柄大斧啟開天地時，輕清的升為天，重濁的降為地，天地不再為一枚雞子，有了陰陽的造化，化生出許多的仙妖魔怪，爭搶著四海八荒的修身之地。遠古的洪荒不如今日富饒豐順，天上地下也沒有這麼多篇規矩，亂的時候多些，時常打打殺殺，連時今極為講究以大慈悲心普渡眾生的神仙們，殺伐之氣都重得很。

那時，人族和一部分的妖族還沒有被放逐到凡世的大千世界，但天地化育他們出來實在弱小，不得已只好依附於強大的神族和魔族，在八荒四海過著寄人籬下的愁悶日子。

萬萬年匆匆而過，天地幾易其主，時而魔族占據鰲頭，時而神族執掌乾坤，偶爾也有鬼族運道好挑大旗的時候，但每個時代都十分短命。

大家都很渴望出現一位讓六界都服氣且心甘情願低頭的英雄，來結束這一番顛沛流離的亂世，令各族都過得安生，且每一族都私心盼望這個英雄能降生在自己族內。那是個眾生都很樸實的年代，人們普遍沒有什麼心眼，純樸地以為生得越多，英雄出現在他們族的機遇就越大。短短幾年，仙、鬼、神、魔、人、妖六族，族族人丁興旺。

但人太多也有問題，眼看地不夠用，各族間戰事愈演愈烈，只為搶地盤。然老天就是老天，所謂天意不可妄斷，正當大家夜以繼日地為繁衍英雄而努力，為搶地盤而奔波，顧不得道一聲苦提一句累時，英雄已在天之盡頭的碧海蒼靈應聲化世，沒爹沒娘地被老天爺親自化育出來了。

誕生地是東荒一方華澤，簡單取了其中兩個字，尊號定為「東華」，便是東華帝君。

東華雖注定要成為那個時代的英雄，以及那個時代之後的傳說，卻並不像天族如今的這位太子夜華君一般，因是上天選定的擔大任之人，降生時便有諸多徵兆，比如什麼天地齊放金光，四十九隻五彩鳥圍著碧海蒼靈飛一飛之類。

東華的出生格外低調，低調得大家都不曉得他是怎麼生出來的。

僅有史冊的一筆載錄，說帝君仰接天澤、俯飲地泉，集萬物毓秀而始化靈胎。但上天怎麼化育出他來，是從一個石頭裡蹦躂出來還是一個砍竹老翁砍竹時赫然發現他蹲在竹心於是撿回去撫養，只是一筆帶過，沒有什麼更深的記載。

東華雖然自小肩負重任，但幼年時過得並不像樣，孤孤單單地長在碧海蒼靈，沒有群居的親族庇佑，時常受附近的仙妖魔怪們欺負。遠古洪荒不比如今，想學什麼本事可以去拜個師父教導，東華的一身本事全是靠他自己在拳頭裡悟得，一生戰名也是靠一場又一場實實在在的拚殺。

碧海蒼靈萬年難枯的靈泉不知染紅了多少回，這個橫空出世的紫衫青年，一路踩著纍纍的枯骨，終於立在六界之巔的高位，一統四海六合，安撫八荒眾生。

這等成才路，同幾萬年前掌樂司戰的墨淵上神不同，同近時戰名極盛的夜華君更不同。他二位一個自小由造化天地的父神撫育教養，一個被大羅天上清境的元始天尊與西方梵境的大慈大悲觀世音同力點化，是世家一貫的教養法。

鳳九小時候就更仰慕東華些，一則他救過她的命，更深的一則是崇拜尊敬，她覺得他全是靠的自己，卻能以一己之力於洪荒中了結亂世、覆手乾坤，十分了得。

能在洪荒殺伐的亂世裡坐穩天地之主的位置，其實是件不大容易之事，手段稍見軟弱，下頭便是沸反盈天亂成一鍋粥，唯有鐵血無情的鎮壓才見得些許安定。即便後來隨著天族一脈逐年壯大，東華漸移權於時年尚幼的天君，自己入主一十三天太晨宮享清福了，當年的鐵血之名在六界也是仍有餘威。因此今次燕池悟妄想以七千生靈來要挾他，也無怪他會那麼輕飄飄問上一句，是不是忘了他當年執掌六界時的風格。東華他，確然不是個有大慈大悲大菩提心的仙，自古如今。

其實，東華到底算不算得是一個仙，都還有待商榷。

鳳九小時候暗地裡愛慕東華，為瞭解他深些，上窮碧落下黃泉地搜羅了許多記載他的史文。這些史文大多是弘揚東華的功績，滿篇言語全是繞口的好聽話，唯有一卷廢舊的佚名書提了一段，說父神曾對東華有評價，說他的九住心已達專注一趣之境，因此而一念為魔、一念為神。

鳳九的禪學不佳，謄抄了這句話裝模作樣去請教她小叔白真。白真雖泰半時都顯得一副靠不住，到底多活了十來萬年，這麼一個禪學還是略懂，解惑給她聽：所謂九住心乃是修習禪定的九個層次，即內住、等住、安住、近住、調順、寂靜、最極寂靜、專注一趣和等持，若是一個人內心已達專注一趣這個境界，便是心已安住，百亂不侵了。心既已安住，那為魔為神都沒有什麼區別，端看他個人的喜好，他想成什麼就成什麼。倘若九住心達到等持之境，更是一番新氣象。世間只有西天梵境的佛祖修持到這個境界，悟得眾生即佛陀，佛陀即眾生。

鳳九耐著性子聽完，其實被她小叔住啊住啊住得頭暈眼花，覺得跟個禪字沾邊的東西果然都玄妙得很。但為了更懂東華，她私下回去又絞盡腦汁地尋思了許多天，教她琢磨出來那句話興許是這麼個意思，說東華從前非神非魔，後來擇了神道棄了魔道。但他為何選了神道，她琢磨不透，在她幼年的心中，神族和魔族除了族類不同似乎也沒什麼區分，況且魔族還有那麼多的美女。

她識得的人裡頭，除了祖父母，唯餘十里桃林的折顏上神離東華的時代近些。她收拾行囊，駕了一朵小雲彩到得桃林，托詞學塾的夫子此次留的課業是洪荒眾神考，她被一個問題難住了，特來求教，還費心地帶了她小叔白真親手打的兩支束髮玉簪來孝敬折顏。

這個禮選得甚合折顏的意，果然很討他的開心。

四月裡煙煙霞霞的桃花樹下，折顏摩挲著玉簪笑意盈盈地藹聲向她道：「東華是如何擇了神族的？」

他背書似地道：「史冊記載，當年洪荒之始天禍頻頻，唯神族所居之地年年風調雨和、子民安順。而後東華探查緣故，曉得乃是因神族俱修五戒，一不殺生二不偷盜三不淫邪四不妄語五不飲酒。」他面不改色地喝了一口酒，「此德昭昭，感化上蒼，於是滅了對神族的劫難予以我們許多功德善果，是以年年風調雨順。東華聽了這個事，十分動容，遂擇了神族棄置魔道，並發願此生將僅以神族法相現世，用大慈大悲大菩提之心修持善戒，普渡八荒眾生。」

鳳九聽得一顆心一忽兒上一忽兒下，備受鼓舞激勵，在心中更加欽佩東華：果然是清靜無為的東華，果然是無欲無求的帝君，果然是史冊傳聞中那個最傲岸耿介、冷漠有神仙味的東華帝君。

激昂間聽得折顏似笑非笑地又補一聲，道：「妳依照這個來寫，學塾的先生一定判妳高分。」

鳳九端著一個原本打算寫批注的小本兒，愣愣地道：「你這麼說，難道還有什麼隱情？」

隱情，自然是有的，且這隱情還同史書中的記載離了不止十萬八千里。

鳳九覺得，說起這個隱情，折顏是發自內心地十分開心有興致，與他方才乾巴巴同自己講正史記載分外不同。

這個隱情，它是這樣的。

據說東華在碧海蒼靈化世，經過一番磨煉，打架打得很有出息，但他本人對一統天下這等事一直不是特別有興趣。碧海之外各族還在不停地打來打去，海內一些作孽的小怪無緣加入世外的大戰局，又不肯安生，惹到他的頭上。他自然將他們一一地收拾了，但這些小怪等級雖低，上頭也是有人罩著的，罩著小怪的魔頭們覺得被拂了面子，紛紛來找他的晦氣，他當然只有將他們也收拾一番。小魔頭的上頭又有大魔頭，大魔頭的上頭又有更大的魔頭，他一路收拾過去，一日待回首，已將四海八荒最大的那個魔頭收拾成了手上的小弟。

折顏握著酒杯兒輕輕一轉，風流又八卦地一笑，「東華，妳莫看他長年示人一副冰塊臉，倒是很得女孩子們的歡心。」

東華的戰名成得早，人長得俊美，早年又出風頭，是許多女仙女妖女魔閨夢中的良人。有一個魔族哪位魔頭家的小姐，當時很有盛名，被評作四海八荒第一風流的美人，也很思慕他。遠古時，魔族的女子泰半不羈，不似神族有許多規矩束著，行事頗放蕩，看中哪個男子，一向有當夜即同對方一效鴛夢的傳統。這位小姐自見了東華便害上相思，一個涼風習習的夜裡，依著傳統悄悄然閃進東華的竹舍，幽幽地挨上他的石床，打算自薦枕席，同閨夢中的良人一夜春宵了。

東華半夜歸家，撩開床帳，見著枕席上半遮半掩的美人，愣了一愣。美人檀口輕啟，聲音嬌婉欲滴，「尊座半夜才歸家，可教妾身等得苦……」東華俯身將美人抱起，引得一聲嬌喘，「尊座真是個急性人……」急性人的東華抱起美人，無波無瀾地踱步到臥房門口，面無表情地抬手一扔，將一臉茫然的美人俐落地扔了出去，隻字未言地關門滅了燈。

這位小姐不死心，後來又被扎扎實實地扔了許多回，才漸漸地消停。但她開了一個先河，許多魔族的女子覺得，雖然注定要被東華扔出去，但聽說他都是涵養良好地將躺在他床上的女子抱起來抱到門口然後再扔出去。她們覺得，能在他懷中待個一時半刻也是很快意的一件事。是以此後更多的魔族女子前仆後繼，且她們總有種種辦法解開他在竹舍上施下的結界。天長日久，東華也就懶得設結界了，將每夜入睡前從房中扔美女出去當作一項修行的功課，這麼安生地過了好幾年。有一天夜裡，他床上終於沒有女子爬上來了，卻是個眉若遠山、眼含秋波、乍看有些病弱的水嫩美少年。他拎著這個少年扔出門去時少年還在叫嚷：「你扔她們前不是都要抱著她們嗎？怎麼扔我就是用拎的，你這個不公平啊！不公平啊！」

折顏慢悠悠添了杯酒，「以至於後來父神前去碧海蒼靈延邀東華，東華二話沒提地跟著他走了，大約這個就是後世傳說中的擇神族棄魔道吧，神族的女子較魔族，總還是有規矩些，不過要說徹底地清靜，還是到他後來避入太晨宮。」又裝模作樣地嘆息，「好好一個英雄，硬是被逼得讓世不出，難怪有一說女人是老虎，連同墨淵的崑崙墟不收女弟子也有些相似，當年妳姑姑拜給墨淵時也用的一副男兒身，幸虧妳姑姑她爭氣，沒有重蹈從前墨淵那些女弟子的覆轍，否則我見著墨淵他必定不如今日有臉面。」

揭完他人的秘辛，折顏神清氣爽地叮囑她，「隱情雖是如此，但呈給先生的課業卻不能這麼寫。」又藹聲地教導她，「學塾的夫子要的只是個標準答案，但這種題的標準答案和事實一向不盡相同。」

鳳九聽完這個因果，其實心裡有些開心，覺得東華看不上那些女子很合她的意，但轉念又有些觸景傷情，自己也思慕他，他會不會也看不上自己，捏著小本兒有些擔憂地問折顏：「那他不喜歡女孩子，也不喜歡男孩子，他就沒有一個喜歡的什麼嗎？」

折顏有些被問住，作沉思狀好一會兒，道：「這個，需得自行總結，我揣摩，那種毛茸茸的、油亮亮的，他可能喜歡。」

鳳九憂傷地接口，「他喜歡猴子嗎？」又憂傷地補問一句，「你有什麼證據？」

折顏咳了一聲，「毛茸茸的、油亮亮的，是猴子嗎？這個形容是猴子嗎？不是猴子吧。我不過看他前後三頭坐騎都是圓毛，料想他更中意圓毛一些。」

鳳九立刻提起精神，咻咻咻變化出原身來，前爪裡還握著那個本兒，「我也是圓毛的，你說，他會喜歡嗎？」話出口覺得露痕跡了些，抬起爪子掩飾地揉了一揉鼻子，「我只是隨口問問，那個，隨口問問。」

折顏饒有興致，「他更喜歡威猛一些的吧，他從前三頭坐騎全是猛虎、獅子之流。」

鳳九立刻齜牙，保持住這個表情，從牙齒縫裡擠出聲兒來，「我這個樣子，威猛不威猛？」

想想那個時候，她還是十分地單純，如果一切止於當時，也不失為一件好事，今日回想便全是童年這些別致的趣事。佛說貪心、嗔恨、愚癡乃是世間三毒，諸煩惱惡業皆是由此而生，佛祖的法說總是有一些道理的。

眼前符禹山地動山搖，一派熱鬧氣象，幾步開外，燕池悟周身裹了條十足打眼的玄光，抱著玄鐵劍一個人在玄光裡打得熱火朝天，約是中了幻警之術。東華浮立在雲頭，風吹得他衣袂飄飄，指間化出一個倒扣大缸似的罩子。鳳九識得，這個東西應是天罡罩，傳聞中聽說過，還在器物譜子上見過它的簡筆圖，是個好東西，便是天崩地裂、海荒四移，躲進這個罩子中也能保得平安，毫毛不損。

天罡罩幽幽浮在東華的腳邊，鳳九屏息瞧著他的手伸過來，拾起她肩上方才被劍風掃斷的幾截落髮，隨手揚了。落髮？鳳九垂眼一瞧，果然不知什麼時候已恢復人形，狂風正吹得長裙如絲條般飄搖在半空。

鳳九愣了一愣，節骨眼上，腦筋前所未有的靈便，一轉，訝道：「你你你你曉得我是誰，原來還有辦法強迫我回原身？」一話落地時自己被自己一個提點，一番惱怒騰地湧上心頭，「那你怎的不早些揭穿我？」

邪風一吹，她的膽子也大起來，憤憤不平道：「誠然，誠然我是因面子過不去一直假裝自己是個帕子，但你這樣也不是英雄所為，白看我的笑話是不是覺得好笑得很？」

回頭一想縱然自己不是得他偏愛的那一類女孩子，終歸還是個女孩子，一般來說都應當愛惜，可見他連她是女孩子也不當一回事，怒得又有點委屈，「你既然曉得我是誰，其實可以不把我綁來這麼個危險之地。牢牢將我拴在你的劍柄上，其實也是為了看我被嚇得發抖的樣子以此取樂吧？我說你那一句，也不是有心的。」眼角被惱怒、憤怒、慍怒種種怒氣一熏，熏得通紅。

東華一言不發地看著她，半晌，道：「抱歉。」鳳九原本就是個急性子，發了頓脾氣也平靜下來，聽他的道歉略感受用，也省起方才是激動太過了，過得還有點丟臉，覺得慚愧，揉著鼻子尷尬地咳了一聲，「算了，這次就……」東華語氣平靜地補充道：「玩過頭了。」鳳九表大度的一腔話瞬時卡在喉嚨口，卡了片刻，一股邪火噌噌噌竄到天靈蓋，氣得眼冒金星，話都說不利索。重重金星裡頭，東華的手拂上她頭頂，似含了笑，「果真這麼害怕，耳朵都露出來了。」鳳九疑心自己聽錯了，這個人長年一副棺材臉怎可能含著笑同她開玩笑？忽見身後激烈光焰如火球爆裂開來，腳下大澤的水浪也如巨蛇一般地鼓動，還沒來得及回神，身子一輕，已被東華抱起來順手扔進了一旁待命的天罡罩，還伴了一聲囑咐：「待在裡頭別出來。」鳳九本能地想至少探個頭出去，看看究竟怎麼回事，手才摸到罩壁尋找探頭而出的法門，不確定是不是聽到極低沉的三個字：「乖一些。」

前方不遠處，燕池悟滿面青紫地抱劍殺過來，看來已掙脫幻警之術，曉得方才被那幻術牽引做了場猴戲給東華看，氣得雪白的腦門上青筋直跳。

燕某人一身戾氣，瞧見被天罡罩罩住的鳳九，更是氣沖雲漢，握著傳說中好幾百斤的玄鐵劍沉沉向東華劈將過來，牙縫裡還擠出一聲大喝：「好你個奶奶的冰塊臉，看不起老子是不是，同老子打架還帶著家眷！」

一個天族尊神，一個魔族少君，這一回合招式變化更快，直激得天地變色，一時春雨霏霏，一時夏雷陣陣，一時冬雪飄飄，四季便在兩人過招之間交替而過，爆出的劍花也似團團煙花炸開在符禹山的半山頭。

鳳九貼在天罡罩的罩壁上欣賞這番精采打鬥，著實很長見識，且自喟嘆著，忽見眼前騰起一片霧障，茫茫的霧障裡頭，方才還落於下乘的燕池悟不知何時忽轉頹勢，閃著光的長劍尋了個刁鑽角度，竟有點要刺中東華胸口的意思。

鳳九瞪大眼睛，瞧著玄鐵劍白的進紅的出，蒙了一蒙，真的刺中了？怪的是慢兩步後卻是燕池悟的痛哼響起。霧障似條長蟲扭動，忽地抖擻散開，朗朗乾坤之下燕池悟周身裹了一團光被東華一掌挑開，控制不住身形地朝她那一方猛撞過來。鳳九本能一躲，忽然感到背後一脈強大磁力將她緊緊吸住，來不及使個定身術，已被捲進打著旋兒的狂風裡。她聽見東華喊了她一聲，略沉的嗓音與他素日的四平八穩略有不同，響在掀得越加猖獗的狂風裡頭，喊的是：「小白。」

鳳九蹲在獵獵風中，愣了一愣，原來東華是這樣叫她的，她覺得他叫她這個名兒叫得有幾分特別。她小的時候，其實一直很羨慕她姑姑的名字——白淺，兩個字乾乾脆脆，萬不得已她這一輩起名卻必得是三個字的。但即便三個字，她也希望是很上口的三個字，如她小叔的好朋友蘇陌葉的名字，咬在唇間都是倍感風流。再瞧瞧她，白鳳九，單喊「鳳九」二字還能算是俗趣中有雅趣，雅趣中有俗趣，像個世家子，但添上他們閣家的姓，太上老君處倒是有一味仙丸同她頗有親近，名為烏雞白鳳丸。她時時想到自個兒的名字都要扼腕長嘆，也沒有人敢當著她的面稱她的全名，搞得四海六合八荒許多人都以為她其實是姓鳳名九。可他卻叫她小白，她覺得，自己倒是挺喜歡他這個叫法的。

東華沒能追上來，受傷的燕池悟卻被狂風吹得與鳳九捲作一團。看定竟是她，攀著她的肩湊在她耳旁怒吼：「方才老子的一個計策，妳怎的沒有上當？難道老子使的幻術竟然沒有在妳的身上中用？妳難道沒有產生冰塊臉被老子砍得吐血的幻覺嗎？」一吼，又一惆悵，「老子的幻術已經不濟到這步田地了？老子還有什麼顏面活在世上？老子愧對魔君這個稱號，不如藉著這個風，把老子吹到冥司尋個畜生道投胎做王八，也不在世上丟人現眼，老子是個烈性人啊！」

鳳九心中一顫，見他攀自己攀得又緊，而自己並不想同他一道去冥司投胎做王八兄妹，捂著耳朵扯開嗓子急回：「中用的，我瞧著他吐血了。」

燕池悟一震，怒火沖天地道：「妳這小娘，既瞧見自家相好的吐血了，就當衝出天罡罩撲過去替他擋災，妳撲進來他勢必手忙腳亂，老子正好當真砍他個措手不及。老子看的齣齣戲本，都是這個演法，《四海征戰包你勝三十六計》之《美人計》也是這麼寫的。妳說，妳為什麼不能及時地撲過去，累老子反挨他一掌？」

鳳九被姓燕的吼得眼花，耳旁似劈下來一串炸雷，頭昏腦漲地回他，「沒能及時撲過去是我不對，可你……」兩人被風吹得一個趔趄，「可你也有不對，怎麼能隨便信戲本上寫的東西呢，還有……」又是一個趔趄，「那個《四海征戰包你勝三十六計》之《美人計》是天上的司命星君寫的，他從小到大同人打架從沒打勝過。奉告你一句，也信不得！」

話剛落地，兩人齊齊墜入一處深崖中。

落入崖中許久，鳳九才覺出落崖前答燕池悟的那些話，答得不大對頭。論理，她該是同東華一條戰壕裡頭的。彼時她沒撲過去替東華擋災，因她覺得，憑一介區區燕池悟，以及一介區區燕池悟的一把區區玄鐵劍，砍在自己身上說不定就將自己滅了，但砍在東華的身上，頂多是令他添個皮肉傷，沒什麼大礙。二人修為不同，法身挨刀槍的能力亦不相同，這一樁事她出於這個考量袖手了，但她內心裡，其實對東華很關懷的。他雖耍弄了她，好歹很義氣地將天罡罩讓給她，保她的平安，她也就不計較了，實在沒有挾私報復之意。但她的這些周密心思，東華如何曉得，定是嫌她不夠義氣了。兼後頭被燕池悟一通亂吼，吼得她神思不屬，竟還同姓燕的道了個歉，還誠心地交流了一些兵書的感想。鳳九覺得，東華他定是有所誤會了。怪不得前一刻還有些亟亟地喚她小白，後一刻她墜崖時連個人影都沒瞧著。設身處地一想，若自己是東華，這麼幾層連著一思量，豈止隨她墜崖不相營救那麼簡單，定要墜崖前還在她身上補兩刀出氣。一番回想，一番感慨，就生出一番惆悵：有自己這麼個隊友，東華他，一定覺得倒了八輩子的血霉吧。他，大約是真生氣了吧。

第五章　虎背熊腰偉男子

鳳九是後來聽燕池悟說，才曉得姓燕的被東華一掌挑開朝她撲過來時，正遇上地處符禹山巔的梵音谷開谷。他們這一落，正落在梵音谷一個突出來的峭壁上。

梵音谷是符禹山上十分有名的一個山谷，裡頭住的是四海八荒尤為珍貴的比翼鳥一族。

傳說中，比翼鳥族自化生以來，一直十分嬌弱，後來更是一代嬌弱過一代，稍沾了些許紅塵的濁氣便要染疾。故此，多年前他們的老祖宗歷盡千辛尋著這個梵音谷，領著全族人遁居此谷中。

為防谷外的紅塵濁氣污了谷內比翼鳥的清修，梵音谷的妙處在一甲子只開一回，一回只開那麼短短的一瞬，小小的一個縫，可容向谷內辦事的九天仙使通行。

天上專司行走梵音谷辦事的仙使，接替前任初來這個山谷時，需歷練的第一件本事，便是如何抓住開谷的那個間隙，用那麼短短的一瞬，從那麼小小的一條縫擠進山谷裡頭去。最有慧根的一個仙使練這個本事也足練了三千年。

鳳九覺得，燕池悟早不撲晚不撲，偏梵音谷開谷時撲過來；腳下的歪風不吹東不吹西，偏將他們直直吹進石壁上那個一條縫似的通道裡頭；那個石縫一分不多一分不少，剛夠他們二人並列著被吹進去。綜上所述，這究竟是一種什麼樣的運氣……

同是天涯落難人，鳳九四顧一圈，尋了條乾淨的長石坐了，見燕池悟正抱著玄鐵劍，背對她蹲在生了青藤的一處山壁旁。

她覺得，他的背影看上去有點憤怒。

方才落下來時，燕池悟正墊在鳳九的下頭，千丈高崖墜地，地上還全鋪排著鵝卵石，痛得他抽了一抽，卻是硬撐得一聲沒吭。鳳九穩穩從他身上爬下來時，他又抽了一抽，額頭冒了兩滴冷汗，還是硬撐得沒有吭聲。鳳九思量片刻，道了聲謝，覺得姓燕的雖然長得是個十足娘娘腔的臉，倒是有擔當的真男人，此舉雖算不上救了她的命，也免了許多皮肉之苦。燕池悟他，是個好人。一旦有了這個念頭，眼中瞧著他的形象立時親切許多，也不好再用「姓燕的」來稱呼。

燕池悟弱柳扶風地蹲在山壁旁，小風一拂，衣袂飄飄間，瞧著身姿纖軟，惹人憐愛。

鳳九藹聲喚他：「小燕。」

小燕回頭，柳眉倒豎，狠狠剜她一眼，含愁目裡騰起熊熊怒火，「再喊一句小燕，老子把妳的舌頭割下來下酒。」

鳳九覺得，對著這樣的小燕，自己從前並不覺得的母性也被激發出來，心底變得柔軟無比，仍是藹聲地道：「那我要喊你什麼？」

小燕想了一想，蹲著狠狠地道：「凡界的人稱那些虎背熊腰的偉男子，都喊的什麼，妳就喊老子什麼。」

鳳九瞧著燕池悟一抽一抽的瘦弱背脊，不盈一握的纖細腰肢，水筍般的手指頭，道：「小燕壯士。」

小燕壯士很受用，瞇著眼很有派地點了個頭。

鳳九前後遙望一番，道：「這個地方前不著村後不近店，不知怎麼覺得術法也使不大出，小燕壯士你身上又帶了傷需暫歇歇，不如我們隨意說說話。」

小燕壯士被連叫幾聲壯士，很受用，先前的一絲憤怒跑得很遠，難得溫和地道：「想說什麼，說吧。」

鳳九興致勃勃地湊過去，「其實，我看小燕壯士你是個義薄雲天的英雄，有個疑問想請教請教。」話中又湊過去兩分，「當年誆東華帝君入十惡蓮花境的事兒真是你做下的？我從前也一味相信，但今日卻覺得，這個事兒做得有些卑鄙，不像是你這等義薄雲天的英雄使出的手段。」

義薄雲天的小燕壯士默了一默，臉上飛起兩抹丹赤，瞧著竟似羞慚之意，半晌才道：「是、是老子做的又怎的？」

鳳九含蓄地表示驚訝。

小燕壯士惱羞成怒地道：「那冰塊臉不是個好人，妳跟了他，也不見得是個好事！」

鳳九含蓄地再表示一回驚訝，道：「你且說來。」

據小燕壯士的口述，將東華鎖進十惡蓮花境純屬一個誤會，他大爺當年，其實如同今日一般地浩然正氣，同人打架，講的是一個坦蕩，是一個光明正大。

當年，他一心仰慕姬蘅公主，聽說姬蘅的哥哥要將她另行婚配，心中十分焦急。他們魔族一向敬重武力，他覺得，倘若他打贏了東華，姬蘅定將對他另眼看待，得了姬蘅的青眼，再去向她哥哥提親，此事就成了七分。

他使了平生才學，寫成一張三寸長、一寸闊的戰帖，託有幾分交情的斗姆姥姥捎給東華，七日後得了斗姥回音，道東華回說近日太晨宮中的茶園正值採茶時節，事忙不允。

得了這個信，一方面，他覺得東華的理由託得是個正經，應時採茶對於他們這些斯文人來說一向是大事；但另一方面，他又很不甘心因這麼一件事誤了他同東華的決鬥。於是，他偷偷地潛進了東華的太晨宮，受累一夜，將待採的幾分茶地全幫他採辦了，天明時裹了茶包捎去給東華，想著幫他採了茶，照理他該感動，就能騰出幾個時辰來同自己打一場了。怎料東華行事不是一般常理可推，心安理得地接了茶包，面無表情道了聲謝，又漫不經心道近日得了幾棵香花香樹需栽種。他以為是東華考驗他，一一地接了，去田頭一看，哪裡是三四棵，足有三四十捆樹苗晾在地頭。他受累兩日，又將三四十捆香樹香花替東華栽種了，回來覆命。繞不過他事多，又說還有兩畝荷塘的淤泥需整飭。

他整飭了荷塘，又聽他道太晨宮年久失修，上頭的舊瓦需翻揀翻揀。翻揀了舊瓦，前院又有半園的杏子熟了須摘下來……

小燕壯士忙裡忙外，東華握著佛經坐在紫藤花架底下釣魚曬太陽，十分悠閒，他宮中的仙使婢子也十分悠閒，闔宮上下都悠閒。小燕壯士為了能同他一戰，忍氣吞聲地將他闔宮上下都收拾齊整，末了以功提醒他向他邀戰，請他兌現諾言。東華卻持著佛經頭也沒抬，「我什麼時候許諾給你了？」

小燕回他，「你親口說的，要是老子幫你做了什麼什麼，你就考慮同老子決鬥的事。」

東華慢悠悠地抬頭，「哦，我考慮過了，不打。」

小燕愣了，他終於搞明白，東華是在耍他。臨潛入九重天時，他座下的兩個魔使殷殷勸諫他，說東華雖在海內擔了端嚴持重的名頭，恐性子古怪，他們的君主心眼卻實，怕要吃虧，他當時還覺得兩個魔使廢話忒多。如今，真個被白白地戲耍了許久。

一陣惱怒上頭，他尋思著，一定要給東華個教訓。是夜，便闖了七層地宮拿了被東華封在宮中的鎖魂玉，逼他到符禹山同他決鬥。璧縈鎖魂玉，鎖的正是集世間諸晦暗於一世界的十惡蓮花境，此中關押的全是戾氣重重不堪教化的惡妖，倘丟失關係到整個四海八荒近百年能不能太平。

東華果真為了這方玉石追他到符禹山頂。符禹山上擺出一場惡戰，東華招招凌厲，他一時現了頹敗之相，覺得要不是前些日為他忙裡忙外費了體力，何至於如此，又氣不過，鬼迷心竅就開了那塊玉，將東華鎖進了玉中的蓮花境……

這一番才是這樁事真正的始終。

話末，小燕壯士嘆了一聲，嘆這樁事傳出去後是添在自己身上的一筆污名，氣餒地拿了一句讀書人常說的酸話總結點評，「一切，其實只是天意。」

鳳九憋了許久沒忍住，噗哧笑出聲，瞧著小燕壯士面色不善，忙正了神色道：「他真是太對不住你了，你繼續，繼續。」

燕池悟抱劍埋頭生了會兒悶氣，復又抬頭冷笑兩聲，哼哼道：「其實老子如今也不怎麼記恨他了，他也遭了報應，聽人說激怒仇人的最好辦法是憐憫他，老子現在，其實真的很憐憫他。」

鳳九寵辱不驚地表示，願洗耳恭聽，話畢，面色淡然地朝著燕池悟挪了幾分，微不可察地傾了傾身。

小燕壯士一雙柳眉足要飛到天上去，「四海八荒都傳聞東華是無欲無求的神仙，老子卻曉得他對一個人動過真情，妳想不想曉得這個人是誰？」

鳳九面無表情地道：「姬蘅。」

小燕嚇了一跳，「妳怎的曉得？」

鳳九在心裡咬住小手指，「他爺爺的，真的是姬蘅。」面上仍不動聲色，「你請說，我看跟我曉得的是不是同一回事。」

小燕說的，同鳳九從前猜的差不了幾分，東華果然是因姬蘅在十惡蓮花境的照拂，紅線一牽對她動了情。這樁事的前半截她其實比燕池悟還清楚些，因十惡蓮花境裡頭姬蘅照拂東華時，她就歪在一旁瞅著。只不過，那時她是一隻不會說話的小狐狸。

她的本心並不想在此等關鍵時刻變作狐狸，但她同人立了死約，這件事說來有些話長。

那時，東華提劍前去符禹山同人打架傳入她的耳中，她正捏了笤帚在太晨宮前院掃地，立時丟了笤帚亟亟地奔往南荒，趕著去瞧一瞧到底是怎麼個動靜。奔出天門才省起不辨方向，幸虧路過的司命肯幫忙，借了她能引路又能馱人的寶貝速行氈，匆匆將她帶到戰事的上空。

她趕到時，符禹山上已鳴金收兵，只見得一派劫後餘生的滄桑，千里焦土間嵌了個海枯石爛的小澤，正中幾團稀泥，稀泥中矗了座丈把高的玉山。原應在此對打的二人杳然不知去向，唯有個大熱天披著件緋絲貂毛大氅的不明男子浮立在雲頭，炎炎烈日下，手中還捧了個暖爐，朝鳳九道：「妳是來救人的？」鳳九看著他，覺得很熱。

稀泥中的玉山正是變化後的鎖魂玉。東華被關在裡頭。燕池悟拿不走收了神仙的玉石，將它胡亂一丟喜氣洋洋地打道回去了。穿著緋絲貂毛大氅的不明男子是玄之魔君聶初寅，他路過此處，正碰上此事，隱身留在此境，原本想討些便宜。

鎖魂玉這個東西，進去很容易，出來何其艱難，東華造它原本又留了些參差，例如，收了神仙後再難移動半分。聶初寅討不著什麼便宜正欲撒手離去，時來運轉碰上匆匆趕來的鳳九，有著九條尾巴的紅狐狸——白家鳳九。

聶初寅平生沒有什麼別的興趣，只愛收集一些油光水滑的毛皮，他家中姬妾成群，全是圓毛，沒一個扁毛，也足見他興趣的專一。尋常神仙相見，都沒有啟開法眼去瞧別人原身的道理，但在他這裡這個禮是不作數的。透過鳳九雖然還沒有長得十分開但已很是絕代的面容，他一雙法眼首先瞧見的是隱在她皮相下的原身，和身後的九條赤紅且富麗的長尾。

他抬手向鳳九，「妳是個神仙？同東華是一夥的？妳是來救他的？」得她點頭，他由衷地笑了，「他已被燕池君鎖入了妳腳下的十惡蓮花境，要進去救他，憑妳身上的修為是不夠的。」說到此處，略頓了頓，更加由衷地笑道：「妳願不願意同本君做個交易，將妳身上的毛皮和身後的九條尾巴借本君賞玩三年，本君將自己的力量借妳五分來救他，妳意下如何？」

情勢有幾分危急，鳳九乍一聽東華被鎖進了十惡蓮花境，魂都飛了一半，待飛了一半的小魂魄悠悠飄回來時，只聽見聶初寅說要將自己的力量借她五分助她營救東華。天下竟還有這等好人，她想，雖然這一身打扮著實讓人肉緊。

她的意下當然甚合，非常感激地點了頭，連點了十幾個頭。照魔族的規矩，這一點頭，契約就算成了。一道白光一閃，莫名其妙間毛皮和尾巴已被聶初寅奪了去，她才曉得方才的話自己漏聽了極重要的一半。失了九條尾巴其實沒怎的，頂多是個禿尾巴不夠漂亮，但失了毛皮，也就失了容貌，失了聲音，失了變化之能。虧得姓聶的還有幾分良心，換了她一頂極普通的紅狐狸皮，讓她暫時穿在身上。其時也容不得理論，先救東華要緊些。

無論什麼時候回憶，鳳九都覺得，她當年在十惡蓮花境中的那個出場，出得很有派頭。

當是時，她頭頂一團寶光，腳壓兩朵祥雲，承了聶初寅的力，身子見風長得數百倍大，轉入十惡蓮花境中，仰脖就颳起一陣狂風，張口就吐出一串火球，打個噴嚏都是一通電閃，整一個會移動的人間凶器。

她覺得這樣很是氣派，很是風流。但，那時東華有沒有注意到她這麼氣派又風流的一面，多年來並沒有求證過。

彼時蓮花境中的無邊世界已被東華搭出一道無邊的結界，結界彼端妖影重重，見得萬妖之形。此端不知東華在使何種法術，蒼何劍立在他身前兩丈遠，化出七十二道劍影羅成兩列，羅列的劍影又不知何故化作排排娑羅樹，盤根錯節地長出叢叢菩提往生花，於彈指間盛開凋零，幻化出漫天飄舞的花雨。飄零的花瓣在半空結成一座八柱銀蓮佛輪，奕奕而動。佛輪常轉，佛法永生，衍出永生佛法的佛輪中乍然吐出萬道金光，穿過接天的結界往彼端猙獰發怒的妖物身上一照，隔得近些的妖受金光的臨照渡化，立時匍匐皈依。瞧著挺漫長的一個仙術，實則只是一念，連一粒沙自指尖拋落墜地花費的時刻都不到。

多年以後，鳳九才曉得這個花裡胡哨的法術，乃是發自西天梵境的佛印輪之術，意在大行普渡之力，以佛光加持普照眾生，世間僅三人習得。她當時並不知它這麼稀罕，只是激動地覺得，這個法術使起來如此地有派，如果她的陶鑄劍也能這麼一變，變出七十二把掃帚來，掃院子時該有多快。

習得此術的三人，一為西天梵境的佛陀，一為崑崙墟的墨淵，一為她眼前的東華。前兩位倒確然一顆菩提心，使這個時一般為的真普渡；東華此時使這個，卻純屬逼於無奈。要走出十惡蓮花境，只有將以鎖魂玉圈出的這個世界毀了，倘若不將關在此處的妖物先行處理，毀掉這個世界衝出去時必然將妖物也帶出去；倘若以他一貫的風格將他們一劍滅了，成千上萬被滅的妖物集成的怨念又要溢往四海八荒，被有心的一利用，搞不好將天地都攪一個翻覆。考慮下來，他只有費許多的心力，將這些妖物能渡化的先渡化了，不能渡化的再滅不遲，屆時有怨念也不至於那麼許多，成不了什麼大器。豈知渡化人著實是個力氣活，妖物萬萬千千又甚眾，佛光照完一圈，已費了他八成的仙力，一時體力恢復不及，結界外卻還有幾個不堪渡化活蹦亂跳的惡妖頭頭。

東華落一回難，著實很不容易。鳳九分外珍惜這個機會，歡天喜地地登上了歷史的舞台。站在歷史的大舞台上，她豪情滿懷。一來，今時不同往日，她承了聶初寅五分的力，已是一隻貨真價實的威武紅狐；二來，下頭東華在看著，她難得在他跟前風光，不風光夠本真是對不住聶初寅詐騙她一回。

她迎風勇猛一躍，騰出東華鋪設的結界，妖物們方才被佛光照得有些遲鈍，還沒反應過來，頭頂上已迎來好一串火球天閃，或劈或滾，一劈一滾都是一個準，絕不虛發。你來我往幾十回合，素來為非作歹、縱橫妖道的幾個大惡妖，居然，就這麼被她順順利利地、一氣呵成地給滅了。

當然，她也受了些傷，皆是意外，一是噴火時，因這個技藝掌握得不是那麼熟練，將肚子上的毛燎了一些，鼓起幾個水皰；二是打電閃時，也不是特別熟練，電閃已經劈出去了，抬起的爪子卻忘了收回去，將爪子劈了個皮焦肉爛……

她神經有些粗，當時不覺如何疼痛，妖物一滅，心一寬，突然覺得疼痛入骨，順著骨脊鑽入肺腑，一抽，直直地從雲頭上摔下來，半道疼暈過去，也不知道自己掉下來時，正砸在抬頭仰望她的東華懷中。

時隔這麼多年，鳳九還記得那個時候她其實並沒有馬上醒轉過來。

她作了一個夢。

這個夢的主題如同佛祖捨身飼虎一般，極有道義。

夢裡頭烈日炎炎，煙塵裹天，碧海蒼靈乾涸成九九八十一頃桑田。

田間裸出一張石床來，東華就躺在那上頭，似乎有些日子沒吃飯了，餓得氣息奄奄的。

她瞧著他，心疼得不得了，不知道為什麼就能說話了，伸手遞給他，「要不你先啃啃我的爪子打個尖吧，已經烤好了的，還在冒油，你看。」

東華接過她的爪子，端詳半天，果然從善如流地咬了一口。她覺得有點疼，又有點甜蜜，問東華：「我特地烤得外焦裡嫩的，肉質是不是很鮮美可口呢？」

他伸手不知拿過一個什麼，「我覺得還要再加點鹽。」話落地，好一把雪白的鹽巴從天而降……她疼得嗷了一聲，汗流浹背地一個激靈，疼醒了。

她睜開眼睛，映入眼底之人果然就是東華，但握著她那隻負傷纍纍的小爪子的，卻是個白裳白裙、沒有見過的美人。她的爪子上被糊了什麼黑乎乎的膏藥，美人正撕開自己的一道裙邊，用一道指頭寬的白綾羅，纖纖十指舞動，給她一根一根地包她方才威風作戰時被烤傷了的手指頭。

鳳九後來曉得，這個國色天香的美人，就是傳說中的姬蘅，因聽說自己做了紅顏禍水，引得燕池悟跑來符禹山找東華決鬥，抱著勸架的心匆匆趕來阻止他二人的廝殺，半路上卻走岔了道不幸錯過收尾，又不知怎麼一腳踏進這個十惡蓮花境，就遇著被困的東華。

多年以後，往事俱已作古，鳳九已能憑著本心客觀一想，才覺得，姬蘅委實要比她和東華有些許緣分。她從前，卻沒有深慮過這個問題。那時她窩在姬蘅的懷抱裡，眼底現出兩三步外東華靠坐的身影，心中早已激動非常，哪裡還有什麼空閒考慮旁人之事。

其時，距東華在琴堯山救下她已過了兩千多年。

兩千多年來，他們離得比較近的一回是東華在前院的魚塘釣魚，她在魚塘的對面掃地；一回東華在後院的荷塘同人下棋，她在荷塘的對面掃地；還有一回東華提了個瓷水壺在茶地裡悠閒地給茶苗澆水，她在田埂的對面掃地……雖然她其實許多年不曾近前瞧過東華，但是他的模樣在她心中反覆地熨貼了多年，比幼時先生教導一日三誦的啟蒙讀物《往世經》還記得牢固。

他並沒有什麼變化，俊美威儀自古及今，但失了一些仙力，看上去像剛睡醒的模樣，面容中透露出些許慵懶。他懶懶地坐在一旁，撐頭瞧著姬蘅水蔥樣的手指在她火紅的狐狸皮間來來往往，默然的神色裡，隱約含著幾分認真。

姬蘅的手法確是熟練，但魔族但凡美女都愛留個尖尖長長的手指甲，鳳九的肉嫩，禁不住姬蘅的長指甲不經意一戳又一戳，痛得嗚嗚了兩聲又哼哼兩聲。東華雖然打架打得多，戰事歷了不少，仙根尚幼時負傷也是時有，但包紮傷勢這等細緻的事倒還從來沒沾過，隨手挑了幾根白綾羅，拿無根水浸了浸又往手上比了比，言簡意賅地開口道：「我來吧。」

鳳九不曉得他沒有什麼經驗，眼淚汪汪地朝他挪了挪，還委屈地抽了抽鼻子。

蓮花境正是入夜之時，有一些和暖的霧氣升騰上來，在結界中一撩，雲蒸霞蔚間，虛示了幾分輕浮。

白綾羅裹著霧氣纏上她受傷的爪子和肚皮。東華的面容瞧著還是一番與己無關的冷靜淡泊，指法卻比姬蘅要溫柔許多，她沒有怎麼覺得痛，已經包完了。他給她包傷口的模樣有一些細緻認真，她從前遠遠地瞧過他在院子裡給燒好的酒具上釉，就是這麼一副淡漠又有點專注的派頭，她覺得很好看。

東華打好最後一個結，姬蘅湊上去，「帝君你……把她包成這樣，她怎麼走路啊？」

鳳九舉起包得像小南瓜一樣的小爪子，眨巴眨巴眼睛，無根水浸過的東西沒有十天半月是乾不了的，她覺得自己的爪子涼悠悠濕漉漉，沒有了方才的痛楚。但三隻腿立久了自然不穩當，眼看一歪就要摔倒在地，萬幸被東華輕飄飄一撈拎到了懷中，捉住她被包好的爪子放在她的身前，「再吐一個火球試試。」

鳳九不甚明白他的用意，還是從善如流地吐了一個，火球碰到爪子上的綾羅，哧一聲，滅了。東華將綾羅上幾個沒有立時熄徹底的火星撥開，道：「包厚點，不容易燒穿。」

姬蘅愣了愣，又瞧了瞧鳳九，悟過來他話中的意思，笑道：「依奴的淺見，此前作戰，小狐狸受這個傷，乃是情勢相逼，平素她並不至於噴出火球來自己傷著自己，帝君怕是多慮了。」瞧著鳳九也反應過來，羞怒地睜大眼睛的樣子，憐愛地又補了一句，「你瞧她這一副聰明相，也不像是個會笨到這種境地的。」

鳳九聽姬蘅誇自己一臉的聰明相，頓時對她徒增幾分好感。

東華的手搭在她頭頂的絨毛上，緩緩梳理，聞言瞟了她一眼，「難說。」

鳳九覺得，東華對自己產生了很大的誤會，她一向就曉得東華其實喜歡一臉聰明相的，他從前的幾頭坐騎一頭比一頭聰明，這就是例證。前後一思索，她覺得為今之計，只有噴一個有力道的，且對外物有殺傷力而對自己完全沒有殺傷力的火球才能解除他對自己的誤會了。於是她撐起身子，竭盡全力地一開口——火球倒是從肚子裡醞釀了出來，卻因用力過猛，喉嚨口灌了風，癢得一陣咳嗽，嗆在嘴裡被咳嗽引出口，遇風即著，正落在她沒受傷的那隻爪子上，刺啦，爪子上的絨毛被點著了……

東華見勢急伸手握住她的小爪子，指間的仙澤籠著寒氣一繞，立時將火球凍成了個冰珠。他將她抱起來，像是對姬蘅說，又像是自言自語：「果然這麼笨。」鳳九抬起眼皮瞧一瞧被燎掉一點毛的右爪子，又瞧一瞧目不轉睛看著她的東華，慚愧得將頭默默扭向一旁，在心裡鬱悶地、痛苦地、丟臉地翻了個跟頭。

在鳳九如同一張舊宣紙的泛黃的記憶中，十惡蓮花境裡頭，她同東華，還有姬蘅共處了七日，蓋因要摧毀此間的世界供他三人走出去，需東華用這些時日蓄養精神，以恢復以往的仙力。有一句話說的是，心所安處，即是吾鄉。鳳九待在東華的身邊極是心安，看著這個一片荒蕪的十惡蓮花境也覺得百般可愛，可憐前爪壞了一隻，走路不利索，才勉強壓抑住這愉快的心情，沒有撒潑打滾地慶祝。

東華日日打坐，姬蘅則到處找吃的，找了一圈發現此地只產地瓜。其實以她的修為，一年半載不進食也無妨，東華更不用提，但鳳九卻是剛歷了場大戰，仙力折損極大，第一天沒吃東西已經餓得前胸貼後背，站都站不穩，姬蘅才專為她去辛苦地尋找吃食，拿來給她吃。鳳九覺得，姬蘅這麼為自己，她是個好人。頭三四天，她還能自己吐出火球來將地瓜烤一烤，哪裡曉得聶初寅算盤打得忒精，渡給她的法力不過能撐三天，三天後化得連煙都沒了。姬蘅習的是水系術法，也變不出什麼火苗來幫她烤地瓜。她很發愁。她有點挑食，沒有烤過的地瓜，她吃不下去。

其時，一旁打坐的東華正修回第一層仙力，似涅槃之鳳，周身騰起巨大的白色火焰，煞是壯觀美麗。因他化生的碧海蒼靈雖是仙鄉福地，納的卻是八荒極陰之氣，一向需天火的調和。每修回一層仙力，勢必以天火淬燒後才能為己身所用，正是他修行的一個法門。姬蘅看得很吃驚，鳳九比姬蘅還要沒見過世面，更加吃驚，驚了片刻，眼中一亮，忍著左前爪的痛楚撐在地上，右前爪抓起一個地瓜卯足勁兒地往火中一扔——見扔成功了很振奮，開心地一鼓作氣又扔了七八個。扔完了，兩眼放光地靜靜等候在一旁，果然，不一會兒天火漸漸熄滅，結跏趺坐的東華身旁，七零八落地散著好幾只烤熟的地瓜，飄著幽幽的香氣，他懷中還落了兩只。

姬蘅目瞪口呆地垂頭去瞧鳳九，鳳九沒有感受到她的目光，正顛顛地瘸著一個爪子歪歪倒倒地朝熟地瓜們奔跑過去，先將兩個落在東華懷裡的用右爪子小心刨出來，再將散落一旁的堆成一個小堆。

還沒堆完已經被東華拎著後頸子提了起來，姬蘅驚恐地閉上了眼。鳳九懷裡頭兩隻小爪子還抱著一個地瓜，有點燙肚子，但東華將她提得這麼高，放手的話，這個地瓜摔下去一定會摔壞，多麼可惜。

東華瞥了她一眼，將地瓜從她懷裡頭抽走，「妳一次吃得完這麼多？」

鳳九眼巴巴地點頭，她正值將養身體，其實食量很大，但瞧見東華微不可查地揚了揚眉。她不曉得他要做什麼，見他將她放下來，若無其事地把手中的地瓜掰成兩份，一大一小，只遞給她尤其小的一份，「今天，只能吃這麼多。」

她不可置信，爪子在地上刨圈圈，這麼小的一份，她根本吃不飽，聽到東華慢悠悠地道：「要嘛貼著那個石頭罰站半個時辰，就把剩下的給妳。」

鳳九委委屈屈地抱著那一小份地瓜去石頭旁罰站，站了一刻，姬蘅背著東華過來看她，蹲在她身前，「妳曉不曉得方才妳丟那幾個地瓜進去的時候，有兩個直直砸在了帝君的腦門上，我都替妳捏把冷汗。」鳳九轉過身背對著不理她，覺得她剛才沒有幫自己求情，沒有義氣。姬蘅將她轉過來，笑道：「帝君是逗著妳玩兒，妳猜我方才看到什麼？其實天火烤的那幾個地瓜烤得並不好，烤地瓜是要用小火慢慢地來烤才好吃，否則外頭烤得焦了，裡頭還是生的，吃了非拉肚子不可。帝君正在那邊用小火幫妳慢慢烘烤剩下的幾個，妳罰站完了就吃得上了。」

那天下午，鳳九吃上了三萬多年來最好吃的一頓烤地瓜。

以鳳九的經驗，倘若記憶在腦子裡，很容易混亂，尤其像他們這等活得長久的神仙。但記憶若在舌頭上，便能烙成一種本能，譬如孩提時阿娘做給她的一口家常菜，許多年之後仍能記得它的味道，也譬如東華烤給她的這頓地瓜。

其實那個時候，鳳九瞧著姬蘅那堪描入畫的一張臉，聽著她可以和東華說說話，有時也有點羨慕，但每當蓮花境入夜之時，她又很慶幸自己此時是隻小紅狐。像此時姬蘅就須得遠遠睡在巨石的另一側來避嫌，但她就能睡在東華的身旁，而且東華果然對毛茸茸的、油亮亮的物種很喜愛，夜裡寒氣騰上來，她覺得受凍的時候，他也時常將她拎到懷中來幫她取一取暖。

頭幾天的夜裡，她乖乖地依偎在東華身旁，還有點不好意思，不敢輕舉妄動，後頭幾天，她已經不曉得不好意思幾個字該怎麼寫，時常拿爪子去蹭東華的手，入睡時還假裝沒有知覺地把身體貼在東華的胸口，假如東華退後一寸，她就貼上去兩寸，假如東華打算挪個地方睡，她就無恥地在睡夢中嚶嚶嚶地假哭，這一套都是她小時候未斷奶時對她阿娘使的招式，她無恥地將它們全使到東華的身上，竟然也很管用。

十惡蓮花境最後的一夜，天上淅淅瀝瀝飄了一場雨，東華用仙術化出一個透明的罩子，鳳九貼在罩子上仰觀雨夜，覺得很好奇，雨珠從遙遙無盡的天頂墜下，竟是翠藍色的，濛濛的天幕上還有星光閃爍，襯著瑩瑩水光，像洪荒時從混沌中升起照亮大地的天燈。她很有感觸地看了一會兒，想著明日從這個地方走出去，萬一東華並不想帶她回天上，說不得就有終須的一別。就算她想再神不知鬼不覺地混進太晨宮，也須得三年後。她傷感地搖頭晃腦了一會兒，聽著叮咚的雨聲，越加感到一點孤寂，頹廢地打算蹭回來睡覺，一抬頭卻見東華已經睡熟了，銀色的長髮似山巔之雪，又似銀月之輝，他平日裡臉上有表情的時候，因偶爾閒散，故顯得臉廓柔和一些，閉眼熟睡的時候，眉眼間卻像是冰雕而成。

鳳九眼睛一亮，頓時將那微末的傷感都忘到九霄之外，躡手躡腳地匍匐著爬過去，趴在東華的面前，默默地，又有點緊張地看了一小會兒，她覺得東華是真的睡著了，閉著眼睛湊上去就要親一親他。她早就想趁他睡著的時候對他做這樣的事，只是前幾夜東華在入睡之前總還要屏息打坐個一時半刻，她等不及先睡了。今夜可能是老天爺憐憫她的虔誠用心，給她掉下來這個便宜，老天爺這麼向著她，她很喜歡。

但此時她是隻小狐狸，要嘴唇相貼地親一親東華，其實有些難度。她為難地伸出舌頭，比了半天，在東華的嘴唇旁快速地舔了一口，舔完迅猛地趴下裝睡，眼睛卻從爪子縫裡往外瞟。東華沒有醒過來。她候了片刻，蹭得近兩分，又分別在東華的下巴和臉頰旁舔了兩口，見他還是沒有什麼反應，她心滿意足，膽子也大起來，乾脆將兩隻前爪都撐在他的肩上，又在他的眼瞼、鼻子上各舔了好幾口。但是一直有點害羞，不敢往東華的嘴唇上舔。

她覺得他的嘴唇長得真是好看，顏色有些淡，看上去涼涼的，不曉得舔上去，不，她在心中神聖地將這個行為的定義上升了一個層次，是親，不曉得他的雙唇親上去是不是也這麼涼。醞釀半刻，「這就是我的初吻」，她在心中神聖又莊嚴地想道，神色也凝重起來，試探地將舌頭沾上東華的唇。千鈞一髮的一瞬，一直睡得十分安好的帝君，卻醒了。鳳九睜大眼睛，她早就想好了此種狀況，肚子裡已有對策，是以並不那麼驚慌，有些哀怨地想，這一定是全四海八荒最短的一個初吻。

璀璨的星光之下，翠藍色的雨落在透明罩子上，濺起朵朵的水花，響起叮叮咚咚的調子來，像是誰在彈奏一把瑤琴。東華被她舔得滿臉的口水，倒是沒動什麼聲色，就那麼瞧著她。

鳳九頓了一頓，端莊地收回舌頭，伸出爪子來愛惜地將東華臉上的口水揩乾淨，假裝沒有發生什麼。她覺得她此時是隻狐，東華不至於想得太多，假裝她是個寵物在親近主人應該就能矇混過去，這就是她想出的對策。她一派天真地同東華對視了片刻，預測果然矇混了過去，縱然親東華的唇親得不算久，沒有將油水揩夠，但也賺了許多，她感到很滿足，打了個呵欠，軟軟地趴倒在地準備入睡，還無意識地朝東華的身旁蹭了蹭。罩子外雨聲漸小，她迷迷糊糊地入睡，東倒西歪地翻了個身，在東華的眼皮子底下，一會兒睡成個「一」字，一會兒睡成個「人」字。

第二天一大早，鳳九醒來時天已放亮，翠藍色的雨水在罩子外頭積了一個又一個水坑，幾縷朝陽的光芒照上去，像寶石一樣閃閃發亮，很好看。東華遠遠地坐在他尋常打坐的山石旁養神，姬蘅不知從哪裡找到了一捆柴火，拿了一個方方正正的木料和一個尖利的石頭，琢磨著鑽木取火給鳳九烘烤地瓜。鳳九慢慢地走到姬蘅的身旁，好奇地看她準備怎麼用石頭來燧這個木，胃卻不知怎麼的有些酸脹。她打了一個嗝。姬蘅的火還沒有鑽出來，她已經接二連三地打了七八個嗝。姬蘅騰出一隻手來摸了摸她的肚皮，脹脹的。東華許是養好了神，看著姬蘅這個一向習水系法術的拎著一個木頭和一個石頭不知所措，緩步走過來。

此處姬蘅正將鳳九翻了一個身，打算仔細地檢查一下她的症狀，看見東華過來，憂心忡忡地招呼道：「帝君你也過來看一看，小狐狸像是有一些狀況。」鳳九被擺弄得四仰八叉躺在地上，還有一些朦朧的睡意尚未消散，睜著一雙迷茫的眼瞧著東華的雲靴頓在她的身前，蹲下來，隨著姬蘅，也摸了摸她圓滾滾的肚子。她有點臉紅，摸肚子這個事，倘若在男女之間，比在臉上舔一舔之類要出格許多，一定要十分親密的關係才能做，她的爪子有點緊張地顫了顫。

姬蘅屏住呼吸，探身問道：「小狐狸她這是怎麼了？該不是這個蓮花境有什麼濁氣，她前些日又受了傷，或是什麼邪氣入體的症候……」

東華正捏著鳳九的爪子替她把脈，道：「沒什麼。」鳳九雖然半顆心都放在了東華捏著她的手指上頭，另半顆心還是關切著自己的身體，聞言靜了靜心。卻聽到這個清清冷冷的聲音慢條斯理地又補充道：「是喜脈。」直直地盯著她一雙勉強睜大的狐狸眼，「有喜了吧。」

姬蘅手上的長木頭哐噹一聲掉下來，正中鳳九的後爪子，鳳九睡意全消，震驚難當，半天才反應過來腳被砸了，嗷嗚哽咽了一聲，眼角痛楚得滾出兩顆圓滾滾的淚花來。

東華面上的表情八風不動，一邊抬手幫鳳九揉方才被砸到的爪子，一邊泰然地看著她，雪上添霜地補充，「靈狐族的族長沒有告訴妳，你們這一族戒律森嚴，不能胡亂同人親近的原因，因一旦同人親近，便很容易……」

未盡的話被一旁的姬蘅結結巴巴地打斷，「奴……奴還真……還真尚未聽說這等……這等逸聞……」

東華瞇了瞇眼睛，「妳也是靈狐族的？」

姬蘅搖了搖頭。

東華慢悠悠地道：「非他們一族的，這樣的事當然不會告知妳，妳自然沒有聽說過。」

鳳九其時，卻已經蒙了。她並不是靈狐一族，但此時確是披著靈狐的皮。也許承了靈狐的皮，也就承了他們一族的一些特性。她雖然一直想和東華有一些發展，但是未料到，無意間發展到了這個程度，她一時，並不是那麼能夠接受。

不過，既然是自己的骨肉，還是應該生下來的吧？但孩子這個東西，到底是怎麼生下來的？聽說養胎時還有各種需注意的事項，此種問題該向何人請教？還有，倘若這個孩子生下來，應該是跟著誰來姓，東華是沒有什麼姓氏的，論家族的淵源，還是應該跟著自己姓白，不過，起一個正式的學名乃是大事，也輪不到自己的頭上，但是可以先給他起一個小名，小名就叫作白滾滾好不好呢？

一瞬間，她的腦海裡閃過許多念頭，踉蹌地從地上爬起來，踉蹌地走了幾步想找一個地方靜一靜，順便打算一下將來，一瘸一瘸的背影有點寂寥和憂鬱，卻沒有看到東華淡漠的眼中一閃而逝的一抹笑意。

那個時候她很天真，不曉得正兒八經地耍人，一直是東華一個特別的愛好和興趣。似夜華和墨淵這種性子偏冷的，假若旁人微有冒犯，他們多半並不怎麼計較。似連宋這種花花公子型的，其實很樂得別人來冒犯他，他才好加倍地冒犯回去。至於東華，他的性格稍有些許特別，但這麼萬萬年來，倒是沒幾個人冒犯了他能夠全身而退。

說來丟臉的是，她被東華整整騙了一個月，才曉得自己並沒有因親了他就平白地衍出一根喜脈來。這還是東華帶著她回到九重天，她無意間同司命相認，用爪子連比帶寫地同司命求教孕期該注意些什麼事項，被他曉得了前因後果，才告知她真相。她記得，那個時候司命是冷笑了的，指天發誓道：「妳被帝君他騙了，妳能親一親他，肚子裡就立刻揣上個小東華，我就能誰都不親地肚子裡自己長出個小司命。」她覺得司命敢用自己來發誓，說明這個誓言很真。她曉得這件事的真相，竟然還沒出息地覺得有點可惜，有點沮喪。

至於據燕池悟所說，東華與後來同他生出緣分來的姬蘅的一些故事，她沒有聽說過。在她的記憶中，當東華一把蒼何劍將十惡蓮花境裂成千萬殘片，令鎖魂玉也碎成一握齏粉的時候，他同姬蘅不過在符禹山巔客套地坐了坐，便就此分道揚鑣了。

那時她還十分擔心東華可能會覺得她是一隻來路不明的狐，他一向好清靜，不願將她領回太晨宮，姬蘅又這麼喜歡她，或許他要將她贈給姬蘅。

她這個毛茸茸的樣子天生討少女們的歡喜，又兼懂人言，就更加惹人憐愛。分手時，姬蘅果然如她所料想要討她回去撫養。東華正在幫她拆換爪子上的紗布，聞言沒有同意。鳳九提心吊膽地得到他這個反應，面上雖還矜持地裝作他如此回答於她不過一朵浮雲，心中卻高興得要命。昂首時，瞧見美目流盼的姬蘅為了爭搶她眼中蓄出了一些水汽，又有些愧疚地覺得不忍，遂在眼中亦蓄出一些模糊的水汽，做出依依不捨的模樣瞧著姬蘅，想憑此寬慰她一二。

姬蘅果然心思縝密，她這微妙的表情變化立刻被她捕捉在眼中，拭了拭眼角不存在的眼淚，執意地同東華爭搶她，「小狐狸也想跟著奴，你瞧她得知要同奴分開，眼中蓄著水汽的模樣多麼可憐，既然這是小狐狸的意願……」

鳳九聽著這個話的走向有點不大對頭，剛要警戒地收起眼中的水汽，卻已被東華拎起來。她眨巴眨巴眼睛，瞧見他一雙眉微微蹙起，下一刻，自己被乾脆又直接地塞進他寬大的袖子裡，「她一個心智還未長健全的小狐狸，懂得什麼，魔族的濁氣重，不適合她。」語聲有些冷淡，有些疏離。

她在他袖子裡掙扎地探出頭，不遠處恰逢兩朵閒雲悠悠飄來，不容姬蘅多講什麼道理，東華已帶著她登上雲頭，輕飄飄御風走了。鳳九覺得東華很冤枉她，他們九尾狐一族，因大多時以人身法相顯世的緣故，恢復狐身時偶爾的確要遲鈍一些，但她已經三萬多歲，心智長得很健全。

她拽著東華的袖子回頭目送姬蘅，聽見她帶著哭腔在後頭追喊：「帝君你尊為四海八荒一個德高望重的仙，卻同奴爭搶一隻小狐狸，不覺十分沒氣量嗎？你把小狐狸讓奴養一養，就養一個月，不，半個月，不，就十天，就十天也不行嗎……」她覺得自己小小年紀就狐顏禍水到此境地，一點不輸姑姑白淺和小叔白真的風采，真是作孽。東華一定也聽到了姬蘅這番話，但他御風卻仍御得四平八穩，顯然他並沒有在意。鳳九心中頓時有許多感嘆，她覺得姬蘅對自己這麼有情，她很承她的情，將來一定多多報答，但可見姬蘅並不瞭解東華，在東華的心中，風度和氣量之類的俗物，他一向並不計較。

她對姬蘅的完整些的回憶，不過就到這個地方罷了。另有的一些便很零碎了，皆是姬蘅以東華待娶之妻的身分入太晨宮後的事。

她那時得知東華要娶親的消息，一日比一日過得昏盲，成天懨懨的，不大記事，只覺得自她入太晨宮的四百年以來，這個幽靜的宮殿裡頭一回這麼忙碌，這麼喜氣洋洋。東華雖仍同往日一般帶著她看書下棋，但在她沉重的心中，再也感覺不到這樣尋常相處帶給自己的快樂和滿足。

姬蘅總想找機會同她親近，還親手做許多好吃的來討好她。看來，自蓮花境一別後從沒有忘記這隻她曾經喜愛過的狐，但鳳九見著她亭亭的身影總是繞道走，一直躲著她。有一回她瞧見她在花園的玉石橋上端了幾個烤熟的地瓜笑盈盈地向她招手，她拔腿就往月亮門跑，奔到月亮門的後頭，她悄悄回頭望了一眼姬蘅，瞧見她呆呆地端著那一盤烤地瓜，笑容印著將落的夕陽，十分落寞。她的心中，有一些酸楚。她躲在月亮門後許久，瞧見姬蘅亦站了許久，方才捧著那盤烤地瓜轉身默默地離開。天上的紅霞紅得十分耀眼，她看在眼中，卻有一些朦朧。

鳳九後來想過，這個世上，人與人之間自有種種不同的緣分，這些千絲萬縷的緣分構成這個大千世界，所謂神仙的修行，應是將神思轉於己身之外，多關注身外之事和身外之人，多著眼他人的緣分，如此方能洞察紅塵，不虛老天爺賜給他們神仙這個身分和雅稱。譬如司命和折顏都是這樣的仙，值得她學習一二。她從前卻太專注自己和東華，眼中只見得小小一方天地，許多事都瞧不真切，看在他人眼中也不知有多麼傻、多麼不懂事。東華自然可能和姬蘅生出緣分，甚至和知鶴生出緣分，她那時身為東華身旁最親近之人卻沒有瞧出這些端倪，細想其實有些丟臉。她做神仙做得比普通的凡人高明不了多少，不配做一個神仙。她在青丘反省自己反省了許多時日，在反省中細細回想過幾次東華是不是真的對姬蘅生了別念，究竟是何時對姬蘅生出了此種別念，卻實在回想不出，這樁事也就慢慢地被她壓到了箱底。

不想兩百多年後的今時今日，卻在梵音谷的谷底，讓當初一手造成他們三人孽緣之始的燕池悟同她解開了此惑，緣分，果然是不可思議的事。

六月初，梵音谷毒辣的日頭下，小燕壯士抹一把額頭上被烤出來的虛汗，目光悠然地望著遠方飄蕩的幾片浮雲，同端坐的鳳九娓娓道來東華幾十萬年來唯一的這段情。在他看來，這是段倒霉的情。

第六章　小狐狸的傷心

這個情開初的那一段，鳳九是曉得的，其時與姬蘅也還沒有什麼關係。

三百多年前那一日，當葳蕤仙光破開符禹之巔，東華施施然自十惡蓮花境中出來時，做的第一樁事並不是去教訓燕池悟，而是揣著她先回了一趟太晨宮。茫茫十三天，桫欏傾城之下，幾十個仙伯自太晨宮一路直跪到一十三天門，為護鎖魂玉不周而前來請罪。東華踩著茫茫青雲、陣陣佛音，目不斜視地直入宮門，眾仙伯自感罪責深重，恨不得以頭搶地。許多都是洪荒戰史中赫赫有名的戰將，她念學時從圖冊上看到過一些。

東華特地點了整個太晨宮最細心的掌案仙官重霖來照看她，但她不想被重霖照看，她覺得東華給她換換傷藥洗洗澡順順毛的就挺好，小爪子抓住他的衣襟不准他走。東華伸手將她拎得一臂遠，她的爪子短，在半空中撲騰許久也搆不著他，眼中流露出沮喪。

膽大點的兩個仙婢在一旁吃吃地笑，她覺得自尊受到傷害，憤怒地瞪了她們一眼。東華淡漠的眼底也難得泛出點笑意，將她放在軟榻上摸了摸她的頭，她覺得這是覺得她可愛的意思，眼瞅著這個空檔，打算再無恥地躥上他的胸口。他卻已經在她身周畫了個圈，結起一道禁住她的結界，吩咐靜立的幾個奴僕，「小狐狸十分活潑，好好照看，別讓她亂跑，免得爪子上的傷更嚴重。」

她還是想跟著他，使出撒手鐧來嚶嚶嚶地假哭，還抬起爪子假模假樣地擦眼淚。大約哭得不夠真誠，抬眼瞄他時被抓個正著，她厚顏地揉著眼睛繼續哭，他靠在窗邊打量她，「我最喜歡把別人弄哭了，妳再哭大聲點。」她的哭聲頓時啞在喉嚨口。見她不哭了，他才踱步過來，伸手又順了順她頭上的絨毛，「聽重霖的話，過幾天正事辦完，我再到他手裡來領妳。」她仰頭望著他，良久，屈服地、不情不願地點了個頭。

鳳九記得，那時東華俯身看著她的表情十分柔和。其實如今想來，同她姑姑看戲本子或者司命看命格簿子也沒有什麼兩樣，那確然是……瞧著寵物的神情。

鳳九嘆了口氣。都是些歷歷在目的往事，遙記這一別後足有三四天東華都未出現，最後是她等得不耐煩騙重霖解開了結界，待她偷溜出去尋找東華時，才半道在南天門遇到了他。此前她並不覺得這三四天裡頭能發生什麼大事，若干年後的此時聽燕池悟眉飛色舞一番言說，才曉得這幾天裡的事竟件件驚心動魄。

這是她、東華、姬蘅三個人的故事中，她不曉得的那後半截。

東華失蹤的那幾日，毫無懸念是去找小燕壯士單挑了，且毫無懸念地挑贏了。關於這一段，小燕壯士只是含糊地、有選擇地略提了提，末了揉著鼻子喊聲道：「其實，按理說和老子打完了，他就該打哪兒來滾哪兒去，老子想不通他為什麼要晃去白水山。」

鳳九頂著一片從山石旁採下來的半大樹葉，聊勝於無地遮擋頭頂毒辣的日頭，接口道：「大約打完架他覺得還有空，就順便去白水山尋一尋傳說中的那一對龍腦樹和青……」

這個說法刺痛了小燕壯士一顆敏感且不服輸的心，用憂鬱而憤怒的眼神將鳳九口中最後的那個「蓮」字生生逼退，「老子這麼個強健的體魄，看在妳眼中竟是個弱不禁風的對手嗎？他和老子打完架，竟還能悠閒地去遊遊山玩玩水賞賞花看看樹嗎？」

鳳九默默無言地瞧他片刻，面無表情地正了正頭頂的樹葉，「當然不是，我是說，」她頓了頓，「他也許是去白水山找點草藥來給自己療傷。」

小燕壯士顯然比較欣賞這個說法，頷首語重心長地道：「妳說得對，冰塊臉為了給自己找一些療傷的草藥，於是，他瞎晃到了白水山。」他繼續講這個故事，「要不怎麼說老天不長眼，偏偏這個時候，姬蘅也跑去了白水山……」

誠如鳳九所言，東華轉去白水山，確然是為尋傳說中的那兩件調香聖品。白潭中長了萬把年的青蓮和依青蓮而生的龍腦樹，是白水山的一道奇景。因兩件香植相依相傍而生，令蓮中生木香，木中藏花息，萬年來不知招了多少調香師前仆後繼。

這個「仆」字，乃是因白水山本身就很險峻，加之白潭中宿著一條猛蛟，稍沒些斤兩的調香師前來，一概葬身潭中成了猛蛟腹中的一頓飽餐。鳳九小的時候一直很想收服一條猛蛟當寵物，對這條名蛟有所聽聞，是以當東華那時甫回太晨宮，漫不經意從袖子裡取出烘乾的一包青蓮蕊和幾段龍腦樹脂時，她就曉得她曾經很中意的那條白水山的名蛟，怕是倒霉了。

而姬蘅前去白水山這件事，涉及赤之魔族他們一家子的一樁秘辛。說姬蘅還很小的時候，她的哥哥赤之魔君煦暘就給她配了一個侍衛來照看她的周全。這個侍衛雖然出身不怎麼好，但從小就是一副聰明伶俐的長相，在叔伯姨嬸一輩中十分吃得開，最得寡居深宮的王太后的喜愛。以至於當煦暘察覺配給姬蘅這麼個漂亮小童不大妥當，打算另給她擇個醜點的時，首先遭到了他們老娘的激烈反對。王太后一哭二鬧三上吊，還不大懂事的姬蘅也在一旁揉著眼睛瞎起鬨，叫作閔酥的小侍衛一臉天真地拽著他的袖子搖，「君上，你把太后弄哭了，快去哄哄她呀。」煦暘一個頭兩個大。煦暘敗了。煦暘從了。

後來小侍衛閔酥逐漸長開，越發出落得一表人才，煦暘看在眼中，就越發地覺得不妥。閔酥同他們一道用飯，沒動富含營養的芹菜和茄子，煦暘皺著眉，覺得不妥。閔酥穿了件月白袍子，水靈得跟段蔥似的，姬蘅讚賞地挨著他多說了兩句話，煦暘皺著眉，覺得不妥。閔酥半夜在小花園練劍，練劍就罷了，也不曉得在一旁備張帕子揩揩汗，受了寒如何能照顧好姬蘅，煦暘皺著眉，覺得不妥。閔酥的馬近日病了，出行不便，若姬蘅交給他一個長路的差使如何能利索辦好，煦暘皺著眉，覺得不妥。於是煦暘下了一道旨，大意分為四點：第一，每個人每頓必須吃芹菜和茄子；第二，宮中不准拿月白的緞料做衣裳鞋襪；第三，出門練劍要準備一張帕子揩汗，沒準備的將重罰；第四，宮中建一個官用馬匹庫，誰的坐騎病了可以打個條子借來用。果然，這個官用馬匹庫建好才剛把收來的馬放進去，閔酥就喜孜孜地跑來領了一匹走，且近日他因堅持吃芹菜和茄子，纖細的身子骨看來壯實許多。煦暘一邊覺得欣慰，一邊告訴自己，這都是為了姫蘅。他感覺自己的用心很良苦。

身為魔族的七君之一，煦暘的宮務向來多且雜，每日卻仍分著神來留心他妹妹和一表人才的小侍衛。今日閔酥同姫蘅說了幾句話？是不是比昨天多說了兩句？閔酥挨姫蘅最近時隔了幾寸？是不是比昨天又挨近了一寸？一件一件，他都無微不至地關心著、憂心著。且只要有閔酥在的場合，他的眼神總要不由自主地朝他掃過去，瞧瞧他有沒有對姫蘅有非分之想的端倪。但是，直到同天族議完姫蘅的婚事，定下來要將她嫁進東華帝君的太晨宮了，他想像中他們倆有私情的苗頭也沒有出現過，他心中不知為何，略有一絲淡淡的失望，但多年來倒是頭一回覺得閔酥妥當了，覺得他這個伶俐的模樣低眉順眼起來還是有幾分惹人憐愛，慢慢地，同他說話的聲調兒也不由自主比往常放柔了幾分。

卻不知怎的，自打這之後，煦暘就瞧見閔酥時常一個人坐在小花園中默默地發呆。煦暘施施然地走到他面前，他也難得能發現他幾次，倘回過神來發現了煦暘，不待煦暘說上一兩句話，他像兔子一樣噌地一溜煙就跑了。有一回煦暘實在好奇，待他又想遁時一把拎住了他的後衣領，誰想他竟連金蟬脫殼這一招都用上了，硬生生從煦暘手底下掙脫逃開，徒留下一件衣裳空蕩蕩落在他手裡，輕飄飄蕩在風中。煦暘握著這件衣裳，在原地站了好一會兒，覺得有點奇怪。後頭好幾天，煦暘都沒有再見過閔酥，或者遠遠瞧見一個衣角像是閔酥的，定睛一看又沒了，他疑心自己的眼睛最近不大好使。

煦暘從小其實很注意養生，一向有用過午飯去花園裡走一走的習慣，這一日，他走到池邊，遠遠瞧見荷塘邊伏著一個人影像是幾日不見的閔酥。他收聲走過去，發現果然是閔酥，穿著一襲湖青衫子跟條絲瓜似的正提筆趴石案上塗塗寫寫什麼，神情專注又虔誠。煦暘曉得閔酥自小不愛舞文弄墨，長到這麼大能認得全的字不過幾百個，這樣的他能寫出點什麼來，煦暘的心中著實有點好奇，沉吟半晌，隱身到閔酥身後隨意站定。

池畔荷風微涼，軟宣上歪七豎八地已經躺了半篇或圖或字，連起來有幾句竟難得的頗具文采，像什麼「夜來風色好，思君到天明」，就很有意境。煦暘這麼多年雖一直不解風情，但也看出來，這是篇情詩，開篇沒有寫要贈給誰，不大好說到底是寫給誰的。

煦暘手一抬，將那半篇情信從石案上俐落地抽了起來。閔酥正咬著筆頭苦苦沉思下一句，一抬頭瞧見是他，臉騰地緋紅，本能地劈手就要去搶，沒有搶到。

和風將紙邊吹得微微捲起，煦暘一個字一個字連蒙帶猜地費力掃完，沉吟唸了兩句：「床前月光白，輾轉不得眠。」停下來問他：「寫給誰的？」

平時活潑得堪比一隻野猴子的閔酥垂著頭，耳根緋紅，沒有答他這個話。

煦暘了然，「寫給姬蘅的？」

閔酥驚訝地抬頭看了他一眼，又迅速地低下頭去。

煦暘在他面前繼續站了一站，瞧著他這個神似默認的姿態，慢慢地怒了。這個小侍衛居然還是喜歡上了他的妹妹，從前竟然沒有什麼苗頭。他思忖著，難道是因過去沒有遇到什麼波折來激一激他？而此回自己給姬蘅定下四海八荒一等一的一門好親，倒將他深埋多年未察的一腔情給激了出來？瞧這個模樣，他一定是已經不能壓抑對姬蘅的情了吧，才為她寫出這麼一封情信來。當然，姬蘅是多麼惹人喜愛的一個孩子，無論如何是當得起這封情信的……煦暘煩亂地想了一陣，面上倒是沒有動什麼聲色，良久，哼了一聲，轉身走了。

兩天後，燕池悟於符禹之巔同東華單挑的消息在寂寞了很多年的南荒傳開，一來二去地傳到姬蘅耳朵裡。姬蘅的心中頓生愧疚，在一個茫茫的雨夜不辭而別，獨自跑去符禹山勸架了。姬蘅離家的後半夜，幾個侍衛闖進閔酥的房中，將和衣躺在床上發呆的他三下五除二地一捆一綁，抬著出了宮門。

煦暘在水鏡這頭自己同自己開了一盤棋，一面琢磨著棋路，一面心不在焉地關注鏡中的動向。他瞧見閔酥起初並未那麼呆傻地立著任侍衛們來拘，而是伶俐地一把取過床頭劍擋在身前同眾人拉開陣勢，待侍衛長一臉難色地道出「是君上下令將你拿往白水山思過」這個話時，他手中的寶劍才不穩地掉落在地上，哐噹一聲，令站著的侍衛們得著時機，蜂擁而上將他五花大綁。在閔酥束手就擒的這個過程中，煦暘聽見他落寞地問侍衛長，「我曉得我犯了錯，但……君上他有沒有可能說的不是白水山？」侍衛長嘆了一口氣，「君上吩咐的確然是白水山。」聽到這個確認，閔酥垂著頭不再說話。煦暘從各個角度打量水鏡也打量不出他此刻的表情。只是在被押出姬蘅的寢宮時，煦暘瞧見他突然抬頭朝他平日議政的赤宏殿望了一望，一張臉白皙得難見血色，眼神倒是很平淡。

將閔酥暫且關起來，且關在白水山，做出這個決定，煦暘也是費了一番思量。說起來，四海八荒中，最為廣袤的土地就是魔族統領的南荒，次廣袤的乃是鬼族統領的西荒。像九尾白狐族統領的青丘之國，下轄的以東荒為首的東南、東北、西南、西北五荒，總起來也不過就是一個南荒大。天族占的地盤是要多一些，天上的三十六天、地上的東、西、南、北四海並北荒大地都是他們轄制，不過天族的人口也的確是要多一些，且年年四海八荒神仙世界以外的凡世修仙，修得仙身之後皆是納入天族，他們的擔子也要沉一些。然而，雖然魔族承祖宗的德占據了四海八荒中最為廣袤的一片大陸，方便統轄，但這塊大陸上窮山惡水也著實不少，譬如白水山就是其中最為險惡的一處。來了就跑不脫的一座山，是附近的村落對這座山的定位。此山山形之陡峻，可說壁立千仞、四面斗絕，山中長年毒瘴繚繞，所生草木差不多件件含毒，長在其間的獸類因長年混跡在如此惡劣的自然環境中，脾性也變得十分暴躁凶殘。誰一旦進了這座山，不愁找不到一項適合自己的死法，實乃一片自殺的聖地。是以閔酥聽說煦暘要將他拘往白水山，臉色灰敗成那個模樣，也不是沒有原因。

其實思過這等事，在哪裡不是個思，煦暘千挑萬選出白水山，一來是將閔酥同姬蘅分開，他覺得倘若閔酥膽敢同姬蘅表這個白，姬蘅是個多麼純潔又善良的好孩子，指不定就應了他，做成這樁王族的醜聞。二來將閔酥發往白水山，就算姬蘅從符禹山回來曉得他被罰了，本著從小一起長到大的交情要去救一救他，也沒有什麼門路，大約會到自己面前來鬧一鬧，也不是什麼大不了之事，他本著一個拖字訣拖到她同東華大婚了再將閔酥放出來，這個做法很穩妥。再則閔酥自小的本領中最惹眼的就是天生百毒不侵，雖然白水山中猛獸挺多，但他身為公主的貼身侍衛連幾頭猛獸都降服不了也不配當公主的侍衛。懷著這個打算，煦暘輕飄飄一紙令下，將閔酥逐出了宮。閔酥隔著水鏡最後望過來那一眼，望得他手中的棋子滑了，沿著桌沿一路滾下地，煦暘看出來他那雙平淡的眼睛裡其實有一些茫然。他撿起滑落的棋子想，閔酥自小沒有出過他的丹泠宮，將他丟進白水山歷練歷練，也不是什麼壞事。但萬一閔酥回不來怎麼辦，他倒是沒有想過。

姬蘅從符禹山回來那一夜，南荒正下著一場滂沱的大雨，閔酥被罰思過之事自然傳到她的耳中。煦暘邊煮茶邊端坐在赤宏殿中等著她來興師問罪，連茶沫子都飲盡了，卻一直未見到她的人影。直至第二天一大早，服侍姬蘅的侍女提著裙子跌跌撞撞地一路踉蹌到他的寢殿門口，他才曉得，姬蘅失蹤了。當然，他也猜出來她是去白水山搭救閔酥了。他覺得此前的思量，倒是低估了他這個妹妹的義氣。

而這峰迴路轉的一段，正是姬蘅在白潭中碰到東華帝君的真正前因。

那幾日雨一直沒有停過，似天河被打翻，滾滾無根水直下南荒，令人倍感壓抑。所幸丹泠宮中四處栽種的紅蓮飽食甘霖，開出一些紅燈籠一樣的花盞來，瞧著喜慶些。侍衛派出去一撥又一撥，連深宮中的王太后都驚動了，卻始終沒有傳回來關於姬蘅的消息。王太后雖然上了年紀，哭功不減當年，每頓飯都準時到煦暘的跟前來哭一場，哭得他腦門一陣一陣地疼。就在整個王宮都為姬蘅公主的失蹤急得團團亂轉，甚至煦暘已將他的坐騎單翼雪獅提出來，準備親自往白水山走一趟時，這一日午後，一身紫裳的東華帝君卻抱著昏迷的姬蘅出現在了丹泠宮的大門口。

許多魔族小弟其實這輩子也沒想過他們能窺見傳說裡曾經的天地共主，所以，那一幕他們至今都還記得很深。霧靄沉沉的虛空處，無根水紛紛退去，僅留一些線絲小雨，宮門前十里紅蓮鋪成一匹紅毯，紫光明明處，俊美威儀的銀髮青年御風而下。紅蓮魔性重，受不住他磅礴仙澤的威壓，緊緊收起盛開的花盞，裸出一條寬寬的青草地供他仙足履地，直通宮門。而姬蘅披散了長髮，緊閉雙眼，臉色蒼白地躺在東華的懷中。她的模樣十分孱弱，雙手牢牢圈住他的脖子，身上似裹著他的外袍，露出一雙纖細幼白的腳踝，足踝上還掛著幾顆妖異鮮紅的血珠。

白水山中這一日兩夜到底發生了什麼，世上除了東華和姬蘅，頂多再算上白潭中那尾倒霉的猛蛟，大約再沒有人曉得。所知只是東華在丹泠宮中又待了一日，直等到姬蘅從傷中醒來，順帶供更多的魔族小弟瞻仰他難得一見的仙容。姬蘅醒來後，如戀母的初生雛鳥，對東華很是親厚，卻半個字沒再提閔酥。煦暘看在眼裡，喜在心中，他還是覺得閔酥關在白水山無什麼大礙，他關閔酥雖令姬蘅無故赴險，卻能催生出姬蘅同東華的情，這一步棋走得很妙。第三日東華離開丹泠宮時，煦暘請他去偏廳吃茶議事，一盞茶吃過，煦暘本著打鐵趁熱的意思，提議三個月後的吉日便將姬蘅嫁入太晨宮永結兩族之好。東華應了。

燕池悟將故事講到此處，唏噓地嘆了兩口氣，又絮叨地嘀咕了兩句。鳳九聽得真切，他大意正在嘀咕若那時他傷得不是那麼重，曉得姬蘅失蹤去了白水山一定半道上截住她，如此一來必定沒有東華什麼事，該是他同姬蘅的佳緣一樁，老天爺一時瞎了眼如何如何。

鳳九頂在頭上的樹葉被烈陽炙得半焦，在葉子底下蔫耷耷地問燕池悟，「你怎麼曉得東華一定就喜歡上了姬蘅？說不定他是有什麼難言之隱。」

小燕將拳頭捏得嘎崩響，從牙齒縫裡擠出來兩個字氣憤道：「他敢！」更加氣憤地道：「姬蘅多麼冰清玉潔蕙質蘭心沉魚落雁閉月羞花美不勝收啊，一個男人，喜歡上姬蘅這樣的美人居然還能說是難言之隱，」他露出森森的白牙，「他就不配被稱為一個男人！」

燕池悟一介粗人，居然能一口氣連說出五個文雅的成語令鳳九感到十分驚詫，考慮到姬蘅在他心中舉世無匹的地位，她原本要再張口，半道又將話拉了回來，默默無言把頭上頂的半焦樹葉扶了扶，又扶了扶。

瞧著她這個欲言又止的模樣，燕池悟語重心長地嘆了一口氣，「老子其實曉得妳是怎麼想的，妳們婦道人家看上一個男人，一向覺得只有自己才最合適這個男人，其他人都是過眼浮雲。」他誠心誠意地道：「妳覺得冰塊臉看不上姬蘅，老子也是可以理解，想當年老子也曾經覺得姬蘅看不上冰塊臉的。」他慘然地嘆一口長氣，「可他們獨處了一天兩夜，設身處地一想，噯，老子其實不願意想的，多少怨偶就是要嘛掉進懸崖，要嘛流落荒島日久獨處出情來的。」他頹然地又嘆一口氣，「退一萬步，冰塊臉要是果真對姬蘅沒意思，何必娶她，你們天族還有哪個有能耐拿這個婚事逼到他的頭上去不成？」說完這一席話，將鳳九傷得落寞垂了眼，回頭來微一揣摩整套話的含意，自己也傷得不輕，啞口無言地忍著襲上心頭的陣陣心痛，悵然若失地坐在地上。

鳳九覺得小燕一席話說得有道理，落寞地扶著葉子沉吟了片刻，想起一事來又偏頭去問燕池悟，「可我曉得，」她咳了一聲，「我聽說那回他們一同被困在那個什麼蓮花境，分手時姬蘅問東華討要一隻兩人同覓得的小靈狐來養，他不是沒有應她嗎？若他果真很看承姬蘅就不該這麼小氣，這樁事有些……」

燕池悟打斷她的話，「妳懂什麼，這是一種計策！」又循循善誘地向她道：「就好比妳中意冰塊臉，一定設法和他有所交集，那我問妳，最自然的辦法是什麼？」不等她回答，已斬釘截鐵地自問自答，「是借書！妳借他的書看一看可見他一面，還他的書又可見一面，有借有還一來二往地就慢慢熟了，一旦熟了什麼事不好辦？東華他不將妳說的那隻靈狐讓給姬蘅養，也是這個道理。依妳的形容，姬蘅既然這樣喜愛那隻靈狐，以後為了探看她必然常去他的太晨宮，這樣，不就給了他很多機會？」他皺著眉真心實意地一陣悃悵，又一陣嘆息，「冰塊臉這個人，機心很重啊！」

鳳九往深處一想，恍然又一次地覺得燕池悟說得很對。細一回憶，當時雖然不覺得，其實姬蘅進太晨宮後東華對她著實很不同。她那時是不曉得他二人還有白水山共患難一事，記憶仍停留在符禹山頭東華直拒姬蘅，是以平日相處中並未仔細留心二人之間有什麼非同尋常。如今想來，原來是她沒有看出深處的道理。

三百年前，太晨宮中的姬蘅是一個十分上進的少女，鳳九記得，當她伴在東華腳邊隨他在芬陀利池旁釣魚養神時，時常會遇到姬蘅捏著一本泛黃的古書跑來請教，此處該作何解，有什麼典故，東華也願意指點她一二。從她的眼裡看出去，彼時二人並沒有什麼逾矩之處，但姬蘅的上進著實激勵了她。東華偶爾會將自己剛校注完沒來得及派人送去西天還給佛祖的一些佛經借給姬蘅看。東華很優待她。

七月夏日虛閒，這一天，元極宮的連宋君拿了個小卷軸施施然來找東華帝君，顧左右而言他半日，迂迴道出近日成玉元君做生辰，欣聞近日她愛上收集短刀，自己就繪了個圖，來託東華給他做個格外與眾不同的。

這個與眾不同，需這把短刀在近身搏鬥時是把短刀，遠距離搏鬥又是把長劍，實力較對方懸殊太大時能生出暗器打出一些銀針致人立仆，當打獵時又能將它簡單一組合成為一把鐵弓，除此之外，進廚房切菜時還能將它改造成一把菜刀。連宋君風度翩翩地搖著扇子，其實打的是這樣的算盤：如此，成玉帶著它一件就相當於帶了短刀、長劍、暗器、鐵弓、菜刀五件，且什麼時候都能派上用場，有這樣的好處，她自然要將它日日貼身地帶在身邊。並且，連宋還細心地考慮到，這個東西絕不能使上法術來造，必須用一種自然的奇工做成才顯得新奇，送給成玉才能代表他連三殿下絕世無雙的這份心意。但連三殿下的問題在於他雖然常做神器，一向擅長的卻是以法力打造鐘鼎一類的伏妖大器，打一個如此精巧的小短刀就有些犯愁。他想來想去，覺得要徒手做出這種變態的東西只能找東華。

鳳九從東華懷中跳上攤開圖卷的書桌，躡手躡腳轉了一圈，發現這個圖設計得固然精妙，有幾個地方卻銜得略粗糙，拆組後可能留下一些痕跡，巧奪天工四個字必然被連累得少一筆。連宋雖在四海八荒一向以風流善哄女人著稱，但難免難以細緻到這個程度。鳳九覺得心中怦怦直跳，今日正是蒼天開眼，教她逮著一個可以顯擺自己才能的時機。她覺得，她將這個圖改一改，東華一定覺得她才氣縱橫不輸姬蘅，她想到這個前景頓時激動且開心，一邊默默地用爪子小心翼翼擋住圖卷上兩個銜接不當之處，一邊唯恐連宋說著說著自己發現了。

她純粹多慮，連宋此時正力圖說動東華幫他此忙，「你一向對燒製陶瓷也有幾分興趣，前幾日我在北荒玄冥的地盤探到一處盛產瓷土之地，集結了海內八荒最好的土，卻被玄冥那老小子保護得極嚴密。你幫我打造這把短刀，我將這塊地的位置畫給你，你找玄冥要，他不敢不給你。」

東華抬手慢悠悠地倒茶，「不如我也將打這把刀的材料找給你，你自己來打？」

連宋嘆氣道：「你也不是不曉得我同玄冥的過節，那年去他府上吃小宴，他的小夫人不幸瞧上我天天給我寫情詩，對這件事他一直鬱在心頭。」

東華漫不經心擱了茶壺，「我這個人一向不大欠他人的情，也不喜歡用威壓逼迫人。」一隻手給鳳九順了順毛，對連宋道：「你近日將府中瓷器一一換成金銀玉器，再漏些口風出去，碰了瓷土瓷器全身過敏，越是上好的瓷你過敏得越厲害。今年你做生辰，玄冥他應該會上供不少他那處的上好瓷土給你。你再轉給我。」

連宋看他半晌。

東華慢悠悠地喝了一口茶，抬眼看他，「有問題嗎？」

連三殿下乾笑著搖頭，「沒有問題，沒有問題。」

連宋心情複雜地收起扇子離開時，已是近午，東華重揀了一個杯子倒上半杯茶放到鳳九嘴邊，她聽話地低頭啜了兩口，感到的的確是好茶，東華總是好吃好喝地養她，若她果真是個寵物，他倒是難得的一位好主人。東華見她仍一動不動蹲在攤開的圖卷上，道：「我去選打短刀的材料，妳同去嗎？」見她很堅定地搖了搖頭，還趁機歪下去故作假寐，東華拍了拍她的頭，獨自走了。

東華前腳剛出門，鳳九後腳一骨碌爬起來，她已漸漸掌握用狐形完成一些高難度動作的要領，頭和爪子並用將圖卷費力地重新捲起來，嘴一叼甩到背上一路偷偷摸摸地跑出太晨宮，避開窩在花叢邊踢毽子的幾個小仙童，跑到了司命星君的府上。

她同司命不愧從小過命的交情，幾個簡單的爪勢他就曉得她要幹什麼，將圖卷從她背上摘下來，依照她爪子指點的那兩處，用寫命格的筆各自修飾一番。修繕完畢正欲將圖卷捲起來，傳說中的成玉元君溜來司命府上小坐，探頭興致勃勃一瞧，頓時無限感嘆，「什麼樣的神經病才能設計出這麼變態的玩意兒啊！」鳳九慈悲地看了遠方一眼，覺得很同情連宋。

待頂著畫軸氣喘吁吁地重新回到書房，東華還沒有回來，鳳九抱著桌子腿爬上書桌，抖抖身子將畫軸抖下來攤開鋪勻，剛在心中默好怎麼用爪子同東華表示這圖她央朋友照她的意思修了一修，不知合不合東華的意。此時，響起兩聲敲門聲。頓了一頓，吱呀一聲門開了，探入姬蘅的半顆腦袋，看見她蹲在桌子上似乎很欣喜，三步併作兩步到得書桌前。鳳九眼尖，瞧得姬蘅的手中又拿了一冊頁面泛黃的古佛經。這麼喜愛讀佛經的魔族少女，她還是頭一回見到。

姬蘅前後找了一圈，回來摸摸她的額頭，笑咪咪地問她，「帝君不在？」她將頭偏開不想讓她摸，縱身一躍到桌旁的花梨木椅子上。姬蘅今日的心情似乎很好，倒是沒怎麼和她計較，邊哼著一首輕快小曲邊從筆筒裡找出一支毛筆來，瞧著鳳九像是同她打商量，「今日有一段經尤其難解，帝君又總是行蹤不定，妳看我給他留個字條兒可好？」鳳九將頭偏向一邊。

姬蘅方提筆蘸了墨，羊毫的墨汁兒還未落到她找出的那個小紙頭上，門吱呀一聲又開了。此回逆光站在門口的是書房的正主東華帝君。帝君手中把玩著一塊銀光閃閃的天然玄鐵，邊低頭行路邊推開了書房門，旁若無人地走到書桌旁，微垂眼瞧了瞧握著一支筆的姬蘅和她身下連宋送來的圖卷。

半晌，東華乾脆將圖卷拿起來打量，鳳九一顆心糾結在喉嚨口。果然聽到東華沉吟對姬蘅道：「這兩處是妳添的？添得不錯。」寡淡的語氣中難得帶了兩分欣賞，「我還以為妳只會讀書，想不到這個也會。」因難得碰上這方面的人才，還是個女子，又多誇了兩句，「能將連宋這幅圖看明白已不易，還能準確找出這兩處地方潤筆，妳哥哥說妳涉獵廣闊，果然不虛。」姬蘅仍是提著毛筆，表情有些茫然，但是被誇獎了本能地露出有些開心的神色，挨到東華身旁探身查看那幅畫軸。

鳳九愣愣地看她靠得極近，東華卻沒避開的意思，沒什麼所謂地將畫軸信手交給她，「妳既然會這個，又感興趣，明日起我開爐鍛刀，妳跟著我打下手吧。」姬蘅一向勤學上進，雖然前頭幾句東華說得她半明不白，後頭這一句倒是聽懂了，開心地道：「能給帝君打打下手，學一些新的東西，是奴的福分。」又有些擔憂，「但奴手腳笨，很惶恐會不會拖帝君的後腿。」東華看了眼遞給她的那幅畫軸，語聲中仍殘存著幾分欣賞，「腦子不笨一切好說。」

鳳九心情複雜且悲憤地看著這一切的發生，沒有克制住自己，撲過去嗷地咬了姬蘅一口。姬蘅驚訝地痛呼一聲，東華一把撈住發怒的鳳九，看著她齜著牙一副怒不可遏的模樣，皺眉沉聲道：「怎麼隨便咬人？還是妳的恩人？」她想說才不是她的錯，姬蘅是個說謊精，那幅圖是她改的，才不是姬蘅改的。但她說不出。她被東華提在手中面目相對，他提著她其實分明就是提一隻寵物，他們從來就不曾真正對等過。她突然覺得十分難過，使勁掙脫他的手橫衝直撞地跑出書房，爪子跨出房門的一刻，眼淚啪嗒就掉了下來。一個不留神後腿被門檻絆了絆，她摔在地上痛得嗚咽了一聲，回頭時朦朧的眼睛裡卻只見到東華低頭查看姬蘅手臂上被她咬過的傷勢，他連眼角的餘光都沒有留給負氣跑出來的她這隻小狐狸。她其實並沒有咬得那麼深，她就算生氣，也做不到真的對人那麼壞，也許是姬蘅分外怕疼，如果她早知道說不定會咬得輕一點。她忍著眼淚跑開，氣過了之後又覺得分外難過，一隻狐狸的傷心就不能算是傷心嗎？

其實，鳳九被玄之魔君聶初寅誆走本形，困頓在這頂沒什麼特點的紅狐狸皮中不好脫身，且在這樣的困境中還肩負追求東華的人生重任，著實很不易，她也明白，處於如此險境中凡事了不得要有一些忍讓，所謂捨不得孩子套不著狼，然此次被姬蘅摻和的這樁烏龍卻著實過分，激發了她難得發作的小姐脾氣。

她覺得東華那個舉動明顯是在護著姬蘅，她和姬蘅發生衝突，東華選擇幫姬蘅不幫她，反而不分青紅皂白地先將她訓斥一頓，她覺得很委屈，落寞地耷著腦袋蜷在花叢中。

她本來打算蜷得遠一些，但又抱著一線希望，覺得東華那麼聰明，入夜後說不定就會省起白日冤枉了她，要來尋她道歉？屆時萬一找不到她怎麼辦？那麼她還是蜷得近一些吧。她落寞地邁著步子將整個太晨宮逡巡一番，落寞地選定蜷在東華寢殿門口的俱蘇摩花叢中。為了蜷得舒適一些，她又落寞地去附近的小花溪撿了些蓬鬆的吉祥草，落寞地給自己在花叢裡頭搭了一個窩。因為傷了很多心，又費神又費力，她趴在窩中頹廢地打了幾個呵欠，上下眼皮象徵性地掙扎一番，漸漸合在一起了。

鳳九醒過來的時候，正有一股小風吹過，將她頭頂的俱蘇摩花帶得沙沙作響，她迷糊地探出腦袋，只見璀璨的星輝灑滿天際，明亮得近旁浮雲中的微塵都能看清，不遠處的菩提往生在幽靜的夜色裡發出點點脆弱藍光，像陡然長大好幾倍的螢火蟲無聲無息地棲在宮牆上。她躡手躡腳地跑出去想瞧瞧東華回來沒有，抬頭一望，果然看見數步之外的寢殿中已亮起燭火。但東華到底有沒有找過她，卻讓她感到很躊躇。她噌噌噌爬上殿前的階梯，踮起前爪抱住高高的門檻，順著虛掩的殿門往殿中眺望，想看出一些端倪。僅那一眼，卻像是被釘在門檻上。

方才仰望星空，主生的南斗星已進入二十四天，據她那一點微末的星象知識，曉得這是亥時已過了。這個時辰，東華了無睡意地在他自己的寢殿中提支筆描個屏風之類無甚可說，可姬蘅為什麼也在他的房中？鳳九愣愣地貼著門檻，許久，沒有明白得過來。

琉璃樑上懸著的枝形燈將整個寢殿照得有如白晝，信步立在一盞素屏前的紫衣青年和俯在書桌上提筆描著什麼的白衣少女，遠遠看去竟像是一幅令人不忍驚動的絕色人物圖，且這人物圖還是出自她那個全四海八荒最擅丹青的老爹手中。

一陣輕風灌進窗子，高掛的燭火半明半滅搖曳起來，其實要將這些白燭換成夜明珠，散出來的光自然穩得多，但東華近幾年似乎就愛這種撲朔不明的風味。

一片靜默中，姬蘅突然擱了筆，微微偏著頭道：「此處將長劍收成一枚鐵盒，鐵盒中還需事先存一些梨花針在其中做成一管暗器，三殿下的圖固然繪得天衣無縫，但收勢這兩筆，奴揣摩許久也不知他表的何意，帝君……」話中瞧見東華心無旁騖地握著筆為屏風上幾朵栩栩如生的佛桑花勾邊，靜了一會兒，輕聲地改了稱呼，「老師……」聲音雖微弱得比蚊子哼哼強不了幾分，倒入了東華耳中。他停筆轉身瞧著她，沒有反對這個稱呼，給出一個字：「說。」

鳳九向來覺得自己的眼神好，燭火搖曳又兼隔了整個寢殿，竟然看到姬蘅驀然垂頭時腮邊騰上來一抹微弱的霞紅。姬蘅的目光落在明晃晃的地面上，「奴是說，老師可否暫停筆先指點奴一二……」

鳳九總算弄明白她在畫什麼，東華打造這類神器一向並非事必躬親，冶鐵倒模之類不輕不重的活計多半由些擅冶鑄之術的仙伯代勞，此時姬蘅大約正臨摹連三殿下送過來的圖卷，將他們放大繪得簡單易懂，方便供這些仙伯詳細參閱。

曉得此情此景是個什麼來由，鳳九的心中總算沒有那麼糾結，瞧見姬蘅這麼笨的手腳，一喜，喜意尚未發開，又是一悲。她喜的是，困擾姬蘅之處在她看來極其簡單，她比姬蘅厲害；她悲的是，這是她唯一比得過姬蘅之處，這個功卻還被姬蘅搶了。她心中隱隱生出些許令人不齒的期待，姬蘅連這麼簡單的事也做不好，依照東華的夙性不知會不會狠狠嘲諷她幾句。她打起精神來期待地候著下文。

可出人意料的是東華竟什麼也沒說，只抬手接過姬蘅遞過去的筆，低頭在圖紙上勾了兩筆，勾完緩聲指點，「是個金屬閥門，拔下鐵片就能收回劍來，連宋畫得太簡了。」三兩句指點完又抬頭看向姬蘅，「懂了？」一番教導很有耐心。

鳳九沒什麼意識地張了張口，感到喉嚨處有些哽痛。她記得偶爾她發笨時，或者重霖有什麼事做得不盡如東華的意，他總是習慣性地傷害他們的自尊心。但他沒有傷害姬衡的自尊心。他對姬蘅很溫柔。

幢幢燈影之下，姬蘅紅著臉點頭時，東華從墨盤中提起方才作畫的筆，看了她一眼又道：「中午那兩處連宋也畫得簡，妳改得不是很好？這兩處其實沒有那兩處難。」

姬蘅愣了一會兒，臉上的紅意有稍許褪色，許久，道：「……那兩處，」又頓了頓，「……想來是運氣吧。」勉強堆起臉上的笑容，「但從前只獨自看看書，所知只是皮毛，不及今夜跟著老師所學良多。」又有幾分微紅泛上臉來，沖淡了些許蒼白，靜寂中目光落在東華正繪著的屏風上，眼中亮了亮，輕聲道：「其實時辰有些晚了，但……奴想今夜把圖繪完，不致耽誤老師的工期，若奴今夜能畫得完，老師可否將這盞屏風贈奴，算是給奴的獎勵？」

東華似乎有些詫異，答應得卻很痛快，落聲很簡潔，淡淡道了個「好」字，正巧筆尖點到繃緊的白紗上，寥寥幾筆勾出幾座隱在雲霧中的遠山。姬蘅擱下自個兒手中的筆，亦挨在屏風旁欣賞東華的筆法，片刻後卻終抵不住睏意，掩口打了個呵欠。東華運筆如飛間分神道：「睏就先回去吧，圖明天再畫。」

姬蘅的手還掩在嘴邊，不及放下來道：「可這樣不就耽誤了老師的工期？」眼睛瞧著屏風，又有些羞怯，「奴原本還打算拚一拚，繪完好將這個獎勵領回去……」

東華將手上的狼毫筆丟進筆洗，換了支小號的羊毫著色，「一日也不算什麼，至於這個屏風，畫好了我讓重霖送到妳房中。」

其實直到如今，鳳九也沒鬧明白那個時候她是怎麼從東華的寢殿門口離開的。有些人遇到過大的打擊會主動選擇遺忘一些記憶，她估摸自己也屬此類。所記得的只是後來她似乎又回到白天搭的那個窩裡去看了會兒星星，她空白的腦子裡還計較著看樣子東華並沒有主動找過她，轉念又想到原來東華也可以有求必應，怎麼對自己就不曾那樣過呢？

她曾經多次偷偷幻想若有一天她能以一個神女而不是一隻狐狸的模樣和東華來往，更甚至若東華喜歡上她，他們會是如何相處。此前她總是不能想像，經歷了這麼一夜，瞧見他同姬蘅相處的種種，她覺得若真有一天他們能夠在一起，也不過就是那樣吧。又省起姬蘅入太晨宮原本就是來做東華的妻子，做他身邊的那個人，只是她一直沒有去深想這個問題罷了。

自己和東華到底還會不會有那麼一天，她第一次覺得這竟變成極其渺茫的一件事。她模糊地覺得自己放棄那麼多來到這人生地不熟的九重天，一定不是為了這樣一個結果，她剛來到這個地方時是多麼地躊躇滿志。可如今，該怎麼辦呢，下一步何去何從，她沒有什麼概念，她只是感到有些疲憊，夜風吹過來也有點冷。抬頭望向漫天如雪的星光，四百多年來，她第一次感到很想念千萬里外的青丘，想念被她拋在那裡的親人。

今夜天色這樣好，她卻這樣傷心。

東華不僅這一夜沒有來尋她，此後的幾日也沒有來找過她。鳳九頹廢地想，他往常做什麼都帶著她，是不是只是覺得身邊太空，需要一個什麼東西陪著，這個東西是什麼其實沒有所謂。如今，既然有了姬蘅這樣一個聰明伶俐的學生，不僅可以幫他的忙，還可以陪他說說話解個悶，他已經用不上她這隻小狐狸了。

她越想越覺得是這麼一回事，心中湧起一陣頹廢難言的酸楚。

這幾日姬蘅確然同東華形影不離，雖然當他們一起的時候，鳳九總是遠遠地趴著將自己隱在草叢或是花叢中，但敏銳的耳力還是能大概捕捉到二人間的一些言談。她發現，姬蘅的許多言語都頗能迎合東華的興趣。譬如說到燒製陶瓷這個事，鳳九覺得自己若能說話，倘東華將剛燒製成功的一盞精細白瓷酒具放在手中把玩，她一定只說得出這個東西看上去可以賣不少錢啊這樣的話。但姬蘅不同。姬蘅愛不釋手地撫摩了一會兒那盞瘦長的酒壺，溫婉地笑著對東華道：「老師若將赤紅的丹心石磨成粉和在瓷土中來燒製，不定這個酒具能燒出漂亮的霞紅色呢。」姬蘅話罷，東華雖沒什麼即時的反應，但是鳳九察言觀色地覺得，他對這樣的言論很欣賞。

鳳九躲在草叢中看了一陣，越看越感到礙眼，耷拉著尾巴打算蹓躂去別處轉一轉。蹲久了腿卻有些麻，歪歪扭扭地立起身子來時，被眼尖的姬蘅一眼看到，顛顛地跑過來還伸手似乎要抱起她。

鳳九欽佩地覺得她倒真是不記仇，眼看纖纖玉指離自己不過一段韭菜葉的距離，姬蘅也似乎終於記起手臂上齒痕猶在，那手就有幾分怯意地停在半空中。鳳九默默無言地看了她一眼，又看了隨姬蘅那陣小跑緩步過來的東華一眼，可恨腳還麻著跑不動，只好將圓圓的狐狸眼垂著，將頭扭向一邊。這副模樣看上去竟然出乎意料地很溫良，給了姬蘅一種錯覺，原本怯在半空的手一撈就將她抱起來摟在懷中，一隻手還溫柔地試著去撓撓她頭頂沒有發育健全的絨毛。見她沒有反抗，撓得更加起勁了。

須知鳳九不是不想反抗，只是四個爪子血脈不暢，此時一概麻著，沒有反抗的實力。同時又悲哀地聯想到當初符禹山頭姬蘅想要搶她回去養時，東華拒絕得多麼冷酷而直接，此時自己被姬蘅這樣蹂躪，他卻視而不見，眼中瞧著這一幕似乎還覺得挺有趣的，果然他對姬蘅已經別有不同。

姬蘅滿足地撓了好一陣才罷手，將她的小腦袋抬起來問她，「明明十惡蓮花境中妳那麼喜歡我啊，同我分手時不是還分外不捨嗎？嗯，興許妳也不捨老師，但最近我和老師可以共同來養妳，小狐狸妳不是應該很高興嗎？」盯著她好一會兒不見她有什麼反應，乾脆抱起她來就向方才同東華閒話的瓷窯走。

鳳九覺得身上的血脈漸漸通順了，想掙扎著跳下來，豈料姬蘅看著文弱，箍著她的懷抱卻緊實，到了一張石桌前才微微放鬆，探手拿過一個瓷土捏成尚未燒製的碗盆之類，含笑對她道：「這個是我同老師專為妳做的一個飯盆，本想要繪些什麼做專屬妳的一個記號，方才卻突然想到留下妳的爪子印豈不是更有意思。」說著就要逮著她的右前爪朝土盆上按以留下她玉爪的小印。

鳳九在外頭晃蕩了好幾天的自尊心一時突然歸位，姬蘅的聲音一向黃鶯唱歌似的好聽，可不知今日為何聽著聽著便覺得刺耳，特別是那兩句「我和老師可以共同來養妳」「我同老師專為妳做的一個飯盆」。她究竟為了什麼才化成這個模樣待在東華的身旁，而事到如今她努力那麼久也不過就是努力到一個寵物的位置上頭，她覺得自己很沒用。她原本是青丘之國最受寵愛的小神女，雖然他們青丘的王室在等級森嚴的九重天看來太不拘俗禮，有些不大像樣，但她用膳的餐具也不是一個飯盆，睡覺也不是一個窩。自尊心一時被無限地放大，加之姬蘅全忘了前幾天被她咬傷之事，仍興致勃勃地提著她的玉爪不知死活往飯盆上按，她驀然感到心煩意亂，反手就給了姬蘅一爪子。

爪子帶鉤，她忘記輕重，因姬蘅乃是半蹲地將她摟在懷中，那一爪竟重重掃到她的面頰，頃刻留下五道長長血印，最深的那兩道當場便滲出滴滴血珠子來。

這一回姬蘅卻沒有痛喊出聲，呆愣在原地，表情一時很茫然，手中的飯盆摔在地上變了形。她臉上的血珠子越集越多，眼見著兩道血痕竟匯聚成兩條細流，汩汩沿著臉頰淌下來染紅了衣領。

鳳九眼巴巴地，有些蒙了。

她隱約地覺得，這回，憑著一時的意氣，她似乎，闖禍了。

眼前一花，她瞧見東華一手拿著張雪白的帕子捂在姬蘅受傷的半邊臉上幫她止血，另一手拎著自己的後頸將她從姬蘅的腿上拎了下來。姬蘅似是終於反應過來，手顫抖著握住東華的袖子眼淚一滾，「我、我只是想同她親近親近。」抽噎著道：「她是不是很不喜歡我，她、她明明從前很喜歡我的。」東華皺著眉又遞給她一張帕子，鳳九愣愣地蹲在地上看到他這個動作，分神想他這個人有時候其實挺細心的，那麼多的眼淚淌過，姬蘅臉上的傷必定很疼吧，是應該遞一張帕子給她擦擦淚。

身後窸窣地傳來一陣腳步聲，她也忘記回頭去看看來人是誰，只聽到東華回頭淡聲吩咐，「她最近太頑劣，將她關一關。」直到重霖站到她身旁畢恭畢敬地垂首道了聲「是」，她才曉得，東華口中「頑劣」二字說的是誰。

鳳九發了許久的呆，醒神時東華和姬蘅皆已不在眼前，唯餘一旁的瓷窯中隱約燃著幾簇小火苗。小火苗一丈開外，重霖仙官似個立著的木頭樁子，見她眼裡夢遊似地出現一點神采，嘆了口氣，彎腰招呼她過來，「帝君下令將妳關關，也不知關在何處，關到幾時，方才你們鬧得血淚橫飛的模樣，我也不好多問，」說完他又嘆了口氣，「先去我房中坐坐吧。」

從前她做錯了事，她父君要拿她祭鞭子時她一向跑得飛快。她若不願被關，此時也可以輕鬆逃脫，但她沒有跑，她跟在重霖的身後茫然地走在花蔭濃密的小路上，覺得心中有些空蕩蕩的，想要抓住點兒什麼，卻不知到底想要抓住什麼。一隻蝴蝶花枝招展地落到她面前晃了一圈，她恍惚地抬起爪子一巴掌將蝴蝶拍飛了。重霖回頭來瞧她，又嘆了一口氣。

她在重霖的房中也不知悶了多少天，悶得越來越沒有精神。重霖同她提了提姬蘅的傷勢，原來姬蘅公主是個從小不能見血的體質，又文弱，即便磕絆個小傷小口都能流上半盅血，遑論結實地挨了她狠狠一爪子，傷得頗重，折了東華好幾顆仙丹靈藥才算是調養好，頗令人費了些神。

但重霖沒有提過東華打算關她到什麼時候，也沒有提過為什麼自關了她後他從不來看她，是不是關著關著就忘了將她關著這回事了，或者是他又淘到一個什麼毛絨油亮的寵物，便乾脆將她遺忘在了腦後。東華他，瞧著事事都能得他一段時日的青睞，什麼釣魚、種茶、製香、燒陶，其實有時候她模糊地覺得，他對這些事並不是真正地上心。所以她也並沒有什麼把握，東華他是否曾經對自己這隻寵物，有過那麼一寸或是半點的心。

再幾日，鳳九自覺身上的毛已糾結得起了團團霉暈，重霖也像是瞧著她坐立難安的模樣有些不忍心，主動放她出去走走，但言語間切切叮囑她留神避著帝君些，以免讓帝君他老人家瞧見了令他徒擔一個失職的罪名。鳳九蔫耷耷地點了點頭算是回應重霖，蔫耷耷地邁到太陽底下，抖了抖身上被關得有些暗淡的毛皮。

東華常去的那些地方是去不得的，她腦中空空，深一腳淺一腳，也不知逛到了什麼地方，耳中恍惚聽到幾個小仙童在猜石頭剪子布的拳法，一個同另一個道：「先說清，這一盤誰要輸了，今午一定去餵那頭圓毛畜生，誰耍賴誰是王八烏龜！」另一個不情不願地道：「好吧，誰耍賴誰是王八烏龜。」又低聲地好奇道：「可這麼一頭兇猛的單翼雪獅，那位赤之魔君竟將牠送來說從此給姬蘅公主當坐騎，你說姬蘅公主那麼一副文雅柔弱的模樣，她能騎得動這麼一頭雪獅嗎？」前一個故作老成地道：「這種事也說不準的，不過我瞧著前日這頭畜生被送進宮來的時候，帝君他老人家倒是挺喜歡。」

鳳九聽折顏說起過，東華喜歡圓毛，而且，東華他喜歡長相威猛一些的圓毛。她腦中空空地將仙童們這一席話譯了一譯：東華另尋到一個更加中意的寵物，如今連做他的寵物，她也沒有資格了。

這四百多年來，所有能盡的力，她都拚盡全力地盡了一盡，若今日還是這麼一個結果，是不是說明姻緣簿子上早就寫清了她同東華原本就沒什麼緣分？

鳳九神思恍惚地沿著一條清清溪流直往前走，走了不久，瞧見一道木柵欄擋住去路，她愣了片刻，柵欄下方有一個剛夠她鑽過去的小豁口，她貓著身子鑽過去順著清清的溪流繼續往前走。走了三兩步，頓住了腳步。

旁邊有一株長勢鬱茂的杏子樹，她縮了縮身子藏在樹後，沉默了許久，探出一個毛茸茸的腦袋尖兒來，幽幽的目光定定望住遠處不知什麼時候冒出來的一頭僅長了一隻翅膀的雪獅子。

雪獅子跟前，站著好幾日不見的東華帝君。

園子裡飄浮著幾許七彩雲霧，昭示此地匯盛的靈氣。她這樣偷偷地藏在杏子樹後，偷偷地看著東華長身玉立地閒立花旁，心中不是不委屈，但也很想念他。可她不敢跑出來讓他看見，她不小心傷了姬蘅，惹他動了怒，到現在也沒有消氣。雖然她覺得自己更加可憐一些，但現在是她追著東華，所以無論多麼委屈，都應該是她去哄著他而不是他來哄她，她對自己目前處的這個立場看得很透徹。

東華腳旁擱了只漆桶，蓋子掀開，漆桶中冒出幾朵泛著柔光的雪靈芝。鳳九曉得雪獅這種難得的珍奇猛獸只吃靈芝，但東華竟拿最上乘的雪靈芝來餵養牠，這麼好的靈芝，連她都沒有吃過。她見他俯身挑了一朵，幾步開外的雪獅風一般旋過來，就著他的手一口吞掉，滿足地打了個嗝。她覺得有些刺眼，把頭偏向一邊，眼風裡卻瞧見這頭無恥的雪獅竟拿頭往東華手底下蹭了蹭。這一向是她的特權，她在心中握緊了拳頭，但東華只是頓了片刻，反而抬手趁勢順了順這頭雪獅油亮雪白的毛皮，就像她撒嬌時對她那樣。

鳳九覺得這幾日自己發呆的時刻越來越多，這一次神遊歸來時，東華又不見了，雪獅也不見了。她抬起爪子揉了揉眼睛，眼前只有七彩的雲霧。她覺得自己是不是在作夢，抬頭時卻撞到杏子樹的樹幹，正模糊地想若方才是作夢，那自己躲到這株老樹後頭做什麼，就聽到一個懶洋洋的聲音，「喂，妳就是太晨宮中從前最受帝君寵愛的那隻靈獸？」

鳳九感到「從前」這兩個字有一點刺耳，但她正在傷心和落寞中，沒有精力計較。她目光渙散地順著那語聲回過頭，驀地一個激靈，清醒過來。立在她身後問她那句話的，正是方才隔得老遠的單翼雪獅，牠巨大的身形遮住頭頂的小片日光，將她覆在樹角草叢的陰影中。

雪獅垂著眼饒有興致地看著她，依然懶洋洋道：「我聽那些宮奴私下議論，說帝君從前對妳如何地寵愛，還以為是隻多麼珍罕難見的狐，」哼笑了一聲，「原來，也不過就是這麼個模樣。」

鳳九的自尊心又被小小地刺激了一下，她垂頭瞧見自己的爪子，上面的絨毛果然亂糟糟的，再看雪獅的爪子，每一根毛都亮晶晶的，似乎還在風中微微地拂動。她難堪地縮了縮爪，突然又覺得自己果然已經淪落到和一頭真正的寵物爭寵的地步，心中頓時無限蕭瑟淒涼，掉頭就打算離開。

身前的雪獅卻旋風一般地封住她的退路，還抬起爪子推了她一把，「走那麼快做什麼？」她被推得一個趔趄，爬起來沉著眼看向擋住她路的放肆雪獅，但她忘了此時她是隻狐，這樣一副威怒的模樣若是她人形時做出來確然威懾力十足，但這麼一隻小紅狐怒睜著圓圓的雙眼，效果著實有些勉強。

雪獅懶洋洋地睇著眼，又推了她一把，「怎麼，這樣就不服氣了？」見她掙扎著還要爬起來，乾脆一隻爪子壓在她心口將她釘在地上翻身不得，居高臨下地看著她，「我還聽說，妳仗著帝君的寵愛恃寵而驕，不知好歹地傷了我的小主人姬蘅公主？」另一隻爪子伸過去按住她撲騰的兩隻前爪，抓了一把，她兩隻小爪子立時冒出血珠，牠瞧著她這副狼狽模樣，挺開心地道：「我的小主人善良又大度，被妳這隻劣等雜毛傷了也不計較，不過我卻不是那麼好打發的，今天算妳倒霉碰上了我。」

牠後面的話鳳九沒有聽得太真切，只是感到繼爪子的刺痛後臉上又一熱，緊接著有什麼鋒利的東西刺進臉頰，一鉤，撕裂般的刺痛瞬間蔓延半張臉。她痛得要喊出來，覺得自己像條魚似地拚命張開了嘴巴，但理所當然地沒有發出什麼聲音。

雪獅緩緩抬起的爪子上沾了不少血珠，滴落在她的眼皮上。她喘息著睜大眼，感到整個視野一片血紅，天邊的雲彩，遠處白色的佛鈴花，此時皆是一片緋色。眼前頂著紅色毛皮的漂亮獅子似乎有些驚訝，臉上卻綻出一個殘忍的笑來，「果然如他們所說，妳是不會說話的呀。」

鳳九其實早聽說過單翼雪獅的勇猛，九重天上有多少愛顯擺的小神仙、老神仙想獵牠們來當坐騎，這麼些年也不過天君的小兒子連宋君獵到一頭送給他侄子夜華君，但夜華君對坐騎之類不大有興趣，徒將一頭來之不易的靈獸鎖在老天君的獵苑中隨意拘著。鳳九看得清自己的斤兩，雖然自己的原身便是狐形，但修煉的法術皆是以人身習得，譬如許多強大的法術需手指結出印伽才能引出，她目前這個模樣比起雪獅來實力著實太懸殊，不宜和牠對著來。

雪獅拿爪子拍了拍她傷重的右臉，她叫不出聲來分擔，徒留入骨的疼痛鑽進心底，不知姬蘅當初是不是這麼疼，應該不會這麼疼，她是無心，而且她的爪子遠沒有這頭雪獅的鋒利殘忍。

獅子像是玩上癮了，如同饜足的貓擺弄一隻垂死的耗子，又拍了拍她血肉模糊的右臉，「妳是不是還妄想著帝君會飛奔來救妳？妳就是裝得這麼一副可憐相，從前才得了帝君的垂青吧？不過妳覺得有了我這樣的坐騎，帝君還有可能恢復對妳的寵愛嗎？我上天以來，帝君日日陪著公主來看我，卻從沒在我的面前提起過妳這隻小雜毛。我聽宮奴說他已經關了妳許久。」牠笑起來，「對了，據我所知，帝君並沒有下令將妳放出來，妳是怎麼出來的？」

鳳九深知，這種兇猛的靈獸其實愛看爪下的獵物服軟，越是掙扎反抗，吃的苦頭說不定越多，依如今眼前這頭雪獅的殘忍和興頭，依著性子折騰死她也不是沒有可能。俗話說，死有輕於鴻毛者有重於泰山者，白家的子息若今日以此種方式死在此種地方，死後連牌位都沒有資格祭在青丘的。

她奄奄地癱在草地上喘著氣，突然有點不明白自己好端端一個神女，為什麼要跑到這人生地不熟的九重天來，還落難到這步境地。姬蘅受了委屈還有東華來護著她，還有一頭忠心護主的雪獅罩著她替她報仇，可她的委屈，遠在青丘的親人甚至都不曉得。

雪獅拍打她一陣，瞧她沒什麼反應，果然漸漸感到無趣，哼了一聲，用爪子扯下她頸間的一個小玩意兒慢悠悠地踱步走了。那東西是東華抱她回九重天後拴在她頸間的一塊白玉，很配她的毛色，她從前很喜歡，也將它看得很重，等閒人摸都不要想摸。此時，這塊白玉不僅被這頭雪獅摸了還被搶走了，她卻沒有太大的反應，她只是太疼了。三個多月前十惡蓮花境中她其實也受過重傷，但那時東華在她身邊，她並沒有覺得很疼。此時竟感到一種難言的痛苦，也說不清是身上還是心上，或者兩者兼而有之。她望著天上飄移的浮雲，眼睛漸漸有些乾澀，幾滴眼淚順著眼尾流下來，她忍著疼痛，抬起爪子小心翼翼地避開傷處擦了擦。愛這個東西，要得到它真是太艱難了。

鳳九在空曠的野地裡躺了許久，她疼得連動一動都沒什麼力氣，指望著路過的誰能懷著一顆慈悲心將她救回去塗點止疼的傷藥，但日影漸漸西移，已近薄暮時分，她沒有等到這個人，才想起這其實是個偏僻之地，等閒沒有誰會逛到這個地方來。

九月秋涼，越是靈氣聚盛之地入夜越冷，瞧著此處這靈氣多得要漫出去的樣子，夜裡降一場霜凍下來指時可待。鳳九強撐著想爬起來，試了許久使出來一丁點勁，沒走兩步又歪下去，折騰許久不過走出去兩三丈遠，她乾脆匍匐狀一寸一寸向前爬行，雖然還是蹭得前爪的傷處一陣一陣疼，但沒有整個身子的負擔，是要快一些。

眼看暮色越來越濃，氣溫果然一點點降下來，鳳九身上一陣熱一陣冷，清明的頭腦也開始發昏，雖然痛覺開始麻木，讓她能爬得快些，但天黑前還爬不出這個園子找到可避寒的屋舍，指不定今夜就要廢在此處，她心中也有些發急。但越急越不辨方向，也不知怎麼胡亂爬了一陣，撲通一聲就掉進附近的溪流。她撲騰著爪子嗆了幾口水，一股濃重的血腥猛地竄進喉嚨口，眼前一黑，暈了過去。

據司命的說法，他老人家那日用過晚膳，剔了牙，泡了壺下界某座仙山他某個懂事的師妹進貢上來的新葉茶，搬了個馬扎，打算趁著幽靜的月色在自家府邸的後園小荷塘中釣一釣魚。魚竿剛放出去就有魚咬鉤，他老人家瞧這條魚咬鉤咬得這樣沉，興奮地以為是條百年難遇的大魚，趕緊跳起來收竿，沒想到釣上來的卻是個半死不活、只剩一口氣的小狐狸。這個小狐狸當然就是鳳九。

鳳九在司命府上住了整三日，累司命在會煉丹煉藥的仙僚處欠下許多人情債討來各種療傷的聖藥，熬成粉兌在糖水中給她吃，她從小害怕吃苦，司命居然也還記得。託這些聖藥的福，她渾身的傷勢好得飛快，四五日後已能下地。司命捏著他寫命格的小本兒不陰不陽地不知來問過她多少次，「我誠心誠意地來請教妳，作為一個道行不淺的神女，妳究竟是怎麼才能把自己搞到這麼慘一個境地的？」但她這幾日沒有什麼精神，懶得理他。

她時不時地窩在雲被中發呆，窗外浮雲朵朵，仙鶴清嘯，她認真地思考著這兩千多年的執念是否已到了應該放棄的時候。

她真的已經很盡力。四百多年前，當司命還擔著幫天上各宮室採辦宮奴的差使時，她託他將她以宮女的名義弄進太晨宮，就是為了能夠接近東華。怕她爹娘曉得她不惜自降身分去九重天當婢女，還特意求折顏設法將她額頭上的鳳羽胎記暫收掉，總之，做了十足的準備功夫。臨行前，折顏還鼓勵她，「妳這麼乖巧漂亮好廚藝，東華即便是個傳說很板正的神仙，能扛得過妳的漂亮和乖巧，但一定扛不過妳的廚藝，放心去吧，有我和妳小叔做妳後盾。」她便滿心歡喜壯志凌雲地去了。但，四百多年一日日過一月月過一年年過，雖同在一個宮殿，東華卻並沒有注意到她，可見一切都講一個緣字。若果真兩人有緣，就該像姑姑珍藏的話本中所說，那些少年郎君和妙齡女子就算一個高居三十六天，一個幽居十八層冥府，也能碰到。比如天突然塌了，恰巧塌掉少年郎君住的那一層，使他正好掉在妙齡女子的面前這種事，絕不至於像她和東華這樣艱難。

後來她變成隻狐狸，總算近到了東華的身旁。聶初寅誆走她的毛皮，提前將它們要回來雖艱難些，也不是不可能，託一託小叔白真或是折顏總能辦成。但東華似乎很喜歡她狐狸的模樣，他對那些來同他獻殷懃的神女或仙子的冷淡，她都看在眼中，私下裡她很有自知之明地覺得她同那些神女或仙子沒什麼不同，若是將毛皮要回來變成人形，也許東華就會將她推開，她再不能同他那麼地親近，那虛妄度過的四百多年不就是證明嗎？當然，她不能永遠做他的靈寵，她要告訴他，她是青丘的小神女鳳九，不過，須得再等一些時候，等他們更加親近、再更加親近一些的時候。可誰會料到這個時刻還沒有到來，卻半途殺出來一個姬蘅入了太晨宮。大約，這又是一個他們無緣的例證吧。

想到此處，正迎來司命日行一善地來給她換傷藥。

自她落魄以來，每每司命出現在她的眼前，總帶著一些不陰不陽、怒其不幸、恨其不爭的怪脾氣，今日卻像撞了什麼大邪轉了性，破天荒沒拿話來諷她，一張清俊的臉嚴肅得堪比她板正的父君，一貫滿含戲謔的丹鳳眼還配合地含了幾分幽幽之意。

她禁不住多看了他兩眼，看得一陣毛骨悚然，往被子裡縮了縮。

司命將內服的傷藥放進一個紫金缽中拿藥杵搗碎了，又拿來一個杓子先在杓底鋪一層砂糖，將搗好的藥面勻在砂糖上，在藥面上再加蓋一層砂糖，放到她的嘴邊。

鳳九疑惑地看著他。

司命幽幽地回看她，「這種傷藥不能兌在糖水裡，服下一個時辰後方能飲水。」又從床邊小几的琉璃盤中拿出個橘子剝了給她，「如果還是苦，吃個橘子解苦，聽說沒有什麼大礙。」

鳳九伸出爪子來接過橘子，低頭去舔藥，聽到司命嘆了口氣，此回連語聲都是幽幽的，「我閒著也是閒著，去一十三天探了探妳的事，聽說是傷了南荒的什麼公主被東華闢起來了？妳這個傷，不是被那個什麼公主報復的吧？」

她舔藥的動作頓了頓，很輕地搖了搖頭。

司命又道：「兩日後東華大婚，聽說要娶的就是被妳抓傷的那個什麼魔族的公主。妳，打算怎麼辦？」

她看著爪子裡的橘子發愣，她知道他們會大婚，但是沒有想到這麼地快。她抬起頭疑惑地看向司命，有一些想問的事尚未出現在眼神中，司命卻好像已讀懂她的思緒，「沒有人找妳，他們似乎都不知道妳失蹤了。」

她低下頭去繼續看爪子中連白色的經絡都被剝得乾乾淨淨的橘子。

司命突然伸手撫上她的額頭，他這樣的動作其實有些逾矩，但撫著她冰冷額頭的手卻很溫暖，她眼中蓄起一些淚水，愣愣地望著他。

迷茫中，她感到他的手輕輕地揉著她的額頭，像是在安撫她，然後聽到他問她，「殿下，妳是不是想回青丘了？」

她點了點頭。

他又問她，「兩千多年的執念，妳真的放得下？」

她又點了點頭。

他還在問她，「那妳想不想見他最後一面？」

她還是點了點頭。

她覺得司命的每一句都像是她自己在問著自己，像是另一個堅強的自己在強押著這個軟弱的自己同這段緣分做一個最後的了結。這段情她堅持到這一刻其實已經很不容易，從前她能堅持那麼久是因為東華身邊沒有其他人，她喜歡他是一種十分美好的固執。但既然他立刻便要成婚，變成他人的夫君，若她還是任由這段單相思拖泥帶水，只是徒讓一段美好感情變成令人生厭的糾纏，他們青丘的女子沒有誰能容忍自己這樣沒有自尊。儘管她還屬於年少可以輕狂的年紀，但既然已經到這個地步了，徒讓自己陷得更深，今後的人生說不定也會變得不幸。還有那麼長那麼長的人生，怎麼能讓它不幸呢？

她小心翼翼地剝開橘子肉分給司命一半，眼中黑白分明得已沒有淚痕。司命接過橘子，半晌，低聲道：「好，等妳明天更好一些，我帶妳去見見那個人。」

在鳳九的記憶中，她作為小狐狸同東華最後的這次相見，是一個略有小風的陰天。說是相見其實有些辜負了這個「相」字，只是司命使了隱身術遁入太晨宮，將她抱在懷中容她遠遠地看上東華一眼。

是東華常去的小園林，荷塘中蓮葉田田，點綴了不少異色的蓮花，其上還坐落著專為她乘涼造起來的白檀木六角亭，此時亭中伏坐的卻是多日不見的姬蘅同那頭單翼雪獅。

亭中的水晶桌上攤了張灑金宣，姬蘅正運筆抄寫什麼，那頭雪獅服貼地蹲在她兩步開外。鳳九打了個冷戰，如今她看到這頭獅子反射性就感到渾身疼。

姬蘅很快地抄完一張，招手讓雪獅靠近。這頭本性兇狠的獅子竟然很聽話，安靜待姬蘅將抄滿字的宣紙攤在牠背上晾墨，又拿頭拱了拱姬蘅的手，大約拱得姬蘅有幾分癢意，咯咯笑著向亭外荷塘邊隨意把玩一柄短刀的東華道：「看樣子索縈許是餓了，雪靈芝在老師你那兒，雖然不到午飯，暫且先餵牠一棵吧。」

鳳九在心中記下，原來這頭雪獅叫作索縈。東華的腳邊果然又放著一口漆桶，揭開來仍是一桶泛著柔光的靈芝。

索縈是頭好寵物，聽到姬蘅的吩咐，並沒像上回那樣風一般地躥到東華的跟前。牠馱著背上的灑金宣步履優雅且緩慢地邁下六角亭的台階，仰頭叼走東華手中的靈芝，惹得姬蘅又一次讚嘆。

鳳九臥在司命的懷中，微抬眼看著不遠處這一幕。放下那些執著和不甘，客觀評價眼前的情景，俊美的男主人、美麗的女主人，還有一頭聽話的兩人都喜愛的靈寵，連她都覺得這樣的場景如詩如畫，十分完滿和諧。

園子裡幾株佛鈴花樹正值花季，鈴鐺般的花盞綴滿枝頭，風一吹，搖搖墜落。鳳九在司命懷中動了動，他附在她耳邊輕聲道：「走了嗎？」

一人一狐正欲轉身，一枚寒光閃電般擦過身旁的微風釘在附近的佛鈴花樹幹上。鳳九屏住呼吸，瞧見不遠處頎長的紫色身影在飄零的佛鈴花雨中緩步行來，那樣步步皆是威儀的姿態，她從前總是跟在他的身邊，並沒有像現在這樣認真地注意過。

她看到他移步靠近那株釘了長劍的佛鈴樹幹，抬手拾起劍身上一片被劈開的花瓣，對著暗淡的日光，眉眼中浮出探究的神態。她想起這柄劍方才還是把短刀握在他手中，大約就是代連宋君打成的那把送給成玉元君的生辰賀禮。他這是在借佛鈴花試這把劍的重量和速度。若是劍太重，速度太慢，帶起的劍風必然吹走小小的佛鈴花，更別說將它一劈為二。他查看了一會兒，眉眼中的專注讓她覺得很熟悉，她一直覺得他這樣的表情才最好看。

他抬手將長劍自樹幹中取出來，又漾起一樹花雨，那瓣劈開的佛鈴花被他隨手一拂飄在風中。她伸出爪子來，小小的殘缺的花瓣竟落在她的爪子裡。她有些詫異，愣愣地注視手中殘損的花瓣，許久後抬頭，視野中只留下妙曼花雨中他漸遠的背影。

她想，他們曾經離得那樣近，他卻沒有看到她。

其實東華有什麼錯呢，他從不知道她是青丘的鳳九，從不知道她喜歡他，也從不知道為了得到他，她付出了怎樣的努力。只是他們之間沒有緣分。所謂愛，並不是努力就能得到的東西，她盡了這樣多的力還是沒有得到，已經能夠死心。雖然他們注定沒有什麼緣分，但她也可以再沒有遺憾了。

她的腦海中響起一問一答的兩個聲音，又是那個軟弱的自己和堅強的自己。司命揉了揉她的頭，嘆了口氣抱著她離開，她聽見腦中的那場對話私語似地停留在耳畔。

「離別很難過吧？」

「有什麼好難過的，總有一天還能再見到。」

「但是，下次再見的話，就不再是用這樣的心意看著他了。」

「應該珍惜的那些，我都放進了回憶中，而失去了我對他的心意，難道不該是他的損失嗎？此時難過的，應該是他啊。」

但不知為何，卻有眼淚滑落眼角，滴在爪心的佛鈴花上，像是從殘花的缺口溢出來一段濃濃悲傷。她沒有忍住，再次回頭，朦朧視野中卻只看到花雨似瑞雪飄搖，天地都那麼靜。她抬起爪子來，許久，輕輕在司命手心中寫下她想問的一句話：「以後，一切都會好起來吧？」她感到他停下腳步來，良久，手再次逾矩地撫上了她的額頭，回答她道：「是的，殿下，一切都會好起來的。」

第二日，九月十三，星相上說這一日宜嫁娶、祭祀、開光、掃舍，一十三天總算是迎來東華同姬蘅的大婚。這場想望中將辦得空前盛大的婚事卻行得十分低調，除了一十三天太晨宮中喜氣一些，其餘諸天皆沒什麼動靜，果然很合東華一向的風格。

鳳九原本便是打算在這一夜離開九重天，臨行前她借司命府中的灶頭烤了幾只地瓜包起來，馱在背上悄悄往一十三天走了一遭。她把包好的地瓜擱在太晨宮門口，算是給東華大婚送上的賀禮，即便了斷因緣，東華這幾個月對她的照拂，她卻牢牢記在心上。她沒有什麼好送他的，烤的這幾只地瓜也不知最後能不能到他的手上，他看著它們，不知是不是能夠想得起她這隻小狐狸。不過，若是想不起也沒有什麼。明月高懸，她隱約聽到宮中傳來一些喜樂的絲竹聲，心中竟然平靜得既無悲也無喜，只是感到一種不可言明的情緒緩緩將她淹沒，就像上回在拴著單翼雪獅的園子裡不慎跌落園旁的小河流，卻不知這情緒到底是什麼。

三百多年後，再仔細將這些前事回憶一番，竟有一些恍惚不似真實之感。這也是三百年來她頭一回這麼細緻地回想這一段令人神傷的往事，才明白情緒是一種依附細節之物。一些事，若細想，就不是那麼回事，若不細想，不就是那麼回事？

至於燕池悟口中所述東華這幾十萬年唯一陷進去的一段情，為什麼是一段倒霉的情，鳳九約莫也猜測出來一二。縱然東華喜歡姬蘅，甚而他二人離修成正果只差那麼臨門的一步，但這臨門的一步終歸是走岔了。傳說中，大婚當夜姬蘅不知所終，頂了姬蘅穿了身紅嫁衣搭個紅蓋頭坐在喜房中的是知鶴公主。此事如此峰迴路轉，鳳九其實早所有人一步曉得，她去太晨宮送地瓜時已被一身紅衣的知鶴攔在宮牆邊說了一大頓的奚落話。彼時知鶴還用一些歪理讓她相信她同東華實乃有情人終成眷屬，意欲狠狠傷她一傷。鳳九記得有一個時刻她的確覺得此事很莫名其妙，但終歸是東華的大婚，她那時還未確信東華對姬蘅有意這一層，覺得無論他是娶姬蘅還是娶知鶴，對她而言都沒有什麼分別，也談不上會不會更受傷之類。她那時，無論是身上還是心上，那些傷口雖還未復原，但也不知是這一番蛻變的經歷陣痛得太厲害以至於麻木，還是什麼其他原因，反而再也感覺不到疼痛。

梵音谷中，烈日炙烤下偶爾可聞得幾聲清亮的蟬鳴，燕池悟在一旁越發說得有興致，「傳聞裡雖說的是新婚當夜姬蘅她不知所終了，但是老子從一個秘密的渠道裡聽說，姬蘅那一夜是和從小服侍她的那個小侍衛閔酥私奔了。」他哈哈大笑一陣，「洞房花燭夜，討的老婆卻跟別的男人跑了，這種事有幾個人扛得住，妳說冰塊臉是不是挺倒霉的？」

鳳九訝了一陣，她那夜離開九重天後，便再未打聽過東華之事，聽到燕池悟談到姬蘅竟是如此離開，一時間倍覺訝異。但她對燕池悟所說還是有所懷疑，她尚在太晨宮時，見到姬蘅對東華的模樣，全是真心實意地欽佩崇拜，或許還有一些愛慕，並不像只將他當作一個幌子，此事或許另有蹊蹺也說不一定。

漸漸有些雲彩壓下來，日光倒是寸寸縮回去，這情形像是有雨的光景。鳳九一面看了看天，一面瞧見燕池悟仍是一副笑不可抑，與她此時回憶了傷感往事後的沉重心情不可同日而語，略感扎眼，忍不住打擊他一兩句，「英雄你既然也喜歡姬蘅公主，她同旁人私奔又不是同你私奔，何況她雖未同東華行圓房之禮，終歸二人同祭了天地，還是應算作夫妻，終歸比你要強上一些，何至於如此開心。」

燕池悟面色奇異地看向她，「同祭了天地？妳不是東華府中的家眷嗎？奇怪，妳竟不知？」

鳳九愣了愣，「知道什麼？」

燕池悟撓了撓頭，「冰塊臉並沒有和姬蘅同祭天地啊，聽說他養了隻紅狐當作靈寵，祭天前忽然想起要瞧瞧這隻靈寵，命仙官們將她牽來，令旨吩咐下去，才發現這隻靈寵已不知失蹤多久了。」

鳳九站起來打斷他，「我去瞧瞧這個突出的扇形台有沒有什麼路可上或可下，一直困在此處也不是辦法。小燕壯士你講了許久興許也累了，我覺得咱們還是多想想如何自救。」

燕池悟在她身後嚷：「妳不聽了嗎？很好聽的。」兩三步趕上她，仍然絮絮叨叨，「後來冰塊臉急著去尋那隻靈狐了，也沒來得及和姬蘅行祭天禮。說來也真是不像話，他還跑來找過老子要那隻走丟的狐狸，以為是老子拐了去，老子長得像是會拐一隻狐狸的模樣嗎？要拐也是拐天上的宮娥仙女，他也忒看不起老子了。不過聽說三百年來他一直在找也沒有找到。老子覺得，這隻狐狸多半是不在世上了吧，也不曉得是隻什麼樣的狐狸這麼得他喜愛。」

他絮絮叨叨完，抬頭瞧見鳳九正單腳踏在懸崖邊朝下探望，腳踏的那塊石頭嵌在砂岩中似有些鬆動。他慌忙提醒道：「小心！」陡然飆高的音量讓鳳九嚇了一跳，不留神一腳踏空。燕池悟額頭上噌地冒出來兩滴冷汗，直直撲了過去。

第二卷

梵音谷

第一章　比翼鳥族的宗學

鳳九裹了頂毛大氅坐在東廂的窗跟前，一邊哈著氣取暖，一邊第七遍抄寫宗學裡夫子罰下來的《大日經疏》。

她小的時候念學調皮，他們青丘的先生也常罰她抄一些經書，但那時她的同窗們的老爹老娘大多在她的老爹老娘手底下當差，因這個緣故，他們每天都哭著搶著地來巴結她，先生讓她認的罰總是早早地就被這些懂事的同窗私下代領了。她念學念了那麼多年，學塾裡正兒八經的或文罰或武罰一次也沒有受過。不料如今時移世易，她自認自己三萬多歲也算得上有一些年紀，堂堂一個青丘的女君，此時卻要在區區一個比翼鳥的宗學裡頭抄經受罰，也算是十分可嘆的一件事。

她由此而得出兩個結論：一、可見強龍不壓地頭蛇，老祖宗誠不欺她；二、可見一個豬一樣的隊友抵過十個狼一樣的敵人，老祖宗再次誠不欺她。地頭蛇是比翼鳥一族那個嚴厲的宗學夫子，而豬一樣的隊友，自然唯有燕池悟才配得起此響亮名頭。

事情是如何走到了這一步田地，半年來鳳九也時常地考慮，考慮了再考慮，只能歸結於時命。

半年前，她不幸同小燕壯士落難掉至梵音谷中一處突出的崖壁，兩人和和氣氣講了一兩刻故事後又不幸從崖壁上掉落至谷底，最後不幸砸中了長居於此谷中的比翼鳥一族的二皇子，就一路不幸到如今。

那位二皇子皇姓相里，單名一個萌字，全名相里萌，人稱萌少。

因比翼鳥一族歷來有未成婚男子不得單獨出谷的定則，但萌少他雖未成婚卻一心嚮往谷外的花花世界，蓄了許久時力挑了一個黃道吉日打算離家出走，沒想到剛走出城門口就被從天而降的鳳九給砸暈了。

燕池悟墊在鳳九與萌少的中間，其時也很暈，鳳九則更暈，待清醒時，二人已被拘拿往比翼鳥王宮的大殿前。王座上坐的是全族女君，也就是萌少他娘。

鳳九雖諸多功課不濟，所幸上古史學得好，曉得比翼鳥一族曾同他們青丘結過樑子，如今自己算掉進比翼鳥的窩裡了，萬不可亮出身分，給小燕使了個眼色。神經比鐵杵粗的小燕盯了她半晌，未曾領教她目中真意，不過幸而原本他就不曉得她乃青丘的帝姬。

砸暈皇子之事可大可小，皇子若長久醒不來這事就算大，皇子若及時醒來一旁再有個講情的此事亦好說。

鳳九很運氣，萌少醒得很及時，澆熄了座上女君作為慈母的一腔熊熊怒火。原本判二人發落至死牢，中途改往水牢押著。但這廂水牢的牢門還沒擰開，卻又傳來令旨說是不關了，速將二人恭敬地請回上殿。

鳳九一派懵懂地被簇擁至此前受審的大殿，聽說方才有人急切趕至殿中替他二人講了情。說驗明他二人原是一河相隔的夜梟族的小王子並他妹妹，因仰慕鄰族宗學的風采，一路遊學至此地，才不幸砸暈皇子，純屬一個誤會。

鳳九私心裡覺得這才是個誤會，但女君竟然信了，可見是老天幫襯他們的運氣，不可辜負了老天爺。

一番折騰後的二次上殿，殿上的女君一改片刻前金剛佛母般的怒容，和藹又慈悲地瞧著他們，親切又謙順地頒下敕令：二人身分既是同盟友鄰的友客，又是這樣熱愛學習，特賜二人入住王族的宗學，一來全了他們拳拳的好學之心，二來也方便兩族幼小一輩間相互切磋云云。

比翼鳥的朝堂上，鳳九原本覺得，自己雖然一向最討厭學塾，但好歹念了萬八千年學，拘出來一些恬淡性子，再重返學塾念一念書不是什麼大事，忍一忍便過了，但小燕壯士如此狂放不羈之人想必是受不得宗學的束縛，怕忍不了那一忍，搞不好寧願蹲水牢也不願對著書本卷兒受罪。

有這麼一層思慮，鳳九當日當時極為忐忑，唯恐燕池悟驀然說出什麼話來使二人重陷險境。這種事，她覺得以他的智商是幹得出來的。但沒想到小燕當日居然十分爭氣，他原本神色確然不耐，上殿後目光盯著某處愣怔了一會兒，不耐的火花竟漸次湮滅，微垂著頭做得反倒像是很受用女君的安排。

虧他生得秀氣，文文靜靜立在那裡，大家也看不出他是個魔君。彼時鳳九沿著燕池悟的目光瞧去，兩列戳在殿旁像是看熱鬧的臣屬裡頭，小燕目光定定，繫在一位白衣白紗遮面的姑娘身上。她不由得多看了這位姑娘兩眼，因小燕的反常還特地留了心，但恕她眼拙，這個年頭穿白衣的姑娘委實太多，以她本人居首，她著實沒有從她身上看出什麼道道來，遂收了目光作罷。

是夜，二人在比翼鳥的宗學落了腳。

初幾日，鳳九還時常想著要找空子逃出這一隙深谷，經多番勘察探索，卻發現著實上天無路、遁地無門。若是法術在還可想一些辦法，但此地怪異之處在於，僅王城內能用上法術，一旦踏出王城，即便只有半步，再高妙的術法也是難以施展。她曾經自作聰明地在城中使出瞬移術，想著移到谷外是不可能，但移到谷口也算是成功了一半。最後的結果是她同小燕從城西移到了城東某個正在洗澡的寡婦家中，被寡婦的瞎子婆婆抄著笤帚打出了門。

眼看竟像是要長久被困在此處的光景，起先的半月，鳳九表現得十分焦躁，一日勝一日的焦躁中，難免想起致她被困此處的罪魁禍首——一十三天的東華帝君。雖然她心中決意要同東華劃清界限，但考慮到谷外雖有眾生芸芸，但只得東華一個活人曉得她掉進了這個梵音谷，她還是很渴望他能來救她的。當然，她曉得她墜谷之前曾經得罪了東華，指望他三四日內就來營救不大可能，所以她給了他一個平復緩和情緒的過渡期。她覺得若他能在一個月內出現在她面前捎她回去，他擅自將她拐來符禹之巔致她遇險的罪責，她也就大度擔待了。雖然傳說此梵音谷歷來是六十年開一次，但她相信東華若願意救她，總有進來的辦法。

但一個月、兩個月、三個月過去，她沒有等到東華來救自己。

梵音谷入夜多淒清，鳳九裹在蓬鬆的棉被中，偶爾會木然地想東華這個人未免太記仇，即便只是出於同為仙僚的情誼，難道竟絲毫不擔心她這個小輩的安危？可翻個身一轉念又覺得這也是說不準的事，從前做狐狸時她就曉得他一向對什麼人什麼事都很難認真，大約這世上，只得姬蘅一人是個例外吧。

她平日裡許多時候表現得雖穩重，但畢竟年紀還沒到如此看得開的境界，就東華未救她之事短暫地委屈了幾日。數日後，她終於打起精神來腳踏實地地盤算，覺得既然如此，只能等六十年後梵音谷再次開谷了。其實靜心瞧一瞧此處，也很不錯，比她從前在太晨宮當掃地的婢子強出不知多少倍。家裡頭大約會找她一找，但也無須憂心，他們曉得她出不了什麼大事。她想通這些，精神也好起來。

作為同落難的難友，燕池悟瞧著她興致比前幾個月高出不知多少，由衷地開心，領著她出去吃了幾頓酒，又寬慰了她一些人生需隨遇而安才能時時都開心的道理，將她一顆心真正在梵音谷沉定了下來。

此去，不知不覺就過了半年。

雪霽天微晴，鳳九合上抄了十遍的經書，小心翼翼將灑金宣上未乾的墨跡吹乾，捏著四個角兒將它們疊好，盤算著明日要彬彬有禮地呈遞給夫子。

她有這等覺悟著實很難得，這個夫子授他們課業時主授神兵鍛造，但本人是個半吊子，只因比翼鳥一族多年不重此道才得以濫竽充數。鳳九因在鍛造神兵上微有造詣，課上時常提一些頗著調的題目來為難於他，從此便成了他眼中的鋼釘、肉中的鐵刺。鳳九覺得自己命中注定這輩子不會有什麼夫子緣，從她老爹為了匡她的性情第一天將她送進學塾始，她就是各種各樣夫子梗在心中的一樁病。她已將此類事看得很開，關於如何當一個合格的眼中釘、肉中刺，更是早摸出了心得，著實沒有覺得有什麼，也一向不太搭理宗學中這位留著一把老學究山羊鬍的夫子。

但近來，這位夫子卻掌了個大權。

梵音谷中比翼鳥的宗學每十年會有一度學子生徒的競技，優勝者能獲得種在解憂泉旁的頻婆樹這一年結出的鮮果。解憂泉乃梵音谷一處聖泉，生在深宮之中，泉旁相生相伴了一株頻婆樹，十年一開花，十年一結果，且一樹唯結一果，據年成的不同結出的果子各有妙用。說來頻婆樹往昔也是九重天繼無憂、閻浮、菩提、龍華的第五大妙樹，古昔的經書裡頭還有記載「佛陀唇色丹潔若頻婆果」這樣的妙喻，但數十萬年前，這些頻婆樹不知為何皆不再結果，如今天地間能結出果子的樹也就梵音谷這麼一株，萬分稀奇。且據一些小道得來的消息，今年結出的果於凡人乃有生死人肉白骨的奇效，仙者食用則可調理仙澤增進許多修為，而倘若女仙者食用還可保容顏更加美麗青春，比九重天天后娘娘園中的蟠桃還強上許多。占出這只果的功用，連最為懶散的一位同窗都突然在一夜之間生出上進之心，這場競技未辦先火。

那位山羊鬚老夫子手握的大權便是此。因今年報名的生徒著實眾多，若像往年直接殺進賽場斷然行不通，因著實沒有如此寬廣的賽場。宗學便將此情況呈報給了宮中女君，女君手一揮御筆一點，令宗學的夫子先篩一遍。如此，聖恩之下誰能殺進決賽，就全仰這位山羊鬚老夫子一句話。這位老夫子的風頭一時無兩。

鳳九曾尋著一個時機溜至解憂泉附近遙望過一回那棵頻婆樹，瞧見傳說中的珍果隱在葉間閃閃發亮，丹朱之色果然有如西天梵境中佛陀嘴唇的法相。她遙遙立在遠處瞧了許久，倘這枚小果果真能生死人肉白骨，有個已辭世多年的故人，她想救上一救。

既然夫子握著她能否得到頻婆果的大權，她當然不能再同他對著幹。他為圖心中痛快罰她的經書，她也斷不能再像往常一樣置之一旁，該抄的還是要抄寫，要順他的意，要令他一見她就通體舒坦心中暢快。此外，她還審慎地考慮了一番，自覺以往得罪這位夫子得罪得略過，此時不僅要順從他，還需得巴結。

但如何來巴結夫子？鳳九皺著眉頭將疊好的灑金宣又一一攤開來，夫子原本只罰她抄五遍《大日經疏》，她將它們抄了十遍，這便是對夫子的一種示好、一種巴結吧？但轉念一想，她又感到有些憂心：這種巴結是否隱晦了一些？要不要在這些書抄的結尾寫一句「祭韓君仙福永享、仙壽無疆」的話會顯得更有巴結味？不，萬一夫子根本沒有心情將她的書抄看完不就白寫了？看來還是應該把這句令人不齒的奉承話題在最前頭。她重提起筆，望著窗外的積雪發了半天呆，又輾轉思忖了半晌，這個老夫子的名字是叫祭韓，還是韓祭來著？

恰適逢風塵僕僕的燕池悟裹著半身風雪推門而入。他二人因在此谷中占了夜梟族王子、公主的名頭，被人們看作一雙兄妹，因而安置在同一院落中。這個院子起名也很有比翼鳥的族風，稱作疾風院，就建在宗學的近旁。因燕池悟似乎果真忘懷姬蘅，另看上了當初於肅穆朝堂上驚鴻一瞥的白衣姑娘，下學後多在姑娘處奉承，並沒有太多機會礙鳳九的眼，二人同住半年，相安無事，相處頗好。

鳳九探頭向正整理長衫的燕池悟，「你曉不曉得我們夫子叫個什麼名兒？」

小燕十分驚訝，「不就叫夫子嗎？」興致勃勃地湊過來，「那老匹夫竟還有個什麼別的名兒？」

第二章　梵音谷中再相遇

第二日鳳九趕了個大早前往學塾，想打聽打聽夫子究竟叫什麼名諱，她著實未料到巴結人乃是如此困難的一樁事，且這位夫子的名號捂得竟比姑娘們的閨名還嚴實，宗學中除了燕池悟，她這半年獨與二皇子相里萌交好，結果去萌少處一番打探，連萌少亦無從得知夫子他老人家的尊諱。

卯正時分，天上一輪孤月吐清輝，往常此時只有幾個官門薄寒的子弟在宗學中用功，今日卻遠遠聽到學中有些吵嚷，聲兒雖不大，但能發出這麼一派響聲兒也不是一人兩人。鳳九隱隱感到竟是有熱鬧可看，原本還有些模糊的瞌睡頓醒了大半，加緊腳下步伐，心道「早起的鳥兒有蟲吃」，今日少睡一個時辰不虧。

學塾中不知誰供出幾顆夜明珠照得斗室敞亮，鳳九悄然閃進後門，抬眼見大半同窗竟都到了場，且各自往來忙碌，似乎是在往學堂的周圍布置什麼暗道陷阱。面朝課堂招腰拎著張破圖紙指揮的是萌少堂妹潔綠郡主。

鳳九在一旁站了一時半刻，其間同窗三兩入席，有幾個同潔綠交好的上前打探，鳳九聽個大概。

原來今日本該九重天某位仙君蒞宗學授他們茶席課，昨日下晚學時卻聽聞夫子言那位仙君仙務纏身此行不便，差了他身旁一位仙伯來替他，今日正好這位仙伯前來授課。潔綠她們的計畫是，用這些暗道陷阱喝退那仙伯，如此她們的茶席課無人授講，與許天上那位仙者曉得她們待他此情深篤，會下來親自將這門課補予她們。鳳九覺得她們有這等想法實屬很傻很天真。

其實鳳九來宗學著實日淺，關於這位仙者的傳聞只聽過些許。傳聞中大家出於恭敬都不提及他的名號，似乎是位很尊貴的仙者。這位尊貴的仙者據說在九重天地位極高，佛緣也極深，但從未收過什麼弟子，傳言當年天君有意將太子夜華送予他做關門徒亦被拒之門外，總之，是個了不得的大人物。這樣了不得的大人物如此看得起他們區區一族比翼鳥，願在他們族中講學，雖十年才來一回且一回不過逗留一月半月，也是讓閤族都覺得有面子的一件事。唯一的遺憾是他們族向來不同外族通往，以致這分大面被捂在谷中炫耀無門，令人扼腕。

鳳九初聽聞這位仙者的傳說時，將九重天她識得的神仙從頭到尾過濾一遍，得出兩個人，一是東華，一是三清四御中的太清道德天尊又稱太上老君。將年幼的夜華拒之門外倒的確像是東華幹得出來的事，但鳳九琢磨東華不是個性喜給自己找麻煩之人，來此處講學，此處有如此多煩人的女弟子，他從前不正是因為怕了糾纏他的魔族女子才棄置魔道嗎？反倒兜率宮的太上老君他老人家，瞧著像是個很趣致的老頭子，不過，老君他老人家竟在梵音谷有如此多擁躉，倒是鳳九未曾預料的一件事。

天色漸明，可見窗格子外山似削成，頹嵐峭綠，風雪中顯出幾許生氣。

諸學子將陷阱暗道鋪設罷，喘氣暫歇時正逢相里萌悠悠晃進學堂，見此景愣了一愣。鳳九瞧他的模樣像是要開口勸說他堂妹什麼，豎著耳朵朝他們處湊了一兩步。

萌少果然向著潔綠嘆了口氣，「本少曉得妳對那位用情至深，但他知幾何，可曾上心？他年紀已夠做妳老祖宗的老祖宗，妳如此興許還惹得他心煩，從此再不來我族講學。」續嘆一口長氣又道：「其實他不來我族講學於本少倒沒什麼，但母君屆時若治妳一項大罪，妳興許又會怪本少不為妳說項。再則，本少前幾日聽說他在九重天已覓得一位良配，雖未行祭天禮，儼然已作夫人待，傳他予那名女子極珍重、極有榮寵，甚有同寢共浴之事……喂喂喂喂，妳哭什麼，妳別哭啊……」

斜前方潔綠郡主說哭就哭，一點不給她堂兄面子，可惜萌少長得一副風流相，偏偏不大會應付女人眼中的幾顆水珠子，全無章法地戳在那裡。

鳳九轉個身抬手合住方才驚落的下巴，扶一處桌子緩坐下給自己倒了杯涼茶壓驚，天上風流者原應首推天君三皇子連宋，但就連連宋君也未傳出與什麼女子未行祭天禮便同寢共浴之事，退一萬步，這種事即便做了也該捂得嚴嚴實實，倒是小覷了老君他老人家，乖乖，他老人家原來並非一個吃素的，忒率直，忒本事，忒了不得了。

鳳九正在心中欽佩地咬住小手指感嘆，耳中卻聽得潔綠郡主此時亦抽抽噎噎地放出一篇話，「你存心的，你私心戀慕著青丘的帝姬思而不得，才望天下人都同你一樣一世孤鸞一人獨守白頭，尊上他那樣的高潔怎會被俗世傳聞纏身，你說他如何如何，我一個字也不信。」話罷跺腳出了門。

鳳九抬眼見萌少，他臉色似有泛白，方才潔綠一番話中青丘帝姬四個字她聽得很真切，有些訝然，隨即恍然。心道姑姑她老人家即便嫁了人依然芳幟高懸，盛名不減當年，如此偏遠之地尚有少年人為她落魄神傷，真是為他們白家爭光。但萌少他，同姑父比起來還是嫩了些，即便他有機緣到姑姑的跟前，姑姑也定然看不上他吧。鳳九遙遙望向愣神的萌少，無限唏噓且同情地搖了搖頭，正碰見他轉頭向她瞟過來，視線碰在一處。

兩人相視一瞬，萌少拎著前一刻還被潔綠郡主拽在手中的破圖紙朝她招了招手，「九歌妳過來，布置暗道陷阱之類妳最熟。我看潔綠這個圖諸多不盡如人意處，她既然存了打算做此機關，最好是來替課的仙伯掉進陷阱中三兩日也出不來再無法替課方為好。妳過來看看如何重設一下？」

這一聲「九歌」，鳳九曉得是在喚她，她在梵音谷中借了夜梟族九公主的身分，九公主的閨名正是九歌。萌少這個堂兄做得挺不錯，被堂妹如此一通編排依然很為她著想，胸襟挺博大。鳳九捧著涼茶挨過去探頭瞧了瞧他手中的圖紙，不過是些粗糙把戲，可能害屆時來授課那位倒霉仙伯淋些水摔幾跤吃些石灰，依她多年同夫子們鬥智鬥勇鬥出來的經驗之談，上不得什麼檯面。

她手指伸過去獨點了點講堂那處，「別的都撤了吧，此處施法打口深井同城外的思行河相連，再做個障眼法兒。我擔保那位一旦踩上去嗖一聲落下，必定十天半月不會再出現在你我面前。」

萌少略思忖回她，「是否有些狠了？若仙伯回去後怪罪……」

鳳九喝了口茶，「或者也可以考慮此處挖一個深坑，下面遍插注滿神力的尖刀，待他掉落時紅刀子進白刀子出就地將他做了，此乃一了百了之法。當然比之先前那個法子，拋屍是要稍麻煩些。」

萌少拎著圖紙半晌，「……那還是先前那法子本少覺得要好些。」

符禹山頭石磊磊、木森森，雖入冬卻未染枯色，濃樹遮蔭，參差只見碎天。半空掠過一聲仙鶴的清嘯，和以一陣羽翼相振之聲，一看就是座有來頭的仙山。

太晨宮的掌案仙者重霖立在梵音谷的石壁跟前，萬分糾結地嘆了口長氣。自兩百多年前妙義慧明境震盪不安始，帝君每十年借講學之名入梵音谷一次，將境中逸散的三毒濁息化淨。帝君避著眾仙來此谷，每一趟皆是他隨扈照應，今次沒有他跟著，也不曉得帝君他老人家在谷中住得慣否。

妙義慧明境的存在，除上古創世的神祇外沒有幾人曉得，它雖擔著一個佛名，其實不是什麼好地方。洪荒之始，天地如破殼的雞子化開後，始有眾仙魔居住的四海六合八荒，而後在漫長的游息中，繁育出數十億眾大千凡世。凡世中居的是凡人，但凡人因凡情而種孽根，不過百年，為數眾多的凡世各自便積了不少以貪愛、嗔怪、愚癡三毒凝成的濁息。受這些厚重的濁息所擾，各凡世禮崩樂壞、戰禍頻發、生靈塗炭，幾欲崩塌。為保凡世的無礙，東華閉關七夜在天地中另造出一個世界，以吸納各世不堪承受的三毒濁息，就是後來的妙義慧明境。幾十萬年如白駒馳，因慧明境似個大罐子承了世間一應不堪承受的三毒，天地間始能呈一派寧和無事之相。

但有朝一日若妙義慧明境崩塌，將是諸人神的萬劫。

重霖竊以為，不幸的是，這個有朝一日其實三百年前就來了；幸的是，帝君他老人家花了些時日將其補綴調伏，使一干神眾在不知不覺中避過了一劫；更深一層的不幸是，帝君他老人家的調伏其實只是將崩潰之期延續了時日，究竟能延到幾時無從可考。且這兩百多年來，慧明境中的三毒濁息竟開始一點一點朝外擴散，幸而有梵音谷這處不受紅塵污染的潔淨地特別吸引逸散的濁息，才使得帝君不用費多少工夫先將它們收齊便能一次性淨化；也幸而比翼鳥的體質特殊，這些三毒濁息不若紅塵濁氣那樣對他們有妨害。

重霖扶著石頭再嘆一記。許多人誤以為帝君他老人家避世太晨宮是在享著清福，當然，大部分時間他老人家的確是在享著清福，但這等關鍵的時刻帝君他還是很中用很靠得住的。

但今日重霖在此嘆氣並不只為這些天地的大事，帝君今日有個地方令他十分疑惑。因昨日西天梵境的佛陀大駕，明裡同帝君論經，暗中實則在討論著慧明境一事。他作為一個忠心且細心的仙僕感覺這等涉及天地存亡的大事，兩位尊神必然要切磋許久，那麼今日原定去梵音谷講學興許耽擱。從前也出現過原定之日帝君另有安排的境況，皆是以其他仙伯在這日代勞，於是他忠心且細心地傳了個話至梵音谷中，臨時替換一位仙伯代帝君講學。但當今日他同宮中擅茶事的仙伯二人齊駕雲來到符禹山巔，卻瞧見帝君他老人家仙姿玉立，已站在符禹山頭上，正抬手劈開一道玄光，順著那玄光隱入梵音谷中。

重霖覺得，雖然這梵音谷著實古怪，唯有每年冬至起的兩個月間，一個法力高強的仙者以外力強開此谷才不會致其為紅塵濁氣所污，而今日為冬至，是安全啟開此谷的第一日，但也不必著急。再說帝君向來不是一個著急之人，今日後的整兩個月他皆可自由出入此谷。但他老人家竟拋開尚做客太晨宮中的佛祖，不遠萬里地跑來符禹山，難道就為了能第一時間遁入谷中給比翼鳥一族那窩小比翼鳥講一講學嗎？他老人家的情操有這樣高潔嗎？

重霖糾結地思慮半日不知因果，掉頭心道：就權當帝君他這兩年的情操越發地高潔了吧，同齊來的仙伯再駕上雲頭回了太晨宮。

比翼鳥的宗學建成迄今有萬八千年餘，據說造這個書院的乃是位有品味的仙者，不僅址選得好，學中的小景亦布置得上心。譬如以書齋十數餘合抱的這個敞院，院中就很有情趣地添了一泓清溪。溪水因地勢的高低從院東流向院西，高低不平的地勢間修砌出青石鋪成的小台階，拾級或上或下都種了青槐老松，夏日裡映照在水中時頗有幾分禪意在裡頭。像冬日裡，譬如此時，被積雪一裹一派銀裝，瞧著又是一種清曠枯寂的趣味。

鳳九原本很看得上這一處的景，常來此小逛，今日卻提不起什麼興致，徒袖了昨夜抄謄的幾卷經書蹙眉沿溪而下。

一個時辰前她蹺了茶席課溜出來尋祭韓夫子，因聽聞下午第一堂課前，夫子便要宣布今年競技可入決賽之人。她原本打算細水長流地感化夫子，但既然時間有限，那麼只有下一劑猛藥了。她當機立斷：也許她蹺課去巴結夫子可以見出她巴結他巴結得真誠，或許令他感動。但她其實也挺想瞧瞧老君他老人家派來的仙伯嗖一聲掉進暗道裡的風采，於是臨走前同燕池悟咬了咬耳朵，囑咐他下學時記得將其中精采處講給自己聽。

她自以為兩樁事都安排得很適合、很穩妥，但沒料到平日裡行蹤一向十分穩定的夫子卻半日找不見人影。外頭風雪這樣大，她四處踯躅踯躅得越來越沒有意趣，還一刻比一刻冷。遙望學塾的方向，不曉得代課的仙伯成功掉進暗道沒有，若這位仙伯很長腦子沒有掉進去，自己半道折回學堂中倒是能避風，但受仙伯關於她蹺課的責罰也是不可避免。她左右思量，覺得還是在外頭待著。又覺得倘若不用討好祭韓夫子，此時掏出火摺子將袖中的幾卷經書點了來取暖該有多好。話說回來，她抄了十卷，點上一卷應該是沒有什麼問題吧？

鳳九正蹲在一棵老松樹底下提著袖子糾結，肩上被誰拍了一拍，回頭一望，小燕壯士正手握一把尖刀對著自己水蔥一般的一張臉，一邊正反比劃著，一邊面色深沉地向她道：「妳看，老子是這麼劃一刀好，還是這麼劃一刀好，還是先這麼劃一刀再這麼劃一刀好，依妳們婦人之見，哪一種劃下去可以使老子這張臉更英氣些？」

鳳九表情高深地抬手隔空在他的額頭上劃了個「王」字，「我感覺這種劃下去要英氣一些。」

小燕殺氣騰騰地同她對視半晌，頹然甩刀同她蹲在老松下，「妳也感覺在臉上劃兩刀其實並不算特別英氣？」憂鬱地長嘆一聲，「那妳看老子再蓄個鬍子怎麼樣，那種絡腮鬍似乎挺適合老子的這種臉型……」

燕池悟的絮叨從鳳九左耳進右耳出，她欣慰於小燕近來終於悟到姑娘們不同他好乃是因他那張臉長得太過標緻，但她同時也打心底裡覺得，小燕要是有朝一日果真留絡腮鬍子，腦門上還頂一個「王」字，這個造型其實並不會比他今日更受姑娘們的歡迎。

樹上兩捧積雪壓斷枯枝，鳳九打了個噴嚏，截斷小燕的話頭，「話說你沿途有沒有見過夫子，今日他老人家不知在哪一處逍遙，累人好找。」

小燕猛回頭訝然看向她，「妳不曉得？」

鳳九被唬得退後一步，背脊直抵向樹根，「什、什麼東西我該曉得？」

小燕煩惱地抓了抓頭，「老子瞧妳在此又頹然又落寞，還以為下學有一炷香，萌兄早就來跟妳知會了這個事。」抓著頭又道：「也不是什麼大事，對妳而言其實憂喜參半，妳先看看老子這個成語用得對不對啊？妳不要著急，老子一層層講給妳聽，憂的一半是妳設的那個暗道，該誆的人沒有誆進去，倒是妳一直找的夫子在引……這個屬於喜事範疇了。第二層再說，就是，他引那個誰誰進來的時候不留神一腳踏空踩了下去，中了妳的陷阱。」小燕頓了頓，容她反應，續道：「萌兄推測可能夫子土生土長，對當地的水路比較熟悉，也沒有給妳什麼跑路的時間，半個時辰就從思行河裡爬了出來，還揚言說要扒了妳的皮。據萌兄分析他當時的臉色，這個話很有可能說得很真心。」話到此又恍然地看了她一眼，「老子還奇怪既然妳曉得了此事不趕緊逃命坐在這裡等什麼，老子片刻前已經在心中將妳定義為了一條英雄好漢，原來妳是不曉得啊。」

鳳九貼著樹暈頭轉向地聽小燕說清事情的來龍去脈，遙望遠處一個酷似夫子的小黑點正在徐徐移進，眼皮一跳，條件反射地撒腳丫子開跑。

跑的過程中，鳳九思索過停下來同暴怒的夫子講道理說清楚這樁誤會的可能性有多大，思索的結果是她決定加把勁再跑快些。

世事就是這樣的難料，此時不要說還能指望巴結上夫子拿一個入競技賽得頻婆果的名額，就算她將袖中的十卷佛經三跪九叩呈上去，估摸也只能求得夫子扒她的皮時扒得輕些。

燕池悟追在鳳九的後頭高聲提醒，「老子還沒有說完，還有後半截一樁喜事妳沒有聽老子說完……」眼風一斜也看到夫子迅速移近的身影，擔心方才朝鳳九的背影吼的兩聲暴露了她的行蹤，趕緊停步換個相反方向又逼真地吼了兩聲，感到心滿意足，自以為近日越發懂得人情世故，進步真是不容人小覷啊。

清溪的上游有一片挨著河的摩訶曼殊沙，冰天雪地中開得很豔。三界有許多種妙花，鳳九對花草類不感興趣，一向都認不全，獨曉得這一片乃是摩訶曼殊沙，只因從前東華的房中常備此花用作香供。她記得片刻前從此處路過時並未見著花地中有人，此時遙遙望去，摩訶曼殊沙中卻像是閒立著一個紫色的頎長人影。開初鳳九覺得是自己眼花，天上地下四海八荒衷心於穿紫衣且將它穿得一表人才的，除了東華帝君不作第二人想。但東華怎可能此時出現在此地，倘若是為了救她，他既然半年前沒及時前來，半年後按理更不可能來，他此時自然該是在天上不知哪一處抱本佛經垂釣更說得通些。

鳳九在心中推翻這個設定的同時，腳底下不留神一滑，眼看就要栽個趔趄，幸好扶著身旁一棵枯槐顛了幾顛站直了，眼風再一掃溪流斜對面生在幾棵古松後的花地，果然其實沒有看到什麼紫衫人影。鳳九哈了哈凍得冰坨子一樣的手，心道今日撞邪了，打算望一望夫子他老人家有沒有追上來，一回頭卻被拿個正著。

夫子躬著一把老腰撐在她身後數步，瞧見她後退一步又要竄逃的陣勢，急中竟難得靈敏伸手一把拎住了她的袖子。鳳九震驚於平日病懨懨的夫子今日竟矯捷得猴一般，不及反應，雙手雙腳又接連被夫子更加矯捷地套上兩部捆仙索。耳中聽得夫子上句道：

「看妳這頑徒還往哪裡逃！」又聽得下句道：「宗學中首要對你們的教誨就是教你們尊師重道，以妳今日的作為，為師罰妳蹲個水牢妳不冤吧！依為師看，這裡倒是有個很現成的水牢。」一話間就要唸法將她往溪流中拋。

被捆仙索捆著施展不出仙澤護體，沒有仙澤相護，這等苦寒天在雪水中泡泡十有八九要泡得動及仙元，但鳳九的個性是從小少根告饒的骨頭，半空中回了句她小叔白真常用的口頭禪：「爺今天運氣背。」咬咬牙就預備受了。

夫子兩撇山羊鬍被她氣得翹起，食指相扣，眼看一個折騰她進河中的法訣就要成形。此時，綁她手腳的兩部捆仙索卻突然鬆動。一個聲音不緊不慢地從他們斜後方傳過來，「你罰她蹲了水牢，誰來給本君做飯？」

鵝絨似的大雪從清晨起就沒有停歇過，皚皚雪幕中，東華帝君一襲紫袍慢悠悠地從隱著曼殊沙的兩棵老松後轉出來，雪花挨著他銀色的髮梢即刻消隱，果然是四海八荒中最有神仙味兒的仙，神仙當得久了，隨處一站，帶得那一處的景也成了仙境。

摩訶曼殊沙在東華腳下緩緩趨移出一條蒼茫雪道來，鳳九垂頭看他雲靴履地留下一串鞋印，直看到足印到得溪邊。她定了定神，抬頭瞪了東華一眼掉頭就走。

半年來，鳳九甚至有一回作夢，夢到她的表弟糰子腳踏兩個風火小輪，小肥腰別一桿紅纓槍亟亟地趕來下界救她，但關於能在梵音谷中再見東華這茬，她真沒想過，連作夢都沒有夢到過。半刻前，她還以為自己已經不計較東華作為一個長輩卻對她這個小輩見死不救的缺德事，此時瞧見活生生的東華面無愧色地出現在她面前，沒來由地心間竟騰地冒出一股邪火，她怒了。

祭韓夫子今日的一副精神頭全放在了對付鳳九那矯捷一拿和矯捷一捆上，此時眼見這陡生的變故，腿先軟了一半，雙膝一盈行給帝君他老人家一個大禮。但是帝君他老人家沒有看到他這個大禮，帝君他老人家去追方才被他狠狠捆了要扔冰水裡泡泡的頑徒去了。夫子跪在地上尋思方才帝君金口中那句玉言的意思，是說他今日偶識得九歌這丫頭，覺得她挺活潑能伺候自己，隨口討她做幾日奴婢呢，還是他從前就識得她，今日見她被罰，特地轉出來為她打抱不平？夫子他想到這步田地，一顆老心呼一聲竄到嗓子口，帶累半條身子連著腿腳一道軟了下去，乖乖，不得了。

風清雪軟拂枝頭，鳳九曉得東華跟了上來，但她沒有停步，不過三兩步東華已若有所思地攔在她面前。她試著朝前走了幾步，看他竟然厚臉皮地沒有讓開的意思，她抬頭又狠狠瞪了他一眼，「你是來救爺的？早半年你幹什麼去了？」她用鼻子重重哼了一聲，「哼，今天終於想起救爺來了？告訴你，爺不稀罕了！」說完掉個頭沿著溪邊往回走，垂頭卻再一次看見東華那雙暗紋的雲靴，急剎住腳道：「讓開讓開，別擋爺的道！」

一尺相隔的東華凝目看了她半晌，忽然開口道：「有趣，妳是在使小性？我半年後來救妳和半年前來救妳有什麼分別嗎？」

鳳九往後足跳了三丈，胸中的邪火燒得更旺，這個無恥的長輩，竟然還敢來問自己營救的時間早半年晚半年有什麼分別！

鳳九手指捏得嘎崩響，「你試試被人變成一張手帕綁在劍柄上擔驚受怕地去決鬥，決鬥完了還被丟進一個懸崖見死不救半年之久，你試試！」喊完鳳九突然意識到前半年怎麼就覺得自己已經原諒東華了呢，這一番遭遇擱誰身上，倖存下來後都得天天扎他小人吧，頓時豪氣干雲地添了一句，「爺只是使個小性，沒有扎你的小人那是爺的涵養好，你還敢來問爺有什麼分別！」她就地掰了根枯死的老松枝，在手上比了比就地啪地折斷，豪情地、應景地怒視他總結一句，「再問爺這個蠢問題，這個松枝什麼下場就把你揍得什麼下場！」

她覺得今天對東華這個態度總算是正常了，半年前在九重天同東華相處時她還是有所保留，總是不自覺介懷於曾經心繫他心繫了兩千年之久，對他很客氣、很內斂、很溫柔，後來被他耍成那樣完全是她自找。她小的時候脾氣上來了，連西天梵境的佛陀爺爺都當面痛快罵過，當然沒有得著什麼便宜，後來被她爹請出大棍子來狠狠教訓了一頓，但這才顯出她青丘紅狐狸鳳九巾幗不讓鬚眉的英雄本色嘛。世間有幾人敢當著佛陀爺爺的面同他叫板，但是她青丘鳳九做到了。世間有幾人敢當著東華的面放話把他揍得跟一截斷松枝似的，她青丘鳳九又做到了。她頓時很敬佩自己，感到很爽很解氣。但是也料想到東華大約會生氣，這些大人物一向受不得一絲氣，想來今日不會就這麼平安了結。不過，兩人對打一頓，將恩怨了清也很爽快，雖然她注定會輸，會是東華將她揍得跟一截斷松枝似的，那麼能將對方揍得什麼樣，就各憑本事吧。

鳳九覺得，此時自己的表情一定很不卑不亢，因她從東華無波沉潭的一雙眼中看到了一絲微訝。這個鳳九可以預料，她在九重天將自己壓抑得太好，對東華太尊重太規矩，所以她今天不那麼尊重和規矩，他需要一點時間來適應和消化一下。

東華眼中的微訝一瞬即逝。所謂一個仙，就是該有此種世間萬物入耳都如泥牛入海一般淡定的情緒。

東華八風不動地又看了她一會兒，良久，道：「妳的意思是，妳現在很憤怒，但倘若我願意試試也變成一張帕子隨妳驅遣，妳可能會不那麼憤怒？」眉目思量間幾不可察地笑了笑，「這有何難。」不及鳳九反應，果真變成了一張紫色的絲帕，穩穩地落在她的腦袋上。

鳳九呆住了。許久，她輕輕吹了一口氣，絲帕的一角微微揚起，她心中咯噔一聲：爺爺的，不是幻覺哇。

絲帕似吉祥的蓋頭遮住鳳九的眉眼，她垂著眼睛，只能看見撲簌的細雪飄飄灑灑落在腳跟前。她躊躇地站定半天，回憶方才一席話裡話外，似乎並沒有暗示東華須變成一張帕子她才舒心。她剛才罵了他一頓其實已有五分解氣，但要怎麼才能徹底解氣不計較，她自己都不曉得。東華的邏輯到底是如何轉到這一步的，她覺得有點神奇。

鳳九伸手將帕子從頭上摘下來，紫色的絲帕比她先前變的那張闊了幾倍，繡了一些花色清麗的菩提往生，料子也要好一些，聞一聞，還縈著東華慣用的白檀香氣。她手一抖，眼看帕子從手上掉了下去，結果輕飄飄一轉又自動回到她的手上。東華的聲音平平靜靜響起，「握穩當，別掉在地上，我怕冷。」

鳳九愣怔半晌，立刻蹲下去刨了一包雪捏成個冰團包在帕子裡頭，包完又興高采烈地將裹了冰團的絲帕妥善埋進雪坑中。半個時辰後，她戳了戳包著冰團被打得透濕的帕子，問道：「喂，你還怕什麼？」

「……」

燕池悟回到疾風院時瞧見鳳九正撐起一抔炭火烤一張帕子。她什麼時候繡了這麼一張漂亮帕子，他還挺好奇的，但是他此時藏了一點心事，八卦的心不由得淡了很多。

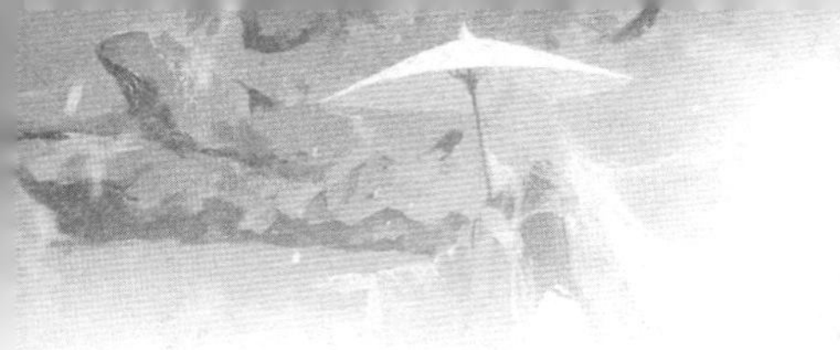

鳳九已經拿著這張帕子玩兒了接近一個時辰，她將他從雪地裡掏出來後東華就再也沒有開過口，但是她覺得男子漢一言九鼎，變成張帕子讓她出氣是東華主動提出來的，她原本都沒有想到，那麼既然他提出了這個建議，就不能辜負他的一片心意。而且，無論從哪個角度來看，她也著實沒有辜負東華的心意，繼在雪中埋了他半個時辰後，她又將他在冰水中泡了片刻，薄冰泡化泡得帕子軟些，她還用他包著橘子肉鮮榨了一兩碗橘汁，再將他鋪在一個光滑的石頭上用一把大刷子把橘子肉染的色兒刷掉，最後又在水裡頭泡了整一刻才撿起來架起炭火預備將他烘乾。整個過程中，東華都沒有出聲，鳳九覺得他很堅強。

小燕推門進來的前一刻，鳳九望著烤火架上被折騰得起碼掉了三成色的帕子，心中也曾隱隱地升起一絲愧疚，感到這樣對待東華是不是過分了些。一轉念原本還打算將他丟進油鍋裡炸一會兒，雖然是因家中沒油了才使她放棄了這個想法，但她如果真想對他那麼壞，出去買點油回來將他煎一煎也挺容易，這麼一看她還是對他很不錯的。她在心中說服了自己，就一心一意地烤起他來，準備等他乾了後二人便冰釋前嫌一笑泯恩仇吧。他們修仙嘛，講的就是一個寬容，一個大度，一個包涵，她還是應該讓他領會一下她的這些優點。

木炭劈啪爆開一個火星，燕池悟面色含愁地挪了一只馬扎坐過來和鳳九一同烤火，落坐時從袖口摸出個紙包剝開，分了她半包瓜子。

炭火在牆壁上拉出小燕一個孤寂又淒涼的嗑著瓜子的側影。

鳳九打量他片刻，覺得小燕不愧一朵嬌花，含起愁來也別有風味。他這輩子要想變得英挺，除非回娘胎裡重投生一回，否則依這麼個長相，就算絡腮鬍從下巴直長到耳朵尖，頭頂上還刻個「王」字，他也依然是朵嬌花。

她心中頓生同情，湊近關懷道：「小燕壯士你貴為一介壯士，此時唉聲嘆氣是出了什麼大事？」小燕一向喜歡聽人叫他壯士，她覺得她這麼開場，他會開心一些。

小燕悲情的神色果然鬆動許多，抬頭正欲言卻不幸被瓜子皮嗆住，慌忙間抓起架上正烤著的絲帕兜嘴一陣咳嗽，瓜子皮咳出喉嚨後拿絲帕一包，長舒一口氣，嘆道：「東華那冰塊臉來梵音谷了，妳曉得了吧？」

鳳九默默無言地看著被他握在手中打算揩嘴後再擤擤鼻涕的紫色絲帕，打了個哆嗦，謹慎地後退一步，沉默地點了點頭。

小燕長嘆一聲，「老子本來以為依老子如今的修為其實已經和冰塊臉差不多，不，老子個人感覺可能老子還要更勝一籌。但，」小燕神色猙獰地握緊了手中的帕子，「老子過水月潭時，看到冰塊臉正施用疊宙之術將梵音谷同九重天間的萬里空間疊壓起來……」

疊宙之術，此種法術鳳九曉得，一般是一個仙者羽化前若心中有所掛念，能以最後的仙力及仙元疊壓空間，使自己轉瞬之間便見到掛念的人事，以圓滿心中念頭順利羽化的一個仙術。乍聽有些像瞬移之術，但瞬移是將仙身在瞬間傳送到同一世界的千里以內之地，而疊宙卻在千萬里不同的世界皆可施用，原理是將彼此的空間壓縮，中間仍隔著鏡子般的被壓縮的時空，只容雙方廝見卻彼此觸摸不得。小燕反應這麼大，鳳九倒是沒有料到，因這個法術於高階的神仙其實並不那麼難，無須在羽化前才使得出，但因使一次，即便高階的神仙也很費神費力，所以不到萬不得已的緊急時刻，大家都並不怎麼用它。

鳳九隱約覺得有處地方不大對，思索中敷衍地回小燕道：「那麼定是太晨宮中出了什麼緊急的要事吧。這樣重大的法術，不是什麼緊急要事一般不會施用。你同東華不對付，他宮中出事，你該高興才是嘛，再說，這麼一個術法我聽說你也使得出來啊，還可維繫個半炷香的時辰。我有個印象，似乎這個紀錄在你們魔界還排第一位，天界也沒有幾個人超得過，恕我不明白你何至於震驚且悲到如此？」

小燕咬牙狠狠地看了她一眼，咬牙後的表情竟顯得更加淒涼，良久，緩緩地道：「下棋……」

鳳九道：「啥？」

小燕悲痛地將頭扭向一邊，「冰塊臉施這個術，不過為了方便同天上老友下棋。老子剛才看見他正隔空同你們天界那個花花公子叫連什麼的下圍棋。」頓了頓，他頹然地道：「老子感覺老子輸了。」

鳳九無言地立了半晌，看小燕像是受的打擊果真非同尋常，他長得這副水靈樣，做出這種表情沒想到竟十分惹人憐愛，她再一次被擊得母性大發，就要不顧後果地伸出手去寬慰揉揉小燕烏黑的長頭髮，幸虧半道被殘存的理智牽住，生生一頓拍在了他的肩膀上。她斟酌半晌寬慰他道：「雖然他這一項贏了你，但是他總有不如你之處，何必以己所短比他人之長？」自覺說了句應時應景的漂亮話。但沒想到小燕竟是一種窮根究底的個性，此種情況下還要追問她一個，「比如呢？」

她躊躇地在心中比如了半天，退後一步，試探地道：「比如你比他長得嬌豔漂亮？」小燕悲憤地隨手將掌心的帕子捏個團扔到了她的腦袋上。

此時炭火再接再厲地劈啪一聲又爆出個火星，被刷得有些掉色的明紫劃個弧線猛然躍進眼簾時，鳳九終於反應過來從方才起她就覺得不大對的地方。

良久，她從頭上摘下帕子放在手中，目光炯然地掃視半晌，咬牙切齒地向小燕道：「你方才說，看到東華同連宋君下棋，是在幾時來著？」

小燕茫然地看了看她手中的帕子，又茫然地看了看她，「就剛才啊，他們現在應該還在下著。我走的時候看見冰塊臉還領先了一步呢。」

第三章　再遇姬蘅

鳳九覺得，做神仙，適當地無恥一下並沒有什麼，但是，怎麼可以無恥到東華這個地步呢？她捏著淪為一個罪贓的絲帕，心中被一股憤懣所激盪，急匆匆趕往水月潭，打算同東華算這筆帳。

空中飄下來一些清雪，鳳九在疾步中垂頭又看了一眼手中的絲帕。

因她近來一向將自己定位為一個大度的、能屈能伸的仙者，於是她認為，其實就算東華不提出變成一張帕子供她出氣，那麼像她這樣大度的仙，頂多就是在心中默默記恨他十年九載，幾十年後還是很有希望原諒他的。

但他竟然欺騙於她，這個事真是是可忍孰不可忍。東華在做出此種考量的時候，難道就沒有想過，倘若她發現這個騙局會記恨他一輩子嗎？又或者是他覺得她根本沒有識破他這個騙局的智商吧？以她對東華的瞭解，她覺得應該是後者，心中的憤怒瞬間更深了一層。

水月潭中遍植水月白露，乃是梵音谷的一處聖地。水月白露在傳說中乃一種生三千年、死三千年的神木，亦是此潭得名的由來。這個潭雖名中帶個「潭」字，其實更類於湖，潭中有水光千頃，挽出十里白露林盈盈生在水中。傳說比翼鳥一族的女君尤愛此地白露樹挺拔接天，常來此暫歇兼泡泡溫泉，所以水月潭景致雖好，尋常卻鮮有人至，頗為清靜。

雲水繞清霧間，鳳九果然瞧見東華遙坐在一棵巨大的白露樹下同人下棋，棋局就布在水面上，他身周縈了一些虛渺的仙霧。但鳳九的修為著實不到層次，大約能看出被東華以疊宙術疊壓的空間有些模糊，小燕口中的連宋在她眼中則只得一個白茫茫的輪廓。

白茫茫的輪廓連三殿下倒是一眼就瞧見了她，在連三殿下從良已久的心中，近來值得他關注一二的女仙除了成玉，唯有青丘的這個小帝姬。追溯到他同東華相交日起，他就沒有什麼印象東華對哪個同他獻殷勤的女仙特別有興趣。東華此人，似乎生來就對風月這類事超脫，連被八荒推崇在風月事上最超脫的墨淵上神，他連宋卻曉得他還曾同魔族的始祖女神少綰有一段恩怨情仇。可東華許多年來，愣是一個把柄都沒有被他拿捏住，讓連三殿下感到很沒有意思。

但，這麼一個超然不動讓他等六根不大淨的仙者們自嘆弗如仰望莫及的仙，近日卻對青丘這位才三萬來歲還沒長開的小帝姬另眼相看，讓連三殿下有段時間，一直感覺自己被雷劈了。

眼看美人含怒一副找人火併的模樣已近到百來步遠，連三殿下本著看好戲的心態，愉悅地一敲棋盤，興致勃勃地提醒仍在思忖棋路的東華，「剛入梵音谷你就又把白家那位帝姬得罪了？看她衝過來的模樣像是恨不得拿鋼刀把你斬成八段，我看今日不見血是收不了場，你又怎麼惹著她了？」

連三殿下得意忘形，手中的白子一時落偏，帝君手中的黑子圍殺白子毫不留情，在連宋撫額追悔時微抬頭瞟了眼趨近的鳳九，針對三殿下方才的那個「惹」字，極輕地嘆了一口氣，「沒什麼，低估了她的智商。」

「……」

該如何同東華算這筆帳，疾奔而來時鳳九心中早已打好腹稿，罵他一頓顯然不夠解氣，祭出兵器來將他砍成八段她倒是想過，但她也不是個不自量力之人，倘若果真祭出兵器，屆時誰將誰砍成八段尚未可知。

不過東華變給她的這張帕子果然繡得很好看，她折騰它的時候沒有瞧仔細，方才途中又仔細打量一遍，發現在它的一個角落，沿著縫製的針腳處極小地繡了一個「姬」字。看來這並不是隨便變出來的一張帕子，倒像是東華隨身常用的，可能是他的意中人姬蘅送給他的一張帕子。

她想起曾經她多麼寶貝東華送給她、掛在她脖子上的那個白玉墜，覺得東華既然對姬蘅那樣上心，那麼若是她當著他的面將姬蘅送他的這張帕子糟蹋一通，他的心中一定遠比被她砍成八段更感到憤怒且傷心吧。

她覺得自己想出這個點子著實很惡毒，但是越看這張絲帕越是礙眼。她糾結地想，這件齷齪事當然還是要做的，那麼，就等她辦成此事後回去唸兩遍佛經，算是自我超渡一下這個齷齪的行為吧。

但是，鳳九千思量萬思量，萬沒有料到修為有限，剛踏進水月潭中，即被疊宙術疊壓的空間逼出原形來。誠然，即使變成狐狸她也是隻漂亮的狐狸，毛色似血玉般通紅透亮，唯獨四個爪子雪白，身後的九條尾巴更如同旭日東升的第一抹朝霞一般絢麗，不管喜不喜歡圓毛的都會被她這個模樣迷住。但是，用這個模樣去教訓東華顯然沒有什麼威勢，說不定還會讓他覺得非常新奇可愛。可是，就這樣打道回府，她心中又很氣憤難平。

眼見著東華其實已近在不遠處，彷彿同連宋的那盤棋已殺完了，正坐在石凳上耐心地等著她來找自己的麻煩。他竟然這樣地氣定神閒，令她心中淡淡的糾結感瞬間丟到西天，拽著帕子殺氣騰騰地一路小跑到他的跟前。

東華瞧見她這個模樣，似乎有一瞬間的愣神。

她心中頓時一個激靈，東華的眾多愛好中有一條就是喜愛圓毛，他該不會是看上她了吧？她原身時的模樣一向難有人能抵擋，她小的時候有一回調皮在小叔飯中下了巴豆，害得小叔足拉了三天肚子，但她小小地亮了一下自己的原形，她小叔頓時就原諒她了，這就是一個她從小狐顏禍水的鮮活例證。

東華坐在棋桌旁，瞧著她的眼神有幾分莫測和專注，像是鑄一把劍，製一尊香爐，或者給一套茶具上釉彩時的神情。

此時，水月白露纖細瑩白的枝椏直刺向天，月牙葉片簇擁出豐盈的翠藍樹冠，結滿霜露似的白花團。一陣雪風拂過，花團盈盈而墜，未掉及水面已化作暄軟白霧，湖中一群群白色的小魚繞著樹根，偶爾撲騰著躍起來。霧色繚繞中傳來一陣幽遠寂寞的佛音，不知誰在唱著幾句經詩，「須菩提，發阿耨多羅三藐三菩提心者，於一切法，應如是知，如是見，如是信解，不生法相……」

鳳九覺得這個場景太縹緲，但似乎天生就很適合東華這種神仙，可他此時這麼專注地看著她，她的額頭上瞬間就冒出了兩滴冷汗。

她想起來這個人是曾經的天地共主，按理說無論他對她做了什麼缺德事，她這種做小輩的還是不可廢禮，要尊敬他。

那麼，她猶豫地想，她現在，到底該不該當著帝君的面蹂躪他心愛的絲帕呢？

周身仙氣飄飄的東華撐腮看她這個狐狸模樣半天，忽然道：「妳小的時候，我是不是救過妳？」

她手握絲帕，猛地抬頭回望他，愣了一瞬，沒有點頭也沒有搖頭。

東華竟還記得曾經救過她，讓她覺得有點受寵若驚。由於九尾的紅狐天上地下就她這麼一隻，太過珍貴，少不得許多人打她的主意，所以一向出外遊玩時，她都將九條尾巴隱成一尾，這項本事她練了許多年，就算修為高深如東華者，不仔細瞧也瞧不出她原是九尾，所以當初他也不曉得救下的原是青丘的小帝姬。

那時在琴堯山中，東華於虎精口中救下她時，大約以為她是山中修行尚淺的野狐吧，將她罩在一團仙霧中護著便一走了之了。其實也不過是兩千多年前的事。兩千多年過去，她的狐形並沒有什麼太大的變化。

但卻是在許多年之後的此種境況下讓東華曉得了曾經兩人還有這個緣分，不曉得是她總是走快一步，還是世事總是行慢一步。

鳳九蹲坐在地上，緊盯著右爪中的絲帕覺得有些為難，果然小叔說得很對，報仇這個事是一鼓作氣，再而衰，三而竭之事，她奔過來時就該把帕子直接丟在東華的臉上，此時她被如此美好的景色熏陶，感覺精神境界唰地已然上升了一個層次，帕子也丟不出手了。

看她長久沒有說話，東華淡淡道：「這麼看來，我救過妳一命，妳還沒有報恩，我騙妳一次，妳不計較就當報恩了，帕子還我，妳將它折騰得掉色，我也不和妳計較了。」

東華的話鳳九聽在耳中，不知為何就覺得分外刺耳，感覺精神境界唰地又降回來了。她垂著頭，「我其實早已經報了恩。」聲音小得蚊子似的。

東華愣了一愣，「什麼？」

就見她忽然抬頭狠狠地瞪了他一眼，語聲中帶了變為狐狸後特有的鼻音，惡狠狠問他，「你是不是很喜歡這個帕子？因為是姬蘅繡給你的？」話罷抬起右爪將絞在爪中的絲帕挑釁地在他眼前一招展，接著將帕子捂在鼻子上使勁擤了擤鼻涕，揉成一團咚的一聲扔在他的腳下，又狠狠地瞪了他一眼轉身就跑了，跑了幾步，還轉頭回來狠狠地同他比了個鬼臉。

東華莫名地瞧著她的背影，感到她近日的確比半年前在九重天上生動活潑許多。

連宋君隱在萬里之外的元極宮中看完一場好戲，作為九重天曾經數一數二的情聖，有一個疑問同東華請教，咳了一聲道：「我大約也看出來問題所在，其實，你既然曉得她是因你將她變成帕子而生氣，也悟了自己也變成張帕子供她蹂躪她就消氣了，為什麼非要弄出張假的來誆她呢？」

東華低頭看了眼滾落腳邊，倘若是他變的，此時就該他是這個模樣掉了三個色的綉絲帕，「我又不傻。」

連宋噎了半天，道：「……誠然，你不傻。不過造成此種糟糕的境況，你若能乾淨俐落將它處置好，我改日見著你尊稱你一聲爺爺。」

東華收拾棋子的手頓了一頓，若有所思地向連宋道：「聽說太上老君近日煉了一種仙丹，服下即可選擇性遺忘一些事，沒有解藥絕對再記不起來，你擇日幫我找他拿一瓶吧。」

連宋嘴角抽了抽，「……你這樣是否有些無恥？」

東華的棋盤已收拾畢，挺認真地想了想，簡短地道：「不覺得。」又補充了一句，「下次見到我，記得叫一聲爺爺。」

「……」

日前，宗學競技賽入決賽者的名單得以公布，當中果然沒有「九歌」這個名字。得知此噩耗的鳳九裹了團綢巴巴的披風坐在敞開的窗戶旁邊散心，奈何凜冽的寒風吹不散閒愁，鳳九吸著鼻子萬分想不明白地向內屋的小燕道：「按理說，夫子既然曉得我同東華是舊識，我看他一向是個會做人的人，應該不用東華說什麼就賣他一個面子讓我入決賽，但是為什麼決賽冊子上卻沒有我的名字？是不是抄冊子的人一時寫漏了？」

小燕打了個噴嚏，抹著鼻子感嘆道：「想不到那老匹夫竟然是個不畏強權三貞九烈之人，老子對他刮目相看了。」鳳九內心裡很想點醒他三貞九烈不是這個用法，但轉念又覺得小燕近來熱愛用成語說話越來越有文化也不失一件好事。她遙望窗外的積雪，感覺同他討論邏輯性這麼強的話題本身就是一種錯誤，另開了一個簡單一些的話題問他：「說起東華，我們掉進梵音谷前你同他還在決鬥，我原本以為仇人相見分外眼紅，這幾天你們總會找一天打起來……」他們一直沒有打起來，她等得也有點心焦。

小燕的臉卻騰地紅了，抬頭略有躊躇地道：「妳這個，妳是在擔心老子嗎？」他的眼中放出一種豪情的光芒，走過來拍了拍她的肩，「好妹子！雖然妳曾是冰塊臉宮中的人，但是這麼有良心，不愧老子一向看得起妳！」

鳳九被他拍得往後仰了一仰，問心有愧地坐定，聽他語重心長地同她解惑，「其實，冰塊臉進梵音谷的第一天，老子同他狹路相逢時就互相立下了一個約定，他不干涉老子同姬蘅的來往，老子也就不找他繼續雪恨了。」

鳳九揉著肩膀，些許愣神道：「這同姬蘅公主有什麼關係？」

小燕更愣，「難道我沒有跟妳說過，姬蘅她當年和那個小侍衛閔酥私奔，就是私奔到梵音谷來了嗎？」他抓了抓頭皮，秋花臨月的一張臉上浮現一絲紅暈，「其實老子也是半年前才曉得，搞了半天，姬蘅一心喜歡的閔酥原來是個女扮男裝的娘兒們，而且喜歡的還是她哥哥。曉得這件事後，姬蘅受不了此種打擊，同閔酥大吵一架分了，但又感覺沒有臉再回魔族，就一心留在梵音谷中做起了宮廷樂師這個閒差。」

小燕的眼中放出比之方才不同的另一種光芒來，熱切地向鳳九道：「那時我們在朝堂上被問罪妳還記得嗎？雖然姬蘅臉上蒙了絲巾，但我還是一眼就認出她來了，近半年和她交往得也不錯，我感覺我很有戲！」

鳳九像聽天外仙音一般聽著這一串荒唐消息從小燕的口中跳出，腦中卻只反應出，小燕壯士終於學會使用「我」這個字，這真是一種進步。

姬蘅這個人，鳳九回首往事，依稀覺得她似乎已成為記憶中的一個符號，即便燕池悟說他們曾在比翼鳥的朝堂上同她有過一面之緣，她也不能立刻將那亭亭而立的白衣女子同「姬蘅」這兩個字聯繫起來。

提起姬蘅，其實鳳九的心情略有複雜，這個人同知鶴不同，不能單純地說討厭她與否，就算因了東華，她對她十分有偏見，但也不可因偏見否定這個人曾經對自己的好。鳳九依然記得，十惡蓮花境中姬蘅對她的愛護不是假的，當然，九重天上她無意對自己的傷害也不是假的，不過自己也傷害了她，算是扯平了。

她從來沒有覺得自己當年對東華的放手是對他們的一種成全，但她也沒有想過姬蘅會在大婚這一天放東華的鴿子，從這個層面來說，她內心裡著實有幾分佩服姬蘅。不過兜兜轉轉，他們二人在這個梵音谷中又得以重逢，有這種緣分實在感天動地。站在一個旁觀者的角度，若東華事到如今仍然喜歡姬蘅，那他們二人在一起也是一樁佳話，畢竟連四海八荒渠道最多、消息面最廣的小燕都說過，姬蘅是東華這麼多年唯一的一段情，不能因為她鳳九同東華沒有什麼緣分，就私心希望東華一生都孤寂一人才好，這種小娘兒們的思想，也不是她青丘鳳九作為一荒之君的氣度。

她心中有了這樣的思慮，頓時覺得風輕雲淡、天地廣闊，對自己這麼顧全大局頓生幾分敬佩。

不過，一碼歸一碼，東華作為一個長輩，隨意將她這個小輩丟棄在谷中遇險之事依然不可原諒，這一碼她覺得她還是應該繼續記恨下去的。

但這些，其實都並不那麼重要，此時，更加重要的煩心事是另一件——她未入宗學的決賽，那麼，如何才能得到只獎給優勝者的頻婆果呢？得不到頻婆果，如何才能救葉青緹呢？難不成，只有偷了？偷，其實也未嘗不是一種辦法，那麼，要不要把小燕拖下水一起去做這件危險但是有意義的事情呢？她考慮了一瞬，覺得保險起見，死都要把他拖下水。

但是，能偷到頻婆果並不是一件容易的事，這棵樹雖然表面像是無人看管，但據相里萌的內線消息，樹四周立的那四塊華表，若誰信了它們果真是華表誰就是天下第一號傻子。其實四塊巨大的華表裡頭各蹲了一尾巨蟒，專為守護神樹，若是探到有人來犯，不待這個人走近伸手觸到果子皮，咯嚓一聲，牠們就將他的脖子咬斷了。相里萌在同她講到這一段時，抬手做了個擰脖子的手勢，同時一雙細長的丹鳳眼中還掃過一星寒芒，讓鳳九的背脊上頃刻起了一層雞皮疙瘩，深刻地感受到了這件事情的危險性。

鳳九考慮，雖然他們二人中有個小燕法術高強，但尚未摸清這四尾巨蟒的底細，若是讓小燕貿然行動被巨蟒給吞了……她思考到這裡時還正兒八經地端詳了小燕一陣，瞧著唇紅齒白的他一陣惆悵，覺得要是被巨蟒吞了，他長得這麼好看也真是怪可惜的。

鳳九打定主意要想出一個周全的計策。

她絞盡腦汁地冥想了三天。

直到第三天的晨曦劃過遠山的皚皚瑞雪，她依然沒有冥想出什麼名堂來，卻聽說一大早有一堂東華的茶席課，課堂就擺在水月潭中。鳳九的第一反應覺得該蹺課，用罷早飯略冷靜了些，又覺得她其實沒有欠著東華什麼，躲著他沒有道理，沉思片刻，從高如累石的一座書山中胡亂抽了兩個話本小冊，瞧著天色，熟門熟路地逛去了水月潭。

茶席課這門課，授的乃是布茶之道。在鳳九的印象中，凡事種種，只要和「道」這個字沾上邊，就免不了神神道道。但有一回她被折顏教訓，其實所謂神道，乃是一種細緻，對細節要求盡善盡美，是品味卓然和情趣風雅的體現。不過，東華的神道，顯然並非為了情趣與品味，她一向曉得，只因他著實活得太長久，人生中最無盡的不過時間，所以什麼事情越花時間越要耐心他就越有興趣。譬如為了契合「境界」這兩個字，專門將這堂茶席課擺到水月潭中，且讓一派冬色的水月潭在兩三日間便煥發濃濃春意。其實說真的，在他心中境界這個東西又值得幾斤幾兩，多半是他覺得這麼一搞，算是給自己找了件事做好打發時間吧。這一點上，她將東華看得很透。

但鳳九今日記錯了開課的時辰，破天荒竟然來得很早。

水月潭中杳無人跡，只有幾尾白魚偶爾從潭中躍起，擾出三兩分動靜。鳳九凝望著水月白露的樹梢上新冒出來的幾叢嫩芽，打了個呵欠，方圓十里冰消雪融，春風拂面。她沒有別的事情可做，幾個呵欠後理所當然地被濃濃春意拂出瞌睡來，一看時辰似乎仍早，繞著潭邊蹓躂了一圈，揀了處有大樹擋風又茂盛柔軟的花地，打算幕天席地地再睡個回籠覺，順便繼續思索如何順利盜取頻婆果這樁大事。

但躺下不足片刻，就聽到一陣腳步聲漸近。耳中飄進那個聲音時，鳳九以為尚在夢中還沒有醒來，恍惚好一陣才想起自己剛躺下沒有多久根本來不及入睡。這個聲音的主人，在回憶中想起她時只覺得她已成為一個微不足道的符號，現在才曉得符號要逼真也不過就是一瞬間的事。聲音的主人正是姬蘅，鶯啼婉轉與三百多年前毫無變化。鳳九不明白為何她的面目身形都在記憶中模糊，唯獨聲音讓自己印象如此深刻，深刻得姬蘅她剛一喊出「老師」這兩個字，她就曉得是她。

既然姬蘅喊了一聲老師，來人裡頭的另一位自然該是東華。

鳳九小心地翻了一個身，聽到幾聲窸窣的腳步後，姬蘅接替著方才的那個稱呼續道：「老師今次是要煮蟹眼青這味茶嗎？那麼奴擅自為老師選這套芙蓉碧的茶器作配吧。雖然老師一向更愛用黑釉盞，顯得茶色濃碧些，但青瓷盞這種千峰翠色襯著蟹眼青的茶湯，奴以為要平添幾分雅淡清碧，也更加映襯今日的春色些。」東華似乎「嗯」了一聲，縱然算不得熱烈的反應，但鳳九曉得他能在檢視茶具中分神來「嗯」這一聲，至少表示他覺得姬蘅不煩人。不，傳說中他一直對姬蘅有情，那麼這一聲「嗯」，它的意思當然應該遠不止這一層，說不準是相當讚賞姬蘅這一番話裡頭的見識呢。

鳳九在偷聽中覺得這真是一場品味高雅的談話，自己一生恐怕都不能達到這個境界，同時不禁抽空又為小燕扼了一回腕。小燕這種飲茶一向拿大茶缸子飲的，一看就同姬蘅不是一路人，且姬蘅竟然還曉得東華煮茶時喜歡用黑釉盞。雖然小燕覺得自己最近很有戲，但鳳九誠心實意地覺得他很懸。說起來，她最初從小燕處確認了東華用情的那個人是姬蘅時，當然很震驚，但今日猛遇姬蘅，看著他倆居然重新走到了一起，心中竟然也不再有多少起伏。她覺得時光果然是一劑良藥，這麼多年來自己終於還是有所長進。

透過摩訶曼殊沙緋紅的花盞，這一方被東華用法術變換了時光季節的天空，果然同往常萬里冰原時十分不同。鳳九抬手擋在眼前，穿過指縫看見巨大的花盞被風吹得在頭頂上搖晃，就像是一波起伏的紅色海浪。她被淹沒在這片海浪之中，正好將自己藏嚴實。

前頭準備茶事的二人方才說了那麼兩句話後良久沒有聲音，鳳九閉上眼睛，一陣清風後同窗的腳步聲三三兩兩聽到些許，但都是輕緩步子，應該是來搶好位置的姑娘們，看來時辰依然早。昨夜冥思得有些過，此時很沒有精神，她正要抓緊時間小睡一睡，忽聞得斜前方不經意又冒出來一串壓低的談話聲。白家教養小輩雖一向散漫，但家教不可謂不嚴，聽牆腳絕不是什麼光彩事，鳳九正要攏著袖子捂上耳朵蒙一蒙，鶯聲燕語卻先一步嫋嫋娜娜淌入她的耳中。

這兩個聲音她印象中並沒有聽過，稚氣的那個聲兒聽著要氣派些，清清脆脆地詢問：「白露樹下坐著擺弄一個湯瓶的就是潔綠喜歡的東華帝君？我聽說大洪荒始，他便自碧海蒼靈化生，已活了不知多少萬年，可是為什麼看起來竟然這樣年輕？」

一個微年長沉穩些的聲音回道：「因帝君這樣的上古神祇天然同我們靈狐族不同，靈狐族一旦壽過一千便將容顏凋零，但帝君他壽與天齊，是以……」

靈狐族的少女噗哧一聲笑，仍是清清脆脆地道：「傳說中，東華帝君高高在上，威儀無二，又嚴正端肅，不近女色。二哥哥也不近女色，所以身邊全是小廝侍童，可我瞧著此時為帝君收拾水注茶碗的分明是個貌美姑娘，」她頓了頓，俏皮地嘆了一口氣，「可見，傳說是胡說了，你說若我……」

沉穩聲兒忽然緊張，罔顧禮儀急切地打斷道：「公主妳又在打什麼主意？」得不到口中公主的回應，越發著急道：「據臣下的探聽，那位白衣姑娘能隨侍帝君左右，皆因她非一般人，那位姑娘兩百多年前落難到比翼鳥一族做樂師，而帝君來梵音谷講學正是隨後的第二年。這麼多年，帝君來此講學也不過這位姑娘能跟隨服侍罷了。公主聰明伶俐，自然推算得出此是為何，倘若要對那位姑娘無禮，後果絕非我靈狐族能夠獨擔，公主行事前還望三思……」

一陣幽靄風過，一地紅花延綿似一床紅絲毯斜斜揚起，靈狐族的公主在沉穩聲兒這番有條有理的話後頭靜了一陣。被迫聽到這個牆腳的鳳九也隨之靜了一陣。她弄明白了三件事。第一，這兩個素不相識的聲音，原來就是昨日裡聽說機緣巧合得了女君令，要來宗學旁聽一兩堂課的靈狐族七公主和她的侍從。第二，人家東華隔了大半年特地來梵音谷原來不是特意救她，人家是趁著這個時機來同姬蘅幽會。第三，靈狐族七公主的這個侍從是一個人才，情急時刻講話也能講得如此有條理，可以挖回青丘做個殿前文書。

鳳九想了一陣，呆了一陣，聽見腳步聲窸窣似乎是二人離去，抬手撥了撥額前的劉海。東華此次來梵音谷竟是這個理由。其實這才符合他歷來行事，他一向的確是不大管他人死活的。但重逢時她竟然厚顏地以為他是來救自己。鳳九心中忽然感到一絲丟臉：他一定覺得她那時同他置氣的情態很可笑吧。一個人有資格同另一人置氣，退一萬步至少後者將前者當作了一回事，放在心中有那麼一點點的分量。但東華來這裡，只是為了能十年一度地看看姬蘅，同她鳳九並沒有什麼關係。其實這個很正常，他原本就不大可能將她鳳九當一回事。她側身調整了一下睡姿，愣了一時半刻，腦中有陣子一片空空不知在想些什麼東西，許久回過神來後，沒精打采地打了個呵欠，開始學著折顏教給她的，數著桃子慢慢入睡。

鳳九覺得自己似乎睡得很沉，但有幾個時刻又是清醒的，茶課沒等她，在她睡意沉沉時開了，她在將醒中偶聽得幾個離她近的學生熱火朝天地討論一些高深的玄學和茶學問題，唸得她在半醒中迅速地又折返夢鄉。她不知睡了多久，夢中有三兩各色腳步聲漸遠消失，遠去的小碎步中傳來一個同窗小聲的抱怨，「好不容易見到十里白露林春意濃濃，帝君他老人家就不能高抬貴手將它們延些時日嗎？」鳳九暗嘆這個姑娘的天真，不曉得帝君他老人家喜歡的是落井下石，對高抬貴手從來沒有什麼興趣。

須臾，一些軟如鵝羽的冰涼東西拂上鳳九的臉，但，這僅是個前奏，一直籠在花間的薰軟清風忽然不見蹤影，雪風在頃刻間嗖地鑽進她的袖子，長衣底下也立刻滲進一些雪水。她一驚，掙扎著要爬起來，連打了幾個噴嚏卻始終無力睜開眼睛，寒意沿著背脊一寸一寸向上攀爬，凍得她像個蠶蛹一樣蜷縮成一團，昏昏沉沉的腦中悲憤地飄浮出一行字，「白鳳九妳是個二百五嗎？妳千挑萬選選了這麼個鬼地方睡覺，不曉得曼殊沙一旦遇雪就會將置身其間的人夢魘住啊？」然後她的腦中又落寞地自問自答了一行字，「是的，我是個二百五，貨真價實的。」她在瑟瑟發抖中譴責著自己的愚蠢，半個時辰後乾脆凍暈了過去。

相傳鳳九有一個毛病，一生病，她就很容易變得幼齒，且幼齒得別有風味。據證實，七十年前，織越山的滄夷神君對鳳九情根深種，一發不可收，正是因有幸見過一次她病中的風采。可見這並非一種虛傳。

鳳九今次在冰天雪地中生生凍了多半個時辰，雖然承蒙好心人搭救，將她抱回去在暖被中捂了半日捂得回暖，但畢竟傷寒頗重，且摩訶曼殊沙餘毒猶在。沉夢中，她腦子裡一團稀里糊塗，感覺自己此時是一隻幼年的小狐狸，躺在床頭上病得奄奄一息的原因，乃是同隔壁山頭的灰狼比賽誰在往生海中抓魚抓得多，不幸嗆水溺住了。

有一隻手在她微有意識知覺時探上她的額頭，她感到有些涼，怕冷地往後頭縮了縮，整顆頭都捂進了被子裡。那隻手頓了一頓，掀開被沿將她埋入被中的鼻子和嘴巴露出來，又將被子往她小巧玲瓏的下巴底下掖實，她感到舒服些，臉頰往那隻涼悠悠的手上討好地蹭了蹭。她小的時候就很懂得討好賣乖，於這一途是他們白家的翹楚，此時稀里糊塗不自覺就流露出本性。但她昏沉中感覺這隻手受了她的賣乖與討好，竟然沒有慈愛地回應她摸摸她的頭，這很不正常。她立刻在夢中進行了自省，覺得應該是對方嫌自己討好的誠意不夠，想通了她從被子中伸出手來握住那隻手固定好，很有誠意地將臉頰挨上去又往手背上蹭了幾蹭。

她握著那隻手，感到它骨節分明又很修長，方才還涼悠悠的，握久了竟然也開始暖和。這種特點同她的阿娘很像，她用一團糨糊的腦子艱難思考，覺得將她服侍得這麼溫柔又細緻的手法應該就是自己的娘親。雖然這個手吧，感覺上要比娘親的大些，也沒有那麼柔軟，可能是天氣太冷了，將阿娘的一雙手凍僵了也未可知。她感到有些心疼，撇了撇嘴咕噥了幾句什麼，靠近手指很珍惜地呵了幾口熱氣，抓著就往胸前懷中帶，想著要幫阿娘暖和暖和。但那隻手卻在她即將要將它帶進被中時，不知用什麼方法躲開了，獨留她箍在錦被中，有一些窸窣聲近在耳邊，像是那隻手又在掖實床舷的那一溜被沿。

鳳九覺得娘親的這個舉動，乃是不肯受她賣的乖，不肯領她的情，那麼照娘親的性子，一定是氣她不聽話墜進往生海中溺了水，十成九動了真怒吧。雖然娘親現在照顧她照顧得這麼仔細，但等她病好了，保不住要給她一頓鞭子。

想到此她一陣哆嗦，就聽到娘親問她，「還冷？」這個聲音聽著不那麼真切，虛虛晃晃的似乎從極遙處傳來，是個男聲還是個女聲她都分不清楚。她覺得看來自己病得不輕。但心中又鬆了一口氣，娘親肯這麼問她一句，說明此事還有回轉餘地，她裝一裝可憐，再撒一撒嬌，興許還能逃過這頓打。

她重重地在被子中點了一個頭，應景地打了兩個刁鑽噴嚏，噴嚏後，她委委屈屈地咬了咬嘴唇，「我不是故意要掉進海裡的，一個人睡好冷好冷好冷，妳陪我睡嘛……」話尾帶了濃濃的鼻音，像無數把小鉤子，天下只要有一副慈母心腸的都能被瞬間放倒。鳳九在心中欽佩地對自己一點頭，這個嬌撒得到位。

但她娘親今天竟然說不出的堅貞，一陣細微響動中似乎拎起個什麼盆之類的就要出門去，腳步中彷彿還自言自語了一句，「已經開始說胡話了，看來病得不輕。」因聲音聽來縹縹緲緲的，鳳九拿不穩這句話中有沒有含著她想像中的心疼，這幾分心疼又敵不敵得過病後的那頓鞭子。她思索未果，感覺很是茫然，又著實畏懼荊條抽在身上的痛楚，走投無路中，趕著推門聲響起之前使出珍藏許久的撒手鐧，嚶嚶嚶地貼著被角假哭起來。

腳步聲果然在哭泣中停下，她覺得有戲，趁勢哭得再大聲些，那個聲音卻徐徐地道：「哭也沒用。」她一邊哭一邊在心中不屑地想，半刻後妳還能清醒冷靜地說出這句話，我白鳳九就敬阿娘妳是個巾幗女豪傑，撒手鐧之所以被稱為撒手鐧，並非白白擔一個拉風扎耳的名頭。

方才還只是嚶嚶小泣，如今她振奮起精神立刻拔高三個調嚎啕大哭起來，還哭得抑揚頓挫頗有節奏，那個聲音嘆了口氣，「妳拔高三個調哭也沒用，我又不是……」她立刻又拔高了三個調，自己聽著這個哭聲都覺得頭暈，對方後頭那幾個字理所當然沒有落進她的耳中。

她認認真真地哭了兩輪，發現對方沒有離開也沒有再出聲。她深深感到阿娘今日的定力未免太好，尋思再哭一輪阿娘若依然不動聲色怎麼辦，或者暫且鳴金收兵吧，再哭嗓子就要廢了，還頭疼！

她哭到最後一輪，眼看阿娘依然沒有服軟，頭皮發麻地覺得最近這個娘親真是太難搞了，一心二用間不留神哭岔了氣，嗆在嗓子裡好一陣翻天覆地的巨咳，但總算將遠遠站著的娘親引了過來，扶著她拍了拍她的背幫她順氣。

她哭得一抽一抽地十分難受，握住像是袖子的東西就往上頭蹭鼻涕。朦朧中對方捧著她的臉給她擦眼淚，她覺得撐住她的手很涼，下意識地躲來躲去，還蹭鼻子上臉地負氣抽噎，「妳不用管我，讓我哭死好了……」但對方此時卻像是突然有了百般耐心，捉住她的手按住她，「乖一點。」她覺得這三個字有一些熟悉，又有一些溫馨，也就不再那麼鬧騰，象徵性地掙扎一下就把臉頰和哭腫的眼睛露出來，讓對方有機會擰條毛巾將她哭花的臉打整乾淨。

這麼一通鬧騰，她感覺雖然同預想略有不同，但應該還是達到了效果，自己墜海的事娘親多半不會計較了，不禁鬆了口長氣。呼氣中卻聽到方才那個還一徑溫柔的聲音突然響起道：「其實我有點好奇，妳最高能拔高到什麼音調哭出來，病著時果然很影響發揮吧？」

她一口氣沒提上來，倒氣出了兩滴真眼淚，感到方才哭得那麼有誠意真是白哭了。她掙扎著邊抹不爭氣掉下的眼淚邊往床角縮，「妳一點不心疼我，我凍死了也活該，哭死了也活該，病好了被妳綁起來抽鞭子也活該！」

一隻手將她重新拽回來拿錦被裹成一個蠶繭，她感到一股視線在她身上停留了一小會兒，那個聲音又再次響起，「我覺得，對於把妳綁起來抽鞭子這種事，我並沒有什麼興趣。」她抽泣地想這也是沒有準頭的，眼睛難受得睜不開，一邊考慮娘親最近變得這麼狠心怎麼辦，一邊琢磨這頓鞭子無論如何躲不過，病好了果然還是要去折顏的桃林處躲一躲才是上策。那麼到時候要同小叔的畢方鳥打好關係讓他送一送自己才行。

她這麼暗暗地計較打算著，感到身上的被子又緊了緊，一陣腳步聲遠去，一會兒又折回來，錦被拉開一條縫，一個熱呼呼的湯婆被推進她的懷中，她摟著湯婆又輕輕地抽泣兩聲，沉入了夢鄉。

一覺睡足睜開眼睛，鳳九的額頭上唰地冒出來一排冷汗。她在病中有時候神志不清會是個什麼德行她很清楚，但眼前的衝擊依然超過了接受範圍。她此時正衣衫不整地趴在一個人的腿上死死摟定對方的腰，二人所處的位置是一張豪華不可言語的大床，白紗帳繞床圍了好幾圍，帳中置了兩扇落地屏風，屏風腳下的絲毯上鎮著一個麒麟香爐，助眠的安息香正從麒麟嘴裡緩緩逸出。不過是睡覺的地方也能這麼閒情逸致地耗時間布置，這種人鳳九這輩子就認識兩個：一個是十里桃林的折顏上神，一個是太晨宮中的東華帝君。

兩頁翻書聲在她頭頂上響起，她不動聲色地抬眼，瞧見書皮上鑲的是佛經的金印，幾縷銀髮垂下來正落在她眼前。額頭上的冷汗瞬間更密了一層，其中一滴滴下來之前，書後頭先響起一個聲音，「不用緊張，我沒有對妳做什麼，妳自己睡中黏了上來，中途又嫌熱動手鬆了領口。」佛經順勢拿開，果然是近日最不想招惹的東華帝君。

鳳九木然地趴在他身上「哦」了一聲，哦完後手腳僵硬地從他身上挪下去。此時裝死是下下策，東華的耐心她早有領教。這麼件尷尬事，大大方方認栽或許還能挽回幾分面子。雖然她要是清醒著絕不希望救她的人是東華，又欠他這麼一份大恩，但人昏迷時也沒有資格選擇到底誰當自己的救命恩人，欠這個恩只得白欠了。她抱著錦被挪到對面的床角，估摸這個距離比較適合談話，想了片刻，琢磨著道：「你這回又救了我，我發自肺腑地覺得很感激，否則交代在這個山谷中也未可知。你算是又救了我一條命，當然若半年前你不將我強帶來符禹山，我也不至於落到今天這個境地，但終歸、終歸這次還是你救了我嘛，大恩不言謝，這兩件事我們就算扯平，帝君你看如何？」

帝君的腦子顯然很清醒，屈腿撐著手臂看著她，「那妳一直很介意的我隔了半年沒來救妳，以及變成絲帕騙妳的事呢？」

鳳九心道你還敢專門提出這兩件事真是太有膽色了，咳了一聲道：「這兩件事嘛……」這兩件事在她心中存的疙瘩自然不可能一時半刻內就消下去。

她抬手將衣襟攏好，前幾日初逢東華時的情緒確然激動，且一被他逗就容易來氣，不過她的性格一向是脾氣發出來，情緒就好很多。加之這兩日又得知許多從前未曾得知的消息，讓她看事的境界不知不覺就又高了一層，能夠從另一個高度上來回答東華這個問題，「萬事有萬事的因果，帝君佛法修得好，自然比鳳九更懂得箇中的道理。這兩件事情嘛，我如何看它們不過也就是一種看法罷了。」

答到此處，她神色略有些複雜，續道：「比起這個其實我倒是更想問問帝君你，我也曉得我病後有點不像樣，但要是我……」她頓了頓，咬著牙繼續道：「興許我病中怯冷，將你當作一個熏籠之類的就貼了上去。但要是你推開我一次，我一定不會再度貼上去。我病中頭腦不清醒地貼過去時，你為什麼不推開我，非要等我出洋相呢？」

東華的神色十分泰然，對她這個問題似乎還有一點疑惑，「妳主動投懷送抱，我覺得這件事挺難得，照理說為什麼要推開？」

鳳九看著他的手指有一搭沒一搭地扣在佛經上，搞不懂他的照理說到底照的是哪門子歪理，憋了半天憋出一句，「我記得你從前不是這麼講理的人……」

絲毯上，麒麟香爐爐嘴中的煙霧越發淡，東華起身揭開爐蓋，邊執起銅香匙添香丸，邊心安理得地道：「我不想講道理的時候就不講，想講的時候偶爾也會講一講。」

鳳九垂頭看著他，想不出該接什麼話，不管是隻狐還是個人，自己同東華在一起時果然溝通都是這麼艱難。她料想今次大病初醒，精神不濟，執意地在話場上爭個高低恐最後也是自己吃虧，悻悻地閉嘴揉了揉鼻子。其間又往四圍瞧了一瞧，見到屏風前還擺著一瓶瘦梅，旁逸斜出的果然是東華的調調。

這一覺她不知睡到什麼時辰，估摸時候不會短，想起這一茬時她有些擔心小燕會出來找她，趁著東華整飭香灰時從床腳找來鞋子套上，就打算告辭。但就這麼撩開帳子走人顯然很不合禮數，她心中嘀咕還是該道個謝，咳了一聲客氣地道：「無論如何帝君今次的照拂鳳九銘記在心上，時候不早了，也給你添了諸多麻煩，這就告辭。」東華不緊不慢地接口，「哦。」他收了香匙，「我聽說妳小時候因為有一次走夜路掉進了蛇窩，從此再也不敢走夜路，不曉得妳仔細看過外面的天色沒有，天已經黑了……」

帷帳剛掀開一條縫兒，下一刻被猛地合上，眨眼間剛添完香的東華已被鳳九結實地壓倒在床上。他愣了愣，「妳反應是不是過激了點？」最後一個字剛吐出舌尖，嘴就被她摀住。鳳九將他壓倒在床，神色十分嚴峻而又肅穆，還有一點可能她自己都沒有察覺出來的緊張，貼著他給他比口型，「壓了你不是我本意，你擔待點，別反抗弄出什麼聲響來。我剛才看到外間閃過一個身影似乎是姬蘅公主，不曉得是不是要走進來。」

壓了東華的確不是鳳九的本意，她方才撩開帷帳的一條縫兒時，冷不丁瞧見內外間相隔的珠簾旁躊躇過一個白衣的身影，不曉得是不是貼在那個地方已有些時辰，打眼一看很像姬蘅。幸好東華的寢房足夠大，中間還隔著一個熱氣騰騰的溫泉水池，他們方才的對話她應該沒有聽見。疑似姬蘅的身影閃過嚇了她一跳，她本能地要回身捂住正說話的東華的嘴免得被姬蘅發現，但轉身得太過急切被腳下的絲毯一絆，一個餓虎撲食式就將沒有防備的東華撲倒在床。

東華挑眉將她的手挪開，但還是盡量配合著她壓低嗓音，「為什麼她進來，我們就不能弄出聲？」

鳳九心道，半夜三更她能進你的寢居可見你們兩個果然有說不清道不明的關係，要是被發現我剛從你的床上下來，指不定會鬧出什麼腥風血雨。前幾日萌少推了皇曆說我最近頭上有顆災星需多注意，此時這種境況不注意更待何時注意？她心中雖這樣想著，脫口而出卻是句不大相干的話，聲音仍然壓得很低，此時此境說出來平添了幾分同她年紀不符的語重心長，「既然有緣分就當好好珍惜，誤會能少則少。我從前喜歡一個人的時候想向老天爺討一點點緣分都討不著，你不曉得緣分是多麼艱難的事。」

她現在能在東華面前風平浪靜地說出這種話來自己都愣了愣，低頭看見東華在自己這麼長久的又壓又捂之下依然保持完好風度十分不易，有點慚愧地把身子往床裡頭挪了挪幫助他減少幾分壓力，同時豎起耳朵聽外頭的響動。
東華平靜地看她一陣，突然道：「我覺得，妳對我是不是有什麼誤會？」這個「會」字剛落地，又一次被鳳九乾淨俐落地堵在了口中。
豎起的耳朵裡腳步聲越來越近，鳳九一面搗著東華一面佩服自己的眼力好，果然是姬蘅在外頭，但她居然真的走進來還是讓她有點驚訝。床帳裡燭光大盛，這種光景只要不是瞎子都看得出東華並未入睡，也不曉得姬蘅要做什麼。他們的關係難道已經到了……這種程度？難道姬蘅竟是想要表演一個情趣，給東華一個驚喜，深夜來掀他的床簾來了？鳳九正自心驚，手也隨之顫了顫，但心驚中猶記得分出神來，給東華一個眼神讓他將姬蘅暫且穩住支開。一瞬間卻感覺天地掉了個個兒，回過神來時不曉得怎麼，眼下已經是她在下東華在上的形容。
這個動靜不算小，外頭的腳步聲躊躇了一下。鳳九死命給東華遞眼色，他銀色的頭髮垂下來，神色間卻並不將此時兩人即將被發現的處境當一回事，一隻手將她制住，另一隻手探上去試了試她的額頭，動作很強硬，語聲倒是溫柔，「差不多鬧夠了？鬧夠了就躺好，我去給妳端藥。」但壞就壞在這個聲音完全沒有壓制過，隔著外頭的溫泉池估摸也能聽到，鳳九心中絕望道：完了，姬蘅倘若就此要一哭二鬧三上吊，她可如何招架得住，還是快撤為好。但東華下床前缺德地攏過錦被裹在她身上且下了個禁制，被子裹著她無論如何也掙脫不出。
東華掀開帷帳走出去那一刻，鳳九在心中數道一二三，姬蘅絕對要哭出來哭出來哭出來，帷帳一揭又立刻合緊，照進來帳外的半扇光，聽到東華在外頭淡聲吩咐，「妳來得正好，幫我看著她。」回答那聲「是」的明明就是姬蘅，但此情此景之下姬蘅竟然沒有哭也沒有鬧，連兩句重話都沒有，這讓她倍感困惑，印象中姬蘅她有這樣堅強嗎？東華當著心上人的面來這麼一齣，究竟是在打什麼算盤？鳳九悶在錦被中，腦袋一時攪成了一罐子糨糊。

後來她將這件捉摸不清的事分享給燕池悟請他分析這種狀況，小燕一語點醒夢中人，「哎，老子就曉得冰塊臉其實並沒有那麼大度，他答應老子同姬蘅來往卻暗中記恨，將這種嫉妒之情全部發洩在姬蘅的身上。」

鳳九表示聽不懂，小燕耐心地解釋，「妳看，他當著姬蘅的面讓她曉得他的寢床上還躺著另一個千嬌百媚的女人，這個女人剛才還風情萬種地同他打鬧，哦，這個千嬌百媚風情萬種的女人就是妳。其實，他就是想要傷姬蘅的心，因為姬蘅同老子往來，也同樣傷了他的心。可見他對姬蘅的用情很深，一定要透過傷害她的方式才能釋然他自己的情懷。對了，情懷這個詞是這麼個用法嗎？妳等等，老子先查一查書。喂喂，妳不要這樣看著老子，許多故事都是這種描述的！」

小燕說到此處時猙獰地冷笑了一聲，「冰塊臉越是這樣對待姬蘅，老子將姬蘅從他身邊撬過來的機會就越多，老子感覺老子越來越有戲。」不得不提小燕長成這副模樣真是一種悲劇，連猙獰冷笑、目露凶光時也仍然是一副如花似玉的可人兒樣。鳳九不忍地勸解他，「你別這樣，佛說寧拆十座廟，不毀一樁婚。」小燕有些鬆動，道：「哦？妳說得也對，那毀了會有什麼後果？」鳳九想想，「好像也沒有什麼後果。不管了，你想毀就毀吧。」這場智慧的對話就到此結束。

鳳九覺得，小燕的解釋於邏輯上其實是說不通的，但於情理上又很鞭辟入裡，可感情這樣的事一向就沒有什麼邏輯，小燕這種分析也算是令人信服。不過，那天的結局是她趁東華拿藥還未回來，靈機一動變作狐形從禁錮她的被子中縮了出來，推開帷帳提前一步溜了出去。她溜到溫泉池旁就被姬蘅截住，她看見她原本煞白的臉、煞白的唇在見到她的那一刻瞬間恢復容光，似乎有些失神地自言自語，「原來只是一隻狐狸，是我想得太多了。」她那時候並沒有弄明白姬蘅說這句話的意思，只是瞅著這個空檔，趕緊跑出了內室，又一陣風地旋過外室偷跑了出去。最近經小燕這麼一分析，姬蘅的那句話她倒是模糊有些理解，看來她搞砸了東華的計畫，最後並沒有能夠成功地傷成姬蘅的心。情愛中竟然有這樣多婉轉的彎彎繞繞的心思，這些心思又是這樣地環環相扣，她當年一分半毫沒有學到也敢往太晨宮跑想拿下東華，只能說全靠膽子肥，最後果然沒有拿得下他，她今日方知可能還有這麼一層道理。

第四章　這個英雄比較脆弱

後頭幾日，鳳九沒有再見過東華。

開初，她還擔憂壞了他的事，他一定砍了她祭刀的心都有，藉著養病之機打了一百遍再見他如何全身而退的腹稿，心中想踏實了，才磨蹭地晃去宗學。偏生連著三四日，學上都沒有再排他的課。她課下多留意了兩分一向關注東華的潔綠郡主一行的言談，徒聽到一陣近日帝君未來授課令她們備感空虛之類的唏噓感嘆，別的沒有再聽說什麼。

她們嘆得她也有一些思索，東華既是以講學之機來幽會姬蘅的，那麼會完了應當是已經回了九重天吧？他怎麼回去的，她倒是有一些感興趣。此外她這些天突然想到他既然中意姬蘅，為什麼不直接將她從這裡帶出去，非要每十年來見她一次，這難道是他老人家近幾百年新開發出來的一種興趣？同東華分開的這些年，他果然越加難以捉摸了。

鳳九審視著自己的內心，近日越來越多聽到和想到東華同姬蘅如何如何，她的心中竟然十分淡定。這麼多年後，她才第一次真切地感受到，從前許多話她說得是漂亮，但將同東華的過往定義為說不得，心中抗拒回憶往事，這其實正是一種不能看開，不能放下，不能忘懷。近日她在這樁事上竟突然有了一種從容的氣度，她謙虛地覺得，單用她心胸寬廣來解釋這個轉變是解釋不通的。

據她冷靜分析，許多事情的道理她在三百年前離開九重天時就看得透徹，但知是一回事，行又是另一回事，她這麼多年也許只是努力在讓自己做得更好些罷了，重逢東華時偶爾還會感覺不自在，正是因對這樁事的透徹其實並沒有深達靈台和內心。但，近日越是聽說東華對姬蘅用情深，此種情越深一分，她訝然地感到自己深達內心的透徹就越多一分。她用盡平生的智慧來總結這件事情的邏輯，沒有總結出什麼。加之盜取頻婆果的事迫在眉睫，讓她沒有時間深想，暫且將這種情緒放在了一旁。

凡世有一句話，叫「無心插柳，柳林成蔭」，鳳九著實在這句話中感受到一些禪機。

這天萌少無事邀她和小燕去王城中的老字號酒樓醉裡仙吃酒。醉裡仙新來了一個舞孃舞跳得不錯，萌少看得心花怒放，多喝了兩杯，醺然間一不留神就將守候頻婆樹的巨蟒的破綻露給了鳳九。但萌少說話向來與他行文一般囉唆，這個破綻隱含在一大段絮叨之中，幸虧小燕的總結能力不錯，言簡意賅地總結為：每月十五夜至陰的幾個時辰裡，華表中的巨蟒們忙著吸收天地間的靈氣去了，顧不上時刻注意神樹，她或許有幾個時辰可以碰碰運氣。

巧的是，他們吃酒這天正是這月的十五，這一夜，正是行動的良機。眼看頻婆果說不定今夜就能到手，鳳九心中澎湃，但為了不打草驚蛇，面上依然保持著柔和與鎮定，還剝了兩顆花生遞給看舞孃看得發呆的萌少。小燕疑惑地將她遞給萌少的花生殼從他爪子中掰出來，把誤扔到桌子上的花生米揀出來默默地重新遞到萌少手中。幸虧發生的一切，入癡的萌少全然沒有察覺到。

圓月掛枝梢，放眼萬里雪原，雪光和著月光似鋪了一地乳糖。

小燕聽信鳳九的鬼話，以為今次的頻婆果除了已知的他並不太感興趣的一些效用外，還有一條食用後能使男子變得更加英偉的奇效，因此幫忙幫得十分心甘情願，且熱情周到。他先在宮牆的外頭施術打了條據說直通解憂泉旁頻婆樹的暗道，不及鳳九相邀又身先士卒地率先跳下暗道，說是幫她探一探路。

小燕跳下去之前那滿臉的興奮之色，令鳳九感動的同時略有歉疚。但他自跳下去後半天都沒有回音，眼看至陰時已過了一半，鳳九內心認為小燕身為一介壯士若是被幾條正修納吐息的蟒蛇吞了純屬笑話，但考慮到畢竟他從前也是一個作惡多端的魔君，說不定趁這個機會遭到天譴……她越想越是擔憂，低頭瞄了一眼這個無底洞似的暗道，一閉眼也跳了下去。

別有洞天是個好詞，意思是每個暗洞後頭都有一片藍天，詞的意境很廣闊。只是，據鳳九所知，小燕從宮牆外頭不過劈開一條洞，她墜到一半不知為何卻遇到三個岔道。她一時蒙了，沒有來得及剎住墜落的腳步，反應過來時已循著其中一條暗洞一墜到底。按照小燕的說法，他劈出的那條洞正連著解憂泉，從洞中出來應是直達泉中，見水不見天，為此鳳九還提前找萌少要了粒避水珠備著。

但她此刻從這條寬闊的洞中掉下來，抬頭只見狂風捲著流雲肆意翻滾，低頭一片青青茂林在風中搖擺得不停不休，她費力地收身踩踏在一個樹冠的上頭，覺得怎麼看，這裡都不像是什麼水下的地界。難道說，是走錯路了？小燕探路探了許久沒有回去原來也是走錯了路？好嘛，自己打的暗道自己也能走錯也算一項本事，小燕當了這麼多年的魔君竟沒有被下面人謀權篡位，看來魔族普遍比想像中的寬容。

鳳九抱著樹冠穩住身形，騰出手來揉了揉方才在洞中被蹭了一下的肩膀，瞇眼看到遠方的天邊掛出一輪絳紅色圓月。此地如此，顯然呈的是妖孽之相，大約她今日倒霉無意中闖了什麼縛妖的禁地。她惦記著小燕，尋思是在這裡找一找他，還是折回去先到解憂泉旁瞧瞧，忽聽到腳下林中傳來一串女子的嬉笑之聲。鳳九心道，大約這就是那個妖，聲音這樣地活潑清脆，應該是一個年輕的、長得很不錯的妖。她很多年沒有見過妖類，覺得臨走前溜下去偷瞧一眼應該也耽誤不了什麼，攀著落腳的樹冠溜下去一截，興致勃勃地藉著樹葉的掩藏，朝著茂林中的笑聲處一望。

極目之處，一條不算長闊的花道盡頭，劍立一旁施施然盤腿趺坐的紫衣神君……不是好幾日不見的東華帝君是誰？他怎麼這個時辰出現在這個地方？鳳九十分疑惑。瞧他的模樣似乎在閉目養神，她正打算悄悄行得近一些，驀然瞧見一雙柔弱無骨的玉手從趺坐的帝君身後攀上他的肩，又順著他的手臂向下緊緊摟住他的腰。女子絕色的容顏出現在東華的肩頭，潑墨般的青絲與他的銀髮糾結纏繞在一處，輕笑著呵氣如蘭，「尊座十年才來一趟，可知妾多麼思念尊座，等得多麼辛苦……」

溫言軟語入耳，蹲在樹上看熱鬧的鳳九沒穩住，撲通一聲從樹幹上栽了下來，女妖一雙勾魂目分明掃過，一雙裸臂仍勾著東華的脖子，含情目微斂咯咯笑道：「八荒不解風情者數尊座最甚，同妾幽會還另帶兩位知己，也不憐惜妾會傷心……」

鳳九心道，大風的天妳穿這麼少也不嫌冷，回頭一看，才曉得女妖口中的「兩位」是怎麼個算法，原來樹下除她外早已站了一個人——白衣飄飄的姬蘅公主。今日姬蘅公主不僅衣裳雪白，臉也雪白，一雙杏眼牢牢盯住花道那頭的東華，嘴唇緊緊抿住，神情哀怨中帶了一絲羞憤與傷懷，容色令人憐愛。羞憤傷懷的姬蘅公主聽到女妖的一番話後，木然中轉眼瞟了瞟新落下來的鳳九，兩條秀眉擰得更緊，抬頭又望了東華一眼，眼中滿是落寞憂傷……可巧方才還正自閉目養神的帝君此刻恰好睜開眼，林中的狂風帶得飛花飄搖，飛花飄搖中東華向著她二人的方向蹙眉道：「妳怎麼來了？」

用的不是妳們，是妳。鳳九撓著頭正要回答，聽到身旁的姬蘅泫然欲泣道：「奴擔憂老師，好不容易找到此處，老師卻……奴……」鳳九在心中哦了一聲，原來東華問的不是她，是姬蘅。她摸了摸鼻子，側過身豎起耳朵等候姬蘅的下文。等候中，她注意到半空的飛花像是佛鈴花，這種從前她最喜歡的九重天的聖花，按理說不應生在這等縛妖之地。姬蘅良久也沒有下文，鳳九抬眼去瞟她，對面女妖的臉貼著東華的姿態越來越親密，而東華看起來也並未想過推拒。姬蘅像是終於忍到極限，指節擰得衣袖發白，未發一言跌跌撞撞地轉身跑了。

纏著東華的女妖濃妝的眼尾仍含著笑，盈盈向鳳九道：「這位姑娘卻是好定性，不同妳姐姐一同識趣離開，難不成想留下來欣賞妾同帝君的春風一度嗎？」

鳳九摸了半天從袖中摸出許久不曾打理的陶鑄劍，劍入手化作三尺青鋒，抬頭來也是盈盈的一個笑，「有本事妳繼續，我在一旁看看也無妨。」

鳳九感覺自己這個笑其實笑得挺和氣，這麼久她都沒有這麼心平氣和地笑過，伏在東華肩頭的女妖卻瞬間變了臉色，眉目間陰鷙頓生，低聲道：「妳看出來了？」又冷笑兩聲，「也罷，既然妳想蹚這趟渾水，本座成全妳。」眨眼已在三四步處，一根紅綾劈面而來，是直取脖頸命門的狠招。

直至方才，鳳九其實一直在思考，她該不該管這樁閒事。

沿著樹冠剛溜下來瞧見他二人的形容時，她也以為是東華不知什麼時候看上這個絕色女妖特地來此同她幽會，有一瞬她還有些蒙。東華怎能喜歡著姬蘅的同時又對別的女子起意，難道世間竟然還有這樣的情，情這個東西果真千奇百怪，恕她很多時候不能理解。

直到不經意抬頭瞧見天邊翻滾得越來越洶湧的流雲，和一忽兒紅一忽兒白的月色，她的心中突然一陣透亮。

此二者皆為兩種強大氣澤相抗才能出現的景致，姬蘅醋中疾走，興許情之所至沒有注意到，也可能是她沒有自己有見識，東華同這個女妖看上去雖然十分親密，但私下該是正在激烈的鬥法之中。

東華長成那種模樣，這個女妖對他有意大約是真，他由著她在身上胡來，按她的推想應該是東華打算藉機將她同姬蘅氣走，畢竟高人鬥法之地危險。她在心中推想出東華不得不為此的初衷，心中頓時覺得他十分有情有義。既然他這樣地有情義，她沒有看出其中的道理來也就罷了，看出來還能將他一人丟下，從此後就不配再提道義這兩個字。

她聽說妖行妖道，妖道中有種道乃是誘引之道，越是美麗的女妖越能迷惑人心，攝心術練得極好，無論為仙為魔，但凡心中有所牽掛，便極容易被她們迷惑。雖然東華的修為高不見頂，但他對姬蘅有情，情嘛，六欲之首，萬一這個女妖對他使出攝心術，他想不中招都難，自己留下來終歸可以幫襯一二。她再一次嘆息姬蘅沒有瞧出此中的道理，否則添她一個終歸多存一分助力，也多一分勝算，女人啊，終歸是女人，太感情用事了！

鳳九自覺今日自己看事情靈光，身手也靈光，佛鈴花繽紛的落雨中，陶鑄劍點刺若流芒，拚殺已有半刻，紅綾竟無法近她的身。她很滿意自己今天的表現。

東華支著手臂遙望花雨中翩翩若白蝶的鳳九。像這樣完完整整看她舞一回劍還是首次，據說她師從她爹白奕學的劍術。白奕的一套劍術，他沒有記錯應該是以剛硬著稱，被她舞得倒是柔軟很多。不過，一招一式折花攀柳的還挺好看，意態上的從容和風流做得也足。算來她這個年紀，這個修為，能同由慧明境三毒濁息幻化而成的緲落的化相鬥上這麼長一段時間，也算難得。

其實，鳳九前半段推得不錯，東華他行這一趟的確是來伏妖。但這個女妖非一般的妖，乃妙義慧明境中三毒濁息所化的妖尊緲落。若是緲落的本體現世，少不得需帝君他老人家費力傷神，不過那尊本體一直被東華困在慧明境中不得而出，每十年從境中逃逸出一些三毒濁息，流落世間也不過是她的一種化相罷了，比尋常的妖是要厲害些，於東華而言卻不算什麼。

他壓根沒有想過任憑緲落同自己親暱是藉此將姬蘅同鳳九氣走，以防她二人犯險。當是時，緲落伏在他的身上，因對於她們這種妖而言，要使攝心術惑人時，離想要迷惑之人越近施法越容易，但她靠他越近其實也方便他將她淨化，他不覺得有將不怕死貼上來的緲落推開的必要。

鳳九感動他此舉乃是對她和姬蘅的一種情義，著實是對他的一個誤會。

不過此地畢竟妖異，緲落此時雖只是個化相，於鳳九、姬蘅二人這種修為並不多麼精深的仙魔，也算是個高明惡妖，照理無論如何她們都該有些害怕。不知因何而跟過來的姬蘅在東華看來識趣些，中途意識到危險先跑走了；鳳九在他印象中明明比姬蘅更加冰雪聰明，見此危境，照理說應該溜在姬蘅的前頭，不曉得為什麼竟站著沒有動。

他看了一陣，突然有些疑惑，一時摸不準從袖子裡抽出把劍揚言在一旁站定，打算留下來幫他的這位白衣少女，到底是不是他認識的鳳九。但她額頭正中的鳳羽花貨真價實，眼梢那一抹似笑非笑的神氣也是他在九重天時極為熟悉的。她如此果斷地祭出三尺青鋒，難道是以為他被脅困，想要解救他的意思？

東華撐著手臂冷靜地看著攜劍而立的鳳九，自他從碧海蒼靈化世以來，踩著纍纍枯骨一路至今，六合八荒尋他庇佑者，早年一撥又一撥從未間斷過，異想天開起念要來保護他的，這麼多年倒是從沒有遇到。保護這兩個字，同他的尊號連在一起本來就是個笑話。可此時此境，遙遙花雨中，這位青丘的小帝姬卻撐著這樣纖弱的一具身軀，提著這樣薄軟的一柄小劍，揣著要保護他的心思站在不知比她強大多少倍的敵人跟前勇敢地對陣。帝君覺得，這件事有意思，很新鮮。

鳳九抽出陶鑄劍揮出第一道劍光時，就曉得同這個女妖鬥法，自己沒有多大的勝算。不過，雖然是主動留下幫忙，但她預想中對自己的定位只是來唱個偏角兒，功能在於幫助東華拖延時間或者尋找時機，從沒有打算將撂倒緲落這個差事從東華的手中搶過來。

前半場對戰中，她自覺自己守得很好，表現差強人意。後續打鬥中，她誠懇地盼望東華能盡早從打坐中回神接過下半場。分出精力看過去時，帝君他老人家卻支著手臂正目光清明地同她對望，隱約間他薄唇微啟說了三個字。鳳九默然地在心底琢磨，第一個字和第二三字間有一個微妙的停頓，或許是十分高深的一句心法，有助她的劍術瞬間飛昇，可嘆陶鑄劍揮出的響聲兒太大，帝君口中這高明的三個字，究竟是哪三個字呢？待背後的紅綾襲上肩頭，她細一思索才終於反應過來，他說的是，「喂，小心。」

所幸這條紅綾勢快卻並不如何兇狠，沾上她的肩頭不過劃破一方綢羅，再要襲過來時被她險險躲過，陶鑄劍抬上去擋了一擋。

鳳九在招架中有個疑惑，方才明明覺得緲落的紅綾勁力無窮即將捲起她格擋的軟劍，不知為何陡然鬆了力道，她趁勢一個劍花挽起來疾刺回去，還逼得緲落蹣跚地退了兩步。她的劍幾時變得這樣快了？

重立定的緲落臉上極快地閃過一抹不甘之意，望著鳳九的身後又突然浮現一個詭異笑容。鳳九電光石火間突然意識到方才打得換了幾處地方，此時她們就站在東華打坐的前方數十來步，緲落這個笑分明是衝著東華。她心未思量身先行地旋身就朝側後方撲過去，這當口果然從緲落手中連化出五匹紅綾，似游轉的蛟蛇朝著東華打坐處疾電般襲去。

鳳九壓在東華的身上，轉眼瞧近在咫尺被紅綾搗個稀爛的他的坐台，心中抹了把冷汗，暗道好險。撲倒東華的一瞬間，她悟出一篇他為何閒坐一旁不出手幫她的道理，這個光景，多半是他著了這個女妖的道兒，被她施了諸如定身術之類無法掙脫吧。幸虧她今日菩薩心腸一回，一念之差留下來助他，否則他不知吃怎樣的虧。她的本性中一向十分同情弱者，此時想著難得見東華弱勢落魄，對上他在身下望著自己的目光也不覺得尷尬了，亦柔軟地反望回去，心中反而充滿了一種憐愛的聖光……顯然，她一廂情願地對帝君誤會得有點深，帝君他老人家一直不出手，純粹是等著看她為了救他能做到何種地步罷了。

紅綾被緲落操控得像是活物，一擊不成極快速地轉了個方位，朝著他二人再次疾游而來。看此種力道、此種路數，若硬碰硬迎上去不被嗆出幾口鮮血來收不了場。倘躲的話，她一個人倒是好躲，但帶上一個不能動彈的東華……艱難抉擇間，她忽然感到身子被帶得在地上滾了幾滾，靈巧閃過紅綾的攻勢，未及出力已被挾著趁風而起，持劍的手被另一隻手穩穩握住，腰也被摟住固定。東華貼在她身後，嗓音沉沉響在她耳邊，「看好了。」她睜大眼睛，身體不由自主地前移，劍光凌厲似雪片紛飛，她看不清東華帶著她握住陶鑄劍使出了什麼招式，眼光定下來時只見漫天紅綾碎片中，雪白的劍尖處浸出一攤黑血，定在雙眼圓睜的緲落額心中。

鳳九一向定義自己也算個頗有見識的仙，降妖伏魔之事她雖然親手為得不多，但幾萬年來瞧她的叔伯姑嬸們收妖的經驗也瞧了不少，她打心底覺得今次東華收的這位乃是她所見妖孽中長得最為妖孽的。面對這樣天上有地下無的絕色，帝君竟能一劍刺下去毫不留情，帝君的這種精神她由衷地欽佩。

東華帶著她略僵硬的手收回陶鑄劍反手回鞘，林間軟如輕雪的佛鈴花瓣飄飄搖搖漸漸隱息不知去了何處，偶有兩片落在她手背上卻沒有什麼實在的觸覺，她才曉得方才眼中所見這一齣縹緲的花海許是女妖做出的幻影。

林間風聲颯颯，緲落從腳底往上緩慢地散成一團灰霧，是油盡燈枯即將湮滅的症頭，卻見她忽然睜大青梅似的一雙眼，向著東華哼聲笑道：「我曾經聽聞尊座你是四海八荒最清靜無為的仙者，老早就想看看你的內心是否果真如傳聞中所說一片梵淨海坦蕩無求，今次終於了了心願，」她像是得了什麼極好笑的事情，陰鷙的眉眼險險挑起，「原來尊座的心底是一片佛鈴花海，有趣，有趣，不知得尊座如此記掛上心的究竟是這片花海，或者是花海後頭還藏著一個誰？」話罷自顧自地又笑了兩聲，「所謂九住心已達專注一趣之境的最強的仙者，竟也有這樣不為外人道的秘密，有趣，有趣，有……」第三個趣字尚未出口，已隨著她全身化相化灰，泯泯然飄散在了半空之中。

鳳九目瞪口呆地聽完緲落的臨終感言，目瞪口呆地看她化作一陣白灰飄然長逝，她原以為這將是一場史無前例的惡戰，心想東華不得已不能幫忙也好，降伏此種惡妖不是人人都有機會的，一腔熱血剛剛才沸騰起來，這就……結束了？

眼看污濁妖氣盡數化去，徒留天地間一派月白風清。鳳九很疑惑，片刻前還枯坐一旁要死不活的東華，是如何在緊要關頭露出這麼從容鎮定的一手的？思索片刻，她轉過味兒來，敢情他又騙了她一回。她佩服自己看破這個隱情居然還能這麼淡定，果然是被騙得多了就習慣了。她淡定地將陶鑄劍縮成寸長揣進袖子裡，淡定地轉身同東華一點頭算是告辭。自己本領有限卻還跑來耍仗義，一準又被東華看了笑話。算了，她大人不記小人過，這番義氣算是白施給他。

正抬腳欲走，月白風清中身後帝君突然不緊不慢道：「妳怎麼來了？」

鳳九一愣，覺得他這一問何其熟悉，偏著頭思索一陣，突然驚訝且疑惑地回頭，不確定地指著自己的下巴向東華道：「你剛才是在問我？」
白亮的月色被半扇沉雲掩住，帝君平靜地回望，「我看起來像在自言自語？」
鳳九仍保持著驚訝的表情，一根手指比著自己，「我是說，方才我從樹上掉下來時，你問姬蘅公主那一句妳怎麼來了，其實一直問的是我？」
東華抬手化了張長榻矮身坐下，平靜而莫名地微抬頭望向她，「不然，妳以為呢？」眼中見她一派茫然的神情，重複道：「妳還沒回我，妳來做什麼？」
他這一提點，鳳九茫然的靈台驀然劈過一道白光，這一趟原本是捏著時辰來盜頻婆果，結果熱血一個沸騰，陶鑄劍一出就把這樁事徹底忘在了腦後。掰指一算，也不知耽誤了多少時辰，腦門上一滴冷汗迅速滴下來，她口中匆匆敷衍著「出來隨便逛逛，看到你被欺負就隨便救救，哪裡曉得你在騙人」，腳下已疾疾邁出數步。
東華的聲音仍然不緊不慢地跟在身後，「妳這麼走了，不打算帶著我？」
鳳九匆忙中莫名地回頭，「我為什麼要帶著你？」卻發現東華並沒有跟上來，仍悠閒地坐在長榻上，見她回頭淡淡道：「我受傷了，將我一人留在這裡，妳放心嗎？」
鳳九誠實地點頭，「放心啊。」一眼風中瞧見帝君微挑的眉不怕死地又添了句，「特別放心啊。」話剛落地，向前的腳步竟全化作朝後的踉蹌，眨眼間已顛倒落腳在東華倚坐的長榻旁。她手扶著椅背穩住身形，氣急敗壞地剛脫口一個「你」字，已被東華悠悠截斷話頭，「看來妳並不是特別放心。」
鳳九有口難言，滿心只想嘆「幾日不見，帝君你無賴的功力又深了不止一層」，話到喉嚨被腦中殘存的理智勒住，憋屈地換了句略軟和的道：「恕鄙人眼拙，著實看不出來帝君這一派風流倜儻的到底是哪一處受了傷。」

一陣小風吹過，帝君紫色的衣袖撩起來，右臂果然一道寸長的口子，還在汩汩地冒著熱血，方才沒有瞧出，大約是衣袖這個顏色不容易察覺。傳說東華自坐上天地共主的位置，同人打架從沒有流過血，能眼見他老人家掛次彩不容易。鳳九歡欣鼓舞地湊上去，「赤中帶金，不愧是帝君流出來的血，我看典籍上說這個血喝一盅能抵一個仙者修行千八百年的，不知是不是真的啊？」

東華揚眉看著她的臉，忽然嘆了一口氣，「一般來說，妳這種時刻第一件想到的應該是如何幫我止血。」

鳳九還沒有從看熱鬧的興奮中緩過神來，聽他這個話本能地接道：「雖然鄙人現在還算不上一個絕頂的美人，但是再過萬八千年長開了，命中注定將很有姿色。我姑姑的話本上從沒有什麼英雄救美之後主動去跟美人示弱的，你主動把傷處給我看，背後沒有陰謀我才不信。你騙我也不是一次兩次，這個傷不過是個障眼法，你以為我傻嗎？」

東華看了一眼自己的傷處，又看了一眼鳳九，良久，平和地道：「妳近來的確較從前聰明，不過教妳仙法道術的師父在幼學啟蒙時沒有告訴妳，見血的障眼法一向只能障凡人的眼，障不了神仙的眼嗎？」

鳳九從未一次性聽東華說這樣長的句子，反應過來帝君這一番剖析講解的是什麼，頓時驚得退後一步，「……喂，你這傷不會是真的吧？」她疑惑地上前一步，血流得如此快速讓她有些眩暈，手忙腳亂地扯開襯裙的一條長邊將東華鮮血橫流的手臂麻溜包起來，嘴中卻仍有些懷疑地嘟噥，「可是我見過的英雄，譬如我姑父，他受再重的傷一向也是費心費力瞞著我姑姑，我爹他受傷也從不讓我阿娘知道，就是折顏那樣感覺很為老不尊的一個人，他受傷也都是一個人默默藏著不給我小叔曉得一星半點兒，你這種反應的我還真是從來沒有見過……」

東華坦然地看著她笨手笨腳給自己處理傷處，耐心地同她解惑，「哦，因為我這個英雄比起他們來，比較脆弱。」

「……」

鳳九坐在片刻前東華安坐的長榻上，右手撐著矮榻斜長的扶臂想問題，腿上擱著帝君的腦袋，換言之，帝君他老人家此刻正枕在她的玉腿上小憩。事情到底是如何發展到這個境地的，鳳九撓了半天腦袋，覺得著實很莫名。

猶記一盞茶的工夫，她以德報怨地幫東華包好臂上的傷口，客氣地告辭成功去辦手上的正事，其時東華也沒有再作挽留，但她沿著記憶中初來的小道一路尋回去，卻再找不到方才掉落的出口。急中生智，她感覺是東華做了手腳，殺氣騰騰地重回來尋他，未到近處已聽到躺在長榻上閉目休整的東華道：「方才忘了同妳說，緲落死後十二個時辰內此地自發禁閉，若想出去怕是出不去。」

鳳九腦袋一蒙，東華續道：「妳有什麼要事需及時出去？」

鳳九哭喪著臉，「我同燕池悟有約……」原本待說「去解憂泉旁盜頻婆果」，話待出口，意識到後半句不是什麼可光明正大與人攀談的事，趕緊嚥在喉嚨口另補充道：「同他有個約會。」這件事著實很急，此前她在林中四處尋路時還分神反省過對東華是否太過寬容，此時覺得幸虧自己本性良善方才沒有趁他受傷落井下石，還幫他包紮了傷口。她急中三兩步過去握住東華的右臂，將她對他施恩的證據清晰地擺在他面前，神色凝重地看向他，「帝君，你說我給你包紮的這個傷口包紮得好不好？我是不是對你有恩？你是不是應該報答？」

東華凝視著她道：「包得一般，妳要我報答妳什麼？」

鳳九更加急切地握住他的手臂，道：「好說，其實因我此時身負的這樁事著實十分緊急。此地困得住我這種修為淺薄的神仙，卻定然困不住帝君你這樣仙法卓然的神仙，若帝君助我及時脫困，帝君將我扔在梵音谷半年不來營救之事和變成絲帕誆我之事一概一筆勾銷，你看怎麼樣？」

東華繼續凝視著她道：「我覺得，妳對我似乎分外記仇。」

鳳九感嘆在東華這樣專注的注視下心中竟然平靜無波，一邊自覺自己是個做大事的人，果然很沉得住氣，一邊誠懇狀道：「怎麼會？」眼見東華眼中不置可否的神氣，頓了頓又道：「那是因為除了你，基本上也沒什麼人喜歡得罪我。」

就聽東華道：「燕池悟呢？」

鳳九心道小燕多傻啊，我不欺負他已經不錯了，他要是還能反過來得罪我，這真是盤古開天一樁奇事，但小燕終歸也是一代魔君，鳳九覺得是兄弟就不能在這種時刻掃小燕的面子，含糊了一聲道：「小燕他啊，呃，小燕還好。」

但這種含糊乍一聽上去卻和不好意思頗為接近，鳳九見東華不言語再次閉目養神，恍然話題走偏，急急再傾身一步上去將話題拽回來，「我記仇不記仇暫且另說，不過帝君你這個形容，到底是願意還是不願意報答我啊？」

東華仍是閉著眼，睫毛長且濃密，良久才開口道：「我為什麼要幫妳，讓妳出去會燕池悟？」

鳳九想他這個反問不是討打嗎，但她曉得東華一向是個吃軟不吃硬的性子，雖然著急，還是克制著心中火氣，邏輯清晰地一字一頓告訴他，「因為我幫了你啊，做神仙要互相幫助，我幫了你，我遇到危急時刻，你自然也要幫一幫我，這才是道法正理。」她此時還握著東華的手臂，保持這個姿態同他說話已有些時候。她心中琢磨若他又拿出那套耍賴功夫來回她「今天我不太想講道理，不太想幫妳」，她就一爪子給他捏上去，至少讓他疼一陣不落個好。哪裡想到東華倒是睜眼了，目光在她臉上盤桓一陣，眼中冷冷清清道：「我沒有辦法送妳出去，即便妳同他有什麼要緊之約，也只能等十二個時辰以後了。」

鳳九腦子裡轟一聲炸開，「這豈不是注定爽約？」她的一切設想都在於東華的萬能，從沒有考慮過會當真走不出去誤了盜頻婆果的大事，但東華此種形容也不像是開玩笑，方才那句話後便不再言語。

她呆立一陣，抬眼看天上忽然繁星密布杳無月色，幾股小風將頭上的林葉拂得沙沙作響。今夜若錯過，再有時機也需是下月十五，還有整整一月，鳳九頹然地扶著矮榻蹲坐。星光璀璨的夜空卻忽然傾盆雨落，她嚇了一跳，直覺跳上長榻，四望間瞧見雨幕森然，似連綿的珠串堆疊在林中，頭上藍黑的夜空像是誰擎了大盆將天河的水一推而下，唯有這張長榻與潑天大雨格格不入，是個避雨之所。

她聽說有些厲害的妖被調伏後因所行空間尚有妖氣盤旋，極容易集結，需以無根水滌盡七七四十九個時辰，將方圓盤旋的妖氣一概沖刷乾淨，方稱得上收妖圓滿，這麼看此時天上這番落雨該是東華所為。

夜雨這種東西一向愛同閒愁繫在一處，什麼「春燈含思靜相伴，夜雨滴愁更向深」之類，所描的思緒皆類此種。雨聲一催，鳳九的愁思一瞬也未免上來，她曉得東華此時雖閒躺著卻正是在以無根淨水滌蕩緲落留下的妖氣，怪不得方才要化出一張長榻，一來避雨，二來注定被困許久至少有個可休憩之處，東華他考慮得周全。

鳳九頹廢地蹲在榻尾，她已經接受煮熟的鴨子被夜雨沖走的現實，原本以為今夜頻婆果就能得手，哪曉得半道殺這麼一齣，天命果然不可妄自揣度，但今次原本是她拖小燕下水，結果辦正事時她這個正主恍然不見蹤跡，不曉得若下月十五她再想拖小燕下水，小燕還願意不願意上當，這個事兒令她有幾分頭疼。

她思量著回頭見到小燕，得編個什麼理由才能使他諒解爽約之事，實話實說是不成的，照小燕對東華的討厭程度，遇上這種事，自己救了東華而沒有趁機捅他兩刀，就是對他們二人堅定友情的一種褻瀆和背叛。唔，說她半途誤入比翼鳥禁地，被一個惡妖擒住折磨了一夜，所以沒有辦法及時趕去赴約這個理由似乎不錯，但是，如果編這麼個藉口還需一個自己如何逃脫出來的設定，這似乎有一些麻煩。她心中叨唸著不知覺間嘆息出聲，「編什麼理由看來都不穩妥，哄人也是個技術活，尤其是哄小燕這種打架逃命一流的，唉！」東華仍閉著眼睛，似乎沒什麼反應，周圍的雨幕卻驀然厚了一層，大了不止一倍的雨聲擂在林葉上，像是千軍萬馬踏碎枯葉，有些瘆人。鳳九心中有些害怕，故作鎮定地朝東華挪了一挪，雙腳觸到他的腿時感覺鎮靜很多，卻忽然聽到他的聲音夾著雨聲飄來，「看不出來，妳挺擔心燕池悟。」

帝君他老人家這樣正常地說話令鳳九感到十分惶惑，預想中他說話的風格，再不濟此時冒出來的也該是句「哄人也需要思索看來妳最近還需大力提高自己的智商」之類。如此正常的問話，鳳九一時沒有反應過來，順溜回道：「我也是怕下月十五再去盜頻婆果，他不願意給我當幫手不是……」不是二字剛出口，鳳九的臉色頓時青了，艱難道：「其實那個，我是說……」

雨聲恍然間小了許多，無根水攏著長榻的結界壁順勢而下，模糊中似飛瀑流川，川中依稀可見帝君閒臥處銀髮倚著長榻垂落，似一匹泛光的銀緞。鳳九腦中空空凝望結界壁中映出的帝君影子，無論如何偷盜不是一件光彩之事，何況她還是青丘的女君，頭上頂著青丘的顏面，倘若東華拿這樁事無論是知會比翼鳥的女君一聲，還是知會她遠在青丘的爹娘一聲，她都完了。

她張了張口，想要補救地說兩句什麼，急智在這一刻卻沒有發揮得出，啞了半晌倒是東華先開口，聲音聽起來較方才那句正常話竟柔軟很多，「今夜妳同燕池悟有約，原來是去盜取頻婆果？」她乾笑兩聲往榻尾又縮了縮，「沒有沒有絕對沒有，我身為青丘女君怎會幹此種偷盜之事，哈哈你聽錯了。」

東華撐著頭坐起身來，鳳九心驚膽戰地瞧著他將手指揉上額角，聲音依然和緩道：「哦，興許果真聽錯了，此時頭有些暈，妳借給我靠靠。」鳳九小辮子被拿捏住，東華的一舉一動皆十分撥動她的心弦，聞言立刻慇懃道：「靠著我或許不舒服，你等等我變一個靠枕給你靠靠……」但此番慇懃獻錯了方向，東華揉額角的手停了停，「我感覺似乎又記起來一些什麼，妳方才說下月十五……」鳳九眨眼中會意，趕緊湊上去一把攬住他按在自己腿上，「這麼靠著不曉得你覺得舒服還是不舒服，或者我躺下來給你靠？那你看我是正著躺給你靠還是反著躺給你靠，你更加舒服些？」她這樣識時務顯然令東華頗受用，枕在她的腿上又調整了一下臥姿，似乎臥得舒服了才又睜眼道：「妳是坐著還是躺著舒服些？」鳳九想像了一下若是躺著……立刻道：「坐著舒服些。」東華復閉目道：「那就這麼著吧。」

鳳九垂首凝望著東華閉目的睡顏，突然想起來從前她是隻小狐狸時也愛這樣枕在東華的腿上，那時候佛鈴花徐徐飄下，落在她頭頂帶一點癢，東華若看見了會抬手將花瓣從她頭上拂開，再揉一揉她的軟毛，她就趁機蹭上去舔一舔東華的手心……思緒就此打住，她無聲地嘆息，自己那時候真是一隻厚顏的小狐狸。風水輪流轉，今日輪著東華將自己當枕頭，她擔憂地思索，倘若東華果真一枕就是十二個時辰……那麼，可能需要買點藥油來擦一擦腿腳。

思緒正縹緲中，耳中聽正愜意養著神的東華突然道：「可能失血太多手有些涼，妳沒什麼旁的事不介意幫我暖一暖吧？」鳳九盯著他抬起的右手，半天，道：「男女授受不親……」東華輕鬆道：「過陣子我要見比翼鳥的女君，同她討教一下頻婆樹如何種植，妳說我是不是……」鳳九麻溜地握住帝君據說失血涼透的右手，誠懇地憋出一行字，「授受不親之類的大防真是開天闢地以來道學家提出的最無聊無羈之事。」慇懃地捂住帝君的右手，「不曉得我手上這個溫度暖著帝君，帝君還滿意不滿意？」帝君自然很滿意，緩緩地再閉上眼睛，「有些累，我先睡一會兒，妳自便。」鳳九心道此種狀況容我自便，難不成將你老人家的尊頭和尊手掀翻到地上去？見東華呼吸變得均勻平和，忍不住低頭對著他做鬼臉，「方才從頭到尾你不過看個熱鬧，居然有臉說累要先睡一睡，鄙人剛打了一場硬仗還來服侍你可比你累多了。」她只敢比出一個口型，安慰自己這麼編排一通雖然他目不能視耳不能聞，自己也算出了口氣，不留神頰邊一縷髮絲垂落在東華耳畔，她來不及抬頭，他已突然睜開眼。半晌，帝君看著她，眼中浮出一絲笑意，「妳方才腹誹我是在看熱鬧？」看著她木木呆呆的模樣，他頓了頓，「怎麼算是看熱鬧，我明明坐在旁邊認真地……」他面無愧色地續道：「幫妳鼓勁。」

「……」鳳九卡住了。

第二日，鳳九從沉夢中醒來時，回想起前一夜這一大攤事有三個不得解的疑惑以及思慮。

第一，東華手上那個傷來得十分蹊蹺，說是緲落在自己掉下來時已將他傷成那樣。她是不信的，因回憶中他右手握住自己和陶鑄劍刺向緲落時很穩很疾，感覺不出什麼異樣。

第二，東華前前後後對自己的態度也令人頗摸不著頭腦，但彼時忙著應付他不容細想。其實，倘若說帝君因注定要被困在那處十二個時辰化解緲落的妖氣，因感覺很是無聊，於是無論如何要將她留下來解解悶子，為此不惜自傷右臂以作挽留，她覺得這個推理是目前最穩妥靠譜的。但是，帝君是這樣無聊且離譜的人嗎？她一番深想以及細想，覺得帝君無論從何種層面來說，其實的確算得上一個很無聊很離譜的人，但是，他是無聊到這種程度、離譜到這種程度的人嗎？她覺得不能這樣低看帝君，糊塗了一陣便就此作罷。事實上，她推斷得完全沒有什麼問題……

第三，鳳九腦中昏然地望定疾風院中熟悉的床榻和熟悉的軟被，被角上前幾日被她練習繡牡丹時誤繡的那朵雛菊還在眼前栩栩如生。她記得臨睡前聽得殘雨數聲伴著東華均勻綿長的呼吸，雨中仍有璀璨星光，自己被迫握著東華的手感到十分暖和，他的身上也有陣陣暖意，然後她伺候著他，頭一低一低就睡著了。她清晰地記得自己是扶著東華那張長榻入眠的，剛開始似乎有些冷，但睡著睡著就很暖和，因此她睡得很好，甜黑一覺不知睡到什麼時辰。但，此刻醒來她怎會躺在自己的房中？

她坐在一捲被子當中木木呆呆地思索，或許其實一切只是黃粱一夢，今日十五，她同萌少小燕去醉裡仙吃酒看姑娘，看得開心吃得高興就醺然地一覺至今，因為她的想像力比較豐富，所以昏睡中作一個這麼跌宕起伏又細節周全的夢也不是全無可能。她鎮定地琢磨了一會兒，覺得要不然就認為是這麼回事吧，正準備藉著日頭照進來的半扇薄光下床洗漱，忽瞄見窗格子前一黑，抬眼正看到小燕挑起門簾。

鳳九的眼皮控制不住地跳了跳。小燕今日穿得很有特色，上身一大紅的交領綢衣，下裳一派蓧麥綠，肩上挎了碩大一個與下裳同色的油綠油綠的包袱皮，活脫脫一個剛從雪地裡拔出來的鮮蘿蔔棒子。

鮮蘿蔔棒子表情略帶憂鬱和惆悵地看著鳳九，「這座院子另有人看上了，需老子搬出去，老子收拾清楚過來同妳告個別，山高水長，老子有空會回來坐坐。」

鳳九表情茫然了一會兒，「是你沒有睡醒還是我沒有睡醒？」

鮮蘿蔔棒子一個箭步跨過來，近得鳳九三步遠，想要再進一步卻生生頓住地隱忍道：「我不能離妳更近，事情乃是這般。」一聲音突然吊高急切道：「妳別倒下去繼續睡先起來聽我說啊！」

事情乃是哪一般，鳳九半夢半醒地聽明白了，原來這一切並不是發夢。據小燕回憶，他前夜探路時半道迷了路，兜兜轉轉找回來時鳳九已不知所終，他著急地尋了她一夜又一日未果，頹然地回到疾風院時卻見一隻紅狐就那麼躺在她的床上昏睡，他的死對頭東華帝君則坐在旁邊望著這隻昏睡的紅狐狸出神，出神到他靠近都沒有發現的程度。他隱隱感覺這樁事很是離奇，於是趁著東華中途不知為何離開的當兒鑽了進去。說到此處，小燕含蓄地表示，他當時並不曉得床上躺的紅狐狸原來就是鳳九，以為是東華獵回的什麼靈寵珍獸，他湊過去一看，感覺這隻珍獸長得十分可愛俏皮，忍不住將她抱起來在手中掂了掂，然後悲劇就發生了。

鳳九打眼瞟過鮮蘿蔔棒子顫巍巍伸過來的包得像線捆豬蹄一樣的手，笑了，「然後夢中的我噴了個火球出來將你的手點燃了？我挺厲害的嘛。」

鮮蘿蔔棒子道：「哦，這倒沒有。」突然恨恨道：「冰塊臉不曉得什麼時候從哪裡冒出來倚在門口，沒等老子反應過來老子的手就變成這樣了。因為老子的手變成這樣了，自然沒有辦法再抱著妳，妳就順勢摔到了床上。但是這樣居然都沒有將妳摔醒，老子實在是很疑惑。接著老子就痛苦地發現以妳的床為中心三步以內老子都過不去了。老子正要以眼還眼以牙還牙回去，冰塊臉卻突然問老子是不是跟妳住在一起，住在一起多久了。」

鳳九撓著頭向鮮蘿蔔棒子解惑，「哦，我睡得沉時如果突然天冷是會無意識變回原身，我變回原身入睡時沒有什麼別的優點就是不怕冷以及睡得沉。」又撓著頭同小燕一起疑惑，「不過帝君他……他這個是什麼路數？」

小燕表示不能明白，續道：「是什麼路數老子也不曉得，但是具體我們一起住了多久老子也記不得了，含糊地回他說也有半年了。老子因為回憶了一下我們一起住的時間就失去了回攻他的先機，不留神被他使定身術困住。他皺眉端詳了老子很久，然後突然說看上了老子。」

鳳九砰的一聲腦袋撞上床框，小燕在這砰的一聲響動中艱難地換了一口氣，「就突然說看上了老子住的那間房子。」話罷驚訝地隔著三步遠望向鳳九，「妳怎麼把腦袋撞了，痛不痛啊？啊！好大一個包！」

鳳九擺了擺手示意他繼續講下去，小燕關切道：「妳伸手揉一揉，這麼大一個包，要揉散，以免有瘀血。啊，對，他看上了老子的那間房子。沒了。」

鳳九呆呆道：「沒了？」

鮮蘿蔔棒子突然很扭捏，「他說我們這處離宗學近，他那處太遠；我們這裡有個魚塘，他那裡沒有；我們這裡還有妳廚藝高超能做飯，所以他要跟老子換。老子本著一種與人方便的無私精神，就捨己為人地答應了，於是收拾完東西過來同妳打一聲招呼。雖然老子也很捨不得妳，但是，我們為魔為仙，不就是講究一個助人為樂嗎？」

鳳九傻了一陣，誠實地道：「我是聽說為仙的確講究一個助人為樂，沒有聽說為魔也講究這個。」頓了頓道：「你這麼爽快地和帝君換寢居，因為知道自他來梵音谷，比翼鳥的女君就特地差了姬蘅住到他的寢殿服侍他吧，你打的其實是這個主意吧。」

鮮蘿蔔棒子驚嘆地望住鳳九，揉了揉鼻子，「這個嘛，哎呀，妳竟猜著了，事成了請妳吃喜酒，坐上座。」想了想又補充道：「還不收妳禮錢！」

鳳九突然覺得有點頭痛，揮手道：「好吧，來龍去脈我都曉得了，此次我們的行動告吹，下月十五我再約你，你跪安吧。」

小燕點了點頭走到門口，突然又回過身，正色嚴肅地道：「對了，還有一事，此前我不是抱過妳的原身嗎？占了妳的便宜，十二萬分對不住。兄弟之間豈能占這種便宜，妳什麼時候方便同我講一聲，我讓妳占回去。」

鳳九揉著額頭上的包，「……不用了。」

小燕肅然地忽然斯文道：「妳同我客氣什麼，叫妳占，妳就占回去。或者我這個人記性不好，三兩天後就把這件事忘了反教妳吃虧。來來，我們先立個文書約好哪一天占、用什麼方式占，哦，對，要不然妳占我兩次吧，中間隔這麼長時間是要有個利息的。」

鳳九：「……滾。」

軒窗外晨光濛濛，鳳九摸著下巴拖定被子兩眼空空地又坐了一陣，她看到窗外一株天竺桂在雪地中綠得爽朗乖張，不禁將目光往外投得深些。

梵音谷中四季飄雪，偶爾的晴空也是昏昏日光倒映雪原，這種景致看了半年多，她也有點想念紅塵滾滾中一騎飛來塵土揚。聽萌少說兩百多年前，梵音谷中其實也有春華秋實夏種冬藏的區分，變成一派雪域也就是近兩百餘年的事情。而此事論起來要溯及比翼鳥一族傳聞中隱世多年的神官長沉曄。據說這位神官長當年不知什麼原因隱世入神官邸時，將春夏秋三季以一枚長劍斬入袖中，齊帶走了，許多年他未再出過神官邸，梵音谷中也就再沒有什麼春秋之分。

萌少依稀地提到，沉曄此舉乃是為了紀念阿蘭若的離開，因自她離去後當年的女君即下了禁令，將「阿蘭若」三個字從此列為閤族的禁語。據說阿蘭若在時很喜愛春夏秋三季的勃勃生氣，沉曄將這三季帶走，是提醒他們一族即便永不能再言出阿蘭若的名字，卻時刻不能將她忘記。席面上萌少勉強道了這麼幾句後突然住口，像是說了什麼不該說的諱言。鳳九彼時喝著小酒聽得正高興，雖然十分疑惑阿蘭若到底是個什麼人物，但無論如何萌少不肯再多言，她也就沒有再多問。

此時鳳九的眼中驀然扎入這一幅孤寂的雪景，一個受凍的噴嚏後，腦中恍然就浮現出這一段已拋在腦後半年餘的舊聞。其實如今，沉曄同阿蘭若之間有什麼跌宕起伏的恩怨劇情，她已經沒有多大興致，心中只是有些悵然地感嘆，倘阿蘭若當年喜愛的是冷冰冰的冬季多好，剩下春夏秋三個季節留給梵音谷，大家如今也不至於這麼難捱。想到此處又打了一個噴嚏，抬眼時，就見原本很孤寂的雪景中，闖進了一片紫色的衣角。

鳳九愣了片刻，仰著脖子將視線繞過窗外的天竺桂，果然瞧見東華正一派安閒地坐在一個馬扎上臨著池塘釣魚。坐在一個破棗木馬扎上也能坐出這等風姿氣度，鳳九佩服地覺得這個人不愧是帝君。但她記得他從前釣魚，一向愛躺著曬曬太陽或者挑兩本佛經修注聊當作消遣，今次卻這麼專注地瞧著池塘的水面，似乎全副心神都貫注在了兩丈餘的魚竿上。鳳九遠遠地瞧了他一會兒，覺得他這個模樣或許其實在思量什麼事情，他想事情的樣子客觀來說一直很好看。

帝君為什麼突然要同小燕換寢居，鳳九此時也有一些思考。小燕方才說什麼來著？說帝君似乎是覺得疾風院離宗學近，又配了魚塘兼有她做飯技藝高超？若是她前陣子沒受小燕的點撥，今日說不定就信了他這一番縹緲說辭。但她有幸受了小燕的點撥，於風月事的婉轉崎嶇處有了深入淺出的瞭解，她悟到，帝君做這個舉動一定有更深層次的道理。她皺著眉頭前前後後冥思苦想好一陣，恍然大悟，帝君此舉難道是為了進一步地刺激姬蘅？

雖然答應姬蘅同小燕相交的也是東華，但姬蘅果真同小燕往來大約還是令他生氣。當初東華將自己救回來躺在他的床上是對姬蘅的第一次報復，結果被她給毀了沒有報復成；調伏緲落那一段時姬蘅也在現場，說不準是東華藉著這個機會再次試探姬蘅，最後姬蘅吃醋跑了，這個反應大約還是令東華滿意，因她記得姬蘅走後她留下來助陣直到她伺候著東華入睡，他的心情似乎一直很愉快。那麼，帝君此刻非要住在自己這一畝三分地，還將小燕遣去了他的寢居，必定是指望拿自己再刺激一回姬蘅吧？刺激得她主動意識到從此後不應再與小燕相交，並眼巴巴地前來認錯將他求回去，到時他假意拿一拿喬，逼得姬蘅以淚洗面同他訴衷情表心意按手印，他再同她言歸於好，從此後即便司命將姬蘅和小燕的姻緣譜子用刀子刻成，他二人必定也再無可能了。

鳳九悟到這一步，頓時覺得帝君的心思果然縝密精深，不過這樣婉轉的情懷居然也被她參透了，近日她看事情真是心似明鏡。她忍不住為自己喝了一聲彩，但喝完後心中卻突然湧現出不知為何的麻木情緒，而後又生出一種濃濃的空虛。她覺得，東華對姬蘅，其實很用心。

窗格子處一股涼風飄來，鳳九結實地又打了一個噴嚏，終於記起床邊搭著一件長襦。提起來披在肩上一撩被子下床，斜對面一個聲音突然響起，自言自語道：「重霖在的話，茶早就泡好了。」

鳳九一驚，抬眼向出聲處一望，果然是東華正掀開茶蓋瞧著空空如也的茶壺。他什麼時候進了這間屋，她竟完全不曉得，但寄居他人處也敢這麼不客氣也是一種精神。

鳳九看他半天，經歷緲落之事後，即便想同他生分一時半刻也找不到生分的感覺，話不過腦子地就嗆回去，「那你入谷的時候為什麼不把重霖帶過來？」

東華放下手中空空的茶壺，理所當然地道：「妳在這裡，我為什麼還要帶他來？」

鳳九按住腦門上冒起的青筋，「為什麼我在這裡你就不能帶他來？」

帝君回答得很是自然，「他來了，我就不好意思使喚妳了。」

鳳九卡了一卡，試圖用一個反問激發他的羞恥心，原本要說「他不來你就好意思使喚我嗎」，急中卻脫口而出，「為什麼他來了你就不好意思使喚我了？」

東華看她一陣，突然點了點頭，「說得也是，他來了我照樣可以使喚妳。」將桌上的一個魚簍順手遞給她，「去做飯吧。」

鳳九愣怔中明白剛才自己說了什麼，東華又回了什麼，頓覺頭上的包隱隱作痛，抬手揉著瘀血，瞧著眼前的魚簍，「我覺得，有時候帝君你臉皮略有些厚。」

東華無動於衷地道：「妳的感覺很敏銳。」將魚簍往她面前又遞了一遞，補充道：「這個做成清蒸的。」

他這樣的坦誠令鳳九半晌接不上話，她感覺可能剛才腦子被撞了轉不過來，一時不曉得還有什麼言語能夠打擊他、拒絕他，糾結一陣，頹廢地想著實在無可奈何，那就幫他做一頓吧，也不妨礙什麼。她探頭往魚簍中一瞧，迎頭撞上一尾湘雲鯽猛地躍到竹簍口又摔回去，鳳九退後一步，「這是……要殺生？」

端立身前的東華覷了眼竹簍中活蹦亂跳的湘雲鯽，「妳覺得我像是讓妳去放生？」

鳳九大為感嘆，「我以為九重天的神仙一向都不殺生的。」

東華緩緩地將魚簍成功遞進她的手裡，「妳對我們的誤會太深了。」垂眼中瞧見魚簍在她懷中似乎擱得十分勉強，凝目遠望中突然道：「我依稀記得，妳前夜似乎說下月十五……」

鳳九一個激靈，瞌睡全醒，靈台瞬間無比清明，掐斷帝君的回憶趕緊道：「哪裡哪裡，你睡糊塗了一準作夢來著，我沒有說過什麼，你也沒有聽見什麼。」眼風中捕捉到東華別有深意的眼神，低頭瞧見他方才放進自己懷中的竹簍，趕緊抱定道：「能為帝君做一頓清蒸鮮魚乃是鳳九的榮幸，從前一直想做給你嘗一嘗，但是沒有什麼機會。帝君想要吃什麼口味，須知清蒸也分許多種，看是我在魚身上開牡丹花刀，將切片的玉蘭、香菇排入刀口中來蒸，還是帝君更愛將香菇、嫩筍直接切丁塞進魚肚子裡來蒸？」她這一番話說得情真意切、一氣呵成，其實連自己都沒有注意，雖然是臨陣編出來奉承東華的應付之言，卻是句句屬實。她從前在太晨宮時，同姬蘅比沒有什麼多餘的可顯擺，的確一心想向東華展示自己的廚藝，但也的確是沒有得著這種機會。

湘雲鯽在簍中又打了個挺，帶得鳳九手一滑，幸好半途被東華伸手穩住。她覺得手指一陣涼意浸骨，原來是被東華貼著，聽見頭上帝君道：「抱穩當了嗎？」頓了頓又道：「今天先做第一種，明天再做第二種，後天可以換成蒜蓉或者澆汁。」

鳳九心道你考慮得倒長遠，垂眼中目光落在東華右手的袖子上，驀然卻見紫色的長袖貼手臂處有一道血痕，抱定簍子抬了抬下巴，「你的手怎麼了？」

帝君眼中神色微動，似乎沒有想到她會注意到此，良久，和緩道：「抱妳回來的時候，傷口裂開了。」凝目望著她。

鳳九一愣，「胡說，我哪裡有這麼重！」

帝君沉默了半晌，「我認為妳關注的重點應該是我的手，不是妳的體重。」

鳳九抱著簍子探過去一點，「哦，那你的手怎麼這麼脆弱啊？」

帝君沉默良久，「……因為妳太重了。」

鳳九氣急敗壞，「胡說，我哪裡有這麼重！」話出口覺得這句話分外熟悉，像是又繞回來了，正自琢磨著突然見東華抬起手來，趕緊躲避道：「我說不過你時都沒打你，你說不過我也不興動手啊！」那隻手落下來卻放在她的頭頂。她感到頭頂的髮絲被拂動

帶得一陣癢，房中一時靜得離奇，甚至能聽見窗外天竺桂上的細雪墜地聲。鳳九整個身心都籠罩在一片迷茫與懵懂之中，搞不懂帝君這是在唱一齣什麼戲，小心翼翼地抬起眼角，卻正撞上東華耐心端詳的目光，「有頭髮翹起來了，小白，妳起床還沒梳頭嗎？」

話題轉得太快，這是第二次聽東華叫她小白，鳳九的臉突然一紅，結巴道：「你你你你懂什麼，這是今年正流行的髮型。」言罷摟著魚簍噌噌噌地就跑出了房門。門外院中積雪沉沉，鳳九摸著發燙的臉邊跑邊覺得疑惑，為什麼自己會臉紅，還會結巴？難道是東華叫她小白，這個名字沒有人叫過，她一向對自己的名字其實有些自卑，東華這麼叫她卻叫得很好聽，所以她很感動，所以才臉紅？她理清這個邏輯，覺得自己真是太容易被感動，心這麼軟，以後吃虧怎麼辦呢……

第五章　捨修為盜聖果

三日後，白雪茫茫，唯見鳥語，不聞花香。

鳳九狠心在醉裡仙花大錢包了個場，點名前陣子新來的舞孃桃妝伴舞作陪，請東華吃酒。其實按她對東華的瞭解，帝君似乎更愛飲茶。但比翼鳥的王城中沒有比醉裡仙這個酒家更貴的茶舖，小燕建言，既然請客，請得不夠貴不足以表達她請客的誠意，她被小燕繞暈了，就糊里糊塗地定在了醉裡仙。

鳳九為什麼請東華吃酒，這樁事需回溯到兩日前。兩日前她尚沉浸在頻婆果一時無法得手，且此後需日日伺候東華的憂患中，加之沒有睡醒，深一腳淺一腳地行到宗學，迎頭卻正碰上祭韓夫子匆匆而來。

她因為瞌睡還在腦門上，沒有心情同夫子周旋，乖順地垂頭退在一旁。但夫子竟然一溜小跑筆直行了過來，臉上堆出層層疊疊慈祥的笑，拱出一雙出眾的小眼睛。她心裡打了個哆嗦，瞌睡立刻醒了，夫子已經弓著腰滿含關愛地看著她，「那個決賽冊子前些日謄抄的小官謄漏了，昨日帝君示下老夫竟然才發現少謄了妳的名字。」又捋著一把山羊鬚滿含深意地討好一笑，「恕老夫眼拙，哈哈，恕老夫眼拙。」

鳳九耳中恍然先聽說決賽冊子上復添了自己的名諱得頻婆果有望，大喜；又聽夫子提什麼帝君，還猥瑣一笑稱自己眼拙，瞬間明白了她入冊子是什麼來由，夫子又誤會了什麼。她平生頭一回在這種時刻腦子轉得飛快，但夫子雖然上了年紀，行動卻比她的腦子更快，她正打算解釋，極目一望，眼中只剩老頭一個黑豆大的背影消失在霧雨之中。

鳳九覺得，這樁事東華幫了她有功。若尋常人這麼助她，無論如何該請人一頓酒以作答謝。但東華嘛，自重逢，他也帶累自己走了不少霉運，如今他於自己是功大於過、過大於功還是功過相抵，她很困惑。困惑的鳳九想了整整一堂課，依然很困惑，於是，她拿此事請教了同在學中一日不見的燕池悟。

小燕一日前揮別鳳九，喜孜孜住進帝君他老人家的華宅，理所當然水到渠成地遇到心上人姬蘅公主。姬蘅見著他得知東華同他換居之事，呆愣一陣，嫵媚又清雅的一張臉上忽然落下兩滴熱滾滾的淚珠。姬蘅的兩滴淚猶如兩匹巨石砸進小燕的心中，令小燕忽感得到心上人的這條路依然道阻且長。小燕很沮喪。

當晚，小燕就著兩壺小酒對著月色哀嘆到半夜。最後一杯酒下肚忽然頓悟，儘管他從前得知鳳九乃青丘帝姬時十分震驚，難以相信傳說中東荒眾仙伏拜的女君乃是這副德行，但鳳九著實繼承了九尾白狐一族的好樣貌，如今東華同有著這麼一副好樣貌的鳳九朝夕相對……當然他也同鳳九朝夕相處了不少時日，但他對情專一嘛，東華這樣的人定然不如自己專一，倘能將東華同鳳九撮合成一處……屆時東華傷了姬蘅的心，自己再溫言勸慰乘虛而入，妙哉，此情可成矣！

東華同鳳九，他初見鳳九的確以為她是東華的相好，但那時沒怎麼注意她的姿色，後來注意到她的姿色時也曉得了她乃青丘的女君，其實同東華沒什麼關係，也就沒有多想她同東華合不合適的問題。如今細緻一思量，他兩個站一處，其實還挺般配的嘛。小燕為心中勾勒的一幅美好前景一陣暗喜。涼風一吹，他忽然又想起從前在鳳九的跟前說了東華不少壞話……心中頓生懊惱。小燕端著一只空酒杯尋思到半夜，如何才能將東華的形象在鳳九跟前重新修正過來呢，一直想到天亮，被凍至傷寒，仍沒有想出什麼妙招來。但次日學中，鳳九竟然主動跑來請他參詳她同東華的糾葛之事，燕池悟擰著鼻涕舉頭三尺，老天英明！

小燕一心撮合鳳九與東華，面對鳳九的虔誠請教，無奈而文雅地違心道：「冰塊臉，不，我是說東華，東華他向來嚴正耿介，不拘在你們神族之內，在我們魔族其實都是有這種威名盛傳的。但今天，他為了妳竟然專程去找那個什麼什麼夫子開後門，這種恩情不一般啊。妳說的半年不來救妳或者變帕子欺騙妳之流的小失小過，跟此種大恩大德比起來簡直不值一提！」說到這裡，他禁不住在內心中呸了自己一聲，但一想到未來幸福，又呸了自己一聲後繼續道：「妳要曉得，對於我們這種成功男人來說，威名比性命更加重要，但是冰塊臉他，不，東華帝君他，他為了妳竟然願意辱沒我們成功男人最重視的己身威名。他對妳這樣好，自然是功大於過的，妳必然要請他喝一頓酒來報答，並且這頓酒還要請在全王城最貴的醉裡仙，叫跳舞跳得最好的姑娘助興。」他語重心長地看著鳳九，「我們為魔為仙，都要懂得知恩圖報啊，如果因為對方曾對妳有一些小過失，連這種大恩都可以視而不見，同沒有修成仙魔的無情畜生又有什麼區別呢？」

鳳九完全蒙了，「我方才同你講的那些他欺負我的事，原來只是一些小過失嗎？在你們不在事中的外人看來，其實不值一提嗎？原來竟是我一直小題大做了？」頹然地道：「是我的心胸太狹窄了嗎？這種心胸不配做東荒的女君吧？」

小燕心中暗道冰塊臉可真夠無恥的，自己也真夠無恥的。看到鳳九整個世界觀在他一席話間轟然崩潰的神色，又想到姬蘅的貌美與溫柔，他咬了咬牙，仍然誠懇且嚴肅地道：「當然不值一提，東華此次這個舉動，明顯是想結交妳這個朋友的意思。能交到這麼一個朋友，妳要珍惜。據我長久的觀察，從前我對東華的誤會也太深，其實東華帝君是個……難得一見的好人。」話間他又在心中深深地呸了自己一次。

鳳九眉頭緊皺地沉思了好一會兒，在小燕極目遙望天邊浮雲時，失魂落魄地、搖搖晃晃地走開了。然後第三天，就有了醉裡仙這豪闊的千金一宴。

宴，是千金一宴。跳舞的桃妝，乃是千金一曲舞，腳底下每行一步就是一筆白花花的銀錢。鳳九看得肉痛，因她當年身無分文地掉進梵音谷，近半年全靠給小燕燒飯從他身上賺些小錢，這一場豪宴幾乎墊進去她半副身家。

二樓的正座上東華正一臉悠閒地把玩一個酒盞，顯見得對她花大錢請來的這個舞孃不大感興趣。右側位上不請自來的燕池悟倒是看得興致勃勃，他身旁同樣不請自來的姬蘅公主，一雙秋水妙目則有意無意地一直放在東華身上。

這個情景令鳳九嘆了口氣，其實他二位不請自來也沒有什麼，她好不容易擺回闊，多兩個人也是兩份見證。只不過，左側方這位閒坐跟著樂姬打拍子的九重天元極宮三殿下連宋君，以及他身旁有樣學樣拿著一把小破扇子亦跟著打拍子的她的表弟糯米糰子阿離……這二位竟然也出現在這個宴席上，難道是她眼花了還沒有睡醒？

她雖是主人，卻最後一個到宴。到宴時二樓席上的諸位均已落坐有些時辰，大家對連宋和糰子的出現似乎都很淡定。糰子恍一瞧見她，噌地從座上站起來，天真中帶著擔憂的目光在她臉上停了片刻，又裝模作樣看了一眼周圍，咳了一聲坐了回去。

她一團雲霧地上了樓，同在座諸位頷首算打了招呼。東華把玩酒盞中覷了她一眼，目光停在身旁的座位上，她領悟到帝君的意思，撓著頭從善如流地緩步過去坐下。

剛剛落坐，侍立一旁的夥計便有眼色地沏過來一壺滾滾熱茶。對面白簾子後頭流瀉出樂姬一把淙淙琴音，雕樑畫棟間如魚遊走，而面前茶煙裊裊中糰子圓潤可愛的側臉若隱若現。

鳳九抿著茶沉吟，感覺一切宛若夢中。但隔壁的隔壁，姬蘅盯在東華臉上的目光又熱切得這樣真實。她一時拿不準，想了片刻，伸手朝大腿上狠命一掐……沒有感覺到痛，心道果然是在作夢，不禁又掐了一把，頭上東華的聲音幽幽傳來，「妳掐得還順手嗎？」鳳九的手一僵，垂頭看了眼放在帝君腿上的自己的爪子，默然收回來乾乾一笑，「我是看帝君你的衣裳縐了，幫你理一理。」

東華眼底似浮出一絲笑，鳳九未看真切，但見他未再同她計較，便垂頭對準了自己的腿又是一掐，痛得齜牙咧嘴中聽隔壁連宋君停了拍子突然輕聲一笑，「看來九歌公主見了本君同天孫殿下果然吃驚。其實本君此行原是給東華捎老君新近練成的一味丹。天孫無意中丟失了陪他玩耍的阿姐，一直懨懨提不起精神，便將他同領出來散一散心。不過，」似笑非笑地看了眼東華，「倒是本君送遲了這瓶丹，此時你怕是沒什麼必要再用到它了吧？」

鳳九聽連宋叫出「九歌」這兩個字，方才反應出上樓時糰子的神情為何如此古怪，看來他們也曉得比翼鳥同青丘有樑子，需得幫她隱瞞身分。連宋君雖然時常看上去一副不大穩妥的樣子，行起事來還是頗細緻周全。

東華像是對手中把玩半天的酒盞厭倦了，微一抬袖，連宋指間瑩白的玉瓶尚未揣回已到他的手中，轉了一圈道：「現在雖然用不上，以後難說。」

連宋敲了敲扇子，「早知你不會如此客氣。」

他們這場啞謎般的對話令鳳九心生好奇，正要探頭研究研究東華手中的玉瓶裝的是什麼靈丹妙藥，被忽視良久的糰子卻再也沉不住氣了。今日糰子穿著碧綠色的小衫子，噌噌噌從座上跑過來，像是迎面撲來一團閃閃發光的綠色煙雲。

鳳九感覺糰子看著自己的眼神很憂鬱，半年不見，他竟然已經懂得了什麼叫作憂鬱！憂鬱的糰子看定鳳九好一會兒，突然笨手笨腳地費力從腰帶上解下一個包袱，包袱入手化作數十倍大，壓得他悶哼一聲翻倒在地，鳳九趕緊將他扶起來。包裹攤開，迎面一片刺目的白光，層層疊疊的夜明珠鋪了整整一包袱皮，鳳九傻眼了。

糰子熱切地看著她，揚聲道：「這位姑娘，妳長得這麼漂亮，有沉魚落雁之貌閉月羞花之姿，本天孫很欣賞妳，這些夜明珠給妳做見面禮。」鳳九一個趔趄，糰子吃力地撐住她，在她耳邊小聲地耳語道：「鳳九姐姐，妳的錢那天都拿去下賭注了，但是聽說在這裡生活是要花錢的，我就把從小到大的壓歲錢送來給妳救急。我剛才演得很好吧……」鳳九撐著糰子坐穩當，亦在他耳邊耳語道：「演得很好，夠義氣。」

但今日不甘寂寞者絕非糰子一人。早在上樓時鳳九便琢磨著，人這麼齊，拉開如此一場大幕，不唱幾齣好戲都對不起自己砸下去的銀子。松雲石搭起的台子上，桃妝的舞步剛隨樂聲而住，姬蘅公主果然不負所望當仁不讓地越座而出，將一個青花湯盅獻在了帝君的跟前。

湯盅一揭傳來一陣妙香，香入喉鼻間，鳳九辨識出這是借銀雪魚勾湯燉的長生藤和木蓮子。姬蘅的手藝自然趕不上她，不過就這道湯而言，也算是燉得八分到位了。鳳九的記憶中，東華的確對木蓮子燉湯情有獨鍾，這麼多年，他的口味竟然一直沒有變過。

樓間一時靜極，只聞姬蘅斟湯時盅杓的碰撞聲，鳳九打眼看去，東華正垂頭瞧著姬蘅斟湯的手，細緻又雪白的一雙手，上頭卻不知為何分布了點點紅斑，看著分外扎眼。

待一碗熱湯斟完呈到跟前，東華突然道：「不是跟妳說過不能碰長生藤？」一旁鳳九握著茶盅的手一頓，另一旁的連宋君悠悠地打著扇子。

姬蘅的肩膀似乎顫了一下，好一會兒，輕聲道：「老師還記得奴不能碰長生藤。」抬頭勉強一笑，道：「奴是怕老師在九歌公主處不慣，才藉著今日燉了些湯來，木蓮子湯中沒有長生藤調味又怕失了老師習慣的風味。不過奴碰得不多，並不妨事。」停了停，一絲胭紅突然爬上臉頰，「不過，老師能為奴擔心一二，奴也覺得……」

後半句正似語還休之間，鳳九啪的一聲擱下茶盅，咳了一聲道：「我去後頭瞧瞧酒菜備得如何了。」小燕悶悶起身道：「老子同去。」糰子左看看右看看，湊熱鬧地舉起手道：「我也要去，我也要去！」

東華握著湯盅的手頓了頓，抬頭看著起身的鳳九。鳳九一門心思放在袖中什麼物件上，摸了半天摸出一個精緻的糖包來，攤開順手取出兩塊蘿蔔糕，打發就要跟過來的糰子，「你在這兒吃糕，別來添亂。」回頭又遞給小燕兩塊道：「你也吃糕，別來添亂。」順手遞到一半突然想起什麼似的又收回去，「哦，你這人毛病多，蘿蔔你不吃的。」順手將兩塊糕便宜了糰子。糰子瞧了半天手上的蘿蔔糕，對坐下來吃糕還是跟過去添亂很是糾結，想了一陣，扭捏地道：「我邊吃邊跟著妳吧，跟著妳出去玩一會兒，也不影響我吃這個糕的。」

鳳九瞪了糰子一眼，眼風裡突然掃到安靜的小燕。在她的印象中，小燕時時刻刻動如脫兔，如此靜若處子委實罕見，忍不住多看了他一會兒。

就她盯著小燕這一小會兒，小燕已經幽怨地將目光往東華面前的那只湯盅處投了三四回。鳳九恍然明白，小燕一定很羨慕姬衡給東華做了湯，又很受傷姬蘅沒有給他做。這副可憐相激得鳳九母性大發，沉吟中本著安慰之意，垂頭在袖中掏出先前的那個糖包來。

奈何左看右看，糖包中都沒有什麼小燕能吃的糕可以哄一哄他，嘆了口氣向他道：「我早上只做了幾塊蘿蔔糕、赤豆糕、綠豆糕和梅花糕揣著備不時之需，綠豆和赤豆你都不愛吃，梅花糕雖然吃但是這裡頭我又放了你不吃的薑粉。」又嘆一口氣道：「算了，你還是跟著我添亂吧。」

頹唐的小燕略微提起一點精神，繞過桌子嘀咕道：「妳就不能做個老子愛吃的嗎？」突然想起什麼，可憐巴巴地抬起頭，「妳是不是不記得老子喜歡吃什麼糕了啊？」

小燕這樣地委屈真是前所未見，極為可憐，鳳九內心深處頓時柔軟得一塌糊塗，聲音中不自覺帶上一點對寵物的憐愛，「記得，梅子凍糕少放甘草。」沉吟道：「或者，今午讓他們先上一盤這個糕，萌少說此處的廚子廚藝不錯，料想做出來應該合你的口味。」小燕頹廢中黯然神傷地回道：「好吧，讓他們先上一個吧。」又頹廢且黯然神傷地補充道：「老子近來喜歡鹹味的，或者別放甘草放點鹽來嘗嘗。」再頹廢且黯然神傷地道：「做出來不好吃再換成先前的那種，或者蛋黃酥我也可以勉強試一試。」鳳九聽得頭一陣暈，他往常這麼多要求早被她捏死了，但此時看在他這樣脆弱的分上她就暫且忍了，牙縫裡耐心地憋出幾個字道：「好。先讓他們做個加鹽的給你嘗一嘗。」話剛落地突然聽到姬蘅極輕的一聲驚呼，「老師，湯灑了。」

鳳九循聲一望，正撞上東華冰涼的目光，姬蘅正賢慧地收拾灑出的湯水弄髒的長案，東華微抬著頭，目不轉睛地盯著她。被他這麼定定瞧著，鳳九覺得有點疑惑。木蓮子湯輕霧裊裊，連宋君乾咳一聲打破沉寂道：「早聽說九歌公主廚藝了得，本君一向對糕點之類就愛個綠豆赤豆，不曉得今天有沒有榮幸能嘗一嘗公主的手藝？」

鳳九被東華看得頭皮發麻，正想找個時機將目光錯開又不顯得刻意，聽連宋笑盈盈一席話，心中讚了他一句插話插得及時上道，立刻垂頭翻糖包，將僅剩的幾塊糕全遞了過去。對面的琴姬突然撥得琴弦一聲響，東華的目光略瞟開，被晾了許久的姬蘅突然開口道：「老師，要再盛一碗嗎？」燕池悟遙遙已到樓道口，正靠著樓梯遞眼色招呼鳳九快些。樂姬彈起一支新曲，雲台上桃妝自顧調著舞步，鳳九心中哀嘆一聲，又是一把錢！提著裙子正要過去，行過東華身旁卻驀然聽他低聲道：「妳對他的口味倒是很清楚。」

鳳九本能垂頭，目光又一次同東華在半空中對上。帝君這回的神色更加冷淡直接，鳳九心中咯噔一聲響，他這個表情，難道方才是哪裡不經意得罪了他？回憶半天，自以為了悟地道：「哦，原來你也想嘗嘗我的手藝？其實我做糕沒有什麼，做魚做得最好，不是已經做給你嘗過了嗎？」

一席話畢，東華的神色卻未有半點改變。鳳九撓了撓頭，良久，再一次自以為了悟地道：「哦，原來你真的這麼想吃……但糕已經分完了啊，」為難地看了一眼糰子道：「或許問問天孫殿下他願意不願意分你一塊……」一句話還未完整脫口，天孫殿下已經聰明地唰一聲將拿著蘿蔔糕的雙手背到背後，警戒地道：「三爺爺有六塊，我只有四塊，應該是三爺爺分，為什麼要分我的。」想了想又補充道：「況且我人小，娘親說我一定要多吃一些才能長得高。」

鳳九無言道：「我覺得多吃一塊糕少吃一塊糕對你目前的身高來說應該沒有什麼太大的影響……」

糰子皺著臉不服氣地道：「但是三爺爺有六塊啊，我只有四塊。我才不分給東華……哥哥……」說到這裡卡了一卡，修正道：「才不分給東華爺爺。」

唯恐天下不亂的連三殿下手裡端著六塊糕笑意盈盈地湊過來，難得遇到一次打擊東華的機會，連三殿下很是開心，向著沒什麼表情的東華慢悠悠道：「雖然說九歌公主很瞭解燕池悟的口味吧，但是可能不大曉得你的口味，恰巧這個糕很合我的意，但是合我的意不一定合你的意，你何苦為了一塊不曉得合意不合意的糕點同我搶，咱們老友多年，至於嗎？」

東華：「……」

小燕在樓道處等得不耐煩，扯開嗓子向鳳九道：「還走不走，要是廚房趕不及給老子做梅子糕就妳給老子做！」話剛說完一個什麼東西飛過去，小燕哐噹掉下了樓梯，窸窣一陣響動後，樓道底下傳來一聲中氣十足的黯然哀鳴，「誰暗算老子？」

東華手中原本端著的湯盅不翼而飛，淡然遠目道：「不好意思，手那麼一滑。」

糰子嘴裡塞滿了蘿蔔糕，含糊地讚嘆道：「哇，滑得好遠！」

連宋：「……」

鳳九：「……」

醉裡仙大宴的第二日，鳳九無論如何也沒有想到，自己豁出全副身家請東華一頓豪宴，最後卻落個被禁足的下場。其時，她一大早勻了粉面，整了妝容，沿著同往常一般的院內小道一路行至門口打算出門赴宗學，悠悠然剛踏出去一條腿，砰，瞬間被強大的鏡牆反彈了回去。

鳳九從小跟著她的姑姑白淺長大，白淺對她十分縱容，所以她自還是隻小狐狸就不曉得聽話兩個字該怎麼寫，有幾回她阿爹被她氣得發狠關她的禁閉，皆被她要嘛砸開門要嘛砸開窗溜了出去。她小的時候，在這種事情上著實很有氣魄也很有經驗。但這一回從前的智慧全不頂用，東華的無恥在於，將整座疾風院都納入了他設下的結界中。她的修為遠不及破開帝君造出的結界，長這麼大，她終於成功地被關了一回禁閉。她怒從心底起惡從膽邊生，怒沖沖徑直奔往東華的寢房興師問罪。帝君正起床抬手繫外袍，目光對上她怒火中燒的一雙眼，一副懶洋洋還沒睡醒的模樣道：「我似乎聽說妳對那個什麼比賽的頻婆果很有興趣。」

鳳九表示不解。

帝君淡淡道：「既然是拿我的名義將妳推進決賽冊子，妳輸了，我不是會很沒有面子？」

鳳九心中一面奇怪這麼多年聽說面子對於帝君一向是朵浮雲，什麼時候他也開始在意起面子了？一面仍然不解地道：「但這同你將我關起來有什麼關係？」

帝君垂眼看著她，結好衣帶，緩緩道：「關起來親自教妳。」

其時，窗外正好一樹新雪壓斷枯枝，驚起二三冬鳥，飛得丈高撞到穹頂的鏡牆又摔下來。東華帝君自碧海蒼靈化生萬萬年，從沒有聽說他收什麼徒弟，誰能得他的教導更是天方夜譚，雖然姬蘅叫他老師，她也不信東華真點撥了姬蘅什麼。這樣一位尊神，今次竟浮出這種閒情逸致想要親自教一教她，鳳九感到很稀奇。但她一向定位自己是個識大體懂抬舉的仙，要是能閉關受東華幾日教導，學得幾式精妙的巧招，競技場上力挫群雄摘得頻婆果不若探囊取物？她一掃片刻前的怒容，歡欣鼓舞地就從了。

她從得這樣痛快，其實，還有一個更深層的原因，她分外看重的競技決賽就安排在十日後。自古來所謂競技無外乎舞棒弄槍，兩日前她聽說此回賽場圈在王城外，按梵音谷的規矩王城之外施展不出術法來，決賽會否由此而改成比賽削梨或嗑瓜子之類她不擅長的偏門，也說不準。幸虧萌少捎來消息，此次並沒有翻出太大的花樣，中規中矩，乃是比劍，但因決賽之地禁了術法，所以評比中更重劍意與劍術。

比劍嘛，鳳九覺得這個簡單，她從小就是玩著陶鑄劍長大的。但當萌少拂袖將決賽地呈在半空中指給她看時，望著光禿禿的山坳中呈陣列排開的尖銳雪椿，她蒙了。待聽說屆時參賽的二人皆是立在冰椿子上持劍比試，誰先掉下去誰就算輸時，她更蒙了。他們青丘沒有這樣的玩法。她一大早趕去宗學，原本正是揣著求教萌少之意，託他教一教冰椿子上持劍砍人的絕招。料不到被結界擋了回來，東華像是吃錯了藥，竟要親自教她。

鳳九在被大運砸中頭的驚喜中暈乎了一陣，回神時正掰著豆角在廚房中幫東華預備早膳，掰著掰著靈台上的清明寸寸回歸，她心中突然一沉：帝君將她禁在此處，果真是如他所說要教她如何在競技中取勝嗎？他是這樣好心的人嗎？或許真是他吃錯藥，不過帝君他，就算吃錯了藥，也不會這樣好心吧？

鳳九心事重重地伺候帝君用過早膳，自己也吃了幾口，究竟吃的什麼她沒有太注意，收拾杯盤中隱約聽見東華提起這十日禁閉的安排，頭三日好像是在什麼地方練習如何自如走路之類。她覺得，東華果然是在耍她，但連日的血淚中她逐漸明白，即使曉得帝君耍自己也不能同他硬碰硬，需先看看他的路數，將腳底的油水抹得足些，隨時尋找合適的時機悄悄地開溜方乃上策。

辰時末刻，鳳九磨磨蹭蹭地挨到同東華約定的後院，方入月亮門，眼睛驀地瞪大。院中原本的敞闊之地列滿了萌少曾在半空中浮映給她看過的雪椿子，椿有兩人高，橫排豎列阡陌縱橫，同記憶裡決賽地中冰椿的陣列竟沒有什麼區別。院中除那一處外，常日裡積雪覆蓋之地新芽吐綠，一派春和景象，幾棵枯老杏樹繁花墜枝似煙霞，結界的上空灑下零碎日光，樹下一張長椅，帝君正枕在長椅上小憩。鳳九覺得，帝君為了在冰天雪地中悠閒地曬個太陽，真捨得下血本。

摸不著頭腦的鳳九，目光再向冰椅子飄蕩而去時，突然感到身形一輕，立定後一陣雪風颳臉而來，垂眼一望已孤孤單單立在一桿雪椿的頂上。不知什麼時候從長椅上起身的帝君今日一身白衣格外清俊，長身玉立在雪林的外頭，抄著手抬頭研究了她好一陣，徐徐道：「先拿一天來練習如何在上頭如履平地，明後日試試蒙了眼睛也能在冰椿上來去自如的話，三天後差不多可以開始提劍習劍道劍術了。」又看了她一陣，「禁了妳的仙術還能立在上頭這麼久，資質不錯。」

鳳九強撐著身子不敢動，聲音沒骨氣地打戰，「我、我有沒有跟你說過，沒了法術相依我恐高，哇……帝君救命……」

話方脫口，腳下一滑，卻沒有想像中墜地的疼痛。鳳九眨巴著眼睛望向接住自己的東華，半晌，道：「喂，你是不是故意把我弄上去想著我會掉下來，然後趁機占我的便宜？」

帝君的手仍然握在她的腰間，聞言一愣，道：「妳在說夢話嗎？」

鳳九垂著眼理直氣壯道：「那你怎麼還抱著我？看，你的手還搭在我的腰上。」

帝君果然認真地看了看自己的手，又將她從頭到腳打量一番，了然道：「這麼說，妳站得穩了？」不及她回神已然從容抽手，原本鳳九仰靠在他的身上就沒什麼支力，隨他放手撲通一聲栽倒在地，幸而林中的空地積滿了暄軟白雪，栽下去並不如何疼痛。鳳九咬著牙從地上爬起來，仰頭碰到東華裝模作樣遞過來扶她的右手。帝君向來無波無瀾的眼神中暗藏戲謔，讓鳳九很是火大，別開臉哼了一聲推開他自己爬起來，抖著身上的碎雪憤憤道：「同你開個玩笑，至於這樣小氣嗎？」又想起什麼似地繼續憤憤道：「你其實就是在耍我，怎麼可能一天內閉著眼睛在那種冰陣上來去自如。有絕招卻不願意教給我，忒小氣，幸好你從不收徒，做你的徒弟料想也就是被你橫著耍豎著耍罷了，仙壽耍折一半也學不了什麼。」

她搖頭晃腦地說得高興，帶得鬢邊本就插得不大穩當的白簪花搖搖欲墜，待最後一個字落地，簪花終不負所望地飛離髮梢，被等待良久的東華伸手險險撈住。帝君垂眼瞧了會兒手中絲絹攢成的簪花，目中露出回憶神色道：「我聽說，年輕時遇到一個能耍人的師父，其實是一件終身受益的事。」

鳳九無言地道：「你不要以為我沒有讀過書，書上明明說的是嚴厲的師父，不是能耍人的師父。」

帝君面上浮出一絲驚訝道：「哦，原來是這麼說的？我忘了，不過都差不多吧。」近兩步將簪花端正別在她的鬢邊，一邊端詳一邊漫不經心道：「妳既然想要頻婆果，照我說的做自然沒有錯。雖然這種賽制作個假讓妳勝出並不難，但不巧這一回他們請我評審，妳覺得我像是個容得下他人作假的人嗎？」

這種話從帝君口裡說出實在稀奇，鳳九伸手合上掉了一半的下巴，「此種事情你從前做得不要太多……」

帝君對她鬢邊的那枚簪花似乎並不特別滿意，取下來覆手變作一朵水粉色簪花，邊重別入她髮中邊道：「那麼就當作我最近為人突然謹篤了吧。」

雖然東華這麼說，但腦子略一轉，鳳九亦明白過來他如此循序漸進教導她，其實是萬無一失的正道。她身分殊異，傳說決賽時比翼鳥的女君亦將蒞會，若是作假被瞧出來，再牽連上自己的身世，小事亦可化大，勢必讓青丘和梵音谷的樑子再結深一層。帝君沒有耍她，帝君此舉考慮得很周全，她心中略甘。

但，帝君沒有明說，她也不好如此善解人意，掩飾地摸了摸鬢邊重新別好的簪花咳了一聲道：「這麼說還要多謝你，承蒙你看得起我肯這麼下力氣來折騰栽培我。」話罷驚覺既然悟出東華的初衷，這句話委實有點不知好歹，正慚愧地想補救一兩句，帝君已謙謹且從容地回道：「不客氣，不過是一向難得遇到資質愚駑到妳這個程度的，想挑戰一下罷了。」鳳九無言地收回方才胸中飄蕩的一點點愧疚，惡聲惡氣道：「我不信我的資質比知鶴更加駑鈍，你還不是照樣教了她！」

她氣急的模樣似乎頗令東華感到有趣，欣賞了好一會兒，才道：「知鶴？很多年前我的確因任務在身教過她一陣，不過她的師父不是我，跟著我學不下去後拜了斗姆元君為師。」又道：「這個事情，妳很在意嗎？」

鳳九被「任務在身」四個字吸引了全副注意力，後頭他說的什麼全沒聽進去，也忘了此時是在生氣，下意識將四字重複了一次，「任務在身？」方才雪風一颳，眼中竟蒙著一層薄薄的霧氣。

東華愣了一愣，良久，回道：「我小時候無父無母，剛化生時靈氣微弱差點被虎狼分食，知鶴的雙親看我可憐將我領回去撫養，對我有施飯之恩。他們九萬年前臨羽化時才生下知鶴，將她託給我照顧，我自然要照顧。教了她大約……」估摸年過久遠實在不容易想起，淡淡道：「不過她跟著我似乎沒有學到什麼，聽重霖說是以為有我在就什麼都不用學。」東華近年來雖然看上去一副不思進取的樣子，但皆是因為沒有再進取的空間，遠古至今，他本人一向不喜不思進取之人這一點一直挺有名，從這番話中聽出對知鶴的不以為意也是意料中的事。

但，鳳九自問也不是個什麼進取之人，聽聞這番話不免有些兔死狐悲之傷，啞了啞道：「其實，如果我是知鶴，我也會覺得有你在什麼都不用學。」

遙遠處杏花揚起，隨著雪風三兩瓣竟拂到鳳九的頭頂。她抬手遮住被風吹亂的額髮，恍然聽見東華的聲音緩緩道：「妳嘛，妳不一樣，小白。」鳳九訝然抬頭，目光正同帝君在半空中相會。帝君安靜地看了她一會兒，「聊了這麼久有些口渴，我去泡茶，妳先練著。」

鳳九：「……」

東華：「妳要一杯嗎？」

鳳九：「……」

禁中第一日，日光浮薄，略有小風，鳳九沿著雪樁子來回數百趟，初始心中憂懼不已，掉了兩次發現落地根本不痛，漸放寬心。一日統共摔下去十七八次，腿腳擦破三塊皮，額頭碰出兩個包。古語有云，嚴師出高徒，雖然薄薄掛了幾處彩，卻果然如東華所言，日落西山時她一個恐高之人竟已能在雪椿上來去自如。東華沏了一壺茶坐在雪林外頭，自己跟自己下了一天的棋。

第二日天色比前一日好，雪風也颳得淺些，帝君果然依言，拆了匹指寬的白綾將她雙眼覆結實，扔她在雪林中依照記憶中雪椿的排列來練習步法。

她跌跌撞撞地練到一半，突然感到一陣地動山搖，以為是東華臨時增設的考驗，慌忙中伸手扒住一個東西將身子停穩妥。未料及身後一根雪柱突然斷裂，扒住的這個東西反攬了她往一旁帶過，驚亂中腳不知在何處一蹬跌倒在地，嘴唇碰到一個柔軟的物什。

她試著咬了一口，伸手不見五指中聽見帝君一聲悶哼。她一個激靈趕緊扒開縛眼的白綾，入眼的竟是帝君近在咫尺的臉，下唇上赫然一排牙印。鳳九的臉唰地一白，又一紅。

半空中，連三殿下打著扇子笑吟吟道：「阿離吵著要找他姐姐，我瞧你們這一處布著結界，只好強行將它打開，多有打擾，得罪得罪。」

糰子果然立在半空中瞧著他們，一雙眼睛睜得溜圓，嘴裡能塞下兩個雞蛋，震驚道：「鳳九姐姐剛才是不是親了東華哥哥一口？」糾結地道：「我是不是要有小侄子了？」惶恐地道：「怎麼辦？我還沒有做好心理準備……」話罷騰起一朵小雲彩噌噌噌先跑了，連宋君怕糰子闖禍，垂目瞥了仍在地上困作一團的二人兩眼，無奈地亦緊隨糰子後，臨別的目光中頗有點好戲看得意猶未盡的感慨。

鳳九沉默地從東華身上爬起來，默默無言地轉身重踏進雪林中。步子邁出去剛三步，聽見帝君在身後正兒八經地問：「小白，妳是不是至少該說一聲咬了你不好意思？」這聽似正直的嗓音入耳卻明擺著暗含了調笑，調笑人也能這麼理直氣壯的確是帝君的風格。鳳九沒有回頭，乾巴巴地道：「咬了你不好意思。」東華靜了一陣，突然柔和地道：「真的不好意思了？」鳳九趺了一下，回頭狠狠道：「騙你我圖什麼？」東華沉思了一會兒，疑惑地道：「騙人還需要圖什麼？不就是圖自己心情愉快嗎？」鳳九：「……我輸了。」

第三日，經前兩日的辛苦錘煉，鳳九對「如何閉著眼睛在雪椿子上行走自如」已基本掌握要訣，熏熏和風下認認真真地向著健步如飛這一層攀登。好歹念過幾天書，鳳九依稀記得哪本典籍上記載過一句「心所到處，是為空，是為諸相，是以諸相乃空，悟此境界，道大成」。她將這句佛語套過來，覺得此時此境所謂諸相就是雪椿子，能睜著眼睛在雪林上大開殺戒卻不為雪椿所困才算好漢，她今日需練的該是如何視萬物如無物。她同東華表達了這個想法，帝君頗讚許，允她將白綾摘下來，去了白綾在雪椿上來去轉了幾圈，她感到頗順。

成片的杏花燦若一團白色煙雲，想是帝君連續兩日自己同自己下棋下煩了，今日不知從哪個犄角旮旯搞來好幾方上好瓷土，在雪林外頭興致盎然地捯飭陶件。因帝君從前製陶的模樣如何鳳九也看過，向來是專注中瞧不出什麼情緒，今日做這個小陶件神色卻略有不同。她練習中忍不住好奇地朝那處望了一回、兩回、三回，望到第四回時一不留神就從最高的那根雪椿子上栽了下來，但好歹讓她看清了帝君似乎在做一個瓷偶。

這一日她統共只栽下去這麼一次，比前兩日大有進步，晚飯時帝君多往她飯碗裡夾了兩筷子清蒸鮮魚以資獎勵。她原本想趁吃魚的空檔裝作不經意問一問帝君白日裡製的到底是個什麼瓷偶，奈何想著心事吃著魚，一不小心半截魚刺就卡上了喉嚨，被帝君捏著鼻子灌下去半瓶老陳醋才勉強將魚刺吞下去，緩過來後卻失了再提這個問題的時機。

帝君到底在做什麼瓷偶，臨睡前她仍在介意地思索這個問題。據她所知，東華親手搗鼓的陶器頗多，但從未見他做過瓷偶。白日裡她因偷望東華而栽下去鬧出頗大動靜，東華察覺後先是意味深長地看了她一陣，而後乾脆施然換了個方向背對著她，她不曉得他到底在做什麼。但是，越是不曉得，越是想要曉得。那麼，要不要乾脆半夜趁東華熟睡時偷偷摸進他房中瞧一瞧呢？雖然說她一介寡婦半夜進陌生男子的寢房於禮不大合，不過東華嘛，他的寢房她已逛了不知多少次，連他的床她都有幸沾了兩回，簡直已經像她家的後花園了，那麼大半夜再去一次應該也沒有什麼。

半扇月光照進軒窗，鳳九腰痠骨頭痛地一邊尋思著這個主意一邊醞釀睡意。本打算小瞇一會兒就悄悄地潛進東華房中，但因白日累極一沾床就分外瞌睡，迷迷糊糊地竟墜入沉沉的夢鄉。

不過終歸心中記著事，比之前兩夜睡得是要警醒些，夜過半時耳中隱約聽到門外有腳步聲徐徐而來，少頃，推門聲幽然響起，踱步聲到了床邊。這種無論何時都透出一種威儀和沉靜的腳步聲，記憶中在太晨宮聽了不知有多少次，鳳九迷濛中試圖睜眼，睡意卻沉甸甸壓住眼皮，像被夢魘縛住了。

房中靜了一陣，鳳九茫昧地覺得大約是在作夢吧，睡前一直想著夜半潛入東華的寢居，難怪作這樣的夢，翻了個身將被子往胳膊下一壓繼續呼呼大睡。但恍惚間又聽到一陣細微的響動，再次進入沉睡之際，鼻間忽然飄入一陣寧神助眠的安息香，香入肺腑之中，原本就六七分模糊的靈台糊塗到底。唯有一絲清明回想起方才的那陣細微響動，莫不是帝君在取香爐焚香吧？明日早起記得瞧一瞧香爐中是否真有安息香的香丸，大約就能曉得帝君是否真的睡不著半夜過來照顧過她一二了。

神思正在暗夜中浮游，床榻突然一沉，這張床有些年成，瘖啞地吱了一聲。在這瘖啞一吱中，鳳九感到有一隻涼沁沁的手擦上了自己的額頭，沿著額頭輕撫了一下。白日裡額頭上摔出的大包被撫得一疼，她心中覺得這個夢境如此注重細節真是何其真實，齜著牙抽了一口氣，胡亂夢囈了一兩句什麼翻了個身。那隻手收了回去，片刻有一股木芙蓉花的淡雅香味越過安息香悠悠然飄到鼻尖，她打了個噴嚏，又絮絮叨叨地翻回來。方才那隻手沾了什麼藥膏之類往自己碰出包的額角上來回塗抹，她覺得手指配合藥膏輕緩地揉著額頭上這個腫包還挺舒服，這原來是個美夢，睡意不禁更深了一層。

哦，是木芙蓉花膏。她想起來了。

木芙蓉花膏乃是一味通經散瘀舒絡止痛的良藥，鳳九再清楚不過。從前她在太晨宮做小狐狸時，和風暖日裡常一個人跑去小園林中收木芙蓉花。那時園中靠著爬滿菩提往生的牆頭散種了幾株以用作觀景，但花盞生得文弱，遇風一吹落英遍地。她將落在地上的花瓣用爪子刨進重霖送給她的一個絹袋，花瓣積得足夠了就用牙齒咬著袋口的繩子繫緊，歡歡喜喜地跑去附近的溪流中將花瓣泡成花泥，顛顛地送去給東華敷傷口用。那時不曉得為什麼，東華的手上常因各種莫名其妙的原因割出口子來。她將泡好的花泥送給東華，東華摸一摸她的耳朵，她就覺得很開心，一向不學無術的她還作出過一句文藝的小詩來紀念這種心情：「花開花謝花化泥，長順長安長相依。」她將這句詩用爪子寫給司命看時，被司命嘲笑酸倒一排後槽牙，她哼哼兩聲用爪子寫一句「酸倒你的又沒有酸倒我的」，不在意地甜蜜又歡快地搖著尾巴跑了。想想她此生其實只作過這麼一句情詩，來不及唸給想念的那個人聽。她在夢中突然感到一陣悲涼和難過。

冷不防胳膊被抬起來，貼身的綢衣衣袖直被挽及肩，心中的悲涼一下子涼到手指，男女授受不親的大防，鳳九身為一個神女雖然不如受理學所制的凡人計較，但授受到這一步委實有些過，待對方微涼的手指覆上肩頭，攏著花膏將白日裡碰得瘀青的肩頭一一撫過時，鳳九感到自己打了個冷戰。這個夢有些真。靈台上的含糊在這個冷戰中退了幾分，再次試著睜眼時仍有迷茫。她覺得被睡意壓著似乎並沒有能夠睜開眼，但視線中卻逐漸出現一絲亮光。這種感知就更像是入夢。

視線中漸漸清晰的人影果然是帝君，微俯身手指還搭在自己的肩頭，銀色的長髮似月華垂落錦被上，額髮微顯凌亂，襯得燭光下清俊的臉略顯慵懶，就那麼懶洋洋地看著她。

帝君有個習慣，一旦入睡無論過程中睡姿多麼地端正嚴明，總能將一頭飄飄銀髮睡得亂七八糟。鳳九從前覺得他這一點倒是挺可愛的，此時心道若當真是個夢，這個夢真到這個地步也十分難得。但，就算是個夢也該有一分因果。

她待問東華，半夜來訪有何貴幹，心中卻自答道，應是幫自己敷白天的瘀傷；又待問，為什麼非要這個時辰來，心中自答，因木芙蓉療傷正是半夜全身鬆弛時最有效用；再待問，為何要解開自己的衣裳，難道不曉得有男女授受不親這個禮教，心中嘆著氣自答，他的確不大在意這些東西，自己主動說起來估摸還顯得矯情。但除了這些，又沒有什麼可再問了。

按常理，她應該突然驚叫失聲退後數步並用被子將自己裹成一個蛹作神聖不可侵犯狀怒視帝君，這個念頭她也不是沒有動過，但這樣一定顯得更加矯情且遭人恥笑吧？

凡事遇上帝君就不能以常理操制，要淡定，要從容，要顧及氣量和風度。

鳳九僵著身子任帝君的右手仍放在自己有些腫起來的肩頭，將氣量風度四字在心中嚼了七遍，木著聲音道：「我醒了。」

燭影下東華凝視她片刻，收手回來在白瓷碗中重挑了一些花泥比上她的肩頭，道：「正好，自己把領口的扣子解開兩顆，妳扣得這麼嚴實，後肩處我塗不到。」

他讓她解衣裳說得如此從容，鳳九著實愣了一會兒，半晌，默默地擁著被子翻了個身，「我又睡了。」

翻到一半被東華伸手攔住，帝君的手攔在她未受瘀傷的左側肩頭，俯身貼近挨著她道：「妳這是怕我對妳做什麼？」聲音中竟隱含著兩分感覺有趣的笑意，鳳九驚訝轉頭，見帝君的臉隔自己不過寸餘，護額上墨藍的寶石映出一點燭影，眼中果然含著笑。她愣了。

帝君頗不以為意地就著這個距離從上到下打量她一番，「妳傷成這樣，我會對妳做什麼？」

鳳九盡量縮著身子往後靠了靠，想了一會兒，氣悶地道：「既然你也曉得我瘀傷得不輕，白天怎麼不見放幾分水？」半夢半醒中，聲音像剛和好的麵糰顯出幾分綿軟，補充道：「這時候又來裝好人。」一頭往後偏時碰到後肩的傷處輕哼了一聲，方才不覺得，此時周身各處瘀傷都處置妥當，唯有後肩尚未料理，對比出來這種痠痛便尤為明顯。

帝君離開她一些道：「所謂修行自然要妳親自跌倒再親自爬起來才見修行的成效，我總不可能什麼時候都在妳身邊助妳遇難呈祥。」話罷伸手一拂，拂開她領角的盤扣，又將另一個不用的瓷枕墊在她的後背將身體支起來一兩寸，一套動作行雲流水毫無凝滯，藥膏撫上後肩雪白中泛著紫青的傷處時，鳳九又僵了。

其實東華說得十分有理，這才是成熟的想法。鳳九心中雖感到信服，但為了自己的面子仍嘴硬地哼了一聲，「說得好像我多麼膿包，我掉進梵音谷沒有你相助不是一直活得挺好的嗎？」又添了一句道：「甚至遇到你之前都沒怎麼受過皮肉苦！近來屢屢瘀傷還都是你折騰的！」

東華的手彷彿是故意要在她的後肩多停留一時片刻，挑眉道：「沒有我的天罡罩在身上，妳從梵音谷口跌下來已經粉身碎骨了，也無須指望我來折騰妳。」

鳳九不服氣地反駁道：「那是小燕他有情有義墊在我……」話一半收了音，梵音谷中除了劃定的一些區域，別處皆不能布施法術，譬如他們掉下來的谷口，她同小燕自懸崖峭壁墜落兩次，兩次中除了第二次萌少被他們砸得有些暈，此外皆無大礙，這的確不同尋常。她從前感到是自己運氣好或者小燕運氣好，沒有細想，原來竟是東華的天罡罩做保嗎？這個認知令鳳九有幾分無措，咬著嘴唇不曉得該說什麼，原來帝君沒有不管她，天罡罩這個東西於尊神而言多麼重要她自有聽聞，他竟一直將它放在自己身上保自己平安，真是有情有義，但是，他怎麼不早說呢？而且，這麼重要的東西放在自己身上也太不妥，天罡罩的實體她僅在東華與小燕打鬥中瞧見帝君化出來一次，氣派不可方物，平日都藏在自己身上何處，她很納悶，抬頭向帝君道：「那它……在什麼地方？」又不好意思地咳了一聲，將臉側開一點道：「天罡罩護了我這麼久已經很感激，但這麼貴重放在我這裡不穩妥，還是應該取出來還給你。」

帝君手中擎了支明燭，邊查看她肩背已處理好的傷處邊道：「還給我做什麼，這東西只是我仙力衍生之物，待我羽化自然灰飛煙滅。」

他說得輕飄，鳳九茫然許久，愣愣道：「你也會羽化？為什麼會羽化？」

雖一向說仙者壽與天齊，只是天地間未有大禍事此條才作數，但四海八荒九天之上碧落之下，造化有諸多的劫功，自古以來許多尊神的羽化均緣於造化之劫。

鳳九曾經聽聞過，大洪荒時代末，天地間繁育出三千大千世界數十億凡世，弱小的人族被放逐到凡世之中，但因凡世初創，有諸多行律不得約束，荒洪旱熱酷暑霜凍日日交替致人族難以生存，比東華略靠前一些的創世父神為了調伏自然行律、使四時順行人族安居，最終竭盡神力而羽化身歸於混沌之中，至今四海六合八荒不再見父神的神蹟。鳳九隱約也明白，像他們這樣大洪荒時代的遠古神祇，因為強大，所以肩頭擔有更重且危險的責任，且大多要以己身的羽化才能化天地之劫。可東華一直活到了今天，她以為東華會是不同的，即便他終有羽化的一天，這一天也應該在極其遙遠之後，此時聽他這樣說出來，就像這件事不久後便要應時應勢發生，不曉得為什麼，她覺得很驚恐，渾身瞬時冰涼。她感到喉嚨一陣乾澀，舔了舔嘴唇，啞著嗓音道：「如果一定要羽化，你什麼時候會羽化呢？」

安息香濃重，從探開的窗戶和未關嚴實的門縫中擠進來幾隻螢火蟲。她問出這樣的話似乎令東華感到驚訝，抬手將她的衣領扣好，想了一陣才道：「天地啟開以來還沒有什麼造化之劫危及四海八荒的生滅，有一天有這樣的大劫大約就是我的羽化之時。」看了她一陣，眼中浮出笑意道：「不過這種事起碼再過幾十萬年，妳不用現在就擔心得哭出來。」

受這種特製的安息香吸引，房中的螢火蟲越來越多，暗淡的夜色中像是點綴在玄色長袍上的什麼漂亮珠子。東華素來被以燕池悟打頭的各色與他不對付的人物稱作冰塊臉，其實有些道理，倒並非指他的性格冷漠，乃是那張臉上長年難得一點笑意，擠對人也是副靜然如水的派頭。可他今夜卻笑了這樣多，雖只是眼中流露些微笑意或是聲音裡含著一些像在笑的症頭，也讓鳳九感到時而發暈。但他方才說什麼她還是聽得很清楚，

不大有底氣地反駁，「我才沒有擔心。」但聽了他的話心底確然鬆了一口氣。看東華似笑非笑地未言語，趕緊轉移話題道：「不過我看你最近手上沒再起什麼口子了呀，怎麼還隨身帶著木芙蓉的花泥？」

東華聞言靜了靜，片刻，道：「妳怎麼知道我手上常起口子？」

鳳九腦門上登時冒出一滴冷汗，按理說東華手上常起口子的事除了他近旁服侍之人和當年那隻小狐狸，沒有別的人曉得，連與九重天關係最切近的她姑姑白淺都未聽聞過，更遑論她。幸而天生兩分急智，趕緊補救道：「咦，木芙蓉花不是專治手背皸裂嗎？」裝模作樣地探頭去看他手中的白瓷碗，「這個花泥是你自己做的呀？做得還挺勻的。」

東華邊勻著碗中剩下的藥膏邊垂眼看她，道：「從前我養了隻小狐狸，是她做的。」

鳳九違心地誇著自己轉移東華的注意力，「那這隻小狐狸的爪子還真是巧，做出來的花泥真是好聞……你幹嘛把花泥往我臉上抹？」

帝君半俯身在她臉上藉著花泥悠然胡畫一通，語聲泰然至極，「還剩一點，聽說這個有美容養顏的功效，不要浪費。」

鳳九掙扎著一邊躲東華的手一邊亦從白瓷碗中糊了半掌的花泥，報復地撲過去齜著牙笑道：「來，有福同享，你也塗一點……」順勢將帝君壓在身下，沾了花泥的手剛抹上帝君的額頭，卻看見帝君的眼中再次出現那種似笑非笑的神情。幾隻螢火蟲停在帝君的肩頭，還有幾隻停在身前的枕屏上，將屏風中寒鴉荷塘的淒冷景致點綴出幾分勃勃的生機。鳳九跪在東華身上，一隻手握住帝君的胳膊壓在錦被中，另一隻手食指掀開他頭上的護額擱在他的眉心，第一次這麼近地看東華的眼睛，這就是世間最尊貴她曾經最為崇拜的神。她驀然驚覺此時這個姿勢很要不得，僵了一僵。帝君被她推倒沒有絲毫驚訝，緩聲道：「不是說有福同享嗎？怎麼不塗了？」語聲裡從容地用空著的那隻手握住她手腕，將她要離開的手指放在自己臉上，整套動作中一直坦蕩地凝視著她的眼睛。

鳳九覺得，自己的臉紅了。良久，驚嚇似地從東華的身上爬下來，同手同腳地爬到床角處，抖開被子將自己裹住，枕著瓷枕將整個人窩在角落，佯裝打了個呵欠道：「我睏了，要睡了，你出去記得幫我帶上門。」聲音卻有些顫抖。

帝君惋惜道：「妳不洗一洗手再睡嗎？」

鳳九：「……不用了，明天直接洗被子。」

帝君起身，又在房中站了一會兒，一陣清風拂過，燭火倏然一滅，似有什麼仙法籠罩。鳳九心中有些緊張，感到帝君的氣息挨近，髮絲都觸到她的臉頰，但沒有其他的動作，彷彿只是看一看她到底是真睏了還是裝睡。

黑暗中腳步聲漸遠，直至推開房門又替她關嚴實，鳳九鬆了一口氣，轉身來睜開眼睛，瞧見房中還剩著幾隻殘留的螢火蟲，棲息在桌椅板凳上，明滅得不像方才那麼活潑，似乎也有些犯睏。

她覺得今夜的東華有些不同，想起方才心怦怦直跳，她伸出一隻手壓住胸口，突然想到手上方才糊了花膏，垂眼在螢火微弱的光中卻瞥見雙手白皙哪裡有什麼花泥的殘餘，應是虧了方才東華臨走時施的仙法。唇角微微彎起來，她自己也沒有察覺，閉眼唸

了一會兒《大定清心咒》，方沉然入夢。

寅時末刻，鳳九被誰推扯著袖子一陣猛搖，瞇縫著眼睛邊翻身邊半死不活地朦朧道：「帝君你老人家今夜事不要太多還要不要人……」最後一個「睡」字淹沒於倚在床頭處小燕炯炯的目光之中。

啟明星遙掛天垣，小燕的嘴張得可以塞進去一個鴨蛋，躊躇地道：「妳和冰塊臉已經……已經進展到這個地步了？」一拍手，「老子果然沒有錯看他！」喜孜孜地向鳳九道：「這麼一來姬蘅也該對他死心了，老子就曉得他不如老子專情定受不住妳的美人計！」興奮地撓著額頭道：「這種時候，老子該怎麼去安慰姬蘅才能讓姬蘅義無反顧地投入老子的懷抱呢？」

房中唯有一顆夜明珠照明，鳳九瞧著小燕仰望明月靠著床腳時喜時悅時慮時憂，腦筋一時打結，揉著眼睛伸手掐了小燕一把道：「痛嗎？」

小燕哇地往後一跳，「不要再揪我！妳沒有作夢！老子專程挑這個時機將冰塊臉的結界打破一個小口溜進來是帶妳出去開解朋友的！」

他似乎終於想起來此行的目的，神色嚴肅地道：「妳曉得不曉得，萌少出事了？」

鳳九被困在疾風院三日，連外頭的蚊子都沒能夠結交到一隻，自然不曉得，但小燕凝重的語氣令她的瞌睡陡然醒了一半，訝道：「萌少？」

小燕神色越發沉，「他府上的常勝將軍死了，他一向最疼愛常勝將軍，對他的死悲傷難抑，已經在醉裡仙買醉買了整一天又一夜，誰都勸不住。他堂妹潔綠怕他為了常勝將軍醉死在醉裡仙，沒有別的辦法跑來找老子去開解他，但是妳看老子像是個會開解人的人嗎？這種娘們兒的事終究要找個娘們兒來做才合適……」

鳳九披起外衣默然道：「沒有聽說萌少還在府中養了男寵，他有這種嗜好我們從前居然沒瞧出來，真是枉為朋友。哎，心愛之人遽然辭世無論如何也是一種打擊，萌少著實可憐。」一邊說著突然想起前半夜之事仍不知是夢是真，去倚牆的高案上取了銅雕麒麟香爐一聞，並沒有安息香味，借了小燕的夜明珠探看一陣，爐中的香灰也沒有燃過的痕跡；銅鏡中額角處已看不出有什麼瘀傷，但也沒有木芙蓉花泥的殘餘。或者果然是作了一個夢？但怎麼會作這樣的夢？

小燕接過她還回來的夜明珠，奇道：「妳怎麼了？」

鳳九沉默了一會兒道：「作了個夢。」一頓後又補充道：「沒有什麼。」一走近門口折返回來，開了窗前的一扇小櫃取出一個青瓷小瓶道：「前陣子從萌少處順來這瓶上好的蜂蜜，原本打算拿來做甜糕，沒想到這麼快就要還到他身上替他解酒，可惜可惜。」

小燕蹙眉道：「蜂蜜是靠右那瓶，妳手上這瓶的瓶子上不是寫了醬油兩個字嗎？」打量她半晌，作老成狀嘆了口氣道：「我看妳今夜有些稀奇，或者妳還是繼續睡吧。如果實在開解不了萌少，老子一棍子將他抽昏，兒女情長也講究一個利索！」

鳳九揉了揉額角道：「可能是睡得不好有些暈，既然醒了，我還是去一趟吧。」沉吟片刻又道：「不過我覺得我們還是順便再帶上一根棍子。」

星夜趕路至醉裡仙，萌少正對著常勝將軍的屍體一把鼻涕一把淚一口酒。常勝將軍躺在一個罐中，圍著萌少跪了一圈的侍女、侍從加侍童，紛紛泣淚勸說萌少逝者已矣生者如斯，需早日令將軍入土為安，且皇子殿下亦需振作好好生活才能讓先走一步的將軍安心。萌少紅著眼睛，三魂七魄似乎只剩一絲遊魂，依然故我地對著常勝將軍一把鼻涕一把淚一口酒，場面甚是淒楚心酸。

鳳九傻了，小燕亦傻了。令萌少買醉追思恨不能相隨而去的常勝將軍，乃是一隻紅頭的大個蟋蟀。

兩個侍者簇擁著毫無章法的潔綠郡主迎上來。小燕撓頭良久，為難道：「萌兄心細到如此，為一隻蟋蟀傷感成這個模樣。這種，老子不曉得該怎麼勸。」

鳳九往那盛著常勝將軍的瓦罐中扎了一眼，覺得這個瓦罐莫名有些眼熟，罐身繪了成串的雨時花，倒像個姑娘用的東西，同萌少這等爺們兒很不搭。一眼再扎深些，常勝將軍腿腳僵硬在罐中挺屍，從牠的遺容可辨出生前著實是虎虎生威的一員猛將。鳳九蹙眉向潔綠道：「這個蟋蟀是否在谷中待久了汲得靈氣存了仙修，會在半夜變作什麼嬌美少年郎之類，才得萌少他如此抬愛？」

潔綠驚叫一聲趕緊摀嘴，瞪大眼道：「妳敢如此壞堂兄的聲譽？」

鳳九無奈道：「我也想推測這隻蟋蟀半夜是變的美嬌娥，奈何牠是隻公蟋蟀……啊，王兄你來看一看，這是不是一隻公蟋蟀？」

小燕入戲地湊過來一看，向潔綠道：「憑老子這麼多年鬥蟋蟀鬥出的經驗，這個大紅頭的的確確是隻公蟋蟀嘛！」

潔綠一口氣差點背過去，指著他二人你了半天。兩個有眼色的侍從慌忙奉上一杯熱茶供潔綠鎮定平氣，消緩過來的潔綠像看不成器的廢物似的將他二人凌厲一掃，悵然嘆息道：「罷了，雖然現在我覺得你們可能有些靠不住，但你們是堂兄面前最說得上話的朋友，他或許也只能聽你二人一聲規勸。這個蟋蟀，僅僅是一隻蟋蟀罷了，半夜既不能變成美少年也不能變成美嬌娥。」說完再次斜眼將他二人凌厲一掃，「但送這隻蟋蟀給堂兄的人不一般，乃是他的心上人。」

鳳九和小燕齊刷刷將耳朵貼過去。

比翼鳥一族向來不與他族通婚，因是族規約束，而族規的來歷卻是比翼鳥的壽命。能汲天地靈氣而自存仙修的靈禽靈獸中，似龍族鳳族九尾白狐族這一列能修成上仙上神，且一旦歷過天劫便能壽與天齊者少有，大多族類壽皆有命，命或千年或萬年不等，其中，尤以比翼鳥一族的壽數最為短暫，不過千年，與梵音谷外動輒壽數幾萬年的神仙相比可謂朝生夕死，與壽數長的族類通婚太過容易釀出悲劇，所以闔族才有這樣的禁制。於比翼鳥而言，六十歲便算成年，即可嫁娶。聽說萌少兩個弟弟並三個妹妹均已婚嫁，尤其是相里家的老三已前後生養了七隻小比翼鳥，但比老三早出娘胎近二十多年的萌少，至今為何仍是光棍一條，鳳九同小燕飯後屢次就這個問題切磋，未有答案。

是以，今日二人雙雙將耳朵豎得筆直，等著潔綠郡主點化。

潔綠郡主續喝了一口暖茶，清了一清嗓子，講起七十年前一位翩翩少年郎邂逅一位妙齡少女後茶飯不思相思成疾非卿不娶以至於一條光棍打到現在的一樁舊事。

據說，少女當年正是以常勝將軍並盛著常勝將軍的瓦罐相贈少年，內向的少年回鄉後日日睹物思人聊以苟活。自然，當日的內向少年郎就是今日梵音谷中風姿翩翩的萌少。萌少日日瞅著常勝將軍和常勝將軍的瓦罐思念昔日贈他此禮的少女。常勝將軍於萌少，無異於凡間男女傳情的魚雁錦書，常勝將軍今日仙去，萌少今後何以寄託情思？何以懷念當年少女的音容笑貌？是以萌少如此傷情，在醉裡仙盤桓買醉。

這個悲傷的故事聽得鳳九和小燕不勝唏噓，各自一陣嘆息。

小燕道：「既是萌兄娶不到的姑娘，想必是你們族外的？但這個姑娘還活著的話，依老子的想法倒是可以拚一拚，違反族規嘛，又不是什麼大不了的事。老子在族裡也是天天違反族規，沒見那幫老頭子將我怎麼著，天天對著一隻定情的蟋蟀長吁短嘆枯度時光，算什麼大老爺們兒的行事！」

鳳九心道魔族的長老哪個敢來管你青之魔君，魔族的族規設立起來原本就是供著玩兒的，但他這番話的其餘部分她還是頗為贊同，點頭稱很是很是，復又誠意而熱心地向潔綠道：「這個姑娘不曉得姓甚名誰是哪族的千金，或許私下我們也可以幫忙打聽打聽，如此一來萌少得一個圓滿不用日日買醉，我們做朋友的也可安心。」

潔綠又喝一口暖茶，似乎對他們二人的誠懇和仗義微有感動，道：「不知青丘之國九尾白狐族的帝姬，東荒的女君鳳九殿下你們是否聽說過，那位就是堂兄的心上意中之人。」

鳳九一個趔趄從椅子上栽了下去，小燕的嘴張成一個圈，「啥？」

待鳳九扶著小燕的手爬起來，遙遙望及隔了兩條長桌仍自顧飲酒的萌少一個側面，記憶中，突然有一顆種子落了地發了芽開了花。她想起來了，難怪說那個瓦罐如此地眼熟。

是有這麼一樁事，也的確是發生在七十年前。

七十年前，折顏上神的一位忘年故交來十里桃林拜會他，碰巧遇上來此採桃的鳳九，為她的白衣風姿傾倒，一見鍾了情。折顏上神這位忘年的故交乃是山神之主，司掌三千大千世界數十億凡世的百億河山，常居於北荒之地靈靄重重的織越仙山，尊諱稱一聲滄夷神君。滄夷神君非上古神族的世家出身，坐到最高位的山神乃是憑的數萬年來一力打拚，因此折顏很看得上他，評價他是大洪荒時代之後歷出的晚輩神仙中的翹楚，且在翹楚中還要占一個拔尖。

滄夷神君為人果決，瞧上鳳九後並無什麼迂迴，十分坦蕩地請求折顏上神走青丘一趟替他說媒，折顏應承了。

沒有想到，滄夷數萬載助凡世山河長盛的功業和他這份直率坦蕩，立刻博得了鳳九她老子白奕的歡心。白奕自鳳九承襲東荒的君位後，手邊頭等大事便是想為她找個厲害夫婿以鞏固君位，一雙老眼閱盡千帆，大浪淘沙篩盡條條才俊亦相中了滄夷。但於這樁親事，鳳九卻很不願意，雖奮力反抗之，奈何對方是她老爹她自然力不能敵，待織越山的迎親隊開進青丘時，還是被她老爹綁進了八抬大轎送上了曲折的成親路。

滄夷神君其時在凡間處理一起要事，來迎親的是他手底下一員猛將。鳳九從轎簾縫中望了一眼這員比她至少高出六尺的猛將，感覺打不過他，路上還是乖覺些，待轎子抬到神宮中再起事為好。屆時將神宮鬧得雞犬不寧，最好鬧得她不願下嫁滄夷之事天上天下皆知，看她老頭還逼不逼得成她。她這麼一打算，心思立刻放寬，前往織越山的途中十分配合，坐在轎中分外悠然，抬轎的幾個腳夫也就分外悠然，腳程分外地快，不到半天已到織越山的山腳。

長隊如蛇蜿蜒行進山門，忽聽得轎外一聲慘呼，鳳九撩簾一看，卻瞧見滄夷那員身高十來尺的猛將正揚起九節鞭抽打一個侍從打扮的纖弱少年。光天化日下，一個壯漢如此欺負一個小孩子家家令鳳九看不過眼，隨手扯了根金簪隔空疾釘過去阻了長鞭揚下，使了老爹配給她的隨從前去責問事情的來由。事情的來由其實挺普通，原來少年並非出自神宮，約莫半途渾水摸魚混入迎親的隊伍，打算潛入織越山，不曉得要幹什麼勾當。織越山的山門自有禁制，非山中弟子皆無緣入山，少年前腳剛踏入山門，門上的五色鈴便叮噹作響，是以被揪出來挨了這頓毒打。少年的雙腿似乎挨了重重一鞭，已洇出兩道長長的血痕，氣息微弱地申辯道：「我、我同家兄走散，原本在清蕩山口徘徊，看、看到你們的迎親隊，因從沒有見過外族婚娶，所以才想跟著長一長見識，我沒有其他用意。」

鳳九遠遠地瞧著趴伏在地痛得瑟縮的少年，覺得他有幾分可憐。暫不論這個少年說的是真是假，若是真，一個小孩子家想要瞧瞧熱鬧罷了，織越山何至於這麼小氣；若是假，明日自己大鬧織越神宮正是要將宮中攪成一鍋渾水，多一個來搗亂的其實添一個幫手……心念及此，鳳九俐落地一把撩開轎簾，大步流星走過去一把扶住地上的少年，驚訝狀道：「哎呀，這不是小明嗎？方才我遠遠瞧著是有一些像你，但你哥哥此時應在折顏處或我們青丘，你怎麼同他走散了？嗯，或者你先隨姐姐上山，過兩日姐姐再派人送你回青丘同你哥哥團聚。」扶起他一半作大驚失色狀道：「哎呀，怎麼傷成這個樣子，這可怎麼得了。你你你，還有你，快將明少爺扶到我的轎子上去。」一頭霧水的少年被驚慌失措的一團侍從簇擁著抬上轎子時似乎還沒有搞明白究竟發生了什麼。

鳳九的印象中，被她救起的那個少年極其內向，自打進了她的花轎便一直沉默不語。因他的雙腿乃神兵所傷，只能挨著疼直到進入織越神宮中拿到止疼的藥粉再行包紮予以救治。她看他咬牙忍得艱難，搗鼓半天，從袖籠中找出小叔送她的一節封了隻紅頭蟋蟀的竹筒。少年人喜歡鬥蟋蟀，有個什麼玩意兒事物轉移他的注意力興許能減輕他腿上的一兩分疼痛。她隨手變化一只瓦罐，將蟋蟀從竹筒中倒出來，又憑空變化出另一隻威風凜凜的大青頭同紅頭的這隻在瓦罐中兩相爭鬥。少年被吸引，垂頭瞪圓了眼睛觀其勝負。鳳九見少年果然愛這個，索性將瓦罐並罐中的蟋蟀一起送給了他。她拯救他的動機不純，心中微有歉疚，贈他這個玩意兒也算聊表補償。少年微紅著臉接過，道了聲謝，抬頭瞟了她一眼又立刻低頭，「姑娘這麼幫我，日後我一定報答姑娘。」

上山後，侍從們簇擁著她一路前往廂房歇息，又將少年簇擁著去了另一廂房療傷。鳳九坐在廂房中喝了一口水，方才想起少年口中要報答她的話，遑論他上山來究竟所為何事，於情於理她的確算是救了少年一回，他要報答她在情理之中。但她有點發愁，她自始至終頭上頂著新嫁娘的一頂紅紗，少年連她的面都沒見過一分，報答錯人可怎麼辦呢。

這件事在她心上徘徊了一小會兒，侍從急急前來通報滄夷神君回宮。既要應付滄夷又要計畫拜堂成親前如何將宮中鬧得雞犬不寧，兩樁事都頗費神，她抖擻起精神先去應付這兩樁緊要事了，沒有工夫再想起半道上義氣相救的那個少年。

自此以後，她沒有再見過那個少年，就像是荷塘中的一葉浮萍，被她遺忘在了記憶中的某個角落。若沒有和風拂過帶起水紋，這段記憶大約就此被封印一隅經年無聲，少年也不過就是她三萬多年來偶遇的數不清的過客之一。多年後的如今，因緣際會雖然讓她想起舊事，但，當初那個一說話就會臉紅的沉默少年，恕她無論如何也無法將他同今日這位言必稱「本少」的翩翩風流公子相提並論。其實仔細看一看萌少的輪廓，的確同記憶中已經有些模糊不清的那位少年相似，這七十年來，萌少究竟經歷了什麼才能從當年那種清純的靦腆樣扭曲成今天這種招蜂引蝶的風流相呢？鳳九感到百思不得其解，不禁將這種不解的目光再次投向相里萌。但兩張豪華長桌外哪裡還有萌少的影子，倒是自己同小燕挨坐的桌子跟前，啪一聲，頓下來一只銀光閃閃的酒壺。

萌少喝得兩眼通紅，搖搖晃晃地撐住小燕的肩膀。比翼鳥一族出了名的耳朵靈便，方才潔綠同鳳九、小燕的一番話似乎盡入萌少之耳，令他頗為感動，大著舌頭道：「果然如此？你們也覺得本少應該不拘族規，勇敢地去追求真心所愛嗎？」輕嘆一聲道：「其實半年前本少就存了此念，想衝破這個困頓本少的牢籠，但本少剛走出城門就被你們掉下來砸暈了，本少頹然地覺得此是天意，天意認為本少同鳳九殿下無緣，遂斷了此念。」一雙眼睛在滿堂輝光中望著鳳九和小燕閃閃發亮，「但是沒有想到今日你們肯這樣鼓勵本少，一個以身作例激勵本少要勇於衝破族規的束縛，一個主動懇求幫本少打聽鳳九殿下的出沒行蹤……」

鳳九恨不得給自己和小燕一人一個嘴巴，抽搐著道：「我們突然又覺得需要從長計議，方才考慮得……其實不妥。」轉頭向燕池悟道：「王兄，我看你自方才起就面露悔恨之色，是不是也覺得我們提出的建議太衝動很不妥啊？」

被點名的小燕趕緊露出一副悔恨之色，「對對，不妥不妥。」滿面懺悔地道：「雖然族中的長老一向不管老子，但違反了族規讓老頭子們傷心。這麼多年來，老子的心中也一直很不好過，每當想起老頭子們為老子傷心，老子就心如刀絞。族規，還是不要輕易違反得好，以防長年累月受良心的譴責！」

潔綠郡主目瞪口呆地看著他倆。萌少的目光微有迷茫。

鳳九嚴肅地補充道：「既然當年鳳九她、喀喀、鳳九殿下她送給你一隻蟋蟀加一個瓦罐，你為什麼非要對著蟋蟀寄託情思，對著瓦罐寄託不也是一樣的嗎？蟋蟀雖死瓦罐猶在，瓦罐還在，這就說明了天意覺得還不到你放棄一切出去尋找鳳九殿下的時候。」循循善誘道：「要是天意覺得你應該不顧族規出去找她，就應該收了常勝將軍的同時也毀了你的瓦罐，但天意為什麼沒有這樣做，因為天意覺得還不到時候，你說是不是？」

萌少一雙眼越發迷茫，半晌道：「妳說得似乎有幾分道理，但本少聽這個見解有幾分頭暈。」

鳳九耐心地解惑道：「那是因為你一直飲酒買醉，壞了靈台清明。」又善解人意地道：「你看，你不妨先去床上躺躺醒一醒酒，待腦中清明了自然就曉得我說的這些話是何道理。」

萌少想了片刻，以為然，豪飲一天一夜後終於准了侍從圍上來服侍他歇息，被潔綠和因終於可解脫而感激涕零的侍從們眾星拱月地抬去了醉裡仙的客房。

侍人去樓空，整個大堂唯剩下他二人同兩個打著呵欠的小二時，坐在一旁看熱鬧的小燕嘆服地朝鳳九比起一個大拇指，待要說什麼，鳳九截斷他道：「萌少為什麼會看上我，我也覺得很稀奇，這個事你問我我也說不出什麼。」

小燕的臉上難掩失望。鳳九謹慎向四下掃了一掃，向小燕道：「你有沒有覺得，從我們踏進醉裡仙這個門，好像就有兩道視線一直在瞧著我？」

小燕愣了一愣，驚訝狀道：「可不是，那個東西一直停在妳肩頭，正在對妳笑呢……」身後正好一股冷風吹過，鳳九毛骨悚然哇地哀號一聲直直朝小燕撲過去。小燕拍著她的後背哈哈道：「上次老子抱妳一回，這次妳抱老子一回，扯平了。」「……」

醉裡仙二樓外一棵瓊枝樹長勢鬱茂，微朦的晨色中滿樹的葉子無風卻動了一動，幽幽閃過一片紫色的衣角，但樓裡的二人皆沒有注意到。

七日後，萬眾期待的宗學競技賽終於在王城外的一個土山坳中拉開了帷幕。聽說從前梵音谷中四季分明的時候，這個山坳中種滿了青梅，所以被叫作青梅塢，只是近兩百年來的雪凍將青梅樹毀了大半，於是宮中乾脆將此地清理出來弄得敞闊些專作賽場之用。

鳳九自進了候場處便一直寒暄未停，因帝君十日前隨意用了一個傷寒症代她向夫子告假，眾同窗對她剛從病榻上爬起來便亟亟前來參賽的勇敢很是欣賞，個個親切地找她說話。空檔中鳳九瞄了一眼現場的態勢，賽場上果然立滿了雪椿子，正是當日萌少在空中呈浮給她所見，尖銳的雪椿在昏白的日頭下泛出凌厲的銀光，瞧著有些瘆人，不過經帝君十日的錘煉打磨，她今日不同往常，已不將這片雪椿子放在眼中，自然看它們如看一片浮雲。說起萌少，昨天下午從結界中被東華放出來後，她出去打聽了一下，聽說他近日沒有什麼過激的動向，應該是想通了吧？萌少沒有再給她找事讓她感到些許安慰。

沿著賽場外圍了一圈翠柏、蒼松之類搭起的看台，看台上黑壓壓一片可見圍觀者眾。宗學十年一度的競技賽對平頭百姓從沒有什麼禁制，雖往年人氣也不弱，但因賽場敞闊，看台也敞闊，看客們人人皆能落一個坐，人坐齊了場面上還能餘出數個空位。但唯獨今年人多得直欲將看台壓垮，據說是因東華帝君亦要列席之故。帝君雖來梵音谷講學多次，但不過到宗學中轉轉或者看看上什麼其他合他老人家意的地方把課堂擅自擺到那一處去，平頭百姓從未有機會瞻仰帝君的音容。傳說三天前帝君可能列席的風訊剛傳出去，因從未想過有生之年有這等機緣見到許多大神仙亦無緣觀見的九天尊神，王城中一時炸開了鍋，族中未有什麼封爵的布衣百姓紛紛抱著席鋪前來占位，青梅塢冷清了兩百多年，一夕間熱鬧得彷彿一桶涼水中下足了滾油。最高那座看台上比翼鳥的女君已然入座，空著台上最尊的那個位置，看得出來應是留給東華的。上到女君下到幾個受寵的朝臣皆是一派肅然，將要面見帝君還能同帝君坐而把酒論劍，令他們略感緊張和惶恐。

鳳九琢磨，照帝君向來的風格，這樣的大賽會他從不抵著時辰參加，要嘛早到要嘛晚到，今天看似要晚到一些時辰，但究竟是一炷香還是兩炷香，她也拿捏不準。今早臨行時，她想過是不是多走兩步去他房中提醒一聲，腳步邁到一半又收了回來。她這幾天同帝君的關係有些冷淡。

說起來，那一夜帝君為她治傷的夢，她自醉裡仙安慰萌少回來後又認真想了一遍，覺得也許一切都是真的，可能帝君臨走時施的仙法將一切歸回原樣，不一定屋中未留下什麼痕跡就證明自己是在作夢。她心中不知為何有點高興，但並沒有深究這種情緒，只是匆忙間決定，她要好好報答一下帝君，早上的甜糕可以多做幾個花樣，還要鄭重向他道一聲謝意。她一邊打著瞌睡一邊哼著歌做出來一頓極豐盛的大餐。但帝君破天荒地沒有來用早膳。她微有失望卻仍興致不減地將早膳親自送進他房中，房中也未覓見他的人影。眼看練劍的時辰已到，她拎著陶鑄劍匆匆奔至後院習劍處，沒想到盛開的杏花樹下瞧見他正握著本書冊發呆。

她湊過去喊了他一聲，他抬頭望向她，眼神如靜立的遠山般平淡。她有些發愣。

按常理來說，倘昨夜的一切都是真的，帝君瞧她的眼神無論如何該柔和一些，或者至少問一句她的傷勢如何了。她默默地收拾起臉上的笑容，覺得果然是自己想深了一步，昨夜其實是在作夢，什麼都沒有發生。人說日有所思夜有所夢，事到如今自己竟然還會做這種夢，難道是一向有情緒的夢都是夢到帝君所以漸漸夢成了習慣？

她說不清是對自己失望還是對別的什麼東西失望，垂著頭走進雪林中，突然聽到帝君在身後問她：「妳那麼想要那顆頻婆果，是為了什麼？」她正在沮喪中，聞言頭也不回地胡謅道：「沒有吃過，想嘗嘗看是什麼味道。」帝君似乎沉吟了一下，問了個在她而言難以揣摩的問題，「是拿來做頻婆糕嗎？」她不曉得該怎麼回答，得到頻婆果原本是用來生死人肉白骨，但將頻婆果做成甜糕會不會影響它這個效用還當真沒有研究過，她含糊其詞地「嗯」了一聲，道：「可能吧。」接著，帝君問了個更加讓她難以揣摩的問題：「燕池悟最近想吃頻婆糕？」她一頭霧水，「小燕嗎？」記憶中燕池悟似乎的確喜孜孜地同她提過類似的話，說什麼二人若盜得頻婆果，她不妨做個糕一人一半。她一頭霧水地望向東華黑如深潭的眼神，繼續含糊地道：「小燕，估摸他還是比較喜歡吃吧，他只是不吃綠豆赤豆和薑粉，」又嘟噥著道：「其實也不算如何挑食。」忽然颳過來一陣冷風，帝君方才隨手放在石桌上的書冊被風掀起來幾頁，沙沙作響，他蹙眉將書壓實，鳳九拿捏不準他對自己的回答滿意不滿意，但他倒是沒有再說什麼。

接下來幾日，帝君似乎越來越心不在焉，時時一副若有所思的模樣。鳳九不曉得此是為何。許久後才曲折地想明白，她差點忘了，帝君當日同小燕換住到疾風院，似乎為的是拿她來刺激姬蘅，如今，因姬蘅被刺激得不十分夠，遠沒有達到帝君想要的效果，所以他才一直賴在她這裡……既然如此，掰著指頭一算，四五日不見姬蘅，帝君的心中定然十分想念她吧。但，是他自己考慮不周封印了疾風院，姬蘅才不能來探望他。此時讓他主動撤掉結界，估摸面子上又過不大去，帝君一定是在糾結地思考著這件事情，所以這幾日才對什麼事都愛搭不理。

鳳九恍然大悟的當夜，便向東華提出了解開結界的建議，顧及帝君一定不願意自己曲折的心思大白天下，故意隱去了姬蘅這個名字，且極盡隱晦地道，將結界撤去乃是方便你我二人的友人時不時前來探望，一則我們安心，一則友人們也安心，實乃兩全之舉。帝君聽了這個建議，當夜在原來的結界外頭又添了一層新的結界，別說一個小燕，十個小燕也難以在上頭再打一個小窟窿。且日後對著她越發深沉，越發心不在焉，越發沒什麼言語。鳳九撓破了頭也沒有想通這是為什麼。但是後來她領悟了帝君的這個行為，帝君這是在和她冷戰。當然，帝君為什麼要和她冷戰，她還是沒有搞明白。

今日雪晴，碧天如洗，閒閒浮了幾朵祥雲，是個好天氣。決賽的生員兩人一隊已事先分好組，只等東華帝君列席後賽場一開便殺入雪林之中亂戰。按此次賽制的規矩，先組內兩人對打，分出勝負後再同他組的贏家相鬥，一炷香內每組至多留下一人，留下之人第二輪抽籤分組再戰，唯剩三人進入最後一輪，終輪中三人兩兩比試再取出一、二、三名。

鳳九第一輪的對手是學中一個不學無術的紈褲，她不是很將他放在心上。一看時辰還早，參賽的其他同窗紛紛祭出長劍來擦拭準備，她亦從袖子裡抽出陶鑄劍來裝模作樣地擦一擦。空檔中瞧見正對面的看台上，不知從哪裡冒出的糰子正扶著欄杆生怕她看不見地跳著同她招手，糰子身後站著含笑的連宋君，二人混在人群中約莫是偷偷跑來瞧熱鬧。糰子似乎還在擔憂地嘟噥什麼，鳳九定睛仔細辨讀，看出來他說的是：「鳳九姐姐妳一定小心些千萬別動了胎氣，要保重身體，如果中途肚子痛一定要記得退出曉不曉得……」鳳九手一抖，陶鑄劍差點照著他們那處直釘過去。

辰時末刻，東華帝君終於露面，不同於看台上眾人猜測他老人家會如何威風凜凜地或乘風或騰雲或踩著萬鈞雷霆而來，帝君極為低調地一路慢悠悠散著步進入賽場，行至百級木階跟前，再一路慢悠悠踩著木階行上看台。

看台上已然端坐的女君和幾個臣下死也沒有想到東華會以這樣的方式出場，在他們的設想中帝君無論乘風還是乘雲都是臨空現世，屆時女君自座上起領著臣下當空跪拜將帝君迎上首座……多麼周全細緻的禮儀。如今帝君還在台下，他們卻已端坐台上，著實大不敬。鳳九眼見女君額頭冒出滴滴冷汗，慌忙中領著眾臣下次第化出比翼鳥的原身從看台後側偷偷飛下，再化出人形亟亟趕到看台前面對著登上木階五六級的東華的背影，亡羊補牢地伏倒大拜道：「臣，恭迎帝君仙駕。」東華帝君曾為天地共主，自然當得起所有族內的王在他面前自稱一聲臣下。

四圍看台上，眾人目瞪口呆地遙望這一幕，嘈雜賽場一時間靜寂如若無人，唯餘東華的腳步踩在年久失修的木階上偶爾發出瘖啞之聲。未見帝君有什麼停頓，主看台延至候場處再至四圍的看台，眾人靜穆之中突然此起彼伏大跪拜倒，「恭迎帝君仙駕」之聲響徹四野。帝君仍氣定神閒地攀他的木梯，不緊不慢直到登上頂層的看台，矮身坐上尊首的位置，才淡淡拂袖道：「都跪著做什麼，我來遲了些許，比賽什麼時候開始？」眾人由女君領著再一跪一拜後方起身。鳳九隨著眾人起身，抬頭看向東華時，見他垂眼漫不經心地將目光滑過她，停了一會兒，又恍若無事地移開去。

她略有恍惚，東華身負著什麼樣的戰名和威名她自然曉得，但她自認識東華起他已退隱避世，平日裡調香燒陶繪畫釣魚，這些興趣都使他顯得親切，她從不曾遙想過他當年身為天地共主受六界朝拜供奉時是何等威儀。奈何她現在才有這個領悟，若是當年小小年紀已看出此道覺得東華離她有些遙不可及。原來這就是六界之君的氣度，她頭一回來，指不定在追著東華跑的這條路上已早早打了退堂鼓，也少吃一些苦頭，她小的時候著實勇氣可嘉。不過話說回來，帝君這樣的人，能陷入一段情，愛上一個女子也著實是件奇事。她抬眼望向從方才起便一直尾隨著東華一身白衣的姬蘅。還為了這個女子不惜花費許多心思，更是奇事。

擂鼓響動若雷鳴，由女君欽點主持大局的祭韓夫子自雪林旁一個臨時搭起的高台無限風光地現身，代女君致了一篇辭，將比賽的規矩宣讀一遍，並著兩個童子點起一炷計時的高香，算是拉開了決賽大幕。

又一陣喧天的擂鼓聲中，候場處眾生員持著利劍踩著鼓點齊殺入明晃晃的雪林中，一時喊殺聲起，劍花紛擾，時刻皆有倒霉蛋自雪椿頂墜入雪林中。鳳九三招兩式已將對手挑下椿去，蹲在一旁看熱鬧。今次雖承女君英明已著夫子將決賽的生員篩過一遍，可人還是太多，第一輪許多都是活生生被擠下雪椿子的，實在很冤枉。

香燃得快，一炷香燃盡，場上只剩三分之一的生員，夫子點了點共二十六人。不待休整又一陣擂鼓聲宣告進入第二輪，鳳九因第一輪後半場一直蹲在一旁看熱鬧，除了站起來腿有點麻，著實休息得很夠，精神頭十足，三招兩式中又將抽籤抽得的對手挑下椿。因此輪人少，不似方才雜亂，大家都打得比較精緻，也方便看台上看客們圍觀，稍微能瞧清楚一二，時不時有喝彩之聲傳來。比翼鳥一族因壽短而長得顯老，如今與鳳九拚殺的這幫同窗個個不過百歲左右，就算剛把乳牙長全便開始學劍，劍齡也不過百年，與她習劍兩萬餘年相比豈可同日而語。東華說得不錯，只要她能在雪椿上來去自如，頻婆果便已是她囊中之物。

此輪雖不以燃香來計算賽時，兩個小童還是點了炷香來估算打到還剩三人需用的時辰，以方便下屆或下下屆若仍要比劍好有個計較。但令眾人目瞪口呆的是，香還未燃完，雪林中光滑的雪地上橫七豎八下餃子似的已躺了二十五人，方圓內縱橫如棵棵玉筍的雪椿之上，翩翩挺立的唯有一人，正是鳳九。

場內場外一時靜極，緊接著一片嘩然之聲，數年競技，這麼一邊倒的情況著實不多見。鳳九提著劍長出一口氣，這就算是已經贏得頻婆果了吧，不枉費連著十日來被東華折騰，折騰得挺值。從雪椿上飛身而下，她抬手對著眾位躺在地上的同窗拱了拱手，算是感謝他們承讓。抽空再往主看台上一瞟，東華倚在座上遙望著方才亂戰的雪林，不知在想著什麼。雖然得他指點獲勝，他卻連個眼神也沒有投給自己讓鳳九有些失望，但得到頻婆果的盛大喜悅很快便沖走了這種失望，糰子和連宋君從人群中擠過來同她道喜，她壓抑著喜悅強作淡定地回了兩句客套話，便聽到祭韓夫子從高台上冒出頭來宣誦此次競技的最終位次。

夫子高聲的揚唱之中，鳳九聽到了自己的名字，耳中予她的獎勵卻是天后娘娘親自摘贈的一籃蟠桃，第二名、第三名各自的獎勵也隨後一一宣讀，分別是柄名貴神劍和一個有著什麼珍罕效用的玉壺，她沒有聽到夫子提及頻婆果。

烈烈寒風中，連宋君搖著手上的摺扇恍然大悟道：「怪不得昨晚東華匆匆找我務必在今天辰時前帶一籃子蟠桃回來，原來是做這個用途。」又納悶道：「比翼鳥一族也忒不著調，第一名該給個什麼獎勵難道臨賽的前一晚才定下來嗎？」又笑道：「這一籃子蟠桃可是頂尖的，平日我要吃一個還需受母后許多眼色，回頭他們送到疾風院中不如開個小宴大家一同享用。」鳳九木然地掀了掀嘴角，「很是。」抬眼再望向看台，首座之位已空無人跡。糰子天真地道：「那我能再帶兩個回去給我父君和娘親嗎？」連宋君道：「我覺得，你這麼又吃又拿可能不太好。」糰子沉思了一會兒道：「你們就當我一口氣吃了三個不行嗎？」連宋君抬著扇子含笑要再說什麼，鳳九強撐著笑了一笑道：「我對這個桃子沒有什麼興趣，我的可以讓給你吃。」說罷木然地轉身，輕飄飄朝著場外走了兩步，一不留神撞到個立著的木樁子，想起什麼又回頭道：「我感覺，可能有些不大舒服，或者他們將蟠桃送來我通知三殿下一聲，勞煩三殿下代我開了這個小宴，可邀萌少、小燕和潔綠他們都來嘗一個新鮮。」糰子扯了扯連宋的衣袖，「鳳九姐姐她怎麼了？」連宋君皺眉緩緩收了扇子，「這件事，不太對。」

一路輕飄飄地逛出青梅塢，入眼處雪原一派蒼茫，上面依稀網布著看客的腳印，稠密一些的腳印是通往王城的。鳳九深吸了一口氣，冷意深入肺腑。小燕常說心中不悅時便到醉裡仙吃頓酒，雖然酒醒後依然不悅，但能將這種情緒逃避一時是一時，那段時日正是姬蘅沒有給小燕好臉色看的時候，這個話雖然頹廢但也有些道理。

正待往王城中去，探手摸了摸袖袋，發現早上行得匆忙忘了帶買酒錢，鳳九站在岔路口感到茫然，除了醉裡仙還有什麼地方可去，她一時也想不出來。事情如今其實挺明白，東華用一籃子蟠桃換掉了頻婆果。他應該曉得她有多麼想得到這個果子，為了這個果子她多麼用心他也是看在眼中，但他為什麼要將它換掉，這一路她想了許久都沒有想出什麼道理來，或許該去親口問一問他？如果他並不是十分需要這個果子，或許求一求他，他還能重新將它賞給她？想到這裡她微感苦澀，正待抬腳轉向疾風院，卻聽身後黃鶯似的一聲，「九歌公主留步。」

鳳九回頭，迎面匆匆而來的果然是姬蘅。上次見她還是十日前自己開的那場千金豪宴，隱約記得她當時精神頭並不好，臉色也有些頹敗，今日臉上的容色倒很鮮豔，竟隱隱有三百年前初入太晨宮時無憂少女的模樣。

鳳九朝她身後遙望一眼，姬蘅順著她的目光而去，含笑道：「老師並未在附近，我是背著老師特意來尋九歌公主。因不得已奪了九歌公主的心頭所愛，心中十分愧疚，特來致歉。」

看鳳九一時沒有反應過來，道：「其實，今年解憂泉旁的頻婆果我也很想要，所以昨夜去相求了老師，老師便用一籃子蟠桃從女君處換來給了我。可方才偶遇燕池悟，聽說妳此次參賽就是為了這頻婆果，我思來想去，感覺這件事有些對不起妳……」

鳳九了悟，原來是這麼一回事，這麼一來，理就順了，但為什麼姬蘅要特意跑來告訴她……

她沉默地看著姬蘅，她雖然不大喜歡她，但在她的印象中姬蘅不是什麼愛起壞心之人。可此時此地，姬蘅是果真心存愧疚來同自己致歉，還是挑著這個時辰蓄意說些話令她難堪，她有些拿捏不準。姬蘅對她雖然一向溫良，但她曉得她一定也是有些討厭她。

不過，姬蘅要拿頻婆果來做什麼，抵得過自己對它的極其需要嗎？要是姬蘅並不是十分特別需要，又果真對自己有一絲歉意，那麼……她抬起眼睛道：「這個頻婆果妳能分我一半嗎？妳想我用什麼東西來換都成。」

姬蘅愣了一愣，似乎壓根沒有想到她沉默半天卻是問出這個，彎了彎嘴角，「我來同九歌公主致歉，就是因此果不能予九歌公主，半分都不能。」

姬蘅一向有禮，身為魔族長公主一言一行都堪稱眾公主的楷模，她記得姬蘅說話素來和聲細語，還沒有見過她說重話的樣子，原來她說起重話來是這個樣子。

她果然不是來找自己道歉的。

姬蘅走得更近些，黃鶯似的嗓音壓得低而沉靜，眼中仍溫柔含笑道：「此外，還有個不情之請，從此，還勞九歌公主能離老師遠一些。」

鳳九明瞭，這大約才是姬蘅的正題，致歉之類不過是個拖住她讓她多聽她兩句的藉口。她近年已不大同人做口舌計較，兼才從賽場下來又經歷一番情緒大動，心中極為疲累，退後一步離她遠些，站定道：「恕我不曉得妳為什麼同我說這些，既然頻婆果妳不願相讓，我覺得我們也沒有什麼再可多說的。」

姬蘅收了笑容遠目道：「這樣的話由我說出，我也曉得公主定然十分不悅。但我這樣說，也是為公主好，這些時日老師對公主另眼相待，公主心中大約已動搖了吧？」瞟了她一眼道：「老師他不知活了多少萬年，仙壽太過漫長常使他感到無趣寂寞，凡事愛個新鮮，公主確然聰明美麗，或許覺得老師有情於妳也是理所應當，但老師只是將公主看作一個不同以往的新鮮玩伴罷了。公主若陷進去，卻只是徒增傷心。」不及鳳九反應，又垂目道：「大約公主覺得我愛慕老師，所以故意說這些話挑撥。」頓了頓道：「不瞞公主，我曾同老師有過婚約，但那時年少無知，錯過大好良緣。三百年來老師對我不離不棄，讓我曉得誰才是值得託付的良人，公主的出現更使我看清了自己的真心。前些時老師對公主的種種不同的確令我心酸。此次問老師討要頻婆果，其實也是想試一試我在老師心中的分量。原本還擔心年少錯過一次便再無法重續前緣，但老師沒說什麼就將它給我了。」她沉默了一會兒，「我想同老師長長久久，還請九歌公主妳，不要橫到我與老師中間。」

姬蘅離開許久，鳳九仍愣在原地。郊野之地，風越來越大，吹散日頭，看著天有些發沉。方才姬蘅走的時候，她說了什麼來著？似乎說了句場面話，祝妳同帝君他老人家長長久久。姬蘅同她訴那腔肺腑之言時，她面上一直裝得很淡定，卻連姬蘅後來回了句什麼，她都沒有留意。姬蘅似乎微斂了目光，場面上讚了句早知九歌公主是個明白事理的人。

她的確一直都很明白事理。為了拿到頻婆果花了這麼大力氣吃了這麼多苦頭，卻抵不過姬蘅在東華面前平平淡淡幾句話，她的心中不是沒有委屈。但又能夠如何，將心比心她也能夠理解，姬蘅既是東華的心上意中之人，加之這幾日二人間有一些未可解的矛盾，東華拿頻婆果去討姬蘅的開心，以此水到渠成地將二人的矛盾解一解，並不算過分。東華總還是顧全了她，去天后娘娘處捎帶來一籃子蟠桃給她，也算是很照顧她這個小輩。她委屈得其實沒有什麼道理。

小燕曾說東華一向照顧她是想結交她這個朋友，是小燕高看了她，姬蘅說得很對，帝君只是一時寂寞了缺一個新鮮的玩伴。姬蘅說的話雖然直白，卻誠懇在理，她出於自尊心想反駁兩句都無從反駁。這一切似乎也驗證了帝君一直拿她來刺激姬蘅的推測，方才姬蘅說給她聽的那番話，要是帝君聽到了一定很高興吧。這麼說起來，她作為推進他二人感情的一個道具也還算趁手好用。姬蘅說想同帝君長長久久，這不正是他心中所願嗎？要是他二人言歸於好，他應該也用不上她了吧？他自然要搬離疾風院回去同姬蘅雙宿雙棲，自然不需她一日三餐的伺候，自然也不會押著她在雪椿子上練功。這麼，其實挺好。

她不曉得自己將這一切想明白為什麼會更加難過，冷風吹過來迷了眼睛，她抬起袖子揉了一揉，睜眼時卻感到百里冰原在眼中更加朦朧。

她在路邊蕭瑟地坐了一會兒，待心緒慢慢沉定下來，又落到了頻婆果上。覺得還是應回疾風院一趟，為了這個果子她一路努力到如今，姬蘅雖不喜歡她不願將果子分給她，但求一求東華興許有用。東華要哄姬蘅，其實還有許多其他寶貝，但她救葉青緹卻非頻婆果不可。就算這些時日東華僅將自己當作一個取樂的新鮮玩伴，她自認自己這個玩伴做得還算稱職，如果他願意將果子分她一些，她可以繼續當他的玩伴，而且他讓她做什麼，她就可以做什麼。

雖然有一瞬間她覺得這樣想的自己太沒有自尊，但事到如今她也沒有別的辦法。如果哭著求東華施捨，他就能將頻婆果送給她，她會毫不猶豫拽著他的衣袖哭給他看，但東華大約不會在乎她的眼淚吧，除了他願意在意的為數不多之人，其他人如何於他而言又有什麼關係，就像他將頻婆果隨意給了姬蘅，想必給的時候也並未在乎過自己的誠意和努力。在這些方面，她太瞭解東華。

良久，她擦了擦眼睛，起身向疾風院走去，路上被一個石頭絆了一下。

疾風院院門大敞，鳳九在院門口對著一澗清溪略整衣袍，水流中瞧見雙眼眼角微有泛紅，又在溪邊刨了兩個雪團閉眼冰敷了片刻，再對著溪流臨照半日，確保沒有一絲不妥貼方轉身進入院中。院中靜極，水塘中依稀浮有幾片殘荷，往常這個時候東華要嘛在後院養神要嘛在荷塘邊垂釣。她深吸一口氣正打算邁步向後院，卻瞧見一襲墨藍色的衣袍自月亮門中翩翩而出，小燕隨手撩開月亮門上垂落的一束綠藤，看向她有些驚訝，但未及說話，她卻已先問道：「帝君在裡頭嗎？」

帝君不在裡頭，小燕皺眉甕聲甕氣道：「妳回來慢了三四步，冰塊臉剛抱著一隻受傷的靈狐回九重天找藥君了。」皺眉道：「據說青梅塢回來的半途，冰塊臉撿到這隻靈狐，已經傷得奄奄一息，唯有一口氣在喘。冰塊臉輸了點仙力先將牠一條命保著，又餵了顆仙丹便抱著牠去九重天了。依老子看，冰塊臉並不像是個這麼有善心的，可能覺得同他當年走失的那隻狐長得像，所以突然激發了一點慈悲吧。」恨恨道：「這麼微末的一點慈悲倒是將姬蘅誆得十分感動，若不是她修為不到境界不能隨著他出谷，怕早跟了上去。」鬱悶道：「姬蘅去送他了，老子不是很想看到冰塊臉所以沒去，在這裡等妳回來帶妳吃酒。」又道：「依老子看，冰塊臉沒有三四日大約回不來，妳找他有急事嗎？」

話說到此突然一驚道：「冰塊臉似乎……在這裡的事情已辦完了，說不定他就此不回來了？」他絮絮叨叨如此一長段，鳳九卻像是沒有聽到他後頭的疑問，愣愣問道：「你說帝君他即便回來，也還要三四日嗎？」

三四日，委實長了些。她曾聽萌少提起過宮中摘取頻婆果的規矩，因此樹可說是天生天養的神樹，如東海瀛洲的神芝草當年有渾沌窮奇饕餮等凶獸守護一般，亦有華表中的巨蟒日夜相護。摘果前需君王以指血滴入華表中的蛇腹，待一日一夜後巨蟒沉睡，方能近樹摘果。正因如此，一向來說宗學的競技賽後女君當夜會以指血滴入蛇腹中，待第二夜同一時辰再前來取果。

明天夜裡或者至多後天，這枚果子就會被送到姬蘅手中。

求東華的這條路，似乎也是走不通。

還有什麼辦法？或者應該試著去求一求姬蘅？想到這裡，她突然有些發愣，連這樣自取其辱的想法都冒出來，看來果真已走投無路。求一求東華，也許東華覺得她可憐願意將果子分她一些，她感覺他其實也不討厭她。但求姬蘅，無論如何哀求她定然不會予，自己是她的眼中釘、肉中刺，她已說得非常明白。若她只是隻單純的小狐狸，存個萬一的僥倖丟丟這種臉面也沒有什麼，但她是青丘的帝姬、東荒的女君，將青丘的臉面送上門給人辱沒這種事情還是做不出來。與其這樣，還不如拚一拚趁著頻婆果還未被摘取，闖入解憂泉中碰碰運氣。這個念頭蹦入腦海，她一瞬豁然，萬不得已之時，這，其實也是一條明路，而此時已到了萬不得已之時。

闖解憂泉，這裡頭的凶險她比誰都更加清楚明白。如果能不犯險，她也不願犯這個險，但她欠葉青緹一個大恩，這麼多年沒有找到可報他此恩的方法，頂著無以為報的恩情在肩頭她時常也覺得沉重辛苦，好不容易墜入梵音谷中得到可解救他的機緣，她不想就這麼白白錯過。她不是沒有考慮過用更加安全的方法來獲得頻婆果，她不是沒有努力過，只是有時候天意的深淺不可揣摩，也許當年葉青緹為她捨命，老天覺得不能讓她輕輕鬆鬆償還，必定要以身試險以酬此恩方才公平，老天從來是個講究公道的老天。思及此，她也沒有什麼不可釋懷，遙望一眼天色，要盜那枚珍果，也唯有今夜了。

小燕瞧她徑直穿過月亮門同自己擦身而過，疑惑道：「妳不同老子去醉裡仙吃酒嗎？」她敷衍道改日改日，雖是這樣說，但心中卻明白權且看她今夜的運氣，如果運氣差些也不曉得這個改日要改到多少年以後。小燕幽怨地嘆了聲不夠意思，三步兩回頭地走出院門。她在他臨出門的時候突然叫住他，小燕喜上眉梢轉身道：「老子就曉得妳還是講義氣要陪一陪老子。」她將小燕從頭到腳打量一遍才道：「還是改日吧，我就是覺得畢竟朋友一場再多看你兩眼。」小燕一頭霧水，莫名其妙地撓了撓頭，道：「看妳這麼像是別有要事，那就算了。哦，聽說醉裡仙換了新廚子，要我給妳捎幾個什麼招牌菜回來嗎？」她嗯了一聲道：「也成，不過我最近吃得清淡，還讓廚子少放些辛辣。」

是夜無月，天上寥寥幾顆星。半月前小燕打的暗道竟還能用，因上次已走錯一回這次萬事皆順利，暗道中暢通無阻直達解憂泉，鳳九心嘆了一聲果然事事於冥冥中都有計較，都有牽繞，這就是佛道所說的緣分了。

解憂泉一汪碧水盈盈，泉旁頻婆樹如一團濃雲，中間鑲著一只閃閃發光的丹澿紅果。繞樹的四尊華表靜默無聲，不曉得護果的巨蟒何時會破石而出。東華曾提過，她是不是最怕走夜路，因小時候夜行曾掉進蛇窩。不錯，她最怕走夜路，世間種種珍禽靈獸她尤其怕蛇。可此時她站在這個地方，心中卻並不覺得如何畏怖，畏怖是因憂懼或有緊要的東西在乎，但行路至此她已連最壞的打算都做好準備，其他什麼也就如浮雲了。

此處距頻婆樹約近百丈，想在百丈內打敗巨蟒再取頻婆果實屬不可能，似她姑父夜華君那般仙法卓然，當年上東海瀛洲取神芝草時還被護草的饕餮吞了個胳膊，走硬搏這條路，她沒有這個能耐。

她的辦法是將三萬年修為全竭盡在護身仙障上頭，不拘巨蟒在外頭如何攻擊，她只一心奔往頻婆樹摘取珍果後再竭力衝出蛇陣。這個就很考驗她的速度，若是跑得快，注盡她一生修為的仙障約莫應支撐得過她盜果子這個時間，雖然最後結果是三萬年不易的修為就此散盡，但修為這個東西嘛，再勤修就成了，不是什麼大事。但，若是速度不夠快，仙障支撐不過她跑出蛇陣，結局就會有些難說。不過聽東華說他的天罡罩一直寄在她身上，雖然天罡罩自有靈性不容主人以外的人操控，但寄在她的身上就會主動在她性命危急時保她一命。若是真的，這一趟最壞的結局也送不了命，著實也沒有什麼可畏可怖。

夜風習習，鳳九正要捏指訣以鑄起護身的仙障，突然想到要是她順利盜得了頻婆果，但惹得姬蘅不快，令東華來迫使她交還予她該怎麼辦，她現在不是很拿捏得住姬蘅會不會做這樣的事。嗯，就算這樣，她也不會將果子輕易交出去，至多不過同東華絕交吧。想到此，心中難得地突然萌生一點懦弱，要是東華對自己有對姬蘅的一分也好，她也不要多的，僅要那麼一分，如果她也只需要說說，東華就將她想望已久的東西給她多好。但這種事情三百多年前沒有發生過，三百年後自然也只是一種空想。這空想卻略微讓鳳九有一絲惆悵。

她深吸了一口氣，遙望這靜謐卻潛藏了無限危險的夜色，熟練捏出喚出仙障的指訣，再凝目將周身仙力盡數注入仙障之中。隨著仙力的流失，她的臉色越見青白，周身的仙障卻由最初一襲紅光轉成刺目的金色。

金光忽向解憂泉旁疾馳而去，一時地動山搖，長嘯聲似鬼哭，四條巨蟒頓然裂石而出，毒牙鋒利，口吐長芯，齊向金光襲去。金色的光團在巨蟒圍攻下並未閃避，直向水紋粼粼的解憂泉而去。巨蟒紅眼怒睜，仰天長嘶，火焰並雷電自血盆大口中傾數而出，一撥又一撥直直打在光團上。光團的速度漸漸緩下來卻仍舊未閃躲，依然如故朝著頻婆樹疾奔，頃刻便到樹下走進濃蔭之中。大約怕傷了守護的神樹，巨蟒的攻勢略小些，只在一旁暴躁地甩著尾巴，攪得整個解憂泉池水翻覆，鳳九嘴唇發白地擦了滿頭冷汗，顫抖著摘下樹上的神果。巨蟒惱怒不已，蛇頭直向她撞去，她趕緊更密地貼住頻婆樹才免了被牠的獠牙串成一個肉串。這一路硬承住巨蟒的進攻，仙障已微顯裂紋，幾頭凶獸比她想像中厲害，回去這一趟要更快一些，以防仙障不支。方才那些雷電火焰雖然都是攻在仙障之上，傳入的衝力卻也對她的本體妨礙不小，身上雖未有什麼傷勢卻無一處筋骨不痛，原來世間還有這種滋味的苦頭。

被她盜得神果，幾條巨蟒已是怒得發狂，回程這一路的攻勢越發稠密，天上烏雲聚攏雷電一束緊接一束，打在仙障上頭，鳳九覺得全身一陣一陣狠利麻痛，甚至聽得到護體仙障已開始一點一點裂開的聲音。全身似有刀割，眼前一陣一陣發暈，腳下步伐越見凝滯，金光蛻成紅光再微弱成銀光，眼看離蛇陣邊緣還有十來丈，仙障突然啪的一聲裂成碎片，鳳九一驚仰頭，一束閃電正打在她的頭頂，巨蟒的紅眼在閃電後映著兩團熊熊火焰，毒牙直向她鏟來，她本能閃避，毒牙雖只挨過她衣袖，因攻勢帶起的獵獵罡風卻將她摔出去丈遠，遙遙見另一條巨蟒吐出巨大火球向自己直撞而來，她三萬年修為俱耗，仙力盡毀，只剩下極微末的一點法力實不能相抗，以為大限已至，心中一片冰涼正要閉眼，卻見火球撞擊而來離自己丈餘又彈開去。她訝了一訝，果然是天罡罩，終究還是勞它救自己一命。

她掙扎著爬起來，目測還有兩三丈即可走出蛇陣，但揣著頻婆果剛邁出去兩步又疾轉回來，天罡罩並未跟著她一同前移。她這才曉得，器物就是器物，天罡罩這件法器雖同護身仙障在功用上沒有什麼區別，卻並不如護身仙障一般能隨身而行。解憂泉旁地動山搖得如此模樣，頃刻便會有人前來探看。她此前也想過盜了頻婆果之後會怎樣，也許東華、姬蘅連同萌少私底下都估摸得到珍果被盜是她的傑作，但沒有證據也奈何她不得。不過如今，若她為了保命待在天罡罩中寸步不移，眾人見她困在陣中自然什麼都明白了。事情若到此地步，青丘和比翼鳥一族一場爭戰怕是避免不了。

無論如何，她要衝出這個法陣。不過十來步，成功便在望，不能害怕，只要眼足夠明，腦子足夠清醒，拚盡最後一口氣她不信自己衝不出去。她暗暗在心中為自己打氣，眼睫已被冷汗打濕，卻十分冷靜地觀察四條巨蟒每一刻的動向。巨蟒對著紋風不動、堅若磐石的天罡罩輪番撞擊進攻一陣也打得有些累，找了個空檔呼呼喘氣，鳳九抓住這個時機驀地踏出天罡罩疾電一般朝蛇陣邊緣狂奔，眼看還有兩三步，腳下卻突然一空，頭頂巨蟒一陣淒厲長嘶，她最後一眼瞧見蟒蛇眼中的怒意竟像是在瞬間平息，血紅的眼中湧上淚水，她從未見過蛇之淚，一時有些愣怔，虛空中傳來極冷極低且帶著哽咽的呼聲「阿蘭若殿下」，她聽出來那是正中的巨蟒在說話，阿蘭若的事她聽過一些，卻來不及細想，因隨著這聲呼喚，冰冷的虛空正寸寸浸入自己的身體，她感到全身的鈍痛漸巨，到最後簡直要撕裂她一般。從踏入蛇陣之始疼痛就沒有稍離她片刻，她一直一聲未吭，此時卻終於像是忍受不住地哀鳴起來，在此生從未吃過的苦頭中漸漸失去了意識。

太晨宮的掌案仙官重霖仙使最近有個疑惑，帝君他老人家自打從梵音谷回來後就不大對勁，當然帝君他老人家行事一貫不拘一格，就算他跟隨多年也不大能摸清規律，但這一回，同往常那些不同似乎都更加地不同，例如，握本書冊發呆半日不翻一頁，例如泡茶忘記將水煮沸竟用涼水發茶芽，又例如用膳時將筷子拿倒，整一頓飯吃下來都還未知未覺。中間帝君還問過他一個問題，假如要把一個人幹掉，但又要讓所有人都感覺不到這個人憑空消失，他有沒有什麼好的想法。他做了一輩子嚴謹正直的仙使，於此自然提供不出什麼可參考的想法，帝君的模樣似乎有些失望。他覺得帝君近來有些魂不守舍。

連宋君在帝君回宮的第二日下午前來太晨宮找帝君。連宋君常來太晨宮串門這個本沒有什麼稀奇，但一向吊兒郎當的連宋君臉上竟會出現那麼肅穆的表情，重霖感覺已經許久沒有見到過，上次似乎還是在四百多年前成玉元君脫凡上天的時候。帝君帶回來的那隻重傷的靈狐今午才被兩個小童從藥君府上抬回來。藥君妙手回春，這隻狐已沒有什麼大礙。牠瞧著救了自己一命的帝君，眼神中流露出欽慕——這是隻已能化成人形的狐。

其實帝君從來就不是什麼大慈大悲救死扶傷的個性，此次救這麼一隻靈狐回來，重霖也感到有些吃驚，但瞧著靈狐火紅的毛皮，驀然令他想起三百年前太晨宮中曾養過的那隻活潑好動的小狐狸。帝君大約也是思及舊事，才發了一回善心。當年的那隻小狐狸雖不能化形，從毛皮看上去也不大出眾，但比許多能化形的仙禽仙獸都更加靈性，十分討帝君的歡心，這麼多年他瞧帝君對隻靈狐比對其他什麼都更為上心，卻不知為何會走失，大約也是同帝君的緣分淺。

重霖遠目神遊一陣，嘆了口氣正欲前往正殿打理一些事務，驀然見方才已遠去的連宋君正站在自己跟前，抬著扇子道：「對了，東華他此時是在院中，還是正殿還是寢殿？我懶得走冤枉路。」

託對帝君動向無一時一刻不清楚的重霖仙官的福，連宋君一步冤枉路也沒多走地闖進帝君寢殿，彼時，帝君正在擺一盤棋。但棋盤中壓根沒放幾粒棋子，他手中拎著粒黑子也是半天沒擺下去，仔細瞧並不像在思考棋局，倒像是又在走神。房中的屏風旁搭了個小窩，一隻紅狐怯生生地探出腦袋來，一雙烏黑的眼睛怯怯地瞧著帝君。

連宋此來是有要事，逕直到東華的跟前。帝君回神中看了他一眼，示意他坐。連宋神色凝重地搬了一條看上去最為舒適的凳子坐，開門見山道：「比翼鳥那一族的頻婆果，今年有個於凡人而言生死人肉白骨的功用，這個你有否聽說？」

東華將黑子重放入棋簍，又拈起一枚白子，心不在焉地道：「聽說過，怎麼了？」

連宋蹙眉道：「聽說鳳九曾因報恩之故嫁過一個凡夫，這個凡夫死後她才回的青丘。雖然司命倒是說她同那個凡夫沒有什麼，不過合著頻婆果這樁事我感覺挺奇怪，今早便傳司命到元極宮中陪我喝了趟酒。司命這個人酒量淺，幾盅酒下肚，那個凡人的事我雖然沒有探問出多少來，倒是無意中問出了另一樁事。」一抬眼道：「這樁事，還同你有關係。」

白子落下棋盤，東華道：「小白的事同我有關係很正常。」示意他繼續往下說。連宋欲言又止地道：「據司命說鳳九她當年，為了救人曾將自己的毛皮出賣過給玄之魔君聶初寅，聶初寅占了她的毛皮後，另借了她一身紅色的靈狐皮暫頂著。」看向東華道：「這樁事正好發生在三百零五年前。」

東華似乎愣了，落子的手久久未從棋盤上收回來，道：「你說，我走失的那隻狐狸是小白？」

連宋倒了杯茶潤口，繼續道：「聽說她因為小的時候被你救過一命一直對你念念不忘，七百多年前太晨宮採辦宮女時央司命將她弄進了你宮中做婢女，不曉得你為什麼一直沒有注意到她，後來你被困在十惡蓮花境中她去救你，化成靈狐跟在你身邊，聽說是想要打動你，但後來你要同姬蘅大婚。」說到這裡瞧了眼似乎很震驚的東華，琢磨著道：「是不是有這麼一個事，你同姬蘅大婚前她不小心傷了姬蘅，然後你讓重霖將她關了又許久沒有理她？」看東華蹙眉點頭，才道：「聽說後來重霖看她實在可憐將她放了出來，但姬蘅養的那頭雪獅卻差點將她弄死，幸好後來被司命救了。據司命酒後真言，那一次她傷得實在重，在他府中足足養了三天才養回一些神志。你不理她又不管她也沒有找過她讓她挺難過、挺灰心的，所以後來傷好了就直接回了青丘。」沉吟著道：「怪不得你天上地下地找也再沒有找到她。我當初就覺得奇怪，一隻靈狐而已，即便突然走失也不至於走失得這樣徹底。」又道：「我琢磨這些事你多半毫不知情，特地來告知你。近些日我看你們的關係倒像是越趨於好，不過鳳九她對你可能還有些不能解的心結。」

帝君的情緒一向不大外露，此時卻破天荒地將手指揉上了太陽穴。連宋看他這個模樣也有些稀奇，道：「你怎麼了？」

東華的聲音有一絲不同於往日，道：「你說得不錯，她大約還記恨我，我在想怎麼辦。」

連宋突然想起什麼似地道：「對了，昨天比翼鳥宗學的競技，我後來也去探聽了一二，聽說原本第一名的獎品是頻婆果，被你臨時換成了一籃子蟠桃？宣布獎勵的時候，我看鳳九的臉色不大對。」又瞟了一眼屏風下探頭豎耳的狐狸，道：「這隻紅狐我暫替你照看，你還是先下去看看她，怕她出個什麼萬一。」

東華揉著額頭的手停住，愣了一愣道：「小白她臉色不好？」

興許說完從司命處探來的這些秘密，連宋君備感輕鬆，吊兒郎當樣轉瞬又回到身上，攤手道：「我也不大曉得。」又笑著瞟了東華一眼道：「雖然我一向會猜女人的心思，但你們小白這種類型的，老實說我也不大猜得準，只是瞧她的模樣像是很委屈，所以才讓你趕緊下去看看，興許……」

話還沒說完，忽聽到外頭一陣喧天的吵鬧，二人剛起身，寢殿大門已被撞得敞開，燕池悟立在寢殿門口氣急敗壞地看向他二人並屏風角落處的狐狸，破口一篇大罵：「他爺爺的，鳳九此時被困在蛇陣中生死未卜，你們居然還有閒心在這裡喝茶下棋逗狐狸！」

連宋一時沒有反應過來被罵得愣了愣，東華倒是很清明，卻破天荒沒有將小燕這句「他爺爺的」粗話噎回去，皺眉聲音極沉道：「小白怎麼了？」

燕池悟恨恨瞪向東華，「你還有臉問老子她怎麼了，老子雖然喜歡姬蘅，老子也看不上你二話不說將原本該是鳳九的東西送給姬蘅討她歡心的樣子。鳳九要頻婆果有急用你又不是不曉得，你把它送了姬蘅，她沒有辦法只好去闖解憂泉趁果子沒被摘下前先將它盜出來。她那三萬年半吊子的修為哪裡敵得過護果的四尾巨蟒，現在還被困在蛇陣中不曉得是生是死，老子同萌少連同萌少他娘皆沒有辦法……」

罵得正興起，忽感一陣風從身旁掠過，轉回頭問連宋道：「冰塊臉他人呢？」

連宋君收了扇子神色沉重，「救人去了。」又道：「我就曉得要出什麼萬一。」話落地亦憑空消失，唯餘小燕同角落裡瑟縮的狐狸面面相覷，小燕愣了一瞬亦跟了上去。

解憂泉已毀得不成樣子，頹壁殘垣四處傾塌，清清碧泉也不見蹤跡，以華表為界鑄起的蛇陣中唯餘一方高地上的頻婆樹尚完好無損。蛇陣外白日高照，蛇陣內暗無天色，四尾巨蟒於東南西北四方巍巍盤旋鎮守，紅色的眼睛像燃燒的燈籠，蛇陣中護著一個藍霧氤氳的結界，白衣少女雙目緊閉懸空而浮，長髮垂落如絹絲潑墨，不曉得是昏迷還是在沉睡。

傾塌的華表外頭狂風一陣猛似一陣，東華面無表情地立在半空中凝望著結界中的鳳九。她臉色雖然蒼白但尚有呼吸起伏，還好，他心中鬆了一口氣，面上卻看不大出來。其實，他早曉得她長得美，只是平日太過活潑好動讓人更加留意她的性情，此時她這樣安靜地躺在結界中，這種文靜的美貌才越發突顯，但白裳布服不適合她，需摩訶曼殊沙那種大紅才同她相襯。他活了這麼長的歲月，什麼樣的美人沒有見過，鳳九未必是他見過最美貌的那一個，但緣分就是這樣奇怪，那些美人長什麼樣他印象中虛無得很，唯有她或笑或皺眉或難堪，連她做鬼臉他都能記在心上，回憶起來每一副都是清清楚楚的樣子。連宋說她是當年那隻小狐狸，她是，那很好，但就算她不是，他也未必多麼在意。

虛空中似有佛音陣陣，浸在一段淒清的笛音中，細聽又似一段虛無。他垂頭掃了一眼自他仙駕蒞此便長跪不起的比翼鳥女君並她的臣子們，淡聲道：「那個結界是怎麼回事？」

下頭跪的女君兼臣子們還沉浸在不曉得帝君為什麼於此時仙駕此地的震驚之中，半晌沒有一個人回話，還是萌少因畢竟同鳳九朋友一場，見友人被困十分著急，拱手回道：「稟帝座，那困住九歌公主的並非結界，乃是阿蘭若之夢。」「阿蘭若」這三個字隨萌少出口時，在跪的諸位除了姬蘅皆顫了一顫。

萌少娓娓道來，事情原是如此。

傳說中阿蘭若是個難得的美人，卻無辜枉死。阿蘭若枉死後不得往生，執念化作一個夢境在梵音谷中飄蕩，凡有誰被捲入此夢中必定墜入阿蘭若在世時的心魔，定力不佳、心性不夠強大者永不能走出阿蘭若之夢，將徒留在夢中永眠，直至周身仙力修為被夢境盡數吸食以致灰飛。

想必九歌公主誤入蛇陣中正好撞到阿蘭若的夢飄入此境，由此而被捲入。阿蘭若自小是被此地華表中的四尾巨蟒養大，她的夢境裏住九歌公主，大約令巨蟒以為夢境中的九歌公主便是阿蘭若，所以將她守護起來不讓外人觸碰。

要破阿蘭若之夢，除了靠捲入夢境中的人勘破自行走出來，其實還有另一個更為保險的法子——另尋一個與捲入夢境之人親近的人一同入夢，將她帶回來。

但如今的狀況，若要進入阿蘭若之夢帶出九歌公主，首先得通過蛇陣。與這四頭凶獸拚殺並非難事，但阿蘭若之夢其實只是一種化相，必須將人捲入其中才能呈現實體，實體便是那個淡藍色的結界。呈現實體的夢境異常脆弱，拚殺時戰場必定混亂，萬一不慎致使夢境破碎，屆時九歌公主輕則重傷重則沒命。

他們也想過是否將護體仙障鑄得厚實些，不與巨蟒拚殺，任牠們攻擊以保夢境的完好，再接近以進入夢中帶出九歌，但阿蘭若之夢十分排斥強者之力，一向入夢之人在夢外百丈便需卸下周身仙力，以區區凡體之身方能順利入夢，否則夢境亦有可能破碎。

但此時若卸去周身仙力如何與四尾巨蟒相抗，此種情景實在進退維谷，大家一籌莫展，從昨夜發現九歌被困直至此時莫不敢輕舉妄動，皆是為此。九歌公主怕是凶多吉少了。

連宋君匆匆趕來時正聽到萌少在掃尾，掃尾說了些什麼都沒有正經聽到，只見地上跪的一排人在萌少掃尾幾句話之後都做出唏噓拭淚的模樣。雖然不曉得他們是為什麼唏噓拭淚，但連宋君覺得這許多人整齊劃一做出這個動作，實在頗令人動容。

正要行上前去，東華倒是先轉身瞧見了他。

東華的神情十分冷靜，他心中有些放心，若是鳳九有事，東華雖一向被燕池悟戲稱冰塊臉，但以他對他多年瞭解，他必定不是現在這種神情。

方要打個招呼，東華已到他面前，就像新製了幾味好茶打算施捨他兩包一般，語氣十分平淡自然，「你來得正好，正有兩樁事要託付。」抬眼望向困在蛇陣中的鳳九道：「如果最後只有她一人回來，將她平安帶回青丘交到白奕手上，然後去崑崙墟找一趟墨淵，就說東華帝君將妙義慧明境託付給他，他知道是什麼意思。」

這番話入耳，連宋琢磨著怎麼聽怎麼像是遺言，亦笑望陣中一眼道：「你雖近年打架打得不那麼勤，手腳怕是鈍了，但這麼幾條蛇就將你纏死也太過……」「離譜」二字方含在口中，泰山崩於前亦能唇角含笑的連宋君臉色一時大變，亟亟上前要將泰然卸去周身仙力從容進入蛇陣的東華撈出來，卻被不知什麼時候出現的小燕一把攔住。小燕的眸色難得深幽一次，道：「唯有此法。」目光向雷聲乍然轟鳴、落雨傾盆不歇的蛇陣之中道：「還有什麼法子，老子想了一夜加半天都沒有想出來，因為老子壓根兒沒有想過卸去術力獨闖蛇陣，老子對朋友還是不夠義氣，冰塊臉義薄雲天，老子敬佩他。」

蛇陣之中天翻地覆，不到兩日內竟先後兩人來犯使巨蟒十分憤怒，勢同鬼哭的長嘶之中，利劍般的光束與道道電閃齊往來犯的東華身上招呼。未有仙力護體加持，東華身上頃刻間便割出數道口子，幸好雨勢磅礴將赤金的鮮血盡數洗去。蛇陣外長跪的女君並諸臣子震驚得不能自已，卻無法相幫，齊齊愣在原地。

連宋被小燕攔了一攔後未再前行，大約已明白東華如此的緣由，眸色深沉不語。他同東華乃是忘年之交，其實算起來東華不知比他大多少輪，他的出生離大洪荒亂戰的時代有好些年，未能親眼得見那時東華的戰名，但前一段時日倒是聽墨淵提過東華一句，說是遠古洪荒時的戰場才稱得上真戰場，那時的戰爭方當得上「浴血之戰」幾個字，後世的這些打打鬧鬧實在小兒科，不過戰場上最為吃得苦的卻要算東華帝君，早年時幾場大戰事從戰場上下來常常像在血中泡過一般，身上不知多少道口子卻連眉毛也不動一動，這種威勇沒有幾個人比得上。

蛇陣中的雷電光矢未有一刻間歇，東華衣袍上白色的交領同袖邊早已被血跡染成金紅。為防巨蟒的情緒衝動對裹著鳳九的夢境有什麼妨害，帝君一直保持著一個緩慢適當的步伐行走，雨水自髮絲袍角袖口滴落，一片赤紅，帝君的確連眉毛都沒有動一動。

突然一人自女君身後長長的跪列中起身，踉踉蹌蹌奔向燕池悟，白衣白裙正是姬蘅，滿面淚痕地抱住小燕衣角，「你救救他，你去將他拉回來，我什麼都答應你。」小燕難得沉默，轉身背向姬蘅，姬蘅仍拽著他的衣角哭得嚶嚶不止。

鳳九隱約聽到什麼地方傳來雷雨之聲，她感覺自己自從跌入這段虛空就有一些迷糊，時睡時醒中腦子越來越混亂，每醒來一次都會忘記一些東西，上一次醒來時已經忘了自己為什麼會跌入這段虛空，這是不是說明再昏睡幾次她會連自己到底是誰都記不清？她感到害怕，想離開這裡，但每次醒來也只是意識可能有片刻游離於昏睡，睜眼都是模模糊糊，更不要說手腳的自由行動。且每次醒來，等待她的不過就是無止境的晦暗和寂靜，還有疼痛。

但這一次似乎有些不同，雷雨之聲越來越清晰，轟鳴的雷聲像是響在耳畔，似乎有一隻手放在自己的額頭上，涼涼的，停了一會兒又移到耳畔，將散亂的耳髮幫她別在耳後。她迷迷濛濛地睜開眼睛，見到紫衣的銀髮青年正俯身垂眸看著自己。

此時在此地見到帝君，倘若她靈台清明著定然震驚，卻正因腦子不大明白，連此時是何時此地是何地都不清楚，連自己到底是小時候的鳳九還是長大的鳳九都不清楚，只覺得這是一件十分自然的事。但她認識眼前這個人是東華，心中模模糊糊地覺得他是自己一直很喜歡的人，他來這裡找自己，這樣很好。但她還是口是心非地道：「你來這裡做什麼呢？」帝君眼神沉靜，看著她卻沒有回答。她的目光漸漸清晰一些，瞧見他渾身濕透十分不解，輕聲道：「你一定很冷吧？」帝君仍然沒有回答，靜靜看了她一會兒，卻伸手將她摟進懷中，良久才道：「是不是很害怕？」

她一時蒙了，手腳都不曉得該怎麼放。但帝君問她害不害怕，是的，她很害怕，她誠實地點了點頭。帝君的手撫上她的髮，聲音沉沉地安撫她，「不怕，我來了。」眼淚突然湧出來，她腦中一片渾茫，卻感到心中生出一段濃濃的委屈，手腳似乎已經能夠動彈，她試探著將手放在帝君的背上，哽咽道：「我覺得我應該一直在等你，其實我心裡明白你不會來，但是你來了，我很開心。」就聽到帝君低聲道：「我來陪妳。」

她心中覺得今天的帝君十分溫柔，她很喜歡，同往常的東華很不同，但往常的東華是什麼樣的她一時也想不起來，腦中又開始漸漸地昏沉，她迷糊著接住剛才的話道：「雖然你來了，不過我曉得你馬上就要走的，我記得我好像總是在看著你的背影，但是今天我很睏，我……」

她覺得自己在斷斷續續地說著什麼，但越說，腦子越模糊，只是感覺東華似乎將她摟得更緊，入睡前她聽到最後一句話，帝君輕聲對她說：「這次我不會走，睡吧，小白，醒了，我們就到家了。」

她就心滿意足地再次陷入了夢鄉，耳邊似乎仍有雷鳴，還能聽到毒蛇吐芯的嘶嘶聲，但她卻十分安心，並不覺得害怕，被東華這樣地摟在懷中，也再不會感到任何疼痛。

——上・完

國家圖書館出版品預行編目資料

三生三世枕上書（上）／唐七 著.
--二版.--臺北市：平裝本. 2023.4
面；公分（平裝本叢書；第0547種）
（☆小說；17）
ISBN 978-626-96533-6-2（平裝）

857.7　112003928

平裝本叢書第 0547 種
☆小說 17
三生三世枕上書（上）

作　　者—唐　七
發 行 人—平　雲
出版發行—平裝本出版有限公司
台北市敦化北路120巷50號
電話◎02-27168888
郵撥帳號◎18999606號
皇冠出版社(香港)有限公司
香港銅鑼灣道180號百樂商業中心
19字樓1903室
電話◎2529-1778　傳真◎2527-0904
總 編 輯—許婷婷
執行主編—平　靜
責任編輯—張懿祥
美術設計—單　宇
行銷企劃—鄭雅方
著作完成日期—2012年6月
二版一刷日期—2023年4月

法律顧問—王惠光律師

讀者服務傳真專線◎02-27150507
電腦編號◎541017
ISBN◎978-626-96533-6-2
Printed in Taiwan
本書定價◎新台幣340元/港幣113元